BELEZA PERVERSA

KATEE ROBERT

BELEZA PERVERSA

Tradução Débora Isidoro

WICKED BEAUTY copyright © 2022 by Katee Robert
Direitos de tradução cedidos por Taryn Fagerness Agency e Sandra Bruna Agencia Literaria, SL. Todos os direitos reservados.
Tradução para Língua Portuguesa © 2024 Débora Isidoro.
Todos os direitos reservados à Astral Cultural e protegidos pela Lei 9.610, de 19.2.1998. É proibida a reprodução total ou parcial sem a expressa anuência da editora.

Editora Natália Ortega
Editora de arte Tâmizi Ribeiro
Produção editorial Andressa Ciniciato, Brendha Rodrigues e Thais Taldivo
Preparação de texto Letícia Nakamura
Revisão de texto Mariana C. Dias
Design da capa Dawn Adams/Sourcebooks
Imagem da capa Fuga Studio/Shutterstock
Adaptação de capa Tâmizi Ribeiro
Foto da autora Bethany Chamberlin

Dados Internacionais de Catalogação na Publicação (CIP)
Angélica Ilacqua CRB-8/7057

R546b	
	Robert, Katee
	Beleza perversa / Katee Robert ; tradução de Débora Isidoro. — Bauru, SP : Astral Cultural, 2024.
	352 p. (Coleção Dark Olympus)
	ISBN 978-65-5566-506-2
	Título original: Wicked beauty
	1. Ficção norte-americana 2. Mitologia grega I. Título II. Isidoro, Débora
24-1581	CDD 813

Índice para catálogo sistemático:
1. Ficção norte-americana

BAURU
Joaquim Anacleto Bueno, 1-42
Jardim Contorno
CEP 17047-281
Telefone: (14) 3879-3877

SÃO PAULO
Rua Augusta, 101
Sala 1812, 18º andar
Consolação
CEP: 01305-000
Telefone: (11) 3048-2900

E-mail: contato@astralcultural.com.br

A todas as pessoas que preferem finais felizes a tragédias.

1

HELENA

— Estou atrasada pra caralho — resmungo. Os corredores da Dodona Tower estão vazios, felizmente, mas isso só piora o tique-taque do relógio dentro da minha cabeça.

Esta noite é a noite em que tudo muda. É o momento em que deixo de ser uma peça no jogo de outras pessoas e conquisto a autonomia com que sonho desde pequena.

E não acredito que estou *atrasada*, porra.

Ando mais depressa, quase cedendo ao impulso de correr. Chegar ofegante e nervosa a uma festa do Olimpo é ainda pior do que chegar atrasada. As aparências são importantes. Já faz muito tempo que o Olimpo não vive nada parecido com uma guerra tradicional, mas todos os dias pequenas batalhas são travadas e vencidas com as armas mais corriqueiras.

Um vestido cuidadosamente desenhado.

Uma palavra doce que esconde uma ferroada venenosa.

Um casamento.

Entro no elevador que vai me levar ao salão de baile e tenho de me segurar para não saltitar de impaciência. Normalmente, eu não daria a mínima para nada disso. Faço das rebeldias sem importância uma forma de arte.

Hoje, a noite é diferente.

Hoje, meu irmão Perseu — Zeus, agora — fará um anúncio que mudará tudo.

Há menos de uma semana, Ares faleceu. Não foi nada inesperado — o homem era velho como pó e fazia três meses que estava batendo às portas do submundo — mas isso criou uma oportunidade que normalmente só aparece uma vez a cada geração. Dos Treze, somente o título de Ares fica disponível para absolutamente qualquer pessoa. A história, as conexões e as finanças do candidato não importam. Não precisa nem ser olimpiano.

Basta vencer.

Três provas, todas projetadas para separar o joio do trigo, e o último a cair é nomeado Ares. Uma das Treze pessoas que compõem o corpo governante no Olimpo. Cada um cuida de uma parte específica para manter a cidade funcionando perfeitamente, porém o mais importante para mim é que ninguém pode obrigar nenhum deles a tomar uma atitude que não quer.

Nem mesmo Zeus pode obrigar outro membro dos Treze a coisa alguma — ou, pelo menos, essa é a teoria. Meu pai nunca prestou atenção a esse tipo de sutileza, e duvido que meu irmão o faça agora que herdou o título. Não importa. Se eu for Ares, não vou mais ser filha de um Zeus, irmã de outro, nem uma princesa mimada sem nenhum valor real além de um rosto lindo e conexões de família.

Tornar-me Ares me libertará.

As portas do elevador se abrem, e eu me apresso em direção ao salão de baile. O longo corredor mudou desde a última festa, as cortinas pesadas e escuras que desciam do teto até o chão em ambos os lados das portas foram substituídas por um tecido branco e leve enfeitado com fios prateados. Ainda não é acolhedor, mas é bem menos opressivo.

Estou curiosa para saber quem projetou *essa* mudança de estilo, porque Perseu não foi, com certeza. Desde que ele se tornou Zeus, após a morte de nosso pai, as únicas coisas com que meu irmão mais velho se preocupa é em administrar seus negócios e governar o Olimpo com mão de ferro.

Ou tentar, pelo menos.

— Helena.

Paro, mas o reconhecimento de quem me chamou me faz sorrir, aliviada.

— Eros. O que está fazendo aqui escondido nas sombras?

Ele dá um passo à frente e mostra uma bolsinha enfeitada com pedras.

— Psiquê esqueceu a bolsa. — Ele deveria ficar ridículo segurando a bolsa, principalmente levando em conta a violência que aquelas mãos já cometeram, porém Eros tem o hábito de passar pela vida como se fosse intocável. Ninguém se atreveria a dizer uma palavra, e ele sabe disso.

— Que bom marido você é. — Eu me aproximo e dou dois beijos rápidos em seu rosto, um de cada lado. Não o vi muito nos últimos meses, mas ele parece estar bem. Eros é uma das pessoas mais lindas do Olimpo, o que não é pouca coisa, um cara branco, de cabelo loiro cacheado e um rosto de fazer os pintores chorarem de inveja por sua perfeição. — O casamento está fazendo bem a você.

— Mais e mais a cada dia. — Seu olhar fica mais atento. — Você caprichou hoje.

— Gostou do vestido? — Passo as mãos nele a fim de alisar o tecido. Foi feito sob medida com tecido dourado que cola no corpo desde os ombros até os quadris, antes de alargar um pouco. É pesado, com uma estampa sutil criada para capturar a luz a cada movimento. Um V profundo mergulha entre os seios, e os ombros têm um corte com saliências em ponta que lembram o estilo militar. — É de parar o trânsito, como diria minha mãe.

Ignoro a pontada no peito ao pensar a respeito dela, como sempre faço quando minha cabeça tenta se demorar na mulher que morreu jovem demais. Ela se foi há quinze anos, depois de sofrer uma *misteriosa* queda quando eu tinha quinze. Misteriosa. Sei. Como se todo o Olimpo não suspeitasse do meu pai.

Como se eu não tivesse certeza.

Afastar *esse* pensamento é uma reação automática. Não importa quais pecados meu pai cometeu. Ele está morto, assim como minha mãe. Espero que ele esteja sofrendo nas profundezas do Tártaro desde que deu o último suspiro. Quando penso em sua morte, tudo que sinto é alívio. Ele morreu antes que pudesse fazer com que eu me casasse para garantir alguma aliança de merda, antes que causasse ainda mais sofrimento, algo que parecia gostar tanto de infligir.

Não, não tenho saudade do meu pai.

— Ela ficaria orgulhosa de você.

— Talvez. — Espio por cima do ombro dele, para as portas. — Talvez ela ficasse furiosa com o que estou prestes a fazer. — Balançar o barco? Porra, estou prestes a virá-lo de cabeça para baixo.

Eros está atento. Levanta as sobrancelhas, balança a cabeça e parece pesaroso.

— Então seu negócio é Ares. Eu devia saber. Você tem perdido muitas festas nos últimos tempos. Está treinando?

— Sim. — Eu me preparo para seu ceticismo. Podemos ser amigos, mas somos amigos nos padrões do Olimpo. Sei que Eros não vai enfiar uma faca nas minhas costas. Ele sabe que não vou causar problemas para ele na imprensa. Frequentamos eventos e festas com regularidade e, de vez em quando, trocamos favores. Não lhe confio meus segredos mais profundos. Não é nada pessoal. Não confio essa parte de mim a *ninguém*.

Por outro lado, todos no Olimpo vão tomar conhecimento dos meus planos muito em breve.

Endireito os ombros.

— Vou competir para me tornar o próximo Ares.

— Caramba. — Ele assobia baixo. — Vai ter que se esforçar muito.

Eros não está me dizendo que não acha que sou capaz disso, mas, mesmo assim, eu murcho um pouco. Não esperava *de verdade* um apoio entusiástico, mas ser constantemente subestimada sempre dói.

— Sim, bem, é melhor eu entrar lá...

— Espere aí. — Ele me examina. — Seu cabelo está um pouco torto.

— *O quê?* — Levo a mão à cabeça. Não percebo nada sem um espelho. Droga, vou chegar ainda mais atrasada, mas é melhor do que entrar naquele salão com alguma coisa fora do lugar.

Viro-me para ir ao banheiro perto dos elevadores, mas Eros segura meu ombro.

— Eu resolvo. — Ele abre a bolsa de Psiquê e vasculha o conteúdo por alguns segundos, até pegar uma bolsinha. Ali dentro tem um monte de grampos de cabelo. Eros ri da minha expressão incrédula. — Por que a surpresa? Se você tivesse uma bolsa, também teria grampos escondidos. Agora, fique quieta e me deixe consertar isso aí.

O choque me deixa paralisada enquanto Eros arruma meu cabelo com todo o cuidado, prendendo-o com meia dúzia de grampos. Depois recua e assente.

— Bem melhor.

— Eros. — Toco o meu cabelo novamente. — Desde quando você faz penteados?

Ele dá de ombros.

— Não vou além do controle de danos, mas evita que Psiquê tenha mais trabalho quando estamos fora, se posso ajudá-la com isso.

Deuses, o cara está tão apaixonado que me deixa enjoada. Estou feliz por ele. De verdade, estou. Mas não consigo evitar o ciúme que me invade. Não tem a ver com Eros — ele é mais irmão para mim do que qualquer outra coisa —, e sim com a intimidade e a confiança que ele compartilha com a esposa. A única vez que pensei que poderia ter esse tipo de coisa, tudo explodiu na minha cara, e ainda tenho as cicatrizes emocionais deixadas pelo término.

Mas consigo sorrir.

— Obrigada.

— Acabe com eles, Helena. — Seu sorriso é cortante. — Vou torcer por você.

Respiro fundo lentamente e me viro para a porta. Já que estou atrasada, é melhor fazer uma bela entrada. Endireito as costas e empurro as duas portas com mais força do que o necessário. As pessoas se dispersam quando entro. Faço uma pausa, deixo que olhem para mim enquanto as examino ao mesmo tempo.

O salão mudou desde que Perseu herdou o título de Zeus. Ah, o espaço ainda é o mesmo, do ponto de vista funcional. Piso de mármore branco e brilhante que mal consigo ver sob os pés da multidão, um teto arqueado que dá a impressão de que o salão de baile é ainda maior do que de fato é, as enormes janelas e as portas de vidro que dão para a varanda do outro lado da sala. Entretanto, parece diferente. As paredes eram cor creme, e agora exibem um tom frio de cinza. É uma mudança sutil, mas que faz diferença.

O que mais se nota são os retratos gigantescos dos Treze, agora com molduras diferentes. As molduras grossas de ouro que meu pai preferia foram substituídas e agora são pretas, um trabalho mais refinado. Eu teria de me aproximar para ter certeza, mas cada uma parece ser personalizada e exclusiva para cada membro dos Treze.

Perseu também não fez essas alterações. Tenho certeza disso. Nosso pai pode ter sido obsessivo com a própria imagem, mas meu irmão não dá a mínima. Nem quando deveria.

Começo a circular entre os convidados, mantendo a cabeça erguida. Normalmente, consigo identificar cada pessoa que participa de uma festa na Dodona Tower. Informação é tudo, e aprendi desde muito jovem que é a única arma que me é permitida. Determinadas pessoas me encaram, outras olham para o meu corpo de um jeito que me causa arrepios, e outras praticamente me dão as costas. Até aí, nenhuma surpresa. Ser uma Kasios no Olimpo pode ter suas vantagens, mas significa nascer rodeada de rancores e politicagens que datam de muitas gerações. Cresci aprendendo em quem podia confiar — ninguém — e quem puxaria meu tapete, se tivesse uma chance — mais gente do que é confortável admitir.

Mas esta não é uma festa normal, e esta noite também não é uma noite normal. Quase metade dos rostos são novos para mim, pessoas que chegaram dos arredores do Olimpo ou foram transportadas para a cidade por Poseidon para esta ocasião especial. Não paro de me mover em busca de memorizar rostos. Nem todos aqui se autodenominam campeões; muitos são como a maioria das pessoas no Olimpo. Parasitas. Não têm importância.

Não ando mais depressa; eu me movo em um ritmo constante que força as pessoas a saírem do meu caminho. A multidão se abre para mim, exatamente como sei que vai ser, e cochicha depois que passo. Estou criando uma cena, e embora metade deles me ame por isso, o restante vai se ressentir.

Todo mundo caprichou hoje à noite. Em um canto, minha irmã Éris — Afrodite há três meses — está rindo de alguma coisa com Hermes e Dionísio. Sinto uma pontada no peito. Gostaria de estar com eles agora, assim como fico em todas as outras festas. Minha irmã e meus amigos são o que tornam a vida no Olimpo suportável, mas os últimos meses deixaram evidente as novas diferenças entre nós. Não eram tão perceptíveis quando Éris ainda era Éris, mas agora que ela também é uma das Treze...

Estou ficando para trás. Ser irmã de Zeus e de Afrodite, amiga de Hermes e de Dionísio? Isso não significa nada. Ainda sou uma peça que outra pessoa movimenta no tabuleiro.

Tornar-me Ares é minha única oportunidade de mudar a situação.

Vejo o clã Dimitriou no canto oposto, Deméter com três de suas quatro filhas, além de Hades, marido de Perséfone. Assim como todo mundo, eles se vestiram com perfeição. O fato de Hades e Perséfone estarem aqui só ressalta a importância do que está por vir. Todos os membros dos Treze estão presentes para assistir ao anúncio oficial do torneio para substituir Ares. Eros surge ao lado da esposa, e o jeito como o rosto dela se ilumina ao vê-lo... Dou as costas para eles.

Caminho em direção ao trono.

Bem, aos dois tronos — mais duas mudanças causadas pela alteração na liderança. A monstruosidade espalhafatosa de ouro que nosso pai adorava se foi, substituída por uma escultura de aço que é atraente, mas muito fria. Mais ou menos como o próprio Perseu.

O segundo trono é uma versão mais elegante dele. Nele está sentada Calisto Dimitriou, uma linda mulher branca com longos cabelos escuros e um elegante vestido preto. Ela está encarando todos os que estão reunidos abaixo de si, como se quisesse empurrar cada um de nós pelas enormes portas de vidro, que estão abertas para deixar entrar o ar ameno da noite de junho. Duvido que ela parasse por aí, no entanto. O mais provável é que quisesse nos jogar da varanda.

Por que meu irmão escolheu *Calisto* como esposa, para se tornar Hera, é um mistério para todos no Olimpo. Eles, certamente, não parecem gostar um do outro. O casamento cheira à intromissão de

Deméter, todavia, por mais que eu investigue, não consigo encontrar uma resposta adequada. Acho que não importa o *motivo* pelo qual Perseu se casou com ela, apenas o fato de ter se casado.

Faço uma reverência rápida e *quase* cortês.

— Zeus. Hera.

Meu irmão se inclina para a frente e me observa com frieza. Éris e eu herdamos a coloração de nossa mãe, mas Perseu tem tudo de nosso pai. Cabelo loiro, olhos azuis, pele pálida e um rosto robusto e atraente. Se ele fizesse algum esforço, seria bonito o suficiente para encantar todo o salão. Infelizmente, meu irmão nunca foi excelente nesse tipo de habilidade, não tanto quanto o restante de minha família.

Nem Hércules. Ele era tão ruim nesse jogo quanto Perseu.

Afasto o pensamento. Também não adianta pensar em Hércules. Ele se foi e, se depender da maior parte do Olimpo, pode muito bem estar morto. Não, não é verdade. As pessoas falam sobre os mortos. Aqui elas fingem que Hércules nunca existiu. Sinto falta dele quase tanto quanto sinto falta de minha mãe.

— Está atrasada. — Perseu não eleva a voz, mas não precisa fazê-lo. As pessoas mais próximas de nós ficam quietas, tensas com a possibilidade de assistir ao desenrolar do drama da família Kasios. Não posso condená-las por isso. Ao longo dos meus trinta anos, dei-lhes muito material para fofoca.

— Desculpe. — Até que estou falando sério. — Não vi o tempo passar. — Normalmente, não caio na tentação de me arrumar demais, mas não há nada de normal na presente situação.

Perseu balança a cabeça ligeiramente e contempla o restante da sala.

— Vou fazer o anúncio em breve. Não fique passeando por aí.

Eu me irrito, mas não faz sentido levar o comentário para o lado pessoal. Perseu fala com todo mundo como se lidasse com uma criança pequena ou com um cachorro; é assim desde que éramos pequenos. Entendo a razão pela qual ele é desse jeito, mas seu método preferencial de comunicação já está gerando ressentimento entre a elite do Olimpo.

Mas isso não é problema meu. Não esta noite. Olho para ele com um sorriso radiante.

— É claro, querido irmão. Eu nem sonharia com isso. — Depois do anúncio, as pessoas vão poder se apresentar para participar da disputa pelo título de Ares. As inscrições tecnicamente não fecham até o amanhecer, todavia, pelo que entendi, é raro haver retardatários, então quero garantir a chance de me inscrever, antes que alguém pense em me impedir.

Viro-me para estudar o ambiente, embora possa sentir meu irmão me observando. É provável que esteja com medo de que eu o envergonhe ainda mais. Em outra noite, eu poderia até ver isso como um desafio, mas agora estou de olho no prêmio. Não vou me distrair.

Depois de hoje, todos vão saber que mereço respeito.

Não demora muito para que o restante dos Treze se aproxime a fim de assumir suas posições dos dois lados de meu irmão e Calisto — Hera —, que parece entediada com todo esse processo, mas é a única. Uma corrente de empolgação percorre a sala. Sei que Perseu só quer estabilidade para o Olimpo, mas essa cerimônia vai ser mais do que isso para a cidade. O povo vai ter algo para comemorar, um evento para elevar a moral dos cidadãos — que tem oscilado muito nos últimos tempos.

Os Treze podem governar o Olimpo, porém, no final das contas, são só um punhado de pessoas. Sem o apoio da população, esse poder é apenas nominal. Só houve revolta uma vez em nossa história, algumas gerações atrás, depois de uma guerra entre os Treze que dizimou a cidade, mas foi uma rebelião brutal o suficiente para sabermos que não queremos outra, nunca mais.

As coisas funcionam melhor quando os membros dos Treze participam do jogo das celebridades. Quando alguém assume um novo título, essa pessoa decide como deseja criar e administrar sua imagem. Alguns — como Deméter, a última Afrodite, Hermes e Dionísio — levam a sério isso, usando a opinião pública na busca por avançar em seus respectivos objetivos. Poseidon e Hades nunca participaram desse jogo. Hades, porque ninguém deste lado do rio sabia que ele existia até pouco tempo atrás. Poseidon, por desfrutar de muita boa vontade, dado que é um dos poucos que pode atravessar com liberdade a barreira que cerca o Olimpo, o que significa que ele importa tudo que a indústria da cidade não pode criar.

Ter vários membros novos dos Treze em pouco tempo significa incerteza e, em tempos incertos, tudo é possível. Até revolução.

Meu irmão vai fazer de tudo para impedir que isso aconteça.

A multidão se aproxima, e eu saio da frente dela, chego mais perto de onde está Dionísio. Ele é um homem branco, mais ou menos da minha idade, com cabelo curto e escuro e um bigode verdadeiramente impressionante que cresceu o suficiente para se curvar dos dois lados da boca. Devia ser ridículo, mas é Dionísio, que faz do ridículo uma declaração artística, desde sua atitude animada até o terno de cores vivas. Ele sorri para mim.

— Está preparada?

Meu estômago dá cambalhotas, embrulhado em meio milhão de nós, mas retribuo o sorriso.

— É claro. É provável que haja drama, e você sabe que eu adoro isso. — Em breve, *eu* serei o drama.

Uma luz se acende sobre Perseu, e a equipe de filmagem se posiciona diante dele. Este evento vai ser transmitido para a grande cidade, o que significa que as impressões que os concorrentes criarem, a partir de agora, serão vitais. Tecnicamente, Ares não precisa do apoio dos cidadãos para fazer seu trabalho, mas ser popular ajuda muito, é meio caminho andado.

Meu irmão se levanta. Ele não tem a presença dominante que nosso pai tinha, mas de fato *tem* a capacidade de criar a impressão de que está olhando diretamente para a alma de uma pessoa. Perseu usa isso agora, e seu olhar gelado passeia pelas pessoas ali reunidas antes de pousar em mim. Algo se acende em seus olhos, algo que não reconheço, mas ele segue em frente antes que eu possa interpretar aquele brilho.

— Todos vocês sabem por que estamos aqui. — Ele não eleva a voz, mas não é necessário. Meus irmãos e eu fomos treinados para falar em público desde muito jovens. Para sermos símbolos perfeitos da nossa linhagem familiar impecável. — Estamos aqui para honrar a memória de Ares. Ele trabalhou pelo título por quase sessenta anos e partiu cedo demais.

Belas palavras. Palavras sem sentido. Francamente, o último Ares foi um idiota.

Perseu se volta para a outra parte da sala.

— Esta noite iniciamos o processo para encontrar nosso próximo Ares. A tradição determina que sejam feitas três provas, e a primeira delas será anunciada em dois dias. O vencedor dos três desafios se tornará o novo Ares.

Uma pausa pensativa. Mais uma vez, aquele olhar estranho surge em seu rosto.

É o único aviso que recebo.

Perseu olha para mim, e vejo em seus olhos azuis algo semelhante à piedade quando sela meu destino.

— E se casará com minha irmã, Helena.

2

AQUILES

— Eu falei — murmura Pátroclo.

Não preciso olhar para ele para saber o que está pensando. *Sempre* sei o que Pátroclo está pensando. Ele pensa demais. Pelo menos as fãs aduladoras que surgiram no momento em que passamos pela porta mais cedo se dispersaram agora que o espetáculo começou. É um alívio. Posso ligar o charme quando me convém, mas essa merda é exaustiva.

O último Ares nunca se preocupou em performar para o público. Ele era um velho filho da mãe e não se importava se todos soubessem disso. Não sei se ele era assim quando conquistou o título, mas, no final, todo mundo o odiava. Até mesmo sua gente.

Não é assim que Atena trabalha, e aprendi com ela tudo que sei de valioso. É melhor usar mel do que vinagre, é melhor convencer alguém a fazer o que você quer usando um pouco de manipulação do que bater na cabeça da pessoa com a arma que estiver à mão. Ares poderia ter tirado proveito de algumas lições dela, mas tinha sido o tipo de cara que, depois de escolher um caminho, não se desviava dele.

As coisas vão mudar quando eu estiver no comando.

Zeus continua a falar, recitando um amontoado de bobagens sobre tradição. O Olimpo está à altura da tradição. É a desculpa deles para tudo, uma linha de raciocínio muito conveniente que tira a responsabilidade das pessoas que de fato executam as ações.

— É — resmungo. — Mas não precisa repetir. Eu já estava ouvindo o "eu falei" em alto e bom som. — Pátroclo tinha *certeza* de que o título viria com uma esposa. Já faz muito tempo que esse título foi transferido pela última vez, então, eu tinha minhas dúvidas, mas uma das muitas habilidades de Pátroclo é reunir todas as informações disponíveis e estudar cenários até encontrar o mais provável dentre eles. Isso às vezes o transforma em uma companhia irritante pra cacete, mas ele é brilhante.

Olho em volta. Ninguém parece particularmente surpreso com o anúncio, então, ou eles fizeram suas pesquisas, assim como Pátroclo, ou aperfeiçoaram sua cara impassível.

Ele se aproxima e cola o ombro ao meu. Está compenetrado, sinal de que seu cérebro genial está fazendo hora extra.

— Mas eu não esperava que fosse ela. Não imaginava que Afrodite escolhesse *Helena*.

— É. — Mesmo sabendo que não devo, olho para a mulher branca parada em um círculo vazio, como se as pessoas ao seu redor se afastassem para evitar participar do que vai acontecer em seguida. Só consigo vislumbrar seu perfil, mas é o suficiente.

Dizer que Helena é bonita é o eufemismo do século. Ela é *perfeita*, o tipo de perfeição que só surge uma vez em cada geração. A família inteira é cheia de gente bonita, mas ela está em outro nível. E é uma baladeira inconsequente cujas façanhas são constantemente divulgadas nos sites de fofoca. Helena não segue as mesmas regras que nós. Nunca passou fome nem teve de lutar por nada.

A mulher é uma princesa em uma torre, e para que serve uma princesa, além de servir como isca?

Ela muda de postura, abre os ombros com um movimento sutil. Quando se vira para a sala, parece feliz... desde que ninguém observe seus olhos cor de âmbar. Eles são tão frios quanto os de Zeus. Helena acena com os dedos para a sala.

— Sorte a de vocês.

Todos riem. Eu e Pátroclo continuamos em silêncio. Olho para ele. Pátroclo é alguns centímetros mais alto do que eu e naturalmente mais magro. Neste baile, usa os óculos de que eu tanto gosto e um terno que eu adoraria amarrotar. O homem está sempre impecável. Nada o intimida porque, antes de agir, ele já analisou meia dúzia de cenários. Surpreendê-lo é quase impossível.

Mesmo assim...

— Tem certeza? — murmuro. Pátroclo pode ter esperado a oferta de uma esposa como parte da tradição, mas Helena complica as coisas. Vale mais a pena ir para a cama com uma cobra e rezar para ela não enterrar as presas em você. Helena vai morder. Isso é o que as cobras fazem. A mulher é leal à família e somente à família. Casar com Helena significa que cada interação, dentro e fora de casa, vai ser um campo de batalha. Ela é uma Kasios. Ela não é confiável.

— É o único jeito.

Ele tem razão. Não sei por que estou questionando. Isso é o que desejo desde que tenho idade suficiente para perceber que o poder é a única coisa que as pessoas no Olimpo respeitam. E depois de sentir o gostinho disso enquanto progredia na hierarquia a serviço de Atena? Sim, estou disposto a sacrificar muita coisa para conquistar esse título.

— Então vamos seguir com o plano.

Ele olha para mim com o rosto bonito completamente calmo e assente. Pátroclo nunca quis liderar, muito menos reivindicar um lugar entre os Treze, mas vai se inscrever para poder *me* ajudar a conquistar essa posição. Esse é o plano desde o momento em que decidi ser Ares. As duas primeiras provas foram planejadas para reduzir os concorrentes até restarem apenas cinco na final. Alianças não são inéditas, mas não estou disposto a colocar meu sucesso na mão de um desconhecido. É aí que entra Pátroclo. Ele vai fornecer toda a assistência necessária para garantir que eu chegue ao teste final. Tenho quase certeza de que conseguiria fazer isso sozinho, mas ele insistiu.

Verdade seja dita: não protestei muito. Pátroclo está ao meu lado desde que nos conhecemos, aos dezoito anos. Desde então, passamos por todos os grandes marcos da vida como uma dupla. Seria errado competir e ganhar o título de Ares sem o seu apoio.

Mesmo assim...

— Se tem certeza...

— Tenho certeza. Pare de tentar me tirar dessa. Eu vou competir. Ponto-final. — E encaro a multidão. — Tenho arquivos de todos os possíveis concorrentes no Olimpo. Você é o melhor. Comigo ao seu lado, a vitória está praticamente garantida.

Minha vitória. Tornar-me Ares. Casar-me com Helena. Pátroclo e eu temos um relacionamento pouco convencional — de acordo com algumas pessoas, pelo menos —, todavia ainda estou esperando que a ideia de me casar com outra pessoa o incomode. Com certeza *me* incomodaria se ele se casasse com outra pessoa. Mas Pátroclo continua sereno como sempre. Isso me faz subir pelas paredes.

— Casar com Helena Kasios vai ser um tremendo pé no saco.

Ele olha para mim, com aquele ar de censura.

— Ares.

Como se precisasse me lembrar. Eu me casaria com a porra de uma harpia, literalmente, se isso fizesse de mim um dos Treze. Infelizmente, Helena Kasios não está longe disso. Ela é uma criatura mimada que sempre consegue o que quer e, apesar do sorriso falso, consigo perceber que está furiosa com a novidade. Vai fazer o ganhador se arrepender, provavelmente pelo resto da vida. E ainda nem consideramos o fato de que toda informação que ela tiver de mim será levada diretamente a Zeus.

É uma jogada inteligente da parte de Perseu. Digno de um plano que Pátroclo criaria. Em última análise, porém, isso não importa. Eu me tornarei Ares. Vou deixar para lidar com todas essas outras merdas assim que o título for meu.

Um movimento do outro lado chama minha atenção. Páris. Ele é um cara branco e esguio que gasta muito dinheiro com a aparência, obviamente. Dá para ver na suavidade da pele, no estilo perfeito do cabelo loiro. Pena que o dinheiro não pode comprar uma boa personalidade; Páris é um idiota. Todos os genes da bondade presentes na família foram para seu irmão mais velho, Heitor.

Heitor é alguém de quem gosto e a quem respeito.

Páris contempla Helena como se ela fosse um pedaço de carne que ele mal pode esperar para degustar. Não tenho o hábito de prestar muita atenção aos sites de fofoca, mas o rompimento de Páris e Helena foi turbulento o suficiente para ocupar as manchetes por semanas. Agora o merdinha está praticamente esfregando as mãos de alegria.

Ele olha para mim e sorri.

— Desculpe, cara, mas ela é minha. Helena não pode dizer não para mim se eu me tornar Ares e me casar com ela.

Do outro lado do irmão, Heitor se adianta um passo e dá um tapa em sua nuca com uma tranquilidade sugestiva de quem repetiu esse gesto tantas vezes, a ponto de ter se tornado uma memória muscular.

— Não seja grosseiro. — Ele acena para mim. — Aquiles.

— Heitor. — Ele chefiou um dos esquadrões de Ares, no entanto, depois que se casou e teve uma filha, acabou se transferindo para trabalhar na equipe de outro membro dos Treze, Apolo. Desde então, não tenho visto muito Heitor, mas ele era um lutador formidável quando o conheci. — E a garotinha?

— É parecida com a mãe. — Heitor sorri. — Agradeço aos deuses todos os dias por ela não ter vindo com a minha cara feia.

Heitor tem uma beleza meio rústica, com aquele cabelo cor de areia e olhos mansos, mas ele tem razão: não vai ganhar nenhum concurso de beleza tão cedo. Sorrio para ele, ignorando Páris por completo.

— Imagino que não vá lutar. Você já tem uma esposa. Pensei que estivesse a meio caminho da aposentadoria, neste momento.

Ele dá de ombros.

— Família.

Concordo com um movimento de cabeça, como se tivesse alguma ideia sobre o que ele está falando. Minha única família é Pátroclo e o esquadrão que comandamos juntos. Meus pais são um mistério. Ao que parece, não queriam um filho e seguiram a velha tradição de deixar o bebê — eu — nos degraus do templo. Cresci em um dos orfanatos administrados em nome de Hera, mas não creio que uma Hera verdadeira tenha posto os pés neles desde antes de eu nascer.

Aos dezoito anos, tive a opção de trabalhar para Ares, Poseidon ou Deméter. Na verdade, não foi exatamente uma escolha. Fui soldado de Ares durante alguns anos, antes de Atena me tirar da obscuridade e me mostrar o que podia ser a grandeza.

Nasci para isso.

— Agora é hora de conhecermos os que pretendem a posição de Ares. Deem um passo à frente.

Zeus dá um passo para trás e faz um gesto para a mulher alta e negra ao seu lado. Ela veste um terno, em vez de um vestido, e o cinza-claro da roupa realça tanto o tom marrom da pele como o cabelo preto e curto nas laterais, com cachos mais longos na parte de cima. Atena.

Ela perscruta a sala como se calculasse as fraquezas de cada pessoa. Conhecendo-a como a conheço, sei que é exatamente isso que está fazendo.

— Depois que se inscreverem, a única saída é a eliminação ou a desistência. Embora as provas não sejam planejadas para levar à morte... acidentes acontecem. Estejam dispostos a sacrificar tudo.

Páris se esquiva da mão de Heitor e dá um passo à frente.

— Eu sou Páris Chloros. Vou sacrificar tudo.

Não consigo evitar. Espio Helena para ver como ela reage. Sua pele pálida fica meio esverdeada quando encara o ex-namorado. Páris pisca para ela como se não visse o desejo assassino em seus olhos. Se ele ganhar o título de Ares, duvido que sobreviva à noite de núpcias.

Não vai ser um problema, porque Páris nem é um concorrente. A maior preocupação é Heitor, que dá um passo à frente e repete a frase tradicional. Ájax — outro ex-comandante de Ares e alguém que considero um amigo — é o próximo. Em seguida, uma mulher negra com dreadlocks presos para trás, exibindo o rosto marcado por cicatrizes. Seu nome é Atalanta, e ela é leve o suficiente para eu saber que é rápida pra caralho.

As pessoas se apresentam uma a uma em uma sequência interminável. Observo os que Pátroclo esperava e os que ele não esperava. Nenhum deles importa. Existem alguns concorrentes de verdade, mas a maior parte dos inscritos é formada por membros de famílias da elite que frequentam os círculos estendidos dos Treze. Vão participar do torneio porque não podem ignorar a chance de conquistar o título, mas não são ameaças reais.

Uma onda de murmúrios se levanta atrás de mim, e olho por cima do ombro para os dois homens que atravessam a multidão, com as pessoas praticamente se atropelando para sair do caminho. Eles têm coloração semelhante — pele marrom, cabelo ruivo-escuro, olhos escuros — e ambos são ainda maiores do que eu.

— Os filhos da mãe são grandes — murmuro.

O mais alto deles me encara com uma expressão sinistra e vazia quando passam. A sala inteira está em silêncio, provavelmente sentindo a mesma coisa que eu: esses são verdadeiros predadores. E ainda mais importante: são *desconhecidos*.

O mais baixo se apresenta primeiro com uma reverência teatral.

— Sou Teseu Vitalis e estou disposto a sacrificar tudo.

Atena levanta uma sobrancelha.

— Novo na cidade?

— Os parâmetros da competição permitem.

— Conheço as regras. — Atena fita o mais alto. — E você?

— Eu sou o Minotauro. — Sua voz faz pensar que alguém cortou as cordas vocais dele e depois jogou brasas na ferida.

O olhar de Atena para ele é penetrante.

— Esse é seu nome?

— Serve ao seu propósito. — Faz uma pausa, apenas o suficiente para vê-la assentir, antes de continuar: — Vou sacrificar tudo.

— Perigoso — murmura Pátroclo.

— Sim. — Espero os recém-chegados se moverem para o lado antes de Pátroclo e eu darmos um passo à frente. Não consigo deixar de olhar para Helena novamente, enquanto Pátroclo pronuncia as palavras que significam sua inscrição. Ela não se esforça muito para disfarçar, e odeio a piedade que sinto em resposta ao que vejo. É evidente que Helena não escolheu nada disso. Porra, é óbvio que ela nem sabia disso antes de Zeus fazer o anúncio. Esta mulher não é nada para mim, mas quando eu ganhar o título de Ares — e *vou* ganhar — não vou permitir que seja maltratada. Depois do casamento, não vou me importar com o que ela fizer ou com quem vai trepar, desde que fique longe de mim e de Pátroclo. É um acordo melhor do que ela vai ter com qualquer outra pessoa.

Chega a minha vez de falar, e afasto sem esforço todos os pensamentos sobre Helena.

— Sou Aquiles Kallis e estou disposto a sacrificar tudo.

Atena não sorri, mas percebo a aprovação em seus olhos escuros. É tão efusivo quanto pode ser, e isso me faz sentir meio estranho. Não sou alguém que precisa de aprovação externa para me sentir validado, mas respeito muito Atena, e a opinião dela é importante para mim.

Ela espera alguns momentos, mas ninguém mais se apresenta. Então levanta a voz para ser ouvida em todos os cantos da sala.

— O prazo para se inscrever termina ao amanhecer. Boa sorte.

As luzes se acendem com lentidão, sinalizando o fim da cerimônia. A festa vai durar horas, mas o motivo para estarmos aqui acabou. Olho para Pátroclo.

— Vamos.

Por um segundo, parece que ele vai discutir, mas por fim assente e me acompanha em direção à porta. As pessoas saem do nosso caminho. Já estive nesse tipo de festa um punhado de vezes ao longo dos anos, desde que fui promovido a braço direito de Atena, mas ela prefere manter sua gente fora do ninho de víboras. São palavras dela, não minhas. Não entendo por que tanto escândalo, mas não sou do tipo que se deixa influenciar por um belo rosto ou palavras bonitas. Conheço meu destino.

Seguro a porta aberta para Pátroclo e saímos pelo longo corredor que leva ao elevador. Ele tem *aquela* expressão no rosto, e reviro os olhos mentalmente.

— Fale que não está preocupado com aquela princesa dourada.

— Eu me sinto mal por ela. — Pátroclo dá de ombros, sem nenhuma vergonha de mostrar seu coração mole. — Não deve ser muito confortável estar tão perto de tantos membros dos Treze. A vida dela nunca foi dela mesma, nunca, desde que nasceu.

Dessa vez, reviro os olhos de verdade.

— Sei. Pobre princesinha, nascida na família mais rica da cidade, tem tudo que sempre sonhou ao alcance das mãos. Ela nunca teve de lutar por nada na vida. Não como eu. Não como você.

— Isso não é totalmente verdade, pelo menos não para mim. Se as coisas tivessem acontecido de maneira diferente, eu seria filho de Afrodite.

— É diferente.

— Se você diz. — Outro encolher de ombros. — Não tenho a mesma ambição que você, Aquiles. Trabalhar para Atena é só um trabalho para mim. Sempre foi.

Amo esse homem, mas às vezes não o entendo de verdade. Se uma pessoa não está lutando por alguma coisa, é usada como trampolim por outras que estão. Pátroclo é uma das pessoas mais brilhantes que conheço, mas é muito mole. Se não tivesse a mim para cuidar dele, Pátroclo teria sido prejudicado dezenas de vezes desde que nos conhecemos.

Por outro lado, sem mim, não acho que ele estaria nas forças especiais de Atena. Com seu amor pelo conhecimento e pela pesquisa, poderia ter sido atraído pelo trabalho com Apolo, assim como Heitor.

Algo que parece culpa me atinge como um tapa na cara, mas afasto o sentimento.

Quando eu for Ares, Pátroclo será livre para fazer o que quiser. Com tanto poder à minha disposição, e tantos recursos, ele não vai ter de trabalhar se não quiser.

Passo um braço sobre seus ombros e beijo sua testa de leve.

— Não se preocupe tanto. Quando eu for Ares, vou cuidar de nós dois. — Sorrio. — Porra, cuido de Helena também, se isso fizer você se sentir melhor. Mesmo que ela seja uma pirralha mimada.

3

HELENA

— Está brincando comigo, *porra*? — Enterro os dedos no tecido do vestido. É isso ou dar um soco no queixo quadrado do meu irmão. Não importa quanto isso seria satisfatório, não posso correr o risco de machucar a minha mão. Não se eu quiser ser Ares. Exceto que: como diabos posso ser Ares se Perseu me nomeou *esposa* de Ares? — Você me transformou em um prêmio para ser conquistado! Casar com um estranho! Sem nem me consultar.

Consegui me segurar até a festa terminar e um pequeno grupo ir parar no escritório de Perseu — eu, Perseu, Éris e Calisto. Eu, Zeus, Afrodite e Hera. Perseu está sentado atrás de sua mesa enorme e parece entediado com a encenação. Éris apoiou o quadril na mesa e está sorrindo de um jeito que não me agrada nem um pouco. Amo meus irmãos. De verdade. Mas não posso esquecer nunca que eles estão focados acima de tudo no poder e na ambição. Sempre estiveram, mesmo antes de se tornarem membros dos Treze. Afinal, fomos criados assim.

A única exceção foi Hércules, e veja o que aconteceu com ele.

Calisto está de frente para as janelas panorâmicas, aparentemente alheia à conversa. Ou discussão, para ser mais precisa.

Éris examina as unhas.

— É tradição que uma esposa faça parte da conquista do título de Ares.

De alguma forma, apesar de toda a preparação, perdi esse pequeno detalhe. Estava tão debruçada em quais poderiam ser as provas que não me preocupei em examinar o restante. O último Ares teve várias esposas ao longo do tempo em que deteve o título. Nunca me ocorreu que uma delas fosse resultado de sua conquista do título.

— Isso não é desculpa. Você poderia ter escolhido outra pessoa. Deveria ter escolhido *qualquer outra* pessoa. Por que tinha que ser eu?

Perseu une as mãos diante da boca.

— Porque você é uma Kasios.

Recuo. Não pedi para nascer nessa família. Não pedi as consequências com que vivi durante toda a minha vida.

— Então vou ser punida por ter o sangue do nosso pai nas veias?

— Pare de ser dramática, Helena.

Odeio quanto ele parece condescendente agora.

— Não, vá se foder. Você não sabe como é...

Perseu se levanta lentamente, me interrompendo:

— Não sei como é... o que exatamente? Sacrificar-se em nome dos Treze? Casar-se com um desconhecido em prol de um bem maior? — Ele não olha para Calisto. — Não estou pedindo nada que eu já não tenha feito.

— Eu não pedi nada isso — finalmente consigo dizer.

— Não seja infantil. Você não é especial. Nenhum de nós pediu isso. — Ele se vira para a porta. — Você estava predestinada a se casar em uma disputa de poder. Sabe disso.

Para ser sincera, é um milagre eu ter evitado isso até agora. Meu pai pensou em me domar antes de me oferecer como penhor para outra pessoa, e essa é a única razão pela qual não tinham enfiado uma aliança no dedo e me arrastado para o altar. Mas eu não esperava isso de *Perseu*.

Que tolice minha.

É claro que meu irmão nunca permitiria que uma coisinha como a minha felicidade atrapalhasse seus resultados financeiros. Nosso pai o ensinou muito bem. Ele ensinou a todos nós muito bem. Até Zeus, com sua crueldade mesquinha, protegeu o Olimpo à sua maneira. Ninguém podia protegê-lo de *Zeus*, mas pelo menos não precisávamos nos preocupar com inimigos externos durante a sua permanência no trono.

— Mas...

— Os Treze estão muito divididos, e, com as substituições, isso está causando inquietação. Vou controlar todos eles, um por um, aconteça o que acontecer. *Você* vai fazer sua parte influenciando Ares a meu favor. Exatamente como foi ensinada a fazer.

O efeito colateral de estar destinada a um casamento político? Não deixaria de ser político no momento em que eu dissesse "sim". Vou andar na corda bamba entre meu marido e minha família, e os deuses sabem que minha família pode não ser perfeita, mas ainda tem minha lealdade. Não importa quanto me mate fazer o que é necessário. E isso significa que só tenho uma resposta possível.

— Entendi.

— Que bom. — Perseu me encara, com frieza. — Você vai estar presente amanhã na cerimônia de abertura, vai se sentar ao lado de Atena com um lindo vestido e vai inspirar a grandeza dos candidatos. Eles precisam fazer um show inesquecível, e preciso da sua ajuda para isso. É seu dever, Helena. Você não se esqueceu do preço da vida que levamos, não é?

A vergonha me invade, e faço de tudo para não curvar os ombros. Não importa quanto tenha sido horrível crescer como um dos filhos de Zeus, o fato é que nunca me faltou nada, nunca uma necessidade material minha deixou de ser atendida. Tive as melhores escolas, as melhores roupas, uma casa na cidade superior, frequentei os círculos dos ricos e poderosos. Tudo isso aconteceu por causa da família em que nasci.

Mas, como meu irmão gosta de me lembrar, tudo isso tem um preço.

Perseu tem razão, de certa forma; não está me pedindo nada que ele mesmo não esteja disposto a fazer. Afinal, ele se casou com uma das filhas de Deméter. Não interessa se estou reclamando, até eu posso reconhecer essa aliança como valiosa, mesmo que não entenda completamente por que tinha de ser *Calisto*. De todos nós, ele é o mais consciente do terrível legado que carregamos no sangue, dos pecados que nosso pai cometeu quando era Zeus. Perseu já está se esforçando para garantir que seguirá um caminho diferente. Ele pode me irritar muito, mas respeito isso nele.

Mas...

Não *quero* essa responsabilidade. Não escolhi isso.

Não importa. Levanto o queixo e pisco para aliviar o ardor nos olhos. Eu sou uma Kasios, e Kasios não choram.

— Vou cumprir meu dever. — Quais alternativas eu tenho? Correr? A ideia é ridícula. A única maneira de sair do Olimpo é pelas mãos de Poseidon, e ele não vai me ajudar, de jeito nenhum. Ele não gosta de mim, contudo, mais do que isso, sabe quanto sou valiosa para todo esse plano. Ajudar-me significaria alienar Zeus, Afrodite e o próximo Ares, tudo com uma só atitude. Provavelmente Deméter também, embora isso não seja certeza. Perseu é comedido demais para fazer algo tão imprudente.

— Preciso colocar alguém do pessoal de Atena atrás de você?

Endireito as costas.

— É claro que não.

— Muito bem. Não quero me arrepender dessa decisão. — Perseu assente e sai, me deixando sozinha com Éris.

Éris se afasta da mesa. Ela usa um vestido justo prateado e o longo cabelo escuro preso para trás em uma série complicada de voltas.

— Sei que isso não é o ideal, mas ele tem razão. Um novo Ares significa que estamos introduzindo um curinga nos Treze. Precisamos de você para preparar o caminho e garantir uma nova aliança entre Zeus e Ares.

Amo minha irmã. Muito. Mas isso não muda o fato de que, como todo mundo na minha família, para ela a prioridade é o Olimpo, depois, ela mesma, e todos os outros por último. A família pode estar na frente da população olimpiana em geral, mas não muito. Éris me ama. Só não é o tipo de pessoa que permite que isso atrapalhe uma ação decisiva — e que a impeça de ter o controle da situação sempre que pode.

— Você poderia ter escolhido outra pessoa. Qualquer outra.

Ela dá de ombros, e um sorrisinho aparece nos cantos da boca.

— Você vai se dar bem, Helena. Sempre se dá.

Inclino a cabeça para trás e miro o teto.

— Um elogio de duplo sentido. — Minha voz é alta e firme. Tenho muito autocontrole e não surto com essa reviravolta, mas não existe nada que eu queira mais do que arremessar alguma coisa na cara presunçosa da minha irmã. — Estou com muita raiva de você agora.

— Você vai superar. Esta cidade é assim, lobo comendo lobo, em especial entre os Treze. Você sabe disso.

— Sim, bem, eu *teria garantido* uma aliança hermética entre Zeus e Ares se você *me* deixasse ser o próximo Ares.

Ela se sobressalta como se eu a tivesse surpreendido.

— Você não pode estar dizendo que considerou mesmo a ideia de se inscrever. Pensei que tivesse desistido dessa intenção ridícula quando éramos crianças.

Não deveria doer tanto saber que minha irmã não me leva a sério. De todos eles, pensei que ela percebia que minhas ambições iam além do superficial. Pelo jeito, estava enganada.

— Eu nunca desisti.

O sorriso dela é tenso.

— Querida, sei que tem boas intenções, mas pense nos candidatos. Aquiles, Heitor, Atalanta, aqueles dois estranhos... Eles são enormes, praticamente transpiram violência. Isso sem falar nas outras trinta e tantas pessoas que se inscreveram. Você é... — Ela hesita. — Você é capaz, mas não é uma guerreira, Helena. Não teria como você vencer.

De alguma forma, isso é pior que não levar a sério minhas ambições. Ela duvida honestamente de que eu conseguiria. Meu peito ameaça fechar, e só anos de prática me impedem de ceder.

— Eu *teria* vencido.

— Acho que agora nunca vamos saber. — Éris comprime os lábios e parece quase arrependida, de um modo que não estava quando me vendeu em casamento sem falar comigo antes. — Sinto muito,

Helena. De verdade, lamento. Mas sabe como é. O Olimpo vem em primeiro lugar. Às vezes isso exige sacrifício.

— Continue dizendo isso para si mesma. Você não está sacrificando absolutamente nada. — Estou com tanta raiva que chego a tremer. A tentação de extravasar a fúria aqui, nesta sala onde só tem a minha família, é quase forte demais para resistir. Já faz muitos anos que não brigo de verdade com Éris; a última vez foi quando éramos adolescentes. Seria muito bom pôr para fora um pouco desse sentimento horrível que existe dentro de mim. A traição tem um gosto forte na língua, e ameaça sufocar todo o restante.

— Não faça essa cara. Vai ficar cheia de rugas. Isso vai dar certo, Helena. Confie em nós. — Éris se vira e deixa o escritório. Ela sempre gostou de deixar as discussões inacabadas.

É muita ingenuidade minha acreditar que meus irmãos me tratariam de um jeito diferente do que meu pai o faria. Helena Kasios, princesa do Olimpo, destinada a se casar com alguém que vai levar mais poder para sua família — como se eles precisassem disso.

— *Droga*. — Forço as mãos a soltarem as dobras do vestido. — Eu queria pra cacete o título.

— Por que não ir atrás dele, apesar de tudo? — A voz de Calisto emerge das sombras, baixa e quase sedutora.

Dou um pulo assustada e me viro com o coração disparado. Eu tinha me esquecido completamente que ela estava na sala conosco. A garota surge das sombras perto da janela, onde estava quase invisível. Com o vestido preto e os cabelos escuros, ela parece uma criatura da noite que entrou neste escritório por acidente. Ainda não consigo acreditar que meu irmão se casou com *ela*. Entendo a intenção de querer ter Deméter e seu poder significativo firmes ao seu lado, mas com certeza Eurídice teria sido uma escolha melhor. Ela é muito mais doce; casar-se com ela significaria uma vida muito menos tumultuada.

Por outro lado, o Olimpo comeria Eurídice viva se ela se tornasse Hera.

— Porque não posso. Não é assim que as coisas funcionam.

— Será que não? — Calisto examina as unhas. — Prefiro pedir perdão do que pedir permissão. Afinal, foi isso que seu irmão fez. Por que não dar a ele um pouco do próprio remédio?

Eu a encaro.

— Você está tentando causar problemas.

— O Olimpo não é nada além de problemas. — Há algo de perigoso que muda seu tom. Calisto não está totalmente errada, mas isso não significa que está certa. Sua mãe, Deméter, conquistou o título e trouxe as filhas para a cidade há pouco mais de dez anos. Naquela época, Calisto debochava de tudo que tinha a ver com os Treze. Antes de se casar com meu irmão, ela não aparecia em festas. Não jogava o jogo. Estava sempre disposta a ir para a linha de frente e lutar, quem quer que fosse o adversário.

Agora que se tornou oficialmente Hera, não sei o que pensar dela.

Cruzo os braços e tento acalmar meu coração acelerado. Não importa quanto ela pareça perigosa, é apenas uma mulher, e participo desse jogo há mais tempo do que ela está na cidade. Injeto um pouco de falsa alegria à voz quando digo:

— É muito fofo tentar ser uma cunhada solidária, mas não estou a fim de virar uma peça nesse jogo que você e meu irmão estão fazendo.

Calisto me observa por um longo instante, seu olhar francamente predatório.

— Isso não tem nada a ver com seu irmão.

— Que adorável. Tenho aqui um pouco de óleo de cobra que adoraria vender para você. É ótimo para a pele. Praticamente uma fonte de juventude.

Calisto sorri.

— Independentemente das minhas motivações, estamos falando de *você*. Existe alguma regra que determina que não pode ser prêmio e concorrente ao mesmo tempo?

Estudo minha cunhada. Apesar do instinto de preservação, estou ponderando suas palavras.

— Eu teria que verificar, mas provavelmente não. Não criaram uma regra contra isso, porque duvido que alguém tenha pensado em tentar. — Detesto confirmar, de certa maneira, as dúvidas de Éris sobre mim, mas... — Você viu as pessoas que se inscreveram. É muita coisa para enfrentar.

Calisto dá de ombros.

— Se estava planejando conquistar o posto de Ares, já pretendia enfrentá-los e sair vencedora.

Ela não está errada, mas ainda parece uma armadilha. É só que... não sei se me importo. Se competir e vencer, resolvo dois problemas de uma vez só: eu me torno Ares e evito o casamento com alguém que desconheço. Involuntariamente, vem à minha mente o rosto bajulador de Páris me encarando cheio de malícia quando se candidatou mais cedo. *Ou a imagem de estar casada com aquele* homem. Evitei esse destino uma vez e estou determinada a fugir dele novamente.

Ainda assim, um fato não se encaixa. Com todo o cuidado, contenho a empolgação crescente e injeto frieza na voz.

— O que você ganha ao sugerir que eu faça isso?

Segue-se outro movimento dos ombros.

— Talvez eu tenha algo contra situações em que as pessoas são forçadas a aceitar casamentos que não escolheram. Talvez eu queira viver indiretamente através de você, porque eu teria competido para ser Ares, caso já não fosse Hera. Talvez eu queira desafiar meu adorável marido de todas as maneiras possíveis. Será que os meus argumentos realmente importam? — Novamente surge aquele sorriso predador. — Quer competir, Helena? Vá em frente. Todos aqueles idiotas que pensam que você é só um lindo prêmio a ser conquistado? Prove que eles estão errados.

Parece que ela disparou uma flecha bem no meu coração. Não posso confiar nesta mulher, seja ela minha cunhada ou não. Mas... isso não significa que sua ideia não tem mérito.

— Você realmente odeia meu irmão, não é?

— Odeio todos os Treze.

— *Você* é uma deles. — Apesar do fato de que Hera se tornou um título enfraquecido desde que meu pai virou Zeus. Na sucessão de suas três esposas (três Heras), ele destituiu o título de sua influência até fazer dele só um título vazio para a esposa de Zeus.

— Sim. Eu sou.

A porta é aberta, e Perseu volta para a sala. Olha para mim, para a esposa, e depois para mim de novo.

— Aí está você.

O sorriso dela é absolutamente venenoso.

— Só estou tendo uma conversa de mulher com Helena.

Ele não se pronuncia sobre isso, o que é bom.

— É hora de ir embora, Hera.

— É claro, Zeus. — As palavras parecem bastante educadas, mas a fúria espreita por trás delas. Calisto se vira para mim. — Parabéns pelas núpcias iminentes, Helena. Tenho certeza de que você vai ser um lindo adereço de braço para o próximo Ares.

Eu a vejo atravessar a sala em direção ao meu irmão, e os fiozinhos de cabelo na minha nuca se arrepiam. Essa mulher é mais predadora do que a maioria dos Treze, e não consigo me livrar da sensação de que Perseu vai se arrepender muito de ter se casado com ela. Ele também se vira com facilidade e coloca a mão nas costas dela. Esse meu irmão... Sempre preocupado com as aparências, mesmo quando não tem mais ninguém aqui além de mim para testemunhar a mentira.

Eu os sigo para fora do escritório, e pegamos o elevador até o estacionamento. Só quando nos afastamos o suficiente para que o guarda perto da porta não possa nos ouvir, Perseu fala:

— Não tome nenhuma atitude que coloque esse processo em risco. Me prometa, Helena.

O cara joga uma bola venenosa no meu colo e depois exige que eu prometa me comportar. Maldita seja sua esposa por usar palavras inteligentes para abrir buracos na minha já instável determinação de fazer o que minha família me pede. Balanço a cabeça com lentidão.

— Sabe, você realmente parece nosso pai.

Ele recua, um movimento quase imperceptível que no mesmo instante me faz sentir culpada. Foi um golpe baixo, e fiz aquilo com a intenção de machucá-lo. Nunca tive a intenção de ser uma megera, mas, às vezes, os espinhos que tenho dentro de mim ferem com muita força, e coisas horríveis brotam dos meus lábios. Palavras destinadas a atingir no coração.

Perseu conduz Calisto em direção ao SUV, e penso novamente que ele a toca com muita tranquilidade, como se não tivesse medo de perder a mão. Será que ele percebe de verdade o olhar penetrante de Calisto a cada vez que ele se aproxima demais?

Meu irmão espera a esposa entrar no carro, então se volta para mim.

— Eu mereci aquilo, mas isso não muda nada. Me prometa, Helena.

— Prometo — minto, sem hesitação. E nem me sinto culpada. É praticamente uma linguagem de amor em nossa família.

Ele examina meu rosto, e a frieza diminui por um instante.

— Quem se tornar Ares vai tratá-la bem. Vou garantir que seja assim.

Dou uma risada amarga.

— *Como?* Vai montar um esquema de vigilância para garantir que meu marido não seja abusivo? Fala sério.

— Sim.

Ele... não está brincando. Eu o encaro.

— E depois, Perseu? O que vai fazer se me condenar a me casar com um monstro?

— Não exagere. Você é muito esperta, e a maioria dos concorrentes reconhece que prejudicá-la faria com que boa parte dos Treze se afastasse.

É claro que não tem como meu irmão ambicioso e implacável ser tão ingênuo.

— Afastaria a maioria deles, mas não todos.

— Os desconhecidos não vão vencer, Helena.

Não, não vão. Porque eu vou. A resolução cria raízes em meu peito e me estabiliza. *Eu serei Ares*. Ainda assim, não posso deixar de insistir. Não sei o que estou procurando. Segurança. Conforto. Alguma coisa. Eu sou uma idiota.

— E se um dos desconhecidos vencer? E se *Páris* vencer?

— Eles não vão machucá-la. E se tentarem? — Meu irmão se vira para o SUV. — Eu transformo você em viúva.

4

PÁTROCLO

Deixo Aquiles dormindo no nosso apartamento e vou a pé até o quartel-general de Atena. Ela prefere viver de maneira discreta, ocupa um prédio antigo na região nordeste da cidade superior, ao sul das docas e perto da costa. É suficientemente afastado do reluzente centro da cidade de Zeus para que os edifícios tenham mais personalidade, diferindo do visual de aço, vidro e concreto que os quarteirões ao redor da Dodona Tower preferem.

Não falta muito para acabar o prazo de inscrição. Espero que a maioria dos grandes concorrentes já tenha mostrado a cara, mas não gosto de ser surpreendido. Faltam algumas horas para amanhecer, e, se houver algum retardatário, a pessoa vai aparecer agora, sob o manto da escuridão.

Historicamente, as três provas são mais de natureza física, mas a vantagem de um concorrente surpresa é sempre muito grande. Para garantir a vitória de Aquiles, tenho de considerar todas as variáveis e planejar em torno delas. É por isso que estou *aqui*, em vez de estar na cama quente ao lado dele.

Árvores ladeiam a rua em intervalos regulares, carvalhos altos que criam um frescor agradável no calor do início de verão, mesmo a esta hora. Entro nas sombras oferecidas por uma árvore de onde se tem uma visão nítida da entrada do prédio de Atena e me acomodo para esperar.

Ouço a pessoa antes de vê-la. Os saltos batem com força na calçada, rápidos e incisivos o suficiente para transmitir uma raiva profunda. Vou mais para trás, para o fundo das sombras, e me inclino para ver quem é.

A surpresa me invade quando reconheço o vestido dourado, brilhante sob as luzes da rua. De onde estou, não consigo distinguir com nitidez o rosto de Helena, mas a determinação em seus ombros fala por si. Ela fazia a mesma coisa quando éramos crianças no playground, jogava os ombros para trás antes de partir para o confronto.

Os riscos eram muito menores naquela época.

Quase me convenço de que é uma coincidência ela estar *nesta* rua, vindo *nesta* direção, até que ela abre a porta do prédio de Atena e entra.

Sou bom em estratégia. Talvez seja até o melhor do Olimpo. Teorizei que Helena seria escolhida como noiva do próximo Ares antes de ser anunciado, porque os dados apontavam para esse resultado. Eu sabia que Páris e Heitor se inscreveriam pelo mesmo motivo. Até projetei que haveria alguns participantes não olimpianos no grupo, embora não tenha tido a chance de investigar os poucos que apareceram.

Eu não antecipei *isso*.

Helena competindo pelo título de Ares? A ideia é ridícula, contudo, ao rever mentalmente as histórias que li sobre o assunto, não encontro nenhuma regra contra sua inscrição. Isso nunca foi feito antes. Não há precedente.

O que acontece se ela morrer em uma das provas? Os concorrentes morrem de vez em quando, embora isso seja a exceção, não a regra. Zeus dificilmente conseguirá trocar a noiva-prêmio de uma hora para outra. Mesmo que consiga, e os Treze, o público e os concorrentes apoiem... A ideia é ridícula. Quem se compara a Helena Kasios nos quesitos conexões e beleza? Ninguém.

É um desastre, não importa de que ponto de vista eu analise a circunstância.

Estou tão ocupado com meus pensamentos que não a ouço sair. Nem percebo Helena até ela estar bem na minha frente, com uma sobrancelha perfeitamente arqueada.

— Você nunca foi tão sorrateiro assim.

— Na última vez que você me viu, eu tinha oito anos. As pessoas mudam. — Mas agora que reflito sobre o assunto, Helena sempre foi a primeira a agir contra estereótipos naquela época. Uma garotinha fofa com um vestido impecável... que não tinha nenhuma dificuldade para arrancar sangue do nariz dos encrenqueiros e fazê-los chorar.

— Algumas pessoas mudam. — Ela dá de ombros. — De qualquer forma, espionar é baixo demais para você, Pátroclo.

Podemos ter sido amigos na infância — pelo menos até minha mãe levar nossa família para fora do centro da cidade, quando eu estava na terceira série —, mas não vi muito Helena desde então. Pensando bem, ela era uma criança fofa, mas sempre foi uma deusa para mim. Foi ela quem fez amizade com meu eu estranho e mais jovem e impediu que as outras crianças me provocassem por causa dos meus óculos. Senti falta dela depois que me mudei, mas essas lembranças desapareceram com o passar do tempo.

Agora adulta, sinto sua beleza como uma agressão. À noite, só com as luzes da rua beijando suas maçãs do rosto salientes e os lábios carnudos, ela parece ser de outro mundo. Posso tê-la considerado uma deusa naquela época, mas hoje em dia ela realmente parece uma.

— Não estou espionando — consigo dizer. Minhas palavras saem um pouco roucas, mas, porra, ela me surpreendeu. Olho para seus pés e franzo a testa. — Onde estão seus sapatos?

— Eu o vi escondido aqui e queria conversar. — Helena segura os sapatos de salto, que são altos o suficiente para fazer *meus* pés doerem em solidariedade. — Achei que fosse fugir se ouvisse meus passos.

— Sou um dos funcionários de Atena. Eu não *fugiria* para evitar falar com você.

Seus lábios se curvam.

— Parece que as pessoas mudam, afinal.

Minha pele esquenta.

— Estou surpreso por se lembrar de mim. — Não sei por que digo isso. Sinceramente, não sei. Ela é *Helena Kasios*. Podia ser gentil comigo quando tínhamos oito anos, mas isso foi há muito tempo.

Seu sorriso desaparece.

— Éramos amigos, Pátroclo. Claro que não me esqueci de você. Senti sua falta depois que foi embora.

Não consigo interpretar seu tom. Parece quase magoada, mas devo estar imaginando coisas.

— O que está fazendo aqui? — Sei a resposta, mas quero ouvi-la admitir.

— Achei que você e eu poderíamos ter uma conversinha.

— Não temos nada para conversar. — Em especial se estivermos prestes a concorrer pelo posto de Ares. Não tenho intenção de vencer. Esse nunca foi o objetivo quando me inscrevi. Mas se colaborar com Aquiles, posso garantir que ele chegue à rodada final e vença. O melhor cenário, evidentemente, é que sejamos os dois últimos concorrentes e eu renuncie, porém, olhando para os outros inscritos, não sei se vou durar tanto tempo. Meu ponto forte é a estratégia, mas me falta uma característica fundamental que Aquiles e vários outros concorrentes têm: um impulso que os leve a ultrapassar o nível a que as pessoas normais conseguem chegar.

Para ser franco, também não gosto das chances de Helena. Mas o fato de ter sido tomado como um dos protegidos de Atena e aprendido com sua mente brilhante significa que sei que não devo acreditar nas aparências no Olimpo, *nunca*. Helena parece uma baladeira que voa de evento em evento, um lindo pássaro em uma gaiola dourada. Não posso me dar ao luxo de presumir que isso seja verdade.

Aposto que ela ainda tem um gancho de direita perverso.

— Pátroclo — ela pronuncia meu nome lentamente, quase como se o saboreasse. — Você é o único que sabe que me inscrevi na disputa, além de Atena, é claro. Eu diria que temos mais do que algumas coisas para conversar.

É fácil entender o que ela quer dizer.

— Você quer que eu guarde esse segredo.

— Sim. Pelo menos até que seja anunciado na cerimônia de abertura amanhã.

Já estou balançando a cabeça.

— Não. Sei que já fomos amigos no passado, mas faz muito tempo. Não desejo seu mal, mas você não é minha prioridade neste torneio. Aquiles, sim.

Ela inclina a cabeça para o lado e, mais uma vez, sua beleza me rouba o fôlego. Adoro Aquiles — desde a adolescência — mas tem algo em Helena que me atinge em um ponto que a lógica não consegue atingir. Ela é como uma rainha do Velho Mundo que poderia inspirar países inteiros a guerrearem em seu nome.

Agora ela é *perigosa*.

Ela ri, e é uma risada baixa e pecaminosa.

— O que Aquiles não sabe não vai machucá-lo. — As palavras soam quase como se ela tentasse me seduzir. Eu me preocupo com a dificuldade que tenho para me afastar de Helena, de recuar um passo. Meu corpo luta contra a mente, o que me preocupa ainda mais.

— Desculpe, Helena, mas vou contar para ele. — Pigarreio. — Era só isso?

— Na verdade, tem mais uma coisa. — Ela aponta para o meu ombro. — Você se importaria?

— Fique à vontade. — Fico perfeitamente imóvel enquanto ela se apoia em meu ombro e calça um sapato, depois, o outro. É estranho perceber quanto é pequena. A última vez que ela me tocou desse jeito, se apoiando em mim para calçar os sapatos, era mais alta do que eu. Agora deve ter pelo menos quinze centímetros a menos do que meu um metro e noventa; provavelmente mais de vinte, porque, mesmo com os saltos ridículos, ela ainda precisa olhar para cima para me encarar. Além disso, é tão magra que eu a chamaria de quebrável.

— Onde está com a cabeça? Para entrar nesse torneio — não era minha intenção perguntar. Que porra vou fazer com essa estranha onda de proteção? Ela não é uma criança que precisa ser protegida. Porra, Helena *nunca* precisou da minha proteção. Em última análise, não importa o motivo para ela estar fazendo o que está fazendo. A única coisa que importa é como ela complicou as possibilidades daqui para a frente. Sua presença afetará as coisas, e tenho de pensar em como.

Ela testa o segundo salto e depois se endireita, deslizando a mão por meu peito como se estivesse distraída. Sinto o toque como uma queimadura. De sua parte, Helena parece quase nem ter consciência do efeito que causa em mim. Ela contempla a rua com uma expressão ilegível.

— Está feliz, Pátroclo? Você não é contador, como queria ser naquela época. — Helena ri e balança a cabeça. — Que menino de oito anos quer ser contador?

O afeto cresce dentro de mim, mesmo quando tento combatê-lo. Revisitar essa estranha conexão com Helena, de que eu tinha quase me esquecido até agora, não vai me trazer nada de bom.

— E você não é pirata. Você está feliz?

Em vez de responder, ela dispara:

— Nunca se cansa de ficar na sombra de Aquiles?

— Não — respondo, instantaneamente. — Ele é muito ousado, muito impulsivo. Precisa de alguém para ancorá-lo. — Sem mim ao seu lado, só os deuses sabem aonde ele teria ido parar. Aquiles é brilhante de um jeito próprio, mas suas prioridades podem ser extremamente distorcidas, a ponto de ele não enxergar (ou não se importar) com o contexto mais amplo. Ele absorve as informações que considera suficientes para agir e age. Seu impulso e ímpeto são aterrorizantes e irritantes na mesma medida.

— E quanto ao que *você* precisa?

Racionalmente, sei que Helena não está falando de mim, não de verdade. Ainda assim, respondo com honestidade:

— Tenho tudo de que preciso. — É quase verdade. *Estou* realmente feliz com o que tenho com Aquiles. Não é um relacionamento tradicional, de forma alguma; não nos preocupamos com rotular as coisas e não somos exclusivos, embora eu não compartilhe dos encantos de terceiros com tanta frequência quanto Aquiles. Eu o amo. Ele me ama. Ambos estamos satisfazendo nossas necessidades, pelo menos por enquanto. Se tenho um medo secreto de algum dia não ser suficiente para ele? Bem, isso não é da conta de ninguém, só interessa a mim.

Não vou fazer essa confissão a Helena, com ou sem histórico compartilhado.

— Sorte a sua — ela murmura. Para alguém que frequenta os altos círculos da política olimpiana, ela é transparente demais. Ou as sombras estão me enganando, me fazendo ver vulnerabilidade onde não existe.

— Você parece ter tudo de que precisa. — Sei que não devo fazer suposições. Aquiles pensa que entende Helena e seu mundo, mas, mesmo que minhas mães tenham se retirado da política mesquinha quando eu estava no ensino fundamental, ainda sei que bem poucos na cidade superior são totalmente honestos sobre o que precisam e do que querem. Agirmos assim com as pessoas erradas lhes dá uma arma perfeitamente projetada para nos machucar.

— Pareço? — Helena dá um tapinha no meu peito e recua um passo. — Bem, acho que sim, se você diz.

— Helena. — Não pretendo pronunciar o nome dela desse jeito, com esse tom grave e duro.

Ela sorri, mas a expressão é mais de tristeza do que de alegria.

— Nem todo mundo tem sua sorte, Pátroclo. Mães amorosas que sacrificaram as ambições para lhe dar um espaço seguro no qual crescer. Um namorado que é o segundo na linha de comando de Atena. Uma carreira promissora dentro das forças especiais dela.

— Você parece saber muito a meu respeito.

Helena olha para longe e depois para mim.

— Posso ter dado uma olhada no que você estava fazendo de vez em quando, ao longo dos anos. Acho que você não fez a mesma coisa.

Não gosto da expressão triste em seu rosto. Mas não sou eu quem tem de tentar animá-la. Na verdade, o que eu *deveria* fazer é sair dessa conversa o mais depressa possível. Helena é muito esperta para me dar munição para usar contra ela, e não posso dizer o mesmo a meu respeito. Não quando estou reagindo a ela dessa forma tão estranha.

— Não tive que dar uma olhada em nada. Você está nas manchetes o tempo todo.

— Estou, não é? — Ela ri, um som divertido que desaparece cedo demais. — Dessa vez vou dar a eles algo de verdade para comentar.

— Você não vai vencer. — Não digo isso para ser cruel, mas ela se retrai mesmo assim. De qualquer maneira, continuo: — Pode até morrer. Ainda não é tarde demais. Se pedir a Atena para riscar seu nome da lista, ela não vai recusar. Ninguém precisa saber que se inscreveu.

O sorriso agridoce de Helena faz meu peito doer.

— Algumas coisas valem até o risco de morrer. Boa sorte, Pátroclo. Vai ter muito trabalho com aquele idiota pintado de ouro. — Ela se vira e volta pelo caminho por onde veio.

Não pretendo me mover. Afinal, tenho um plano, o qual envolve ficar aqui até o amanhecer para garantir que sei quem são todos os concorrentes que desejam manter suas identidades em segredo até a cerimônia de abertura. Ou pelo menos voltar a Aquiles e relatar a novidade. Mas meu corpo decide por mim, um passo se transforma em dois, dois viram uma corrida que me levam até Helena.

— Vou acompanhá-la até o seu carro.

— Não é necessário.

Apesar das minhas pernas mais longas, tenho de me concentrar para acompanhar o ritmo acelerado dela.

— As ruas são bem seguras neste bairro, mas você é Helena Kasios. Certamente, percebe que corre mais perigo estando sozinha, sem segurança, do que uma pessoa comum.

Ela me encara de um jeito estranho.

— Não é interessante para você deixar uma concorrente ser eliminada antes mesmo do início do torneio?

— Não. — A palavra sai com força demais, mas não há como voltar atrás. Faço um esforço para aliviar a tensão em meus ombros. — Não sei como é frequentar os círculos a que você está habituada, mas não acredito em perdas aceitáveis. Não se for possível evitá-las.

— Que lindo da sua parte. — Ela ainda me observa como se eu fosse uma nova criatura estranha que nunca viu antes. Quando fala novamente, sua voz é quase gentil: — Pátroclo, está tudo bem. Se alguém for idiota o bastante para tentar me atacar, sei cuidar de mim mesma. — Ela levanta um punho. — Houve um tempo em que eu cuidava de você também.

Sorrio, apesar de tudo.

— Você era o terror do playground.

— Como eu disse. — Ela abaixa o punho. — Não precisa cuidar de mim.

Talvez não. Ela deve ser capaz de se cuidar se é confiante o bastante para entrar no torneio. Mas não consigo sair de perto dela. Não até que esteja segura.

— Mesmo assim. Considere como um pagamento por ter dado um soco no nariz de Menelau depois que ele quebrou meus óculos.

Ela suspira.

— Eu devia imaginar que essa sua teimosia irritante era a única coisa que não tinha mudado. Tem que ser teimoso para dividir a cama com Aquiles. Muito bem. Se vai se sentir melhor, pode me acompanhar.

Percebo que esta Helena é um pouco diferente daquela que aparece nos sites de fofoca. As mudanças são sutis, mas tenho o hábito de arquivar todas as interações com pessoas poderosas que circulam entre os Treze. Eles são perigosos, e é bom nunca ser pego de surpresa.

A versão que ela interpreta em público é alegre de uma forma quase agressiva. Helena ilumina todos os cômodos em que entra, se aproxima demais e ri muito alto para ser uma companhia educada. É como se impusesse sua marca em cada espaço que ocupa, desafiando as pessoas a ignorá-la.

A Helena de agora ainda se aproxima demais, porém é mais contida. Está *triste*. Quase vulnerável. Notar que ela é mais complicada do que eu esperava me faz sentir estranho.

— Você não sabia sobre o casamento, não é?

Em vez de responder, Helena parte para a ofensiva.

— Você e Aquiles têm um relacionamento? Ou são só amigos que transam de vez em quando?

Quase tropeço.

— Não é da sua conta.

— Também não é da sua conta se eu sabia ou não sobre o casamento. — Paramos na esquina, e ela pega um telefone com uma capinha brilhante. Tudo em Helena parece cintilar. É enervante, me faz lembrar de vários animais cujas cores brilhantes sinalizam suas defesas venenosas. Ela vira o aparelho para me mostrar a tela.

— Minha carona vai chegar daqui a alguns minutos. Você cumpriu seu dever. Pode ir agora.

Continuo onde estou.

— Vou ficar até chegarem aqui.

— Tudo bem. — Helena coloca as mãos nos quadris, o que torna impossível não notar como o vestido se ajusta bem ao corpo. É uma obra de arte, o corte parece desafiar a forma física de um jeito que não entendo completamente. Deve ter alguma fita adesiva ou truque para impedir que os seios escapem?

A risada baixa me faz olhar novamente para seu rosto. Deuses, eu estava olhando para os seios dela. Minha pele esquenta e fico grato pelas sombras. Espero que escondam meu rubor.

— Desculpa.

— É realmente uma pena que você e Aquiles não sejam da minha conta. Você é bonito demais, e estou me sentindo especialmente inconsequente. — Ela se aproxima. Não o suficiente para me tocar, mas chega bem perto. Helena me encara. — Quer se meter em uma confusão comigo, Pátroclo? Pode contar tudo para Aquiles mais tarde com... detalhes... minuciosos.

Vejo bem como seria isso. Se ela fosse qualquer outra pessoa, se a situação fosse qualquer outra, Aquiles se divertiria com a história. Normalmente, a situação é inversa. Ele sai para se divertir e depois me conta tudo enquanto me fode, ou enquanto caio de boca nele, embora ele sempre me encha de perguntas quando alguém chama minha atenção o suficiente para justificar uma noite de diversão.

Faz muito tempo que não cedo à tentação e, em circunstâncias diferentes, ele ficaria encantado com minha impulsividade atípica.

Mas isso? Isso parece muito com uma traição por razões que não quero investigar. Finalmente balanço a cabeça.

— Não. Em outras circunstâncias talvez, mas... — Odeio a decepção que vejo em seu rosto, odeio tanto que seguro sua mão e a viro para beijar-lhe o punho. — Desculpa.

— Quem perde é você. — Mas ela não faz nenhum movimento para aumentar a distância entre nós ou interromper o contato.

O momento se prolonga, um fio tênue como uma teia de aranha e cheio de possibilidades. Recusar é a coisa certa a fazer. Já estou reagindo com intensidade à Helena sem que haja um componente físico. Tenho muitos pontos fortes, mas sexo pode turvar as águas, ocasionalmente, e ofuscar minha mente que costuma ser perspicaz. Não posso permitir que isso aconteça agora, quando Aquiles está pronto para assumir tudo pelo que tanto trabalhou e se sacrificou. E, com certeza, não com *essa* mulher, que se opõe diretamente ao objetivo em questão.

Se Aquiles vencer, ele se casará com Helena.

O pensamento provoca uma onda de calor tão intensa que me inclino em direção à Helena sem querer. Tínhamos planejado que o casamento seria apenas nominal, mas... e se não fosse?

Ela inclina a cabeça para trás, lambe os lábios e fita minha boca.
— Pátroclo.

Deuses, o jeito como essa mulher diz meu nome, com essa voz baixa e ofegante, em uma sugestão de convite que me faz querer puxá-la para perto e beijá-la até que seu único foco seja *eu*...

Que porra está acontecendo comigo?

Uma buzina interrompe o momento. Helena dá um grande passo para trás e puxa a mão, interrompendo o contato.

— Outra hora, talvez. — Seu sorriso se torna perverso. — Mudei de ideia. Não precisa guardar segredo. Tenho certeza de que Aquiles vai ficar *eufórico* por saber que vai me enfrentar nas três provas.

Se sua competência for metade da sua arrogância, pode existir uma chance. Fico ali parado e a vejo subir no banco traseiro do carro. As luzes traseiras desaparecem rapidamente na rua, voltando para o centro da cidade.

Não há a menor dúvida sobre isso.

A situação ficou ainda mais complicada.

5

AQUILES

Acordo no momento que Pátroclo se deita na cama. Ele tenta ser silencioso, porém, por mais que não faça barulho, nunca tive um sono muito pesado. Nem quando era criança, e com certeza nem quando me tornei soldado. Viro-me de lado e ponho meu braço em volta de sua cintura, puxando-o para mim, com as costas dele em meu peito. Encosto o rosto em sua nuca. Ele tem cheiro de noite de verão... e de perfume.

Abro os olhos. Ainda está escuro. O relógio marca três horas.

— Voltou cedo.

— Sim.

Ele está tão tenso que parece um bloco de concreto. Aconteceu alguma coisa. Algo sobre o qual ele não quer falar.

É, mas comigo isso não vai funcionar.

— Pátroclo. — Eu o empurro contra o colchão e apoio a minha cabeça na mão. — Fale.

Não consigo enxergar sua expressão nitidamente no escuro, mas não preciso. Conheço esse homem tão bem quanto me conheço.

Posso praticamente sentir a culpa emanando dele em ondas, mesmo que isso não faça o menor sentido. Nada que ele possa ter feito esta noite deveria gerar *culpa*. Não é assim que a gente funciona.

Finalmente, ele respira fundo.

— Helena Kasios se inscreveu no torneio.

— *O quê?*

— É isso aí.

Balanço a cabeça.

— Onde ela está com a porra da cabeça? Ela vai se machucar, e isso vai irritar Zeus e Afrodite, tornando as coisas mais difíceis para o novo Ares. — Para *mim*.

— Eu a conheço há tempos.

Isso me choca o suficiente para eu me sentar.

— Do que está falando? Você não conhece Helena Kasios.

— Mas já conheci. — Ele fala como se fizesse uma confissão. — Estudamos na mesma escola quando éramos crianças, antes de minha família se mudar do centro da cidade. Éramos... amigos.

Em todo o tempo desde que nos conhecemos, Pátroclo nunca a mencionou. Sei que deveria ver isso como uma prova de que ela não significava nada para ele, mas só consigo pensar que há partes de Pátroclo que não reconheço.

Passo a mão no rosto.

— Então, tá, você tinha proximidade com Helena Kasios na infância, e ela se inscreveu no torneio. — Isso não é suficiente para provocar essa culpa. — O que mais aconteceu?

— Ela... — Ele pigarreia. — Tenho quase certeza de que ela deu em cima de mim.

As pessoas dão em cima de Pátroclo o tempo todo. Ele é atraente, tem corpo de soldado e é inteligente demais. Quem conversa com ele durante dez segundos já sabe que é um bom partido. Na maioria das vezes, ele nem percebe que está sendo assediado. Quando *percebe*, ele se afasta educadamente. É raro alguém despertar seu interesse o suficiente para ele se deixar seduzir, e ainda mais raro ele levar a situação adiante. Tenho certeza de que isso nunca aconteceu antes.

Não gosto disso.

Com certeza não gosto de como isso me faz sentir.

— Como? — não pretendia fazer a pergunta. A palavra cai como um desafio entre nós, pesada demais para quatro letrinhas.

Pátroclo fica tenso.

— Como o quê?

Já estou me movendo, saindo da cama e gesticulando impaciente para ele.

— Me mostre como.

— Aquiles... — Ele me segue relutante e para na minha frente. Está nu e meio ereto, e isso não deveria me irritar, mas nada nesta situação é como *deveria* ser. Pátroclo suspira. — Por que está fazendo isso?

— Quero saber. — Pareço um idiota, mas não consigo me conter. Eu vi Helena Kasios. Porra, conversei com ela algumas vezes, apesar de achar irritante sua personalidade agressivamente alegre. Ela é a pessoa mais bonita do Olimpo, sem dúvida. Tem o tipo de beleza que faria qualquer pessoa se esquecer de si mesma e agir contra os próprios interesses. O tipo de beleza que pode desencadear guerras e destruir relacionamentos.

Não vou deixá-la condenar o meu. Não quero saber se ela se interessou por Pátroclo. Não pode tê-lo. Ele é meu.

Pátroclo suspira novamente.

— Isso não vai trazer nada de bom.

— Desde quando escondemos as coisas um do outro?

— Não aconteceu nada, Aquiles. Não entendo por que está com tanto ciúme.

Ciúme. É isso que estou sentindo. Odeio isso. Quero matar essa coisa com fogo. Mas emoções não são tão fáceis de vencer quanto os desafios físicos. Eu me aproximo de Pátroclo, chego perto o suficiente para sentir o calor saindo de seu corpo.

— Ela ficou perto de você assim?

Ele resmunga um palavrão.

— Tudo bem. Vamos mesmo fazer isso. — Pátroclo pega minha mão e a coloca em seu ombro. — Ela se apoiou em mim para calçar os sapatos.

Calçar os sapatos?

Não tenho chance de perguntar, porque ele segura meu punho com mais força e o arrasta em meu peito.

— Depois ela fez isso. Foi literalmente assim. Você está sendo ridículo.

A atitude defensiva revela mais do que seus protestos. Pátroclo *nunca* se coloca na defensiva.

— Você quis trepar com ela. — Ante minhas palavras, ele gagueja, o que é resposta suficiente. Deslizo os nós dos dedos por sua barriga e seguro seu pau duro. Duro por mim? Duro por ela? A ausência de confirmação faz algo feio se romper dentro de mim. Eu o acaricio com força. — Ela é linda.

— Você fala como se todos no Olimpo já não soubessem disso. — Sua respiração fica ofegante enquanto o acaricio. — Aquiles, vamos para a cama.

Faço uma pausa.

— Pátroclo. — Não preciso dizer mais nada. Ele me conhece tão bem quanto eu o conheço. Sabe o que eu quero.

Ele agarra meu cabelo e cola a testa na minha.

— Isso não vai deixar você feliz.

— Talvez deixe.

Pátroclo ri, com ironia, mas parece angustiado.

— Tudo bem. Sim, eu queria trepar com ela. Se ela não estivesse destinada a ser *sua esposa*, eu poderia ter aceitado a oferta.

Minha esposa.

Eu não tinha intenção de fazer nada em relação a essa parte da esposa no pacote de conquista do título, e ainda nem ganhei. Mas, neste momento, é impossível não deixar minha imaginação projetar como seria uma noite de núpcias com Helena Kasios. Pirralha mimada, sim, mas não sou imune a ela. Acho que nenhum ser vivo é. Ela seria fogo no quarto.

Não sei como sei disso, mas, de repente, tenho certeza.

Pátroclo me beija. Ou talvez eu o beije. Não importa. Vamos para a cama cambaleando. Suas mãos estão no meu cabelo, acariciando minhas costas, agarrando minha bunda e me puxando com mais força contra si. Não há como negar a origem desse frenesi, e nós dois sabemos disso.

Ele cai de joelhos e mal tenho tempo para tocá-lo antes que sua boca envolva meu pau.

— *Porra*. — Às vezes, quando ele me chupa desse jeito, é quase um torturador, me atormentando com os movimentos lentos da boca e da língua ágil até eu perder a paciência e o arrastar para a cama a fim de comê-lo.

Não é assim que ele chupa meu pau esta noite. Ele vai fundo, até seus lábios encontrem a base do meu membro. Fico olhando para ele por um longo instante, mas Pátroclo está de olhos fechados. Ele se move com uma determinação que faz minhas bolas se contraírem. Como se quisesse escapar de alguma coisa. Como se tentasse provar algo.

— Você está me chupando como se pedisse desculpas por alguma coisa. — Inclino a cabeça para trás e fecho os olhos. — Está desculpado, Pátroclo. — Ele tem razão. Não fez nada de errado. Não sei por que estou reagindo assim, mas reconheço que é bobagem. Seu gemido em resposta às minhas palavras é a confirmação disso. Esse homem me ama tanto quanto eu o amo. Vai lutar para não nos colocar em perigo.

Acredito nisso. De verdade.

Na maior parte do tempo.

Dessa vez, não o jogo em cima da cama. Deixo que pague uma penitência que não merece, porque sei que assim ele vai se sentir melhor. Cada chupada no meu pau esvazia o ciúme. Não importa que Pátroclo queira Helena. Porra, *eu* quero Helena. O que importa é que ele está aqui, comigo.

Puxo seu cabelo com mais força.

— Estou perto.

Sua única resposta é segurar minhas bolas. Ele sabe do que eu gosto, o que me dá mais prazer. Gozo com tanta intensidade que meus joelhos dobram. Pátroclo não para de me chupar. Nem mesmo quando tenho de me segurar na beirada da cama para não cair no chão. Só então ele solta meu pau e dá um beijo no meu quadril.

— Desculpa.

— Você não tem do que se desculpar.

— Não é o que parece.

Deslizo para o chão ao seu lado e me encosto na cama.

— Perdi a cabeça.

— Talvez um pouco.

— Definitivamente. — Mesmo com o orgasmo prejudicando o raciocínio, o ciúme persiste. Existem milhares de pessoas no Olimpo com quem Pátroclo poderia trepar, e eu não pensaria duas vezes nisso. Agora, Helena? Ela é outra história.

— Também peço desculpa. — Levanto a mão. — Cuspa.

— Porra, Aquiles... — Mas ele obedece. Sempre o faz.

Pátroclo cospe na minha mão e olha para mim *daquele* jeito, enquanto seguro seu pau e o acaricio lentamente. Ele sempre reage assim, como se não pudesse acreditar que está aqui, que o estou tocando desse jeito. Somos parceiros há uma década, desde que nossa amizade se transformou em mãos desajeitadas e beijos confusos quando tínhamos vinte anos.

— Vou retribuir.

— Ah, é? — Seus lábios se curvam. Mais importante ainda, a tensão que persistia em seus ombros se dissipa. Ele se inclina sobre a cama, jogando a cabeça para trás a fim de expor o pescoço.

— Sim. — Não perco tempo e beijo a pele sensível com a boca aberta, sem deixar de afagá-lo. É bom ter seu pau na minha mão, sentir que ele me puxa para um beijo violento. Eu poderia acabar com ele assim. Já fiz isso muitas vezes. Mas não é o suficiente.

Interrompo nosso beijo, ignorando o gemido de protesto enquanto deslizo a boca por seu peito e barriga até devorar seu membro. Os tremores das coxas confirmam que ele não vai demorar muito para gozar, o que é ótimo, por mim. Esta noite, não estou mais interessado do que ele em provocações. Eu o chupo com força e o acaricio com os lábios, com a língua e aquela pontinha dos dentes de que ele gosta, de vez em quando.

— *Puta merda*, Aquiles. Eu... — Pátroclo não tem chance de terminar, pelo menos não verbalmente. Goza na minha boca, e eu gemo enquanto o bebo. E não paro por aí. Porra, não paro até que ele puxe meu cabelo para me tirar de cima do seu pau. — Droga.

Dou um beijo rápido em sua boca.

— Viu? Não tem nada com que se preocupar.

— Eu nunca disse que havia algo com que se preocupar. — Agora escuto um sorriso em sua voz. — Mas pedi desculpa, e sua resposta foi bem veemente.

— É. — Sorrio, sem sinal algum de arrependimento. — Agora, para a cama.

— Isso — ele concorda.

Escovamos os dentes e nos limpamos rapidamente antes de voltarmos para a cama. Dessa vez, quando o puxo para mim, está relaxado e sonolento. Mas ainda é Pátroclo. Acho que a única coisa que vai desligar por completo aquele seu grande cérebro é foder até quase entrar em coma. Um orgasmo quase nem o deixa mais lento.

Não fico nem um pouco surpreso quando ele desliza os dedos por meu antebraço e diz:

— Tentei fazê-la desistir de competir.

— Aposto que sim. — Eu o abraço com mais força. — Imagino que tenha conseguido.

— Nem perto disso. — Pátroclo suspira. — Isso vai complicar as coisas.

Meu braço o aperta como se eu pudesse mantê-lo ao meu lado só pela força.

— Não vai complicar nada que a gente não queira. Não dou a mínima se ela deu em cima de você. Helena não é uma opção.

— Eu sei. — Seu tom agora é seco. — Eu estava falando sobre o torneio. Ter o prêmio competindo pelo título é... complicado.

— Ah. É claro. — Fecho os olhos. — Aconteça o que acontecer, vamos encontrar uma solução.

— Sempre muito confiante. — Ele levanta minha mão e beija o punho. — Mas você está certo. Isso não tem importância, não vai atrapalhar nada. Helena pode ser muitas coisas, mas não é uma guerreira. Ela não tem chance contra você.

Exatamente.

Nem na arena. Nem com meu homem.

6

HELENA

Estou tão nervosa que sinto que vou vomitar. Não importa como agi com Pátroclo ontem à noite — e me recuso a pensar muito sobre esse comportamento autodestrutivo —, o fato é que estou repensando quanto minha decisão é inteligente. Parecia uma boa ideia quando eu surfava aquela onda de fúria e indignação, provocada pelas palavras tentadoras de Calisto. Atena nem piscou quando apareci em seu escritório e me inscrevi.

À luz do dia, a dúvida está à espreita.

Embora o anúncio do torneio tenha sido televisionado, esta é a cerimônia oficial de abertura. É realizada onde vai acontecer o restante do torneio: na arena ao lado dos alojamentos. Ando de um lado para o outro entre as paredes de concreto. Posso ouvir o barulho do público através da porta em arco que conduz até a arena em si. Tenho certeza de que meu irmão e minha irmã estarão com Atena nos camarotes destinados especificamente aos locutores e afins. Os outros candidatos entrarão pelo arco oposto ao meu, por isso essa entrada está vazia, felizmente.

Depois que eu sair e me declarar como participante, não vou ter como voltar atrás.

Caminho até o arco e olho para fora. Este edifício tem o formato de uma arena tradicional, com o plano oval no meio enganosamente pequeno em comparação às arquibancadas que sobem ao seu redor. Já vi esse espaço ser usado como palco para shows e até mesmo ser convertido em pista de patinação no gelo algumas vezes, no inverno. No momento, ele está coberto de areia e tem uma fileira de trinta e seis pódios baixos que, obviamente, são para os concorrentes subirem.

O último Ares tinha uma queda pela arena e organizava eventos e torneios regulares para exibir a especialidade de sua gente. São um espetáculo ótimo; quando eu era pequena, o que mais gostava de fazer era observar os soldados de Ares encenando batalhas ou lutas um contra um. Ter visto aquelas pessoas fortes no auge da competência marcial despertou algo em mim.

Talvez tenha sido naquela época que optei por esse caminho, embora tenha sido difícil desde o início. Meu pai tinha opiniões bem definidas sobre os tipos de atividades de que as filhas deveriam participar. Qualquer tipo de arte marcial estava fora de cogitação. Éris escolheu o balé, o que prova que ela é uma idiota com características masoquistas. Mas não sou muito melhor por ter escolhido a ginástica. Competia quando estava no ensino médio, mas nunca seria uma das melhores. Ainda assim, serviu para me manter em boas condições físicas. Continuei com grande parte do treinamento mesmo depois de me formar, o que significa que a força da parte superior do meu corpo é boa para o meu porte, e minha resistência é excelente.

As duas características me ajudaram quando comecei a praticar artes marciais mistas. Seis meses não é tempo suficiente para chegar nem perto de dominar a prática, mas, somando minhas habilidades físicas e o básico que aprendi, eu me viro. Espero que sim.

No momento, é tudo teoria. Tenho uma ideia de como serão as provas, pois parecem ter um formato semelhante cada vez que o detentor do título de Ares muda, mas há diversas variáveis. Além disso, adivinhar quais podem ser as provas é muito bom, mas os verdadeiros curingas são os próprios concorrentes.

As luzes diminuem e a multidão reage com um rugido. Eu me inclino um pouco mais para fora e sigo o holofote até o camarote onde Atena e meu irmão estão. Ele veste um terno que, naturalmente, tem um corte perfeito e o tom exato de cinza para realçar sua cor mais clara. Atena também usa um terno de três peças, marrom-escuro e com ombros bem estruturados.

Se Perseu está incomodado com minha ausência, ninguém que não o conheça bem é capaz de detectar, mas eu o conheço bem o suficiente para notar evidências de seu descontentamento naquele olhar gelado. Se minha máscara pública é efusivamente exuberante, a de Perseu é exatamente o oposto. Quanto mais ele sente, menos demonstra. Neste momento, sua expressão poderia muito bem ter sido esculpida em pedra. Ele está *furioso*.

Calisto está em pé atrás do ombro de Perseu, e Éris, do de Atena, ambas de vestidos pretos. O perfeito quarteto unificado. Todos os camarotes que circundam a arena pertencem aos vários membros dos Treze, mas nenhum deles é exibido, no momento, nas telas gigantes estrategicamente posicionadas ao redor da área.

Meu irmão levanta a mão, e a arena silencia instantaneamente.

— As provas começam depois de amanhã. Hoje à noite vamos apresentar nossos concorrentes. — Perseu olha para Atena. — Mas, antes, vamos demonstrar nosso apoio à mulher que coordena todo este empreendimento. Atena. — Ele bate palmas educadamente, enquanto a arena enlouquece.

Atena é uma integrante do grupo dos Treze que, normalmente, evita a atenção do público. Como comandante das forças especiais do Olimpo, ela prefere fazer seu trabalho nas sombras, sem mostrar seu jogo aos demais.

A relutância em se exibir e posar para as câmeras criou um culto de seguidores entre os residentes do Olimpo. Existem fóruns inteiros dedicados a pessoas que querem que ela pise neles, ou que escrevem fanfic sobre todos os Treze — sobre ela em particular. Atena prefere fingir que eles não existem, mas o efeito colateral é que sua popularidade está entre as mais altas dos Treze.

Ela levanta a mão com a expressão impassível. Imediatamente, os aplausos da multidão são interrompidos, como se alguém tivesse apertado um botão. É impressionante. Ela pode não aparecer em público com frequência, mas com certeza tem presença e autoridade para isso. Atena olha para a arena.

— Vamos começar? Ótimo. Nosso primeiro concorrente é Páris Chloros.

Eu me arrepio, sinto o estômago embrulhar quando vejo meu ex sair pelo arco à minha frente e acenar para a multidão conforme se dirige ao pequeno pódio do lado direito. Acima, o telão mostra imagens dele extraídas de vários sites de fofoca, e me sinto um pouco nauseada quando percebo em quantas delas também apareço. O embrulho no estômago só piora quando vejo quanto pareço *feliz* naqueles clipes. Parte daquilo era mentira — lidar com os paparazzi significa aprender a projetar a imagem que você quer que eles transmitam —, mas eu realmente *estava* feliz com Páris... até perceber que meu namorado legal era um mentiroso ainda pior que eu.

Foi Páris quem forneceu o vídeo. Sei porque me pediram para fornecer o mesmo material quando me inscrevi. Que porra ele está tentando provar? É claro que tudo isso não pode ser uma tentativa de reconciliação. Balanço a cabeça em negativa. Não, com Páris, é mais provável que seja algum tipo de concurso de quem cospe mais longe. Ele quer que todos lembrem que fui sua antes de me tornar a próxima esposa de Ares. Sinto outro arrepio. Tive um motivo para terminar com ele, e vou cometer atos de violência verdadeiramente impressionantes antes de permitir que se reaproxime de mim.

De todos no Olimpo, Páris é a única pessoa em quem pensei que poderia confiar. Aquele a quem confessei minhas dúvidas e meus medos. Em vez de fornecer um lugar seguro para eu descansar, ele intensificou essas dúvidas e esses medos e os jogou na minha cara, tudo com um sorriso no rosto bonito.

No momento em que terminei tudo com ele e consegui sustentar minha decisão, ele brutalizou meus instintos e arruinou a maioria das minhas amizades próximas. Eu nem tinha percebido que ele estava me isolando, até que o relacionamento terminou e fiquei sozinha.

— Nosso segundo concorrente é Heitor Chloros.

Sorrio, apesar de tudo, quando Heitor se move com tranquilidade pela areia até a segunda plataforma. Todos os bons genes daquela família foram para o irmão mais velho, fato comprovado por seu vídeo. Noventa por cento das imagens são dele com a esposa, Andrômaca, e a filha deles. Seria uma escolha estranha se ele estivesse aqui para vencer, mas o vídeo é uma declaração. Ele vai apoiar Páris, é evidente.

Isso vai ser um problema.

É lógico que alianças são uma possibilidade, mas eu estava tão focada em enrolar minha família para chegar aqui, que não pensei em muita coisa, além de entrar no torneio e competir nas seletivas. Pensando melhor agora, no entanto...

Há três grupos de aliados com os quais devo me preocupar, que são, significativamente, mais perigosos do que o restante dos concorrentes. Heitor e Páris. Os dois desconhecidos que chegaram juntos. E Aquiles e Pátroclo. Ájax provavelmente vai cair com Heitor ou Aquiles, com base em seu histórico com ambos. Possivelmente até com Atalanta, o que formaria uma quarta dupla para enfrentar. Cada um desses concorrentes é um desafio por si só. Mas juntos? Aí as coisas ficam significativamente mais complicadas.

— Porra — murmuro. Talvez eu possa abordar Atalanta antes que Ájax ou os outros tenham uma chance de ver se ela estaria disposta a trabalhar junto para passar pelas duas primeiras provas. Não terei muito tempo para usar meu charme e não a conheço de verdade, mas sem dúvida o vínculo de sororidade é suficiente para me favorecer.

Faço uma careta. É improvável.

Enquanto eu especulo, Atena apresenta um bom número de concorrentes. Eles se perfilam, um depois do outro. Alguns entram sozinhos com os ombros caídos, e obviamente não estão ali por vontade própria. Outros desfilam e acenam para a multidão. Conheço a maioria de vista, mas está evidente que, depois de Páris e Heitor, Atena está deixando os verdadeiros concorrentes para o final.

Ájax e Atalanta são anunciados em seguida. Depois vêm o Minotauro — sério, que nome é esse? — e Teseu. Parecem ainda maiores quando enfileirados com os outros. Heitor e Ájax não são brincadeira, mas aqueles dois somam vários centímetros e alguns quilos de músculos a mais do que eles. E isso significa que são maiores que todos os outros. Vamos torcer para que isso os torne mais lentos e que possamos eliminá-los no primeiro teste.

— Pátroclo Fotos.

Olho novamente para a entrada quando Pátroclo passa pelo arco. Todos os outros estão vestidos para impressionar, mas ele está de jeans e camiseta branca. Parece que quer estar em qualquer lugar, menos aqui, o que é cativante, de alguma forma. Não posso deixar de compará-lo ao garoto que conheci um dia; que era doce, quieto e indubitavelmente nerd. Pátroclo não parece o mesmo, mas é familiar, apesar disso. Sem mencionar que o homem agora é um *gostoso*. Ninguém vai olhá-lo e decidir que é um alvo fácil, não com aqueles ombros largos e as mãos grandes. Ele é muito inteligente também. Pude praticamente ver seu cérebro impressionante girando e girando quando esteve perto de mim. Meu gosto pessoal hoje em dia tende mais para bonito e insípido, mas não posso negar que adorei mexer com ele.

Quero fazer aquilo de novo.

Quero mexer *muito mais* com ele.

— Aquiles Kallis.

Apesar de tudo, prendo a respiração quando vejo Aquiles em um terno azul-escuro. Ele é muito atraente e sabe disso, caminha pela areia com uma determinação que é quase violenta. Por que isso é tão sexy? Ele é o tipo exato pessoa de quem eu teria me aproximado no passado, o tipo exato de pessoa que teria visto minha proximidade com Zeus como uma ferramenta a ser usada em seu benefício. Foi o que Páris fez, com certeza. Posso praticamente *sentir* a determinação e a ambição de Aquiles. Os outros são perigosos, mas ele quer isso mais do que ninguém.

Exceto mais do que eu.

Assim que os aplausos cessam, um sorrisinho surge no rosto de Atena.

— E nossa última concorrente. Helena Kasios.

O caos se instala enquanto aliso com a mão meu curto vestido dourado e caminho pela passarela até a arena. Em última análise, não importa o que a grande população do Olimpo pensa de qualquer um dos concorrentes, porque o vencedor se tornará Ares. Dito isso, só um tolo não começaria a bajular desde o início. Aquiles obviamente considerou isso, mas não tem o mesmo tipo de prática que eu quando se trata de manipulação da opinião pública.

Pisco e mando um beijo para a câmera apontada em minha direção, que transmite as imagens aos telões suspensos. O caos se transforma em aplausos. Perfeito. Aceno e sigo pela areia até meu pódio. Andar graciosamente pela areia de salto alto é mais difícil do que parece, mas praticamente moro em cima de saltos de quinze centímetros; faço parecer fácil.

Aquiles se move antes de eu chegar ao pódio, desce da plataforma e diminui a distância entre nós. Fico tensa, mas consigo manter o sorriso. Ele vai mesmo tentar me impedir?

O idiota sorri e oferece a mão.

— Que bom ver você aqui, princesa.

— Não acha mesmo que preciso de ajuda para subir em um degrau de trinta centímetros, né? — falo com os dentes cerrados.

Seu sorriso encantador não hesita.

— Todo mundo adora um cavalheiro.

Ah, sim, Aquiles sabe exatamente como jogar. Eu ficaria impressionada com um soldado órfão cuja personalidade pública é melhor que a de alguns filhos dos Treze, mas estou irritada demais para lhe dar qualquer crédito. Com um gesto, ele me põe de volta no território das donzelas. Se eu ignorar sua mão, vou parecer uma idiota — coisa que não posso me permitir tão cedo no jogo.

Aceito a mão estendida, sentindo uma euforia secreta quando percebo que ainda pareço muito pequena perto dele, mesmo depois de subir ao pódio e ficar tecnicamente mais alta. Ele segura minha mão por um instante além do necessário, deixando o olhar passear por mim de um jeito admirador, sem ser nojento.

— Sabe, ontem à noite pensei que ter você como esposa seria só um efeito colateral de conquistar o título que desejo.

— Você não me terá como esposa — sibilo.

— Ah, sim, terei. — Seu sorriso se alarga, os olhos escuros se iluminam com algo que quase consigo acreditar que seja desejo. — Você não vai ganhar, princesa. É melhor ficar com cara de boba agora e preservar esse lindo rostinho. Ser minha esposa não vai ser tão ruim. Pode acreditar.

Eu o encaro.

— Tire a mão de mim.

Aquiles me solta com tranquilidade, fita a multidão com aquele sorriso vitorioso e volta ao pódio. Juro que posso ouvir as pessoas desmaiando nas arquibancadas, o que só faz minha pressão arterial subir. Talvez seja por isso que me esqueço e olho para o camarote onde meu irmão está. Posso sentir seu olhar daqui, mesmo que ele não esteja em nenhum dos telões. Tenho de me esforçar para resistir a um arrepio.

É tarde demais para voltar atrás. Nem o próprio Zeus pode excluir um concorrente depois de anunciado. Depois desse ponto, todos seremos alojados em um local secundário e isolados de todas as outras pessoas da cidade. O objetivo é evitar qualquer intromissão ou tentativa de trapaça, entretanto, para mim, significa que meus irmãos não poderão aparecer sem avisar e tentar me convencer a desistir. O único membro dos Treze que pode entrar e sair livremente dos aposentos dos competidores é Atena.

Atena acena com o braço em nossa direção.

— Cumprimentem seus guerreiros, Olimpo.

Os aplausos e gritos são altos o suficiente para eu jurar que sinto a arena vibrar. É esmagador. Até agora, minhas interações com o público em geral foram cuidadosamente filtradas. Sou uma figura pública com imagem pública e apareço com frequência no DeOlhoNaMusa, nosso site local de fofocas. Contudo, nunca fiz nada parecido com isso. Até minhas competições de ginástica tinham público restrito, condição imposta por meu pai se eu quisesse competir. Certamente, não me rendeu amigos entre os companheiros de equipe e adversários.

Espero que possa ver isso agora, pai. Esteja você no Tártaro ou em qualquer buraco onde o universo tenha decidido enfiá-lo. Espero que seja escuro, horrível e que esteja sofrendo muito.

As coisas acontecem rapidamente depois disso. Várias pessoas vestidas com o uniforme das forças especiais de Atena — camisa preta, calça preta, uma coruja no ombro direito — aparecem e nos conduzem para fora do pódio em direção à entrada por onde os outros concorrentes entraram. Desta vez, Aquiles não tenta me oferecer a mão para me ajudar a descer, o que é bom, porque não acredito que eu consiga controlar minha expressão facial.

Os concorrentes são conduzidos por uma série de corredores de concreto, por meio de um vestiário e rumo a uma sala de espera com saída única. O mais alto dos soldados nos guia até uma fila de vans com janelas escuras.

Levanto as sobrancelhas.

— Isso não é um pouco demais?

Em resposta, eles abrem a porta e olham para mim com uma expressão ilegível.

— A escolha é sua.

Na verdade, não é uma escolha. Deixar de seguir o protocolo agora significa que serei eliminada antes mesmo de as provas começarem. Suspiro e entro na segunda van da fila, no banco traseiro. Tarde demais, penso que deveria ter observado para onde todo mundo estava indo e escolhido de acordo. A essa altura, Páris já está entrando na minha van e se sentando ao meu lado, perto demais. Heitor o segue, e vejo a resignação em seu belo rosto. Atalanta completa nosso quarteto, com os dreadlocks afastados do rosto cheio de cicatrizes.

Páris se aproxima, e seus traços são tão perfeitos que tenho uma vontade repentina de quebrar seu nariz para lhe dar um pouco de personalidade. Não que eu me incomodasse com seu rosto bonito quando estávamos namorando. Foi o que me convenceu a começar a sair com ele. O sorrisinho dele me causa um arrepio.

— Helena, o que está fazendo?

— Não sei bem o que você quer dizer, Páris. — Não importa quanto eu tente controlar o tom, minhas palavras são tensas perto dele.

Seu sorriso se alarga, os olhos são simpáticos.

— Entendo que não tenha ficado feliz por ser o prêmio designado, mas isso é ir longe demais, não acha? Você vai envergonhar a si mesma e, mais importante, sua família.

Não consigo evitar a reação.

— Como é que é?

— Não me leve a mal. Você fica sexy demais nesse vestidinho dourado. Uma princesa. Mas, francamente, não pode acreditar que vai passar sequer da primeira prova. Querida, você é delicada demais para isso.

Delicada.

É apenas mais uma palavra para *fraca*.

Viro o rosto para o outro lado.

— Isso não é da sua conta, Páris. Preocupe-se com você.

Ele ri.

— Estou realmente ansioso para ser seu marido, Helena. Isso vai nos dar o novo começo de que precisamos.

Acho que ouço Heitor suspirar acima do rugido em meus ouvidos, mas não tenho certeza. Esse é o problema com Páris; para quem não o conhece, seu tom charmoso e confiante parece totalmente razoável. Nem as palavras são abertamente horríveis. Durante nossas brigas, ele mantinha esse mesmo olhar paciente enquanto entrava na minha cabeça até eu me transformar em um monstro que gritava muito. Páris fazia eu me sentir *louca*, e essa sensação reaparece muito depressa sempre que sou forçada a interagir com ele.

— Vamos deixar uma coisa bem clara, Páris. — Mantenho o tom doce e leve, mesmo com vontade de gritar. — Se você ganhar o título de Ares e pensar que isso significa que vai ter um único privilégio marital, não vai sobreviver à primeira vez que me tocar sem minha permissão.

Ele sorri, completamente destemido. Não acredito que um dia achei que essa persistência fosse sexy. Levei mais tempo do que gostaria de admitir para perceber que há uma linha tênue entre a abordagem desejável e uma perseguição sem limites. Páris tem o péssimo hábito de ouvir apenas o que quer. Obviamente, ele não se curou desse hábito desde que nos separamos.

— Quando nos casarmos, vou ter tempo para seduzi-la. Antes você gostava do que fazíamos juntos, Helena. Vai gostar de novo.

Desta vez, Atalanta bufa. Ela cruza uma perna longa sobre a outra e se recosta na parede da van.

— Entenda os sinais, mocinho bonito. Ela está quase saindo do próprio corpo para fugir de você.

Ela está certa, mas odeio ser tão transparente. Em circunstâncias normais, eu disfarço melhor que isso. Levanto o queixo.

— Sou perfeitamente capaz de me defender.

Atalanta dá um sorriso relaxado.

— Talvez, mas vou me casar com você quando eu me tornar Ares. Eu seria uma péssima esposa se não defendesse você de uma escória como essa.

— Ninguém precisa defender Helena de mim. — Páris se inclina e me cerca. Sinto o cheiro de seu perfume, e é o suficiente para meu estômago revirar.

O sorriso de Atalanta fica mais frio.

— Toque nela sem consentimento e vai ser acusado de agressão. Agressão é motivo para eliminação.

Páris se encosta no assento e resmunga um palavrão, mas não consigo apreciar o espaço. Sou invadida pelo desânimo. Não sei como não considerei essa variável em meio a todo o esforço que fiz para colocar esse plano em ação. Ao me inscrever como concorrente, me inseri em um grupo de pessoas que pretendem se casar comigo. Sou a isca para seus tubarões, jogada na água para deixá-los frenéticos com minha presença próxima.

Merda.

7

AQUILES

Suspeito de que estejam transferindo os concorrentes para fora da cidade propriamente dita, tal como Pátroclo previu, e nossa suspeita é comprovada quando as portas são abertas e vemos grandes edifícios cercados por árvores. Ao longe, ouço o som suave do oceano, confirmando que estamos no litoral, logo ao norte do distrito agrícola. Se continuássemos a caminho do oeste, chegaríamos às terras cultivadas que Deméter supervisiona.

Ájax suspira ao tirar o corpanzil da van. Ele não parou de falar desde que nos sentamos, o que é a cara de Ájax. Isso não significa que eu não queira amordaçá-lo para ter um pouco de paz e sossego. Ele assobia baixinho ao examinar a área.

— Paredes altas.

Sigo seu olhar. Com certeza, deparo-me com paredes que devem ter três metros de altura e sobem entre as árvores. Elas cercam toda a propriedade, servem para proporcionar segurança e privacidade aos concorrentes. Haverá entrevistas e outras coisas em determinado momento, provavelmente depois da segunda prova, quando os concorrentes mais fracos tiverem sido eliminados e restarem apenas alguns. Pensar no assunto me deixa com os ombros tensos. Posso fingir, e fingir bem, quando é preciso, mas existe uma razão para Atena não me colocar em missões nas quais tenho de pisar em ovos perto de personalidades sensíveis.

Eu sou uma bola de demolição humana. Pátroclo que é o político. Ele sempre sabe o passo certo a dar, a coisa certa a dizer.

Pátroclo... e a pessoa que agora caminha em nossa direção. Belerofonte possui uma altura considerável, tem pele marrom-dourada e cabelo preto e cacheado. Elu está acima de mim na classificação de tiro, mas abaixo na classificação de combate corpo a corpo. Consigo imobilizar Belerofonte em nove de cada dez vezes, mas elu é leve, apesar dos membros longos.

Também é minhe amigue, não que isso tenha importância agora.

Belerofonte para na frente do nosso grupo desorganizado.

— Regras básicas. — Sua voz é suave e profunda. — Vocês ficarão em quartos individuais nos três alojamentos disponíveis. Confraternizem, se quiserem, mas não tentem prejudicar nenhum outro participante. Isso resulta em desclassificação instantânea. Tentar sair desta propriedade sem autorização prévia também resulta em desclassificação instantânea. — Elu olha para cada um de nós. — Entenderam?

Há vários grunhidos e respostas afirmativas murmuradas, o que parece satisfazer Belerofonte.

— Estão afixados, em cada quarto, o horário das refeições e os horários em que a academia fica aberta, além de um mapa da área comum. Se precisarem de alguma coisa para o seu treinamento que não tenhamos à mão, nós providenciaremos. A primeira prova vai acontecer depois de amanhã, esperamos que se mantenham entretidos até lá, sem se tornarem um incômodo. — Elu se vira e se dirige para a porta da frente. — Vou levá-los aos seus quartos. — Belerofonte aponta para as duas pessoas que vêm logo atrás. — Você, leve os três à direita. E você, os do meio. Todos à esquerda, venham comigo. — Elu move as mãos para indicar Pátroclo, Helena, eu e mais seis pessoas.

É completamente absurdo que um grupo de grandes guerreiros siga Belerofonte como pequenos patinhos. Bem. Um bando de guerreiros... e Helena Kasios.

Mesmo depois de ter sido avisado com antecedência por Pátroclo, ainda assim foi um choque vê-la aparecer daquele jeito. Eu tinha certeza de que ela ficaria com medo e desistiria. O que uma princesa mimada pode fazer contra esses concorrentes? Ela não é como Atalanta. Atalanta faz parte do pessoal de Ártemis. A mulher é uma lutadora e é ferozmente competitiva. Não deve ser subestimada.

Mas Helena?

Ela é uma história completamente diferente.

— Pare de encarar — murmura Pátroclo.

Eu o fito. Não somos exclusivos de forma alguma; nunca fomos. O que temos funciona para nós, e não estou exatamente ansioso para mudar a situação... mas não posso evitar os sentimentos confusos em relação a quanto ele esteve perto de dizer sim para Helena na noite passada. Pátroclo não é do tipo que se deixa governar pelas emoções e pelos desejos mais básicos, mas quase jogou a cautela no lixo e agiu contra os nossos interesses a fim de ter uma chance de levá-la para a cama. Isso a torna perigosa de um jeito que não tem nada a ver com combate.

— Pare de olhar para a bunda dela — murmuro de volta.

Ele levanta as sobrancelhas, e sua censura silenciosa me enfurece ainda mais. Pátroclo segura a porta aberta para eu entrar e me segue pelo interior escuro do dormitório. Mal noto os móveis caros e o esquema de cores de bom gosto. Tudo que consigo enxergar é o balanço dourado dos quadris e da bunda de Helena caminhando na nossa frente. Tenho certeza de que ela está rebolando mais do que o habitual para me atormentar, para se vingar daquela pequena proeza minha no pódio.

Não vou me desculpar por isso. Vi uma oportunidade e aproveitei. Simples assim. Não há de fato mais nada a dizer.

— Aquiles, controle-se.

Normalmente, eu aceito o efeito calmante de Pátroclo. Neste momento, meio que quero empurrá-lo para um quarto e transar até eu ser a única coisa em que ele consiga pensar, em vez de em uma certa princesa mimada. Deuses, estou com a cabeça fodida por causa disso. Achei que a noite passada tinha sido o pior de tudo isso, quando choque e ciúme se misturaram e fizeram minha cabeça girar. Ao que parece, estava errado. Deveria estar me concentrando no que vem a seguir e me preparando mentalmente, mas só consigo pensar nesses dois juntos.

Seria uma visão e tanto. Porra, se ela fosse qualquer outra pessoa, eu faria a sugestão e pediria para assistir ao espetáculo... talvez participar um pouco também. Mas ela não é outra pessoa.

Ela é Helena Kasios.

A preciosa princesa do Olimpo.

Irmã de Zeus e Afrodite. Futura esposa do próximo Ares.

Transar com ela está fora de questão. Chegar perto dela está fora de cogitação, o que complica a situação atual, porque alguém vai tirá-la da competição, ou seja, significa que vai haver ressentimento entre ela e essa pessoa, seja quem for. Que não seja eu. Porra, também não pode ser Pátroclo, porque ele é uma presença permanente na minha vida e vai continuar sendo, mesmo depois de eu me tornar Ares. Criar animosidade entre ela e qualquer um de nós é uma péssima ideia.

Helena colocou todos os concorrentes em uma situação muito complicada e não parece se importar. Isso combina com o que sei sobre ela. Princesa egoísta e mimada. Decidiu que não queria ser o prêmio, teve um acesso de raiva e entrou na competição, apesar de estar em desvantagem e desarmada. Ela não tem nenhuma chance de ganhar. Para ser sincero, isso me irrita.

Ela me irrita.

— Pare de encarar — repete Pátroclo.

— Não tem ninguém aqui para ver.

Belerofonte atravessa uma série de corredores até um que tem três ramificações. Elu aponta para a primeira delas.

— Há lugar para três pessoas aqui. A escolha do quarto é de vocês, mas não se preocupem muito com isso. — Todos esperamos que três concorrentes se retirem do grupo e continuamos pelo corredor estreito até duas portas, uma de cada lado, e então passamos ao segundo corredor. — Mais três.

Acontece muito depressa. Eles se afastam do grupo, e restamos apenas nós três. Eu. Pátroclo. *Helena*. Porra.

— Os últimos três.

Helena não olha para nenhum de nós quando desfila pelo corredor. Odeio quanto ela é linda. O vestido curto e dourado parece projetado para captar todos os raios de luz, modelando o corpo atlético e oferecendo uma visão excelente da bunda redonda. Se bem me lembro, ela era ginasta ou algo assim. Observando o corpo dela, dá para acreditar.

Um dia atrás, eu teria dito que minha atração por ela não era uma coisa ruim. Afinal, pretendo me casar com essa mulher. A atração é o mais próximo que se pode chegar de gostar de alguém o suficiente para fazer um casamento funcionar.

Agora não tenho tanta certeza.

Helena olha por cima do ombro e levanta as sobrancelhas quando olho para seu rosto.

— Este é meu. — Ela abre a porta do meio e entra, depois a fecha com um clique que parece definitivo. Ela escolheu aquele quarto para dividir paredes com nós dois? Duvido muito. Seu sorriso pode ser lindo, mas ela não é tão esperta assim, ou então nem estaria aqui.

Belerofonte cruza os braços.

— Há algum problema com a distribuição dos quartos?

— Não — respondo depressa. Depressa demais.

Elu me encara por um longo instante.

— Não sabia que tinha uma história com Helena.

— Não tenho. *Nós* não temos. — Não dou a mínima se Pátroclo costumava ser amiguinho dela na areia do playground. Isso foi há muito tempo e agora é uma história antiga. Ele não se sente leal a *ela*. — Está tudo bem.

— Sim, está tudo *bem*. — Pátroclo balança a cabeça. — A disposição dos quartos não muda nada.

Esse é o problema; meu homem tinha um plano, e esse plano não incluía nós dois competindo contra a própria Helena. Conheço Pátroclo, sei que ele precisa de um tempo em silêncio para colocar os pensamentos em ordem e atualizar a estratégia. Ele pensa melhor quando não o estou "cercando", como diz.

Assinto.

— Volto daqui a pouco.

— Aquiles. — Pátroclo olha nos meus olhos. — Não faça nada impulsivo.

Dou risada e ofereço meu sorriso mais encantador.

— Eu? Impulsivo? Nunca.

— Aham. — Pátroclo balança a cabeça, caminha até a porta da direita e desaparece atrás dela.

Depois que ele se retira, olho para Belerofonte.

— Atena está por aí?

— Não. — Elu apoia as mãos nos quadris. — Mesmo que estivesse, ela não responde a você e tem os próprios motivos para permitir que Helena participe. É tarde demais para fazer algo a respeito, agora é seguir em frente. Não perca o foco, Aquiles. Estamos todos torcendo por você.

Sei que estavam. Se eu for o novo Ares, isso vai criar entre Ares e Atena uma paz que não existe há décadas. Pela natureza das responsabilidades dos dois títulos, sempre que trabalham juntos, eles também competem pelos mesmos recursos. Ares tem as forças de segurança que a maioria dos Treze utiliza, e Atena lidera as forças especiais. Ambos respondem diretamente a Zeus, e o último Zeus gostava de jogá-los um contra o outro. Este novo Zeus promete governar de forma mais imparcial, mas ter alguém que já foi do grupo de Atena na posição de Ares facilitaria ainda mais as coisas.

— Deixe comigo. — Bato em seu ombro. — Eu sou o melhor, afinal.

— É, é. — Belerofonte ri. — Descanse um pouco e tente ficar longe de problemas. — Elu hesita. — E fique de olho no Minotauro e em Teseu. Eles parecem ser um problema.

— Também acho. — Não recebemos muitos estranhos no Olimpo, por causa da dificuldade para entrar e sair da cidade. Uma barreira cerca o local e seus arredores, e é ampla o suficiente para proteger as terras agrícolas que Deméter supervisiona e garantir que o povo seja alimentado. Nunca tive uma resposta concreta sobre por que Poseidon e um grupo seleto dos seus podem circular livremente. Pátroclo tem suas teorias e todas têm a ver com linhagens, mas essa merda está acima do meu nível salarial. Para o bem ou para o mal, o Olimpo é onde nasci e é onde deixarei minha marca. Não dou a mínima para o restante do mundo fora dele.

Olho para a porta pela qual Helena desapareceu. Preciso conversar com a princesinha. O olhar que lanço para a porta de Pátroclo não é *exatamente* de culpa, mas é o que sinto quando bato de leve à porta de Helena. Ele disse para eu me comportar, e tenho certeza de que não aprovaria a conversa iminente.

Se houver alguma chance de fazer Helena renunciar à disputa, preciso tentar. É melhor para todos se ela não estiver competindo — até para si mesma. Pátroclo concordaria com esse raciocínio... provavelmente.

Helena abre a porta, mas não sai da soleira. Também não parece surpresa em me ver.

— Aquiles.

— Precisamos conversar. — Pronto. Agradável e neutro.

Helena me estuda por um longo momento, antes de, enfim, recuar e manter a porta aberta.

— Esteja avisado: se tentar alguma coisa, vou fazer você se arrepender.

Tenho cuidado para não roçar o corpo no dela quando entro no quarto. Sou um cara grande e não tenho vergonha de dizer que usei meu tamanho para intimidar pessoas. Afinal, fazia parte do meu trabalho, mas não é para isso que estou aqui agora. Mesmo ciente disso, minha boca ignora o cérebro.

— O que vai fazer, princesa? Pisar no meu pé com um daqueles saltos altos? Isso não vai parar um guerreiro digno do nome.

— Hum. — Helena fecha a porta, se encosta nela e me observa. É quase como se me avaliasse como oponente.

— Os saltos altos podem fazer um belo estrago em outras partes do corpo. — Ela olha diretamente para o meu quadril.

A surpresa me faz dar risada.

— Queria ver você tentar.

— Não me tente com promessas de diversão.

A interação não está acontecendo como eu esperava. A preciosa princesa do Olimpo deveria ter desmaiado ao primeiro sinal de ameaça, por mais velada que fosse. Essa mulher parece muito disposta a cumprir a *própria* promessa de enterrar um daqueles saltos impressionantes em minhas partes carnudas.

Eu me aproximo dela, apesar de tudo.

— Você acredita que pode me derrotar.

— Querido, eu sei que posso. — Helena me encontra no meio do caminho, firma os pés no chão e quase me desafia a percorrer o que resta de distância entre nós. Ela me olha de cima a baixo, e acho que não estou imaginando o fogo em seus olhos cor de âmbar. — Quanto mais alto alguém é, maior é o tombo.

— Como se eu não pudesse esmagá-la com um braço amarrado nas costas. — Que porra estou fazendo? Ameaçando-a? Não é nem por ela ser mulher. Não acredito nessa besteira estereotipada de considerar as mulheres como não combatentes, quando elas são obviamente mais do que capazes de serem inimigas perigosas. Qualquer um que subestime Atena não vive o suficiente para se arrepender.

Só não esperava encontrar um inimigo *nesta* mulher. Se é que posso dizer isso dela. *Inimiga* é uma palavra forte demais, mas de que outra maneira posso chamá-la? Ela quer tirar de mim o que mais desejo neste mundo, o título que persegui durante a vida inteira. *Inimiga* é o único rótulo que faz jus a ela.

Helena lambe os lábios.

— Prove.

Apoio uma das mãos na porta, ao lado de sua cabeça. Agora estou inclinado sobre Helena e, mesmo quando uma voz muito parecida com a de Pátroclo sussurra que isso é um erro, que prometemos ficar longe dela, não consigo pisar no freio.

— Você não vai ganhar este torneio, princesa. Não vai se tornar o próximo Ares. Porra, você provavelmente não vai passar da primeira prova. Essa sua rebeldia é fofa, mas, em última análise, sem sentido. Seu destino é subir ao pódio e cumprimentar o novo ou a nova cônjuge quando alguém for declarado vencedor. — Sorrio. — Vai *me* cumprimentar quando eu for anunciado como o novo Ares.

Se eu não a estivesse observando tão de perto, não perceberia o arrepio. Algo parecido com culpa ameaça comprimir meu peito, mas ignoro.

Existem mais coisas em jogo do que os sentimentos desta mulher.

— Desista. Volte para a sua cobertura chique e para os seus vestidos bonitos. Você vai se machucar se continuar aqui.

Helena se recosta na porta, diminuindo mais alguns centímetros de distância entre nós. Seu cabelo roça meu polegar, e tenho a vontade ridícula de aproximar um pouco mais a mão para repetir o contato. Ela ergue o queixo e, de alguma forma, consegue me encarar, apesar de ser muito mais baixa.

— *Você* vai me machucar, Aquiles?

— Eu não quero fazê-lo. — É a verdade. Não tenho prazer em esmagar adversários fisicamente mais fracos. Também não posso me dar ao luxo de ser radical em relação à minha honra neste momento, não com os riscos tão altos. — Mas sim, vou.

Helena estreita aqueles lindos olhos.

— E Pátroclo? Acha que *ele* vai me machucar?

Não preciso ser um gênio para ler nas entrelinhas *dela*. Eu me inclino até estar bem na frente de Helena, usando a diferença de tamanho como o perfeito cretino que sei ser.

— Deixe-o em paz, princesa. Não dou a mínima se você o conheceu antes. Não o conhece mais. Ele não é como nós. Pátroclo sente demais, e você vai partir o coração mole dele se encostar nele sem muito cuidado. — Porra, não era isso que eu queria dizer. Eu me endireito. — Estou falando sério, Helena. Deixe-o em paz, porra.

Seu sorriso lento dispara alarmes em minha cabeça.

— Ele lhe contou sobre ontem à noite, não foi?

— O que isso tem a ver com a história?

— Aquiles. — Helena balança a cabeça como se eu fosse uma criança que a decepciona. — Querido, você parece estar com *ciúme*. Se seu relacionamento, um relacionamento *não* monogâmico, aliás, com Pátroclo é tão forte assim, que importância tem se a gente trepar até ele esquecer o próprio nome? — Sua expressão é quase contemplativa. — Talvez eu trepe com ele até ele esquecer o *seu* nome. Seria um truque genial.

— Fique longe dele, Helena.

Ela pressiona a mão no meu peito, empurrando até eu recuar um passo e depois outro. Helena usa a nova distância para abrir a porta.

— Foi uma boa conversa, Aquiles. Deveríamos fazer isso de novo algum dia.

É uma dispensa evidente. Não é uma promessa de ficar longe de Pátroclo *ou* de renunciar ao torneio. Eu poderia rir se não estivesse tão frustrado. Ela conseguiu correr em círculos ao meu redor. E está certa: estou com ciúme dela por ter dado em cima de Pátroclo ontem à noite. Mais ainda: ela *mexeu* com ele e lhe virou a cabeça.

É só quando entro no meu quarto e fecho a porta entre mim e o restante do mundo que posso admitir que não sei de *quem* tenho mais ciúme.

De Helena, por tentar ir para a cama com Pátroclo.

Ou de Pátroclo, por ter a oportunidade de levar a preciosa princesa do Olimpo para a cama.

8

PÁTROCLO

Não importa qual cenário considero, o resultado é sempre ambíguo. A entrada de Helena Kasios no torneio complicou as coisas. O problema não é ela ser uma oponente formidável — embora eu não possa descartar a possibilidade, por mais que Aquiles insista em fazer suposições.

Não, a questão é como a presença dela atrapalha os outros concorrentes. A presença dela aqui pode fazer os participantes agirem de maneiras que não posso prever, e *isso* está dando um nó na minha cabeça.

As emoções de Páris ficam comprometidas quando se trata de Helena, por causa de toda a história deles. Não consigo decidir se isso significa que ele vai tentar ajudá-la para conquistar a simpatia dela novamente ou se vai se empenhar para garantir que seja eliminada mais cedo.

Heitor sente uma culpa óbvia pela maneira como o irmão a tratou, e isso pode convencê-lo a ajudá-la, se a culpa for maior que sua lealdade a Páris.

Até Aquiles está se comportando de um jeito estranho, meio fora do personagem, com o pavio mais curto que o normal, desde que lhe contei o que aconteceu com Helena na noite passada.

Para ser totalmente honesto, *minhas* reações também estão estranhas por causa da presença dela. Não consigo parar de examinar, sob vários ângulos, a atração inesperada por ela, como se o hiperfoco no assunto pudesse trazer nitidez. Seria mais fácil se eu me sentisse atraído só pela beleza dela. *Isso* faria sentido, do ponto de vista lógico. Infelizmente, é... mais complicado... do que isso. Sinto uma conexão com ela por causa da nossa história, por mais antiga que seja. E a desejo agora. Porra, eu a admiro por entrar no torneio e tomar as rédeas do próprio destino, mesmo que isso complique minha vida.

O resultado é que me sinto atraído por ela. Não é conveniente nem lógico, e o conflito de interesses entre a intenção de seguir meu plano original e a vontade de bater à porta de Helena só para estar mais perto dela está me fazendo querer fugir de mim mesmo.

Não sou de entrar em guerra comigo mesmo. Avalio cenários. Uso a lógica e a razão. As emoções influenciam tudo isso — afinal, sou humano —, mas não me governam. O cérebro está no comando.

Até agora, quando menos posso me dar ao luxo de mudar meu jeito de agir.

Uma batida à porta faz meu coração acelerar, e me censuro pela esperança boba de que seja ela. Não é. Claro que não. Helena não tem motivos para me procurar. Não nos falamos há mais de vinte anos, com exceção da noite passada, e foi só uma conversa circunstancial. Ela tinha sido surpreendida durante sua inscrição no torneio e queria me convencer a guardar segredo. Provavelmente, não pensou mais no assunto.

A segunda batida tem o ritmo acelerado que reconheço, é a forma preferida de Aquiles anunciar que está prestes a entrar em uma sala. Engulo um suspiro e abro a porta antes que ele decida arrancá-la das dobradiças. Ele quase me derruba ao entrar.

— Essa mulher é uma *ameaça*.

Eu o encaro.

— Você foi falar com Helena. — Por que estou surpreso? Claro, na primeira chance que teve, ele voltou atrás em sua determinação de ficar longe dela. Aquiles tem seu objetivo final em mente e não aceita que Helena enfie uma chave de fenda nas engrenagens. Naturalmente, ele decidiu tentar convencê-la a desistir. *Se foi só isso...* Afasto o pensamento. Não tenho motivos para duvidar dele.

— Devia ter me perguntado primeiro. Ela não vai mudar de ideia.

— Achei que poderia convencê-la a desistir.

Suspiro e vou para a pequena cozinha que fica no canto da sala de estar da suíte. Eu teria de ir ver o quarto de Aquiles para ter certeza, mas aposto que as suítes são todas iguais. Porta principal na sala com um sofá pequeno, televisão e mesa de centro. Cozinha encostada na parede oposta com pia, frigobar cheio de lanchinhos, uma pequena seleção de bebidas alcoólicas e um micro-ondas. Um corredor curto para o quarto e banheiro com chuveiro e banheira funda.

O sofá é resistente o bastante. Não sou cuidadoso quando me sento.

— Eu avisei.

— Não preciso de você me conduzindo, Pátroclo. — Mas ele se joga no sofá ao meu lado com um grunhido. — Ela vai se machucar.

— É provável.

— Não se incomoda com isso?

Meu olhar é exatamente o que a pergunta merece. Ele sabe muito bem que me incomodo, no entanto, pelo menos nessa situação, tenho de imitar a determinação e o ímpeto de Aquiles. Não posso me dar ao luxo de me preocupar com Helena. Ela é pouco mais que uma estranha para mim agora, de qualquer forma. Não é *lógico* me preocupar com ela, bonita ou não, com ou sem uma história entre nós.

— Duvido muito que aconteça alguma coisa grave. Até o novo Ares terá que responder a Zeus, e ninguém quer irritá-lo ao ferir gravemente sua irmã mais nova.

Aquiles percebe minha hesitação.

— Mas...?

— Mas... — Não quero entrar no assunto, não mesmo, mas isso está me incomodando desde o momento em que os concorrentes se inscreveram. — Mas não temos muitas informações sobre os dois não olimpianos. Não posso descartar por completo a chance de serem perigosos.

— De qualquer maneira, nós dois precisamos ficar longe de Helena. Ela está vetada para nós dois. — Aquiles olha para mim por um longo instante. — Combinado?

Uma parte irracional de mim quer protestar, mas isso não faz sentido. Não temos muitas regras básicas, por isso, quando um de nós pede algo assim, é importante para a saúde geral do relacionamento respeitar o pedido. Não consigo me lembrar da última vez que isso aconteceu. Talvez há alguns anos, quando pedi a Aquiles para não dar em cima de Cassandra. Mas aquela vez não foi por ciúme. Só notei como Apolo olhava para ela — ainda olha, considerando o último evento de que participamos. Ninguém precisava virar alvo da arma de *Apolo*.

Assinto com lentidão.

— Já concordei ontem à noite. Nada mudou desde então. Helena está vetada.

— Que bom. — Aquiles estica o corpanzil, tira os sapatos e coloca os pés em cima da mesinha de centro. Ele percebe minha cara feia e ri. — Não estamos na nossa casa. Quem se importa se estou com os pés em cima da mesa?

— Não deixa de ser um gesto mal-educado.

— Relaxe, Pátroclo. — Aquiles me cutuca com o cotovelo. — Estamos onde deveríamos estar. Tudo vai dar certo.

Minha reação é fechar a cara ainda mais.

— Não venha com essa bobagem de deus relaxado para cima de mim, Aquiles. Sei que você está preocupado com isso. — Ele pode usar a máscara ao lidar com outras pessoas, mas não deveria usá-la *comigo*. — Precisamos...

— Precisamos *relaxar*. — Ele segura minha nuca e me puxa para um beijo. É meio ríspido, um pouco fofo e totalmente Aquiles. Sinto a tentação de continuar a discussão, mas ele está certo. Vou passar dias batendo nessa mesma tecla. Às vezes, desligar o cérebro é a decisão certa, e não podemos tomar nenhuma atitude até a primeira prova. Então... — Pátroclo. — Ele morde meu lábio inferior. — Você ainda está pensando muito.

— Desculpe.

Ele ri.

— Ainda bem que conheço um ou dois truques para dar um jeito nisso. — Aquiles muda de posição e se ajoelha entre minhas pernas. O espaço não é amplo o suficiente para nós dois assim, mas não digo uma palavra sequer enquanto ele desabotoa minha calça jeans e a puxa para baixo. Seu sorriso é diabólico. — Adoro quando você me olha assim.

Só os deuses sabem com que cara estou, mas momentos como este parecem bons demais para serem reais. Este homem, esta potência de deus dourado é meu, pelo menos em parte. Aquiles foi feito para estar diante de uma multidão berrando por ele, ser o centro de suas atenções, aquele que o povo adora e sobre quem as pessoas contarão histórias. Ele é maior que a vida, mesmo ao realizar as atividades normais que Atena exige de nós.

Isso é ainda mais verdadeiro agora, com ele ali de joelhos, segurando meu pau. Vivo esperando o dia em que ele vai cair em si e me deixar para trás. Aquiles sempre terá o olhar voltado para as estrelas. Eu? Meus pés estão firmes na terra. Acho inevitável que ele me supere algum dia, por isso tento aproveitar cada momento que temos, guardando-os para o inverno do meu futuro, sem esse seu calor radiante.

Aquiles se abaixa e põe meu pau na boca, e meus pensamentos desaparecem diante de tanto prazer. Estamos juntos há muito tempo. Sabemos exatamente de qual toque, carícia e pressão o outro precisa para gozar com mais intensidade. Aquiles não está correndo para a reta final, tal como ontem à noite. Sua boca desliza sem pressa por meu membro, lenta e úmida, e isso me informa que pretende ir com calma. Ele pode ser impulsivo, porém quando Aquiles se concentra em uma tarefa, ele é extremamente feroz.

Ao que parece, hoje sua preocupação é o meu prazer.

Agarro seu cabelo escuro com as mãos, sem tentar conduzir, apenas acompanhando os movimentos. Ele me provoca, alterna chupadas profundas com longas lambidas e movimentos da língua. Logo minhas pernas começam a tremer, e eu puxo seu cabelo.

— Aquiles!

Seu sorriso lento faz meu peito doer. Momentos como este são quase perfeitos. Perfeitos demais. Como posso não esperar que algo ruim aconteça? Ele segura meu pau com a mão fechada e afaga algumas vezes, lentamente.
— Vou levar você para a cama. Não quero silêncio.
A compreensão ultrapassa devagar a névoa do meu desejo. Olho para a parede... a parede que compartilho com Helena.
— Você quer que ela ouça.
Aquiles dá de ombros, completamente impenitente.
— Ainda estou com um pouco de ciúme.
A ideia de *Aquiles* com ciúme de alguém está quase além da compreensão. Talvez eu seja um idiota egoísta, porque gosto disso. Puxo seu cabelo de novo, dessa vez com mais delicadeza.
— Não vou tentar ficar quieto, mas a intensidade do barulho depende de você.
Ele sorri, exatamente como eu esperava.
— Desafio aceito. — Aquiles se levanta com facilidade, apesar de ter passado um bom tempo ajoelhado, e segura minha mão para me pôr em pé. Cambaleamos pelo corredor, nos beijando e nos esfregando como dois adolescentes desajeitados, mas, no segundo em que chegamos ao quarto, ele se concentra em mim novamente. Aquiles afasta minhas mãos quando seguro a barra da camisa. — Eu faço isso.
— Mandão.
— Você gosta. — Ele puxa minha camisa para cima, a tira pela cabeça, e termina de abaixar minha calça. Depois se levanta para beijar minha boca de novo. Desta vez, não há gentileza nem doçura. Aquiles me beija como um senhor da guerra conquistador, e estou muito disposto a ceder às exigências de sua língua. Ele tira a roupa entre um beijo e outro, enquanto me empurra para a cama.
Tento me afastar em busca de poder apreciar a paisagem, mas ele não aceita. Abaixa a calça e me agarra outra vez, me carrega para o colchão e se acomoda em cima de mim. Posso ser mais alto, mas ele é muito maior, e momentos como esse realmente destacam as diferenças. Ele passa as mãos por meus braços e pelas laterais do corpo.

— Não quero mais esperar.
— Que impaciente.
— Por você? Sempre.

Arqueio as costas e o beijo. Há momentos em que quero o progresso lento e a preparação cuidadosa que estar com um homem do tamanho de Aquiles às vezes exige, mas, hoje à noite, estou tão impaciente quanto ele.

— Sim. Preciso de você agora. Não quero esperar.

Ele se afasta de mim pelo tempo suficiente para abrir a gaveta da mesa de cabeceira. Já estou corando quando ele ri, porque sei o que vai dizer. E estou certo.

Aquiles balança a cabeça.

— Estamos aqui há vinte minutos, e você já desfez as malas?
— Não gosto de viver com as coisas guardadas em uma mala.

Ele pega o frasco de lubrificante e olha para mim de um jeito penetrante.

— Eu sei.

Observo com o coração na garganta enquanto ele espalha lubrificante no pau. É perfeitamente proporcional ao restante do corpo de Aquiles... o que significa que é enorme. Mesmo depois de todo esse tempo, vivo um momento de hesitação misturado à antecipação, e o sentimento alcança novos patamares quando ele começa a enfiar o pau na minha bunda. Um gemido rouco escapa do meu peito, e ele penetra mais fundo em resposta.

— Quero ver você gozar na barriga inteira. Gosto pra caralho quando você perde o controle assim.

Minha capacidade de formar palavras está desaparecendo com rapidez. Tudo o que resta é desejo. Eu me arqueio e dou um beijo nele. Preciso ser inteiramente consumido. Não penso em nada além de sentir mais dele dentro de mim. Aquiles parece entender exatamente o que eu desejo, porque empurra o membro inteiro para dentro de mim e deixa o peso do corpo descansar sobre o meu com mais firmeza, me pressionando contra o colchão enquanto me beija como se precisasse mais de mim do que de ar para respirar.

Sinto a mesma coisa.

É suficiente. É *perfeito*. Poderíamos ficar assim para sempre, flutuando neste momento em que luxúria e amor se encontram.

Mas nosso desejo não será saciado com tanta facilidade. Ele começa a se mover primeiro, pequenas penetrações que me fazem gemer e me contorcer por ele. É bom, bom demais. Tento prolongar, aguentar, mas nunca consegui vencer uma batalha de vontades contra Aquiles. Não vai ser esta noite que vou começar.

Agarro seu quadril e deixo escapar um gemido alto. Ele sorri.

— Mais.

Não consigo fazer outra coisa além de obedecer. Cada movimento arranca outro gemido de minha boca. É *bom* demais vê-lo me foder desse jeito, com toda a atenção voltada para mim, só para mim. Cada penetração é firme e perfeitamente controlada, calculada para me incendiar e abreviar os poucos pensamentos que ainda restam em minha cabeça. No momento em que meu corpo supera o controle e gozo na barriga e no peito, estou entoando seu nome.

Aquiles recua, se apoia nas mãos e acelera o ritmo, buscando o próprio prazer. Ele me devora com seus olhos escuros, uma carícia possessiva que quase posso sentir no rosto e descendo, até onde meu sêmen marca a pele.

— Você é meu, Pátroclo — diz Aquiles, e o ritmo se torna irregular. — E eu sou seu. Fale.

— Eu sou seu. — Suspiro. Agarro seu quadril e o incentivo a penetrar mais fundo. — E você é meu.

Pelo menos por enquanto.

9

HELENA

Não me toco ao som de Aquiles fodendo Pátroclo... mas quase. As batidas cadenciadas da cabeceira da cama dele, intercaladas com gemidos baixos e Pátroclo praticamente gritando o nome de Aquiles não colaboram muito para me fazer pegar no sono. Fico deitada na cama e faço um esforço enorme para não imaginar aqueles dois se pegando. Eles são atraentes demais para o meu estado de espírito, e me sinto muito atraída por ambos. Se não estivéssemos todos competindo pelo mesmo título, eu poderia me esforçar um pouco mais para seduzir um ou outro... ou os dois.

Suponho que dormir com um deles seja bom, então com certeza os dois na minha cama me proporcionariam uma noite fenomenal.

Viro-me de lado e soco o travesseiro. Meu desejo por eles pode ser real — e inconveniente —, mas esse raciocínio é só minha imprudência falando. Passo grande parte da vida esculpindo minhas partes sensíveis para que ninguém mais possa vê-las, tocá-las, *machucá-las*. É de admirar que todas as partes feias borbulhem e me oprimam de vez em quando? Que a vida neste corpo seja demais, ocasionalmente, e eu precise de uma válvula de escape?

Houve um tempo em que escolhia métodos mais autodestrutivos do que sexo para aliviar essa pressão. Não gosto de pensar a respeito disso agora, mas eu não tinha as ferramentas para viver na casa de Zeus de maneira saudável. Só aos vinte anos, quando comecei a fazer terapia, consegui conter meus piores impulsos. Meu terapeuta não fica muito feliz com o fato de eu usar sexo para aplacar esse impulso, mas temos um acordo. Nunca descuido da segurança e sempre escolho bem com quem durmo, mesmo quando faço coisas que sei que não deveria fazer. Parece um oximoro, mas funciona.

Dormir com Aquiles ou Pátroclo — ou ambos — não é seguro *nem* uma boa escolha. Sim, eu os quero, embora também queira empurrar Aquiles pela janela. Mas Pátroclo estava certo em me rejeitar naquela noite. Sem falar... Deuses, eu nem o conheço mais, na verdade. E com certeza não conheço Aquiles. Eles podem ser tão monstruosos quanto Páris. Não vi sua verdadeira face até que fosse tarde demais para fugir com facilidade. O sexo complica as coisas, mesmo com uma pessoa indisponível emocionalmente. Então sexo com dois homens que querem a mesma coisa que eu, que vão destruir meus sonhos sem pensar duas vezes?

Certamente, não sou tão autodestrutiva.

Certamente não.

Do outro lado da parede, a cama começa a bater novamente.

— Sério, porra? — Não dá para dormir desse jeito. Nem preciso tentar. Se fosse outra situação, eu apreciaria a energia deles, mas estou cansada e sobrecarregada, e ouvir Pátroclo ser comido desse jeito está me deixando mais mal-humorada e roxa de inveja.

Suspiro e me levanto da cama. Talvez o sofá seja mais confortável do que parece. Não temos muito tempo até a primeira prova, e preciso dormir e me preparar mentalmente. Deveria ser fácil. Afinal, é isso que eu quero. Mas, quando tento organizar os pensamentos, eles se espalham como bolas de gude.

Estou cansada. Só isso.

Atravesso o corredor e entro na sala principal meio que esperando encontrar Hermes e Dionísio bisbilhotando. Eles gostam de fazer o papel de gatos vadios, sempre aparecendo na sua casa quando você menos espera. Mas... não estou em casa, e até aqueles dois hesitariam em invadir a propriedade de Atena durante o torneio de Ares.

É bobagem sentir falta deles. É bobagem sentir falta do meu apartamento e do meu quarto cuidadosamente organizados. É tolice me sentir magoada por Perseu e Éris não terem vindo me ver ou gritar comigo, ou até reconhecer como estraguei os planos deles completamente. Não sei por que esperava isso. Nosso pai nos educou muito bem. Quando ficava furioso de verdade comigo por uma coisa ou outra, ele parava de reconhecer minha existência. Pensando bem, eu devia ter encarado isso como uma bênção, mas tinha ainda menos autocontrole quando criança. Ficava mais barulhenta, mais irritada, mais dramática, e ele simplesmente me ignorava como se eu fosse realmente um fantasma que ninguém pudesse ver ou ouvir.

Sinto um arrepio. *Odeio* que meus irmãos estejam usando as velhas táticas de Zeus. Eles sabem quanto doía quando ele fazia isso, e estão fazendo a mesma coisa, do mesmo jeito... Balanço a cabeça.

— Que bela maneira de se tornar o centro do universo de todos, Helena. Eles provavelmente estão fazendo coisas importantes dos Treze, e estou bem no fim da lista de prioridades. — Não consigo evitar a amargura em minha voz. Pelo menos sou a única a ouvi-la.

Ando pela sala de estar. Em momentos como este, quando me sinto particularmente isolada, tenho uma vontade quase irresistível de ligar para meu irmão mais novo, Hércules. Não éramos muito próximos quando crianças. Mesmo ainda bem jovem, ele era muito sério, muito puro, e isso fez dele um alvo da *instrução firme* de nosso pai. Todos nós nos afastamos dele para evitar o mesmo destino. Agora que penso no assunto, a covardia deixa um gosto amargo em minha boca. Se tivéssemos tentado interferir, talvez...

Mas nós, os irmãos mais velhos, tivemos um destino pior que o dele. Hércules se libertou. Vive um relacionamento poliamoroso e feliz em Carver City, mais livre em seu exílio do que jamais foi dentro dos limites da cidade. Muitas pessoas que vivem no Olimpo estão tão concentradas no centro da cidade que nunca param para pensar que somos essencialmente ratos presos em uma gaiola.

Em última análise, a existência da barreira não importa. Para o bem ou para o mal, não tenho intenção de deixar o Olimpo.

Mas *fico* feliz por Hércules ter saído. Estou feliz que ele esteja feliz. Ele toma muito cuidado para manter as amantes longe de nós, protegê-las da contaminação desta cidade e da família Kasios. É um homem inteligente. Nós, os que ficaram, continuamos dançando ao som da música definida pelo Olimpo.

Não vou ligar para Hércules desta vez, assim como não liguei para ele em nenhuma das outras vezes em que a solidão e a autopiedade ameaçaram se tornar insuportáveis. A ideia de contar com seu jeito afetuoso é ótima, em teoria, mas não temos nada para conversar, e a situação estranha de uma conversa entre irmãos que evidencia quanto somos realmente distantes é pior do que não falar com ele.

Volto para o quarto e olho para a parede, através da qual ainda posso ouvir Aquiles e Pátroclo transando.

— Vai ser o sofá. — Puxo o edredom da cama e faço o possível para deixar o sofá confortável. Obviamente, não foi feito para esse tipo de coisa, porém, quando penso que não vou conseguir dormir... acordo com a luz da manhã entrando pela janela.

Sento-me e esfrego os olhos. Parece que minhas costas sofreram um entorse permanente, mas espero que isso desapareça quando eu estiver de pé e em movimento. Cambaleio até a geladeira e vejo a programação que foi deixada colada nela. Uma espiada rápida no relógio do micro-ondas avisa que preciso me apressar se quiser tomar o café da manhã. Como não consigo cozinhar o suficiente para escapar de comida vendida em sacos de papel, pular o café da manhã não é uma opção. Preciso da minha força física, o que significa que preciso de calorias.

Depois de um banho rápido, prendo o cabelo em uma trança simples e visto uma calça legging e um top esportivo. Assim que tomar um café da manhã leve, vou procurar a academia e me exercitar o suficiente para tirar uma soneca à tarde. Espero que Aquiles e Pátroclo levem a prova de amanhã tão a sério quanto eu e não planejem passar mais uma noite inteira trepando. Faço uma careta ao cogitar mais uma noite no sofá.

Para ser honesta, se forem foder como coelhos, talvez eu solicite uma transferência e fique no quarto de Aquiles, para não ter de dividir a parede com eles. Foi um jogo de poder bobo ficar com o quarto do meio, mas não pensei que me arrependeria tão cedo.

Não é difícil encontrar a sala do café da manhã. Os três prédios em que ficam os dormitórios criam um "U" ao redor da área principal, onde fica a sala do café, a sala de estar e uma academia enorme. O espaço foi obviamente concebido para acomodar um grupo. A cozinha é enorme e repleta de eletrodomésticos modernos. Há uma sala de jantar que tem quatro mesas com cadeiras para todos os concorrentes e mais algumas pessoas. Até a sala de estar tem sofás agrupados em torno de uma enorme televisão, embora eu duvide de que muitas pessoas aproveitem esse conforto.

Contorno a longa ilha da cozinha, observando minhas opções. Finalmente escolho ovos mexidos com molho e abacate. Uma colher de salada de frutas e uma caneca gigante de café finalizam a seleção. A mesa da sala de jantar está vazia, exceto pelos dois não olimpianos. Quase me sento perto deles para provar que não me deixam tão nervosa quanto na verdade deixam, mas a ameaça de indigestão é forte demais para eu assumir o risco. Em vez disso, escolho a cadeira no extremo oposto da mesa.

Isso me permite ter uma boa visão dos dois homens. Eu os estudo à medida que remexo minha comida. Ambos são atraentes de um jeito rústico, mas até eu hesitaria em flertar com eles se nos encontrássemos em uma festa. Tem algo de perigoso neles, embora eu não possa dizer exatamente o que me causa essa sensação. O de cabelo curto, Teseu, tem um nariz forte e torto que seria quase grande demais para seu rosto, não fosse pelo queixo quadrado. O outro, Minotauro, tem cabelo longo que desce em ondas suaves até os ombros. Ele cuida do cabelo, é óbvio, porque é abundante e tem aparência saudável, o que é uma façanha para alguns homens. O cabelo quase desvia a atenção das cicatrizes: linhas brancas, finas e desbotadas, tantas que parece que alguém tentou cortar seu rosto e tirá-lo da cabeça. Estremeço ao pensar em como teria sido a aparência dessas feridas quando eram recentes. Ainda assim, ele tem sobrancelhas bonitas e marcantes, além de lábios com um formato surpreendentemente sensual.

Hoje ambos estão vestidos sem muita cerimônia, de short e camiseta; é evidente que também pretendem treinar na academia. As mangas curtas exibem pedaços de tatuagens subindo pelos braços, mas não estou perto o bastante para enxergar detalhes. Talvez sejam membros do crime organizado?

Não seriam os primeiros a tentar se infiltrar no Olimpo. A forma como os Treze são escolhidos abre espaço para que alguns forasteiros se sintam tentados a ir em busca de poder. Em tese, qualquer um poderia assumir títulos suficientes para arrancar o poder de Zeus, Poseidon e Hades, e então governar. É por isso que tantas famílias da cidade superior vão às festas na Dodona Tower e se unem em casamentos arranjados entre si. Tudo se resume ao poder, à política e às alianças que preservam a maioria dos Treze que efetivamente governam o Olimpo. Ou pelo menos a cidade superior.

Às vezes, pessoas de fora percebem a mesma coisa. É difícil cruzar a barreira, mas não é impossível. Meu pai costumava contar sobre um velho inimigo que tentou dar um golpe na época em que ele tinha herdado o título de Zeus, mas nunca desenvolvi o hábito de ouvir com atenção as antigas histórias de "guerra" de meu pai, já que noventa por cento delas eram pura mentira.

Em última análise, isso não importa. Esses dois homens são meus adversários, e suas motivações para participar do torneio não mudam nada. Mesmo que um deles, de alguma forma, conseguisse vencer e se tornar Ares, dificilmente seria parte da maioria. Eles não podem se apoderar dos títulos herdados e não têm chance de conquistar os postos de Afrodite ou Deméter, embora por razões muito diferentes. Tenho pena do idiota que tenta tomar o título de Atena. E digo o mesmo em relação ao de Hermes.

Existe uma regra pouco conhecida sobre assassinato, mas...

Balanço a cabeça em uma negativa. A regra é pouco conhecida por um motivo. Mesmo que assassinar um dos Treze fosse tecnicamente um atalho para encurtar o caminho normal para reivindicar o título, ninguém é tolo o suficiente para tentar fazê-lo. Os outros se voltariam contra o assassino com uma ferocidade que eliminaria a chance de ele sobreviver ao primeiro dia. É do interesse de todos fazer as coisas da maneira correta.

Tentar um golpe no Olimpo é uma ideia inútil.

Termino de comer e me encosto na cadeira, pensando em tomar o café sem pressa e apreciar a vista além das grandes janelas ao longo da parede atrás da mesa. Passos são o único alerta que recebo antes de outro grupo de concorrentes entrar na sala.

Atalanta vai pegar café, ignorando todo mundo. Heitor não esconde a preocupação ao me ver e se coloca entre mim e Páris, obviamente tentando guiar o irmão em direção ao buffet de comida e me dar uma chance de escapar. Suspiro e fico em pé. O momento de paz foi bom enquanto durou.

A visão de Aquiles e Pátroclo me paralisa. Pátroclo, criatura adorável que é, parece vermelho de vergonha e evita olhar em minha direção. Aquiles, por outro lado, exibe um sorriso de satisfação no rosto ao me encarar. Bem, isso explica tudo. Eles, definitivamente, sabiam que eu podia ouvi-los.

Queriam que eu os ouvisse.

É óbvio que vocês não acham que vou corar e gaguejar como uma adolescente, seus idiotas. Nesse jogo cabem três. Deixo meu prato vazio na pia e vou em direção a eles, rebolando um pouco mais que o normal. Parece que Pátroclo tenta fugir, mas Aquiles passa um braço em volta de seus ombros e o mantém no lugar. Perfeito.

Seguro meu café com as duas mãos e sorrio para eles, com doçura.

— Aquiles?

Ele olha para mim com aquele sorriso fácil que é uma mentira completa.

— Sim?

— Da próxima vez que quiser marcar território, por que não tira o pau da calça e mija no pé dele? Assim, os outros poderiam dormir um pouco. — Ignoro a gagueira chocada de Pátroclo e me inclino para a frente, mirando-o com os olhos bem abertos e uma inocência que não é real. — A menos que a intenção fosse transmitir um convite. Se foi isso, melhor usar as palavras na próxima vez. — Falo baixo o suficiente para que a conversa não seja ouvida por mais ninguém. Afinal, isso é apenas entre nós.

Sua pele marrom-clara fica um pouco mais escura.

— Eu...

— Tenham um bom dia. — Passo por eles tranquilamente e saio da sala. Só quando viro a esquina é que me permito sorrir. Não existe nada mais satisfatório do que uma saída dramática. Ele facilitou *demais*.

A sensação de vitória mesquinha desaparece a cada passo. Estou me deixando distrair por esses dois, e isso é inaceitável. Vai ser melhor ficar longe dos outros concorrentes durante esse processo. Algo de que eu deveria ter me lembrado antes de alfinetar Pátroclo e provocar Aquiles.

A academia é exatamente o que eu esperava, vindo de Atena. Tem uma excelente seleção de pesos livres e equipamentos que parecem ser de última geração, todos reluzentes. Termino meu café e considero as opções. Quero gastar um pouco de energia, mas não quero me cansar demais. Uma corrida de uns cinco quilômetros mal vai aliviar o estresse, mas depois posso fazer um treino rápido em circuito, e isso deve resolver o assunto.

Decidida, retorno ao meu quarto a fim de lavar a xícara de café e pegar uma garrafa de água na geladeira. A academia ainda está vazia quando volto para lá, felizmente, então ponho os fones de ouvido e subo na esteira.

No final do primeiro quilômetro, meus músculos se soltam e começo a relaxar. As coisas não saíram como eu planejava, mas tudo bem. Tenho me adaptado aos caprichos dos outros durante toda a minha vida. Por que seria diferente aqui?

Claro, não esperava que Perseu seguisse tão literalmente os passos de nosso pai. Ele não mentiu quando disse que também fez sacrifícios, mas está esquecendo intencionalmente que *escolheu* os próprios sacrifícios. Ele não me deu a oportunidade de fazer a mesma escolha. Em vez disso, tomou a decisão por mim e espera que eu dance conforme sua música, uma marionete sob seu comando.

E Éris? *Ela*, mais que ninguém, deveria perceber que entendo o funcionamento interno da política olimpiana. Se tivessem discutido a questão comigo, em vez de me emboscarem com o anúncio... Balanço a cabeça, desejando poder afastar os pensamentos com a mesma facilidade. Éris sabia que eu protestaria e que teria de me convencer, então pulou a parte da conversa e me atropelou. Não vejo Éris entrando na fila para se casar com um estranho, mas ficou muito feliz em me jogar para aqueles lobos.

Deuses, minha família é realmente a pior.

Aumento a velocidade da esteira. São apenas uns cinco quilômetros. Posso ir um pouco mais rápido, com um pouco mais de intensidade. Qualquer coisa para não pensar muito sobre meus irmãos terem se sentado e decidido, juntos, que estavam dispostos a me sacrificar pela boa vontade do próximo Ares. Não me importo com as garantias dadas por Perseu; se ele tivesse de cumprir essa promessa, na pior das hipóteses, eu já teria sido prejudicada. A vingança não é para as vítimas. É para fazer as pessoas em torno dela se sentirem melhor por não terem feito nada para impedir o que já aconteceu.

Não sou vítima.

Não mais.

Eu estava indefesa na casa do meu pai. Minha mãe tentou ajudar, mas tudo que conseguiu foi um pescoço quebrado, enquanto meu pai assumia outra mulher, outra Hera. As pessoas costumavam *brincar* sobre suas Heras serem intercambiáveis, brinquedos quebrados por um homem furioso e substituídos com a mesma facilidade. Ele teria feito isso de novo se ele próprio não tivesse morrido. Já estava de olho em Perséfone, uma mulher mais nova que *eu*.

Foi Perseu quem me deu a notícia da morte de nosso pai. Fiquei sentada à espera de sentir alguma coisa. Tristeza. Culpa. Alegria. *Alguma coisa*. Em vez disso, foi como se alguém tivesse tirado um grande peso dos meus ombros. O monstro com a máscara de homem encantador não poderia mais me machucar ou me controlar.

Eu não esperava que meu irmão assumisse o papel de Zeus tão completamente. Não esperava que me colocasse em confinamento — para minha segurança, é claro. Que começasse a ditar o que era ou não era comportamentos aceitáveis para uma Kasios, assim como nosso pai costumava fazer.

Que determinasse que eu era um peão a ser sacrificado, *exatamente como nosso pai planejou*.

Aumento a velocidade na esteira. Isso não está ajudando. Ainda estou pensando demais. Não posso fugir dos esqueletos que chacoalham dentro do meu cérebro, mas *posso* me cansar até que durmam. É necessário. Não posso viver assim. Não quando estou tão perto da liberdade, não quando distração significa fracasso.

Uma mão aparece no meu campo de visão. Não tenho tempo para fazer mais que recuar assustada, antes de Pátroclo apertar o botão de parar. A esteira desacelera e tiro os fones de ouvido.

— O que deu em você?

— Já chega, Helena.

Abro a boca para dizer onde ele deve enfiar sua opinião, mas os números vermelhos chamam minha atenção. Onze quilômetros, não cinco, e em um ritmo que sei que não posso manter. Agora que meu ímpeto foi interrompido, sinto o tremor nas pernas. O suor cobre o meu corpo. Como o ar entra e sai com esforço doloroso dos pulmões. Já corri distância maior e com mais rapidez, mas não era para ser esse tipo de exercício.

Fraca. Inconsequente. Impulsiva.

Tento empurrar as palavras para longe, mas elas persistem e me provocam.

Pátroclo não se move e mantém a mão sobre o botão de parar. Suspeito de que a intenção seja me impedir de ignorá-lo e ligar a porcaria da esteira novamente.

Limpo o suor da testa com o antebraço.

— Estou bem.

— Tem certeza? Porque parece que se esforçou demais e ia continuar correndo até suas pernas cederem. — Ele me analisa. Não é um olhar sexual. Está me estudando como se verificasse a existência de ferimentos. Não tem absolutamente nenhuma desculpa para o arrepio com que meu corpo responde. Culpo o ar-condicionado em minha pele suada pelos mamilos rígidos e contraídos contra o tecido fino do top.

— Estou bem — repito. Desta vez não é verdade, assim como não era verdade antes. Estou tão longe de estar bem que chega a ser ridículo, mas o que eu esperava? Meus irmãos me jogaram na fogueira; isso vai me afetar, mesmo que uma parte pequena e sombria de mim não se surpreenda. Todavia, não estou com vontade de tentar explicar isso a Pátroclo. Ele parece um cara legal, mas é o cara legal de *Aquiles*. Só porque fomos amigos de infância e ele fez uma coisa boa por mim agora, não significa que se ofereceu para carregar toda a minha bagagem.

Ainda assim, não posso encerrar a conversa desse jeito. Hesito.

— Olha, não estou sugerindo que interfira outras vezes no futuro, porque não preciso de babá, mas obrigada por me fazer parar.

— Não foi nada. — Pátroclo passa a mão no cabelo curto e escuro. Há uma sombra de barba típica de fim de dia, o que lhe dá uma aparência cafajeste que não é boa para minha libido.

Não que qualquer outra característica em Pátroclo seja cafajeste. O melhor que posso dizer é que sua pose de cara legal não é uma pose. *Isso* não mudou, pelo menos. Eu poderia usar essa informação a meu favor, mas de repente estou tão cansada que não consigo pensar direito. Ele merece mais do que ser o chicote que uso para me açoitar, o que significa que tenho de sair daqui antes de fazer algo imperdoavelmente idiota.

— Vou tomar um banho.

— Helena.

Sinto um certo desânimo com a severidade em seu tom. Paro de repente.

— O que foi?

— O alongamento. — Ele aponta para minhas pernas como se pudesse ver os pequenos tremores nelas. — Você vai se arrepender mais tarde se não se alongar agora.

Ele tem razão. Minhas necessidades estão em conflito, uma exigindo que eu me recolha ao meu quarto até me sentir um pouco menos frágil, a outra querendo permanecer um pouco mais na presença deste homem, deixá-lo afugentar os fantasmas que me assombram. Certamente, ele não se importa tanto quanto parece. Deve ser uma máscara, como todo mundo usa no Olimpo. Não sei a que propósito a bondade serviria — possivelmente para fazer os outros o subestimarem —, mas cada um de nós escolhe o próprio caminho para sobreviver.

Mesmo assim...

Quando foi a última vez que alguém tentou cuidar de mim? Mesmo em relação a algo tão corriqueiro, como exigir que eu me alongasse depois de um treino vigoroso? Meu peito fica apertado.

Não consigo lembrar. A última pessoa gentil da minha vida foi minha mãe, e ela morreu há quinze anos. Quanto isso é patético?

Mesmo sabendo que deveria ir embora, sinto um desejo imprudente, forte demais para ser ignorado. Sorrio olhando dentro de seus olhos escuros e gentis.

— Vai me ajudar a alongar, Pátroclo?

10

AQUILES

Ájax me intercepta antes de eu entrar na academia. O grandalhão põe a mão no meu ombro. Ele tem alguns centímetros a mais do que eu, o que significa que tem cerca de um metro e noventa e cinco de altura, e raspou as laterais da cabeça para criar um moicano de cabelo preto e encaracolado. A pele de Ájax é marrom-escura, e ele mostra uma boa porção dela, porque veste apenas um short e uma regata que tem mais buracos do que tecido.

Ele sorri.

— Eu estava pensando...

— Que perigo, vindo de você.

Ájax ri.

— É, é sim. Nós dois sabemos que prefiro uma grande marreta a uma discussão política, mas as coisas mudam.

— Você vai sugerir uma aliança para a primeira prova. — Pátroclo previu isso. Ele fez a pesquisa e analisou os cenários, embora às vezes a maneira como sua mente funciona seja totalmente assustadora.

Mas essa, até eu poderia ter previsto. Ájax, Pátroclo e eu somos conhecidos. Já trabalhamos juntos no passado, então faz sentido nos alinharmos no esforço para eliminar o maior número possível de pessoas na primeira prova. A aliança não precisa durar mais do que isso para valer a pena.

Ele ri de novo e aperta meu ombro.

— Isso. Eu diria que existem alguns concorrentes que ninguém quer ver no posto de Ares. Não há razão para facilitarmos a disputa para eles.

Interessante. Franzo a testa.

— Você tem outros aliados?

— Tenho andado conversando com algumas pessoas. — Ele abaixa a mão e dá de ombros. — Então, o que acha?

Acho que Ájax é mais esperto do que qualquer um de nós imaginava. Ainda assim, isso não muda nada para a primeira prova. Há alguns concorrentes que eu gostaria de ver eliminados mais cedo, e ter Ájax como aliado aumenta as probabilidades. Mas, dito isso, não há razão para complicar as coisas. Tenho Pátroclo. Ele é tudo de que preciso, e, francamente, seria bom para nós se Ájax fosse eliminado logo no início.

Sorrio e balanço a cabeça.

— Desta vez não, amigo.

— Droga. Esperava ter você do meu lado. Bem, valia a pena tentar. — Ele toca meu ombro pela última vez e segue pelo corredor em direção oposta à minha. — Vejo você amanhã, Aquiles. Boa sorte.

— Não preciso disso.

Sua risada o acompanha quando ele vira a esquina e desaparece. Vou para a academia. Pátroclo deve ter algumas teorias sobre as alianças feitas por Ájax. Eu apostaria um bom dinheiro em Atalanta. Ájax trabalhou com Heitor por alguns anos, e acho que eles se dão bem, mas Heitor forma um pacote com Páris, e ninguém quer ver Páris como o novo Ares. Nenhum de nós teve contato próximo com Atalanta, mas a reputação dela a precede. É firme sob pressão e brilhante. Não tão brilhante quanto Pátroclo, mas, definitivamente, mais que Ájax e eu.

A academia é ótima, mas não esperava menos de Atena. Ela tem suas prioridades bem organizadas e deve ter equipado o ambiente especificamente de acordo com suas instruções, como todo o restante da casa. Há variedade suficiente para atender às necessidades que qualquer um possa imaginar.

Vejo Minotauro em um dos bancos, mas ele não faz nenhum movimento para se deitar e pegar a barra com uma quantidade impressionante de anilhas enfileiradas. Não, ele está observando algo que não consigo ver, e sua expressão é a de um falcão que observa um rato particularmente suculento andando diante de si. Isso não pode ser bom. Movimento-me pelo espaço, entre os equipamentos, e paro quando descubro o que está olhando.

Pátroclo... e Helena.

Ela está deitada de costas no tapete que ocupa um canto da sala, com uma longa perna esticada sobre o ombro de Pátroclo. Ele está de joelhos, empurrando a perna dela em direção ao peito. Racionalmente, percebo que é só um alongamento e que eles estão completamente vestidos, mas meu cérebro se depara com a posição e diz: *sexo*. Principalmente quando ele avança e empurra a perna dela mais alguns centímetros para baixo. Estão próximos o suficiente para se beijarem, e mesmo de longe reconheço o rubor na pele dele.

Está excitado. Muito, muito excitado.

A fúria desperta. Avisei para eles ficarem longe um do outro, e não levou nem dez minutos para ela o colocar no chão, todo caloroso e agitado. Porra, *ele* também devia ter ficado esperto. Será que ninguém escuta o que eu falo? Cerro os punhos, lutando contra o desejo instintivo de ir até lá e arrancá-lo de cima dela.

Uma risadinha me faz olhar para o Minotauro. Ele arqueia uma sobrancelha cortada por cicatrizes.

— Ela não perdeu tempo em atacar aquele ali.

Eu estava pensando a mesma coisa, mas isso não significa que quero que outras pessoas percebam.

— Cale a boca, caralho.

Minotauro ri outra vez e se deita no banco, pega a barra e começa a abaixá-la sobre o peito e levantá-la em seguida. Acompanho várias repetições antes de me voltar para Pátroclo e Helena. Ela trocou de perna, e me irrita ainda mais que nenhum dos dois tenha notado que estou aqui. Isso me incentiva a agir, e a coisa feia e possessiva dentro de mim assume o controle. Paro a um passo deles e rosno.

— Levantem-se. — Pátroclo se assusta, o que me irrita ainda mais. É quase impossível surpreendê-lo, porque ele está sempre pensando dez passos à frente, mas está tão focado *nessa* mulher que seu cérebro brilhante entrou em modo de espera. Ele senta sobre os calcanhares e mexe o quadril, como se eu não fosse perceber sua ereção violenta. Olho para ele, depois para *ela*. — Levantem-se.

Helena é bonita. Droga, eu odeio que ela seja bonita. Está com uma calça e um top esportivo que grudam na pele suada, mostrando a barriga tonificada e os lindos seios. Ela se senta com vagarosidade, e sua expressão é a imagem do desafio.

— Ele estava me ajudando a alongar.

— Posso ver *exatamente* o que ele estava fazendo. — Já seria ruim o suficiente ter sido eu quem os pegou, no entanto, com Minotauro nos olhando, julgando, rindo, não consigo controlar a raiva. — Você. — Aponto para Pátroclo. — Ponha a cabeça no lugar.

— Aquiles...

Ignoro a irritação em seu tom e me volto para Helena.

— E, você, volte para a porra do seu quarto, princesa.

— Que engraçado, isso. — Ela fica em pé, e *detesto* a maneira como Pátroclo a observa, como se fosse pular para segurá-la, caso ela tropeçasse. O Minotauro está certo; ela está trabalhando depressa e envolvendo meu homem em seus planos. Helena estica os braços acima da cabeça, transbordando desafio dos olhos cor de âmbar. — Você não manda em mim.

— Helena. — Agora Pátroclo dirige a irritação para ela, o que é mais uma indicação de quanto eles se aproximaram em tão pouco tempo. Ele pode ser gentil, mas é muito cuidadoso com quem inclui em seu círculo de proteção por causa disso. Em geral, leva muito tempo para ele se abrir para uma nova pessoa. Como diabos ela conseguiu isso em apenas alguns dias? Não pode ser porque o conheceu antes de mim. *Não pode.*

— Posso não mandar em você agora, mas vou ser seu marido, e você *vai* parar de agir como uma criança mimada.

Pátroclo respira fundo, e Helena endireita as costas.

— Fale isso de novo — rosna ela.

Não me dou esse trabalho. Em vez disso, eu a pego e a jogo em cima do ombro. Pátroclo começa a se aproximar, mas levanto a mão.

— Não quero ouvir merda nenhuma de você agora. Vá treinar. Depois a gente conversa. — Não lhe dou a chance de responder. Simplesmente me viro e arrasto Helena, que está me xingando sem parar, para fora da academia e pelos corredores. Depois de uma breve hesitação, entro no meu quarto, em vez de no dela.

Mal tenho a chance de colocá-la em pé, antes que ela avance sobre mim. Eu me esquivo e seguro seu punho.

— Movimento descuidado.

— Vou lhe mostrar o *movimento descuidado*, seu cuzão. — Helena mira um chute em minhas bolas, e eu viro o quadril. O impacto atinge minha coxa com força suficiente para me fazer cambalear. E ela é rápida, recua um passo e chuta de novo, dessa vez buscando meu rosto.

Seguro seu tornozelo e o puxo, e me jogo em cima dela quando tenta se levantar do chão. Ela é determinada, reconheço. E consegue me dar uma cotovelada no rosto antes que eu prenda seus punhos dos dois lados da cabeça dela.

— Agora chega.

— Vá se foder. — Helena está furiosa, vibrando, praticamente disparando focos de laser em mim com seus olhos cor de âmbar. — Não me surpreende que você queira ser Ares. Você é igual ao último: um opressor da porra.

— Cale a boca.

Mas ela não fica quieta. Rosna na minha cara e tenta me tirar de cima dela, como se eu não fosse muito mais pesado. E ela não cala a porra da boca.

— Coitadinho do Aquiles, ficou com o orgulho ferido porque Pátroclo foi gentil comigo. Deuses, você é patético.

— Cale *a boca* — repito.

— Venha calar!

Não tem desculpa para o que acontece a seguir. Em um momento, estou pronto para colocá-la de pé e chutar sua bunda porta afora. No momento seguinte... não sei quem se move primeiro. Talvez ela se arqueie. Talvez eu me incline. O resultado final é que estou beijando Helena Kasios, preciosa princesa do Olimpo, a mulher com quem pretendo me casar quando me tornar Ares.

Ela tem gosto de vitória.

Recuo e olho para ela, que parece quase tão chocada quanto eu, quase tão furiosa quanto eu. Isso foi um erro.

— Eu...

— *Cale a boca.* — Helena se arqueia de novo, e esse beijo varre o pouco de pensamento racional que me resta. Não tem nada de suave nisso. Se houvesse, talvez eu descobrisse como parar. Contudo, não consigo pensar. Não enquanto entramos em guerra um contra o outro, uma batalha travada com língua, dentes e gemidos sutis surpreendentemente doces que ela deixa escapar em minha boca.

Helena se mexe embaixo de mim, esfregando a panturrilha na minha perna. Solto seus punhos e encaixo a mão sob seu joelho, nos aproximando mais. Ela passa as mãos no meu peito, e o único aviso que recebo é uma leve tensão em seu corpo antes de ela passar o pé em volta da minha coxa e nos virar. Ela se senta no meu quadril, e, porra, Helena nunca foi mais bonita do que neste momento. Toda bagunçada, mas *real*.

O frenesi aumenta entre nós, como se ambos pudéssemos sentir que desacelerar vai permitir a volta da realidade. Não sei do que ela está fugindo. E não me importo. Ainda estou muito furioso, funcionando só por instinto, e coloco a mão entre nós para agarrar o tecido de sua calça e puxá-la com força. A peça rasga ao longo da costura central, e eu repito o gesto, rasgando a calça ao meio.

Helena se curva para trás e me dá um tapa, virando meu rosto para o lado com o impacto.

— Essa era minha legging de corrida favorita, seu merdinha.

— Mande a conta para mim. — Viro-nos novamente, aproveitando a mudança de posição para me acomodar entre suas coxas. Ela tira minha camisa e passa as unhas em minhas costas, a dor me faz pressionar o corpo contra o dela. Nós dois gememos, nossa respiração se mistura em sopros furiosos. Eu deveria suavizar o beijo, deveria ir mais devagar, mas Helena enfia as mãos no meu short e crava as unhas na bunda. Empurro o quadril contra ela pela segunda vez e de novo, e cada vez eu puxo meu short mais para baixo, até ela o agarrar e terminar de abaixá-lo.

Porra.

Isso está fora do controle.

Começo a me afastar para tentar introduzir um pouco de razão, mas ela levanta o quadril, e de repente meu pau está se aninhando em sua entrada. Nós dois paralisamos. Ela está tão molhada, tão acolhedora, que deslizo um pouco para dentro só com a força que faço para respirar. Helena solta um gemidinho ofegante.

— Mais.

Eu deveria parar. Deveria lhe dizer para esperar, para ir mais devagar até podermos conversar sobre o assunto. Não era o que eu pretendia quando a trouxe aqui. Porra, eu nem sei *o que* pretendia. Não consigo pensar em nada além de como ela é gostosa, em como ficou molhada com a briga, em como quero entrar completamente nela.

— A gente não devia — consigo dizer.

— Tem razão. — Mas suas unhas apertam minha bunda novamente, e eu entro mais um centímetro nela. Não consigo ver seu rosto nesta posição, não consigo me conter antes de virar a cabeça e morder de leve a pele macia de seu pescoço. Ela responde arqueando as costas, me levando mais um centímetro para dentro. Helena arfa. — Odeio você.

— Também odeio você.

Helena estremece.

— Então me foda como se me odiasse, Aquiles. Pare de ser frouxo e faça isso direito.

O último fio do meu controle esgarça e se rompe. Recuo, e o gemido de protesto dela só me incentiva. Arranco o que resta de sua calça e faço o mesmo com o top. Ela tenta me dar outro tapa, mas agarro seu punho e uso o impulso para virá-la de bruços. Helena já está levantando a bunda quando me coloco entre suas coxas, e então estou dentro dela novamente.

Desta vez não paro. Não hesito. Uso o tamanho do meu corpo para prendê-la no chão enquanto a penetro sem delicadeza alguma. Ela se move tanto quanto eu permito, levantando o quadril para me levar mais para dentro, mas não é o suficiente. Passo os braços por baixo dela, aperto sua garganta com uma das mãos e deslizo a outra para baixo até encontrar o clitóris, que acaricio. Ela está completamente entregue, completamente à minha mercê.

Só que parece que sou eu quem está à mercê de *Helena* quando ela começa a falar:

— Isso. Assim. Mais fundo. — Ela agarra meus braços, crava as unhas novamente em minha pele. Vou passar dias marcado, e pensar a respeito só me excita ainda mais, me faz ser mais feroz.

— Você é uma ameaça. — Encontro o jeito certo de tocar seu clitóris, aquele que a faz vibrar no meu pau com força suficiente para eu ter de lutar para não explodir. Meu orgasmo já é uma presença próxima. Ela é muito gostosa. — Goze no meu pau como uma boa princesinha.

— Me faça gozar. — Ela arfa, e aperta a garganta com mais força contra a palma da minha mão. — A menos que seja tão ruim nisso quanto em todo o restante. — Outro gemido. — Será que vou ter que pedir ajuda ao Pátroclo?

— Sua *vadia*. — Não paro, não desacelero. Continuo penetrando Helena enquanto ela se desmancha ao meu redor, sabendo que as palavras venenosas vão permanecer conosco mesmo depois que terminarmos.

Helena grita na hora do orgasmo, seu corpo todo estremece com espasmos enquanto a boceta se contrai ao redor do meu pau. Nem tento resistir. Continuo entrando e saindo dela até a necessidade me dominar, inundando seu corpo com o meu.

Só quando saio de cima dela e caio deitado de costas, a realidade começa a se impor. Abro os olhos e miro o teto.

— Caralho.

— Sim, nós fizemos isso. — Ela se senta.

— Você está bem? Eu... — Obrigo-me a olhar para ela, a procurar em sua expressão qualquer sinal de que fomos longe demais.

Helena pega a calça rasgada e franze a testa ao encarar a peça.

— Estou bem. — Ela olha para mim e mantém o rosto cuidadosamente inexpressivo. — Você não vai começar a ficar todo fofinho comigo, vai? — Quando não respondo de imediato, ela suspira. — Foi só sexo, Aquiles. Já fez sexo antes, não fez?

— Desse jeito, não.

Ela hesita.

— Pátroclo disse que vocês não são monogâmicos...

— Não somos. — Mas também nunca estive com alguém *assim*, desse jeito selvagem e descontrolado. Sou sempre muito consciente de como seria fácil machucar meus parceiros em caso de acidente, e o resultado disso é que sempre me controlo. Menos com Pátroclo; temos um histórico, e isso significa que conhecemos os limites um do outro com mais profundidade, e mesmo assim tomo cuidado para não ultrapassar os limites dele. Helena e eu não temos esse histórico, essa confiança. Nem sequer gostamos um do outro. Mas não posso lhe dizer isso. Parece cruel, mesmo que seja verdade. Em vez disso, concentro-me em algo pequeno e comum. — Não pode usar essa calça.

— Não se preocupe. Você vai pagar por uma nova. — Helena se levanta devagar. Seus joelhos estão um pouco esfolados, mas, porra, ela continua linda. Isso me faz querer...

Eu me endireito.

— Não usamos preservativo.

— Eu sei. — Helena suspira de novo. — Estou tomando anticoncepcional. Fiz todos os exames recentemente, posso garantir que você está seguro.

De alguma forma, isso não diminui o aperto em meu peito. Não acredito que perdi o controle a ponto de esquecer a *camisinha*.

— A única pessoa com quem tenho relações sexuais sem proteção é Pátroclo, mas nós dois fazemos exames regularmente, já que não é uma relação de exclusividade.

— Então não há mais nada a dizer. — Ela se vira para a porta.

Estou em pé antes de decidir me mover.

— Helena, espere.

Segue-se outro daqueles suspiros. Deuses, a mulher parece tão irritada comigo, que quero jogá-la no chão de novo. Da próxima vez, quando terminarmos, nenhum dos dois vai ter fôlego para suspirar. Ignorando a direção dos meus pensamentos, ela ajeita uma mecha de cabelo que escapou da trança.

— Olha, não tem mais nada a ser dito, de verdade. Eu perdi o controle. Você perdeu o controle. Em última análise, isso não muda nada para nenhum de nós dois, então, nunca mais vamos falar sobre isso.

Ela está se comportando com uma tremenda frieza, e não entendo como diabos ela consegue agir assim, quando tenho de fazer um esforço enorme para me controlar e não a puxar para mais um beijo. Pego minha camisa do chão e caminho na direção dela. Helena revira os olhos para mim.

— Meu quarto fica...

Enfio a camisa pela cabeça dela, espero que encaixe os braços nas mangas e a puxo para baixo. Ela olha para mim com uma expressão entediada.

— Está feliz agora?

— Não. — De alguma forma, isso é ainda pior do que Helena nua. Vê-la com minha camisa... Eu já sabia que era um idiota possessivo, mas não esperava ter uma reação assim a *essa* mulher. — Não, não estou feliz, porra.

— Não pensei que estivesse. — Ela se vira e sai sem dizer mais nada.

Fico encarando a porta por um bom tempo.

— Caralho. *Caralho.* — Não há dúvida sobre isso. Não importa como eu tente explicar, e estou enfrentando muita dificuldade para encontrar uma explicação razoável para ter fodido Helena Kasios no chão do meu quarto como um animal. A conclusão é uma só.

Acabei de fazer uma merda gigantesca.

11

PÁTROCLO

No momento em que vejo a cara de Aquiles, sei o que aconteceu. Ele está tão acostumado a ter razão que, quando sabe que fez besteira, age como um cachorro que mastigou meu sapato favorito. Ele entra no meu quarto com os ombros curvados e não me fita nos olhos. Considerando onde ele esteve há pouco e o conhecido rubor em sua pele, tenho duas dicas para deduzir o que ele fez.

Ele quase confirma quando fala, por fim:

— Fiz besteira. Desculpa.

Não preciso pedir explicações. A evidência está bem ali, nos arranhões em seu antebraço e no suor que umedece o cabelo escuro nas têmporas.

Ele fez sexo com Helena Kasios.

Respiro fundo lentamente, mas isso não ajuda, porque tudo que consigo sentir é o cheiro fraco de sexo ainda grudado nele. Aquiles dá um passo em minha direção, mas levanto a mão.

— Vá tomar um banho antes de tentar me pedir desculpas.

Ele resmunga um palavrão e volta ao corredor dos quartos. Quando se vira, deparo-me com mais arranhões acima da gola da camisa. Meu estômago revira. Não tenho absolutamente nenhuma razão lógica para ficar chateado com isso. Não somos monogâmicos. Aquiles pretende ser o novo Ares, e isso significa casar-se com Helena. Exigir que não durma com a esposa é ridículo e injusto. Eu sabia no que estava me metendo quando me apaixonei por esse homem.

Nunca existiu a possibilidade de ele ser só meu.

Mas nem toda lógica do mundo consegue acabar com a sensação horrível que revira meu estômago. Cada vez mais contraído, cada vez mais embrulhado. Não é minha intenção falar, porém, quando ele abre a porta do quarto para sair, as palavras se soltam:

— Você odeia Helena.

Aquiles me espia por cima do ombro.

— "Odeia" é uma palavra forte. — Ele tem a delicadeza de parecer envergonhado, mas ainda vejo em seus ombros a linha relaxada que é indício de um bom sexo.

A coisa no meu estômago se contorce com mais força. Aquiles e eu estamos juntos há muito tempo para termos um relacionamento livre de altos e baixos e, ocasionalmente, brigas intensas. Isto parece diferente. Tudo na situação atual parece diferente. De vez em quando, ele é egoísta e impulsivo; às vezes, eu sou egoísta e distraído. Nenhum de nós jamais é cruel, mas não sei como descrever isso, a não ser como crueldade.

— Ficou com tanta raiva assim porque eu estava ajudando Helena a se alongar? Tudo isso é *ciúme*? O que aconteceu com a história de não sermos ciumentos, Aquiles? — Isso nunca foi um problema antes, mas é claro que ele entende que agora é diferente. Tudo em como ele reage a Helena é tão fora do nosso padrão quanto *minhas* reações a ela. Aquiles pode bancar o bobo às vezes, mas é esperto demais para fingir que não entende por que estou chateado.

Sua expressão endurece.

— Isso é diferente.

— Sim. Exatamente. Isso é diferente. Então, por que fez isso? — continuo depressa, antes que ele possa responder. Pela primeira vez, minha boca é mais rápida que o cérebro: — É porque vai se casar com ela? Vai pôr uma aliança no dedo dela, então, ela é só sua? — As palavras saem antes que eu possa contê-las. Estou me sentindo mal o bastante para não querer contê-las. — Não faz nem doze horas que você disse que ela estava vetada para nós.

Aquiles olha para um ponto acima do meu ombro direito. Um sinal evidente de que não vou gostar do que vai dizer. Ele não decepciona.

— Ela já está afetando você.

— Você trepou com ela. Qualquer um que olhasse para as evidências diria que ela está afetando *você*.

Ele contrai a mandíbula.

— Helena sabe exatamente o que está fazendo. Está tentando causar um rompimento entre nós.

Resmungo um palavrão e me afasto. Não consigo fitá-lo agora, não quando está sendo tão teimoso e equivocado. Não quando está sendo hipócrita.

— Pare de culpá-la pelas atitudes que *você* tomou. Ela o amarrou e trepou com você, Aquiles?

— Não — ele resmunga.

— É, imaginei que não. Vocês dois fizeram sexo, e não estou em um relacionamento com Helena. Meu relacionamento é com você. *Ela* não estabeleceu uma regra básica e a quebrou imediatamente por ciúme, logo depois de nós dois termos concordado. *Ela* não está colocando todos os nossos objetivos e planos em risco por impulsividade. *Ela* não é o problema.

— Pátroclo.

Eu me viro com relutância a fim de encará-lo. Aquiles parece zangado, mas isso não é surpresa. Desde que o conheço, ele prefere ficar com raiva a ficar aborrecido ou arrependido. É uma emoção mais fácil para ele. Mas pensei que tivéssemos ultrapassado o estágio em que ele se comportava assim *comigo*. Eu pensava muitas coisas, até nos inscrevermos nesse torneio. Agora não sei mais o que é verdade.

— Mudei de ideia sobre o banho. Você precisa sair daqui.

Aquiles recua como se eu o tivesse agredido fisicamente.

— O quê?

— Saia. Não consigo olhar para você agora. — Dói muito. Eu desconfiava de que as coisas entre nós acabariam chegando a algum tipo de conclusão, mas não assim. Nunca desse jeito. Pensei que tivéssemos mais tempo. Isso não é o fim, ainda não, mas é o primeiro sinal. Preciso de um tempo para processar e não posso fazer isso com ele perto de mim. Pela primeira vez desde que entrou no meu quarto, ele parece de fato preocupado.

— Precisamos conversar sobre amanhã. — É uma desculpa, e sabemos disso.

— Não há nada para conversar.

— Ájax quer uma aliança.

Dou de ombros.

— Nós previmos. Isso não significa que *nossos* planos tenham mudado. — É verdade. Nada mudou. Ainda seguirei Aquiles até o submundo e me amaldiçoarei no caminho. Sempre foi assim conosco. Se eu fosse uma pessoa melhor, uma pessoa mais forte, talvez cortasse os laços agora, antes que as coisas saiam totalmente do controle e ele jogue meu coração em um moedor de carne. Aquiles nunca me machucaria de propósito, mas é descuidado. Ele é sempre muito descuidado com outras pessoas.

E eu não sou melhor. Sem dúvida, não sou forte o suficiente para me afastar dele, não importa quanto o futuro prometa sofrimento. Eu só... não consigo olhar para ele agora.

— Vá.

Ele não se move.

— Estou arrependido.

— Não acredito em você. — Se eu deixar, ele vai me abraçar e prometer que nunca mais vai fazer isso, mas não suporto a ideia de ele mentir para mim, mesmo sem querer. Uma das coisas que mais amo nesse homem é que nunca preciso adivinhar minha posição em relação a ele. Ele fala a verdade, mesmo quando pode machucar. É um pequeno preço a ser pago por essa transparência.

No momento, nada parece claro. Ele pode ter a intenção de nunca mais tocar em Helena, mas nunca teve a intenção de tocá-la, e veja onde estamos agora.

— Vá, Aquiles. Por favor.

Ele, por fim, assente e caminha para a porta. Aquiles não foge de uma luta; demorou anos até ele perceber que tentar resolver os problemas de imediato, em vez de me dar tempo para processá-los, é um modo infalível de piorar as contingências. É horrível vê-lo sair do meu quarto e fechar a porta.

Uma premonição, uma visão do nosso futuro.

Algum dia, Aquiles vai se afastar de mim e, quando acontecer, ele nunca mais vai voltar.

Dirijo-me à porta e a tranco. Não estou com disposição para companhia agora, não que alguém vá me procurar na noite anterior à primeira prova. Circulo pela sala, agitado demais para me sentar. Aquiles não me traiu. Não tem a ver com isso. Mas ainda parece uma traição. Não consigo analisar meus sentimentos de maneira adequada. Sinto raiva e mágoa, sim, mas também um fio de culpa.

Não posso garantir que não teria feito a mesma coisa se a oportunidade tivesse surgido primeiro para mim.

Tem algo em Helena que confunde todos os meus circuitos. Não é só beleza, embora ela seja bonita. Não é a lembrança daquela vez, há muito tempo, quando ela me salvou de um encrenqueiro. Nem mesmo a inteligência que me mostrou durante nossas poucas conversas. É a estranha vulnerabilidade que surgiu em seus olhos cor de âmbar na primeira noite, e novamente na esteira, quando ficou evidente que ela tentava fugir de alguma coisa em sua cabeça. A mulher é um enigma, e me conheço bem o suficiente para reconhecer que tenho uma queda por enigmas.

Sou capaz de antecipar o comportamento da maioria das pessoas, mesmo que seja ilógico. Os seres humanos são movidos por impulsos básicos, mesmo quando participam de jogos políticos. Todo mundo quer alguma coisa, e, quando descubro o que é, fica fácil enxergar dez, vinte, trinta passos à frente.

Não consigo entender o propósito de Helena ao se inscrever nesse torneio. Ela tem poder, influência e mais dinheiro do que a maioria das pessoas pode gastar durante a vida. É esperta o suficiente para não recusar um casamento político; está preparada para circular neste mundo desde o momento em que se tornou adulta. Ela é só mais uma Kasios sedenta por poder e em busca de um título? Ou tudo isso é um ato de rebeldia para atacar o irmão? Nenhuma dessas respostas me satisfaz.

Além de Helena ser um enigma, a atração física que sinto por ela é absolutamente estranha. Não tenho ideia do que Aquiles viu quando nos encontrou no chão, mas estou preparado para admitir que estava muito mais perto do que precisava, que meu corpo tinha escapado ao controle, mesmo que nenhum de nós tivesse comentado. E o jeito como ela contemplava minha boca...

Não culpo Aquiles por fazer sexo com ela. O problema é que não sei o que devo sentir. Ciúme? Raiva? Mágoa? Culpa? Não é uma situação simples, e saber que amanhã vamos competir na primeira prova só complica ainda mais a situação.

Não importa. Não *pode* importar.

Quando começamos a trilhar esse caminho, decidi aceitar Aquiles em minha vida enquanto ele me quiser, apoiá-lo e fazer tudo ao meu alcance para garantir que ele realize o sonho de se tornar Ares. Ficar magoado por ele ter transado com Helena depois de vetá-la para nós dois não muda nada. Ainda vou fazer o que for preciso amanhã para que ele vença a primeira prova. Não que ele precise da minha ajuda, mas Aquiles pode ter uma visão limitada quando se trata de seus objetivos. Se os fatores mudam, ele nem sempre percebe. É por isso que estou aqui.

Eu só... nunca imaginei que ressentiria esse papel.

∼

A manhã seguinte não traz nenhuma nitidez. Entro na sala comum mais cedo que qualquer outra pessoa e pego comida para levar para o quarto. Ainda não estou pronto para enfrentar Aquiles nem sei qual será minha reação ao me deparar com Helena.

Ontem eu disse a verdade. Não a culpo pelo que aconteceu. Ela sabe que temos um relacionamento aberto. Não tem motivo algum para pensar que ultrapassou os limites ao fazer sexo com Aquiles.

Meu ciúme não é lógico e não se baseia em fatos. É pura emoção, e não sei se essa emoção não vai se manifestar no momento em que eu vir aquela mulher. Não tenho certeza do que vou fazer se isso acontecer. Helena merece ser mais do que a marreta com que Aquiles e eu nos agredimos, mas não posso garantir que não é exatamente isso que vou fazer, se tiver oportunidade.

A constatação não é confortável.

Quando Belerofonte vem nos buscar, estou tomado por uma energia inquieta. A sensação só piora quando passo pela porta e encontro Helena e Aquiles já parados no corredor. Não recebemos orientações sobre roupas, então optei por legging e camiseta. São roupas fáceis de vestir, mas justas o suficiente para não enroscarem em nada e não servirem de apoio para outro concorrente. Aquiles veste o equipamento que encomendamos para ele, com um estilo semelhante ao meu, mas de padrão preto e prateado projetado para chamar a atenção. Ele está ótimo, parecido com o belo deus que interpreta quando é obrigado a lidar com o público em nome de Atena.

Helena...

Helena é a imagem da princesa que Aquiles decidiu que ela é. Está vestida com um short minúsculo que deixa à mostra as longas pernas, e uma regata que gruda na pele, as duas peças mescladas em preto e dourado, brilhantes mesmo sob a luz fraca. Também tem glitter na pele e no cabelo penteado para trás. Ela não economizou esforços hoje. Olhos esfumados e batom preto deveriam ser um exagero, mas combinam com o brilho e lhe dão uma aparência quase sobrenatural.

Eles parecem... um casal.

Belerofonte pigarreia e percebo que os estava encarando.

— Vamos. — Belerofonte se vira, e só nos resta seguir seus passos pelo corredor em direção à saída.

Aquiles tenta atrair meu olhar, mas balanço a cabeça em negação. Não estou com vontade de tentar resolver nada e, mesmo que estivesse, agora não é o momento.

— Siga o plano — murmuro.

Ele concorda e balança a cabeça, mas não parece estar satisfeito. Tudo bem. Também não estou particularmente feliz no momento. Olho outra vez para Helena, mas ela parece perdida nos próprios pensamentos, com o olhar distante.

Os outros concorrentes já estão reunidos quando chegamos, e todos ficam quietos quando entramos nas vans — até mesmo Páris. Acabo sentando-me entre Aquiles e Helena, o que poderia me fazer rir da ironia, se eu conseguisse respirar. Minhas emoções são um emaranhado em meu peito, então faço a única coisa em que consigo pensar. A única coisa que faz sentido.

Eu me concentro na prova que está por vir.

Será um teste físico — todas as provas para o título de Ares tendem a ser físicas. Também é provável que seja uma disputa cronometrada, e não uma que coloque concorrentes contra concorrentes. Historicamente, eles reservam isso para mais tarde, em geral, para a última prova. Nas últimas quatro das cinco competições pelo posto de Ares, a primeira prova foi algum tipo de corrida. Uma maneira fácil de eliminar a maioria dos concorrentes de uma só vez. Foi nisso que apostei.

Mas o fato de ser uma corrida não significa que não haverá luta. Isso geralmente se enquadra nos parâmetros da prova. Afinal, as pessoas adoram um bom show, e os esportes sangrentos são os mais antigos de todos os espetáculos.

O veículo para, e as portas são abertas. Está na hora. Eu me movo primeiro, preciso sair do espaço em que estou enclausurado com esses dois. Não importa que Helena nem Aquiles tenham sequer olhado um para o outro ou que a conexão latente entre ambos possa existir apenas na minha cabeça. Preciso de espaço. Infelizmente, o espaço é a única coisa a que não tenho nem terei acesso até o fim da prova.

Meu nervosismo não diminui quando os outros concorrentes saem das vans. Na verdade, ele aumenta. Sempre tem um momento como este antes de eu entrar em conflito, uma contração nauseante no estômago quando percebo, de repente, que todo planejamento e toda estratégia do mundo ainda não são suficientes para me preparar por completo para a realidade. Sempre haverá variáveis imprevisíveis.

No entanto, as apostas nunca foram tão altas.

Belerofonte cruza as mãos atrás das costas e observa o nosso grupo.

— A primeira prova começa em breve. Vocês terão dois minutos para estudar a área antes do sinal sonoro. Depois disso, cinco minutos para concluir o percurso. Quem cair é automaticamente eliminado. — Elu nem espera nossa resposta afirmativa antes de se virar e seguir pelo longo corredor de concreto por onde saímos para a apresentação noutro dia.

Mesmo antes de avistar o público, posso ouvi-lo. Posso *senti-lo* nas vibrações do concreto à minha volta. É desconcertante, mas afasto o sentimento. Afinal, a plateia não está aqui para me ver. Compreender e abraçar isso significa que não preciso pensar muito sobre eles. Não estou aqui para vencer. Estou aqui apenas para dar apoio.

Aquiles aparece ao meu lado.

— Estamos bem?

— Ainda estou com raiva de você. — Mas não é bem isso. Sinto raiva, sim, mas o sentimento esmagador é de *perda*. Este é o começo do fim que temo desde que me apaixonei por Aquiles. Ele pode não ter ido embora ainda, mas a dor cria raízes mesmo assim.

Ele assente com firmeza.

— Ok. — Não diz que vamos conversar mais tarde. Nem precisa dizê-lo. Nenhum de nós é do tipo que deixa alguma coisa fermentando por muito tempo, mesmo que eu não consiga cogitar um jeito de superar isso. Não importa. A única coisa que preciso ver com nitidez é a prova.

Passamos pela porta, e a minha atenção se volta no mesmo instante ao percurso à nossa frente. É uma série de plataformas elevadas intercaladas com diferentes obstáculos. Já vi algo semelhante na televisão, mas esse circuito parece ter sido preparado para acionar igualmente as partes inferior e superior do corpo. São três caminhos do começo ao fim, e os examino em sequência, consciente do grande relógio vermelho que marca os segundos até o início da prova.

— Fique descalço.

Aquiles não me questiona. Simplesmente obedece, arranca os tênis e as meias.

— Primeira rota?

Balanço minha cabeça em negativa.

— O salto a ser feito da ponta daquela corda será muito complicado para se cronometrar corretamente. O segundo parece mais rápido, mas o balanço da corda pode ser interrompido no meio, porque a distância é muito grande. Vá para a terceira. — A escalada da parede não vai ser um problema, mas a descida pode ser. Ainda assim, é melhor que os outros dois. Há menos variáveis em jogo, embora seja tecnicamente o percurso mais longo das opções, um trajeto que se projeta em direção à plateia antes de fazer um retorno para a reta final. Cada percurso tem quatro obstáculos de dificuldade variada, e é preciso considerar o limite de tempo. Mas é claro que não pode ser tão simples, não é?

No momento em que esse pensamento passa pela minha cabeça, pessoas vestidas de preto saem da passagem à nossa frente. Todas vestem o uniforme de Atena e usam máscaras pretas cobrindo o rosto. Isso cria uma imagem estranha, e a multidão grita de alegria ao vê-los.

Eu suspiro.

— É claro que não seria só concluir o trajeto, seria fácil demais.
— Cadê a diversão nisso?

Tiro os tênis e as meias. Embora devesse me concentrar inteiramente no percurso, nos oponentes passando pelo caminho rumo às posições-chave onde podem deter os concorrentes de maneira mais eficaz, olho para Helena. Ela tem uma expressão concentrada, mas está olhando para a primeira rota. Quase sugiro que escolha a terceira, mas engulo as palavras. Helena não é minha prioridade. Ela *não* pode ser minha prioridade.

No relógio, faltam apenas trinta segundos. As luzes piscam e depois iluminam os camarotes lá em cima. Atena está lá, observando-nos. Pensei que a multidão estivesse barulhenta antes. Nada se compara à reação do público quando os holofotes são direcionados para ela. A arena inteira treme com a força da aclamação.

Atena levanta a mão, uma condutora da orquestra fervorosa, e eles ficam em silêncio quase de imediato. Quando os segundos se aproximam do zero, sua voz amplificada anuncia:

— A primeira prova começa... agora.

12

HELENA

Não hesito. Me jogo para a frente e corro para o lado esquerdo da pista. Cada uma das rotas disponíveis têm suas complicações, em especial com os oponentes vestidos de preto à espreita, mas esta é minha melhor aposta. A parte superior do meu corpo é muito forte, mas as pernas mais longas dos concorrentes mais altos lhe darão uma vantagem na parede de escalada. Em vez disso, tenho de buscar o caminho mais curto. Ou melhor, o caminho mais curto que de fato faz sentido. O do meio é tentador, porque é basicamente um balanço de corda sofisticado, mas não gosto do ângulo. É uma armadilha. Toda essa porra de percurso é uma armadilha.

Um dos outros participantes, um cara que reconheço vagamente das festas do meu pai, me empurra para o lado rindo e começa a atravessar as plataformas elevadas. Ele mal consegue passar da terceira, antes de ser derrubado por um dos homens de Atena. Não é nem um movimento sofisticado. Eles literalmente o empurram, o cara sai voando e cai no terreno acolchoado com um barulho que não consigo ouvir, por causa do estardalhaço da multidão.

— Helena.

Olho para o lado e avisto Atalanta. Ela prendeu os dreadlocks e usa um macacão prateado. Sorri para mim rapidamente, e o sorriso transforma seu rosto cheio de cicatrizes, que passa de meramente atraente para impressionante.

— Uma aliança temporária para superar essa?

Eu deveria ser capaz de disputar a prova sozinha. O objetivo de lutar pelo título de Ares é forçar todo mundo a me levar a sério. Mas... não sou boba. Aceito a proposta com um aceno de cabeça rápido.

— Na primeira prova.

— Vamos ver o que você consegue fazer. — Atalanta sobe na primeira plataforma, e eu a sigo rapidamente. É rápida, forte e obviamente bem treinada. Mesmo que a veja se aproximando, a pessoa enviada por Atena mal consegue se preparar antes da rasteira de Atalanta jogá-la para fora das plataformas. Depois, é uma corrida simples para a escada suspensa de corda. Passo voando pelas plataformas atrás de Atalanta. São mais afastadas do que pareciam a princípio, o que me obriga a desacelerar, mas é um preço pequeno a ser pago. Eu a ultrapasso rapidamente e chego à última, embaixo da escada de corda. Ela balança, e olho para cima a tempo de ver outro membro da equipe de Atena pulando do alto.

Recuo e quase perco o equilíbrio, mas consigo me estabilizar no último momento. Ele pousa na minha frente e fica em pé lentamente. O uniforme todo preto com aquela máscara me causa um arrepio. Também é um pouco mais alto que eu. Pela primeira vez, isso vai me favorecer.

Ele avança, obviamente planejando me empurrar para fora da plataforma. O instinto ordena que eu recue, mas planto os pés no chão e me abaixo no momento em que a pessoa me alcança. A partir daí, a memória muscular assume o controle. Agarro seu braço e o uso como alavanca para ficar de pé e jogá-lo longe por cima de mim... direto para o chão.

Não espero para ver o fim da queda. Já estou subindo a escada atrás da Atalanta. Subo até o topo, passo uma perna por cima da estrutura e começo a descer pelo outro lado. A maioria dos outros concorrentes parece ter escolhido o terceiro caminho, e vejo um dos membros do grupo de Atena passando por um grupo deles, fazendo as pessoas voarem para a esquerda e para a direita. Cinco foram eliminados quando termino de descer a escada.

Meus pés mal tocaram a plataforma seguinte, e é nesse momento que escuto um grito alto e um zumbido. Viro-me a tempo de ver Ájax pendurado na corda, atravessando a distância na rota central.

Atalanta balança a cabeça.

— Que idiota.

Franzo a testa, tentando avaliar o momento.

— Talvez ele consiga. — Com certeza é alto o suficiente para forçar a física a trabalhar a seu favor.

— Não vai conseguir.

— Nem nós se não seguirmos em frente.

Atalanta e eu corremos para o próximo obstáculo. É uma série de painéis suspensos, próximos o suficiente para que uma pessoa use os pés e as mãos para passar por eles sem cair. Em teoria. A parte mais complicada é o pouso no início e a descida no final, a qual requer saltar dos painéis, agarrar uma corda e se balançar até a plataforma. Se errar na cronometragem, vou acabar tão fodida quanto Ájax. Pelo menos tirei os sapatos, para não ter de me preocupar com escorregões causados pelas solas.

— Pelo menos não há oponentes nesta etapa. — Não tem espaço para eles ficarem à espreita. Olho em volta. Somos as únicas que restam nessa rota. O restante dos concorrentes está na terceira pista, e parece que a maioria dos agentes de Atena os seguiu até lá. Ótimo.

Atalanta gira os ombros.

— Vou pela da direita.

É um pouco mais larga, o que quase me impediria de fazer os movimentos ideais. Olho para a mulher mais alta.

— Por que está me ajudando?

— Não preciso ferrar você para vencer. — Atalanta sorri para mim. — Estou conquistando pontos com a minha futura esposa. — Atalanta me manda um beijo e pula, aterrissa com os pés e os braços afastados para se manter firme de um jeito que parece fácil. Só o leve tremor dos músculos das pernas a trai, mas isso não a impede de seguir em frente.

Deuses, o que estou fazendo? Olhando para as coxas dela, quando deveria estar correndo.

Balanço a cabeça, respiro e pulo para a sequência da esquerda. Sinto o corpo vibrar com o impacto da aterrissagem, e escorrego alguns centímetros preciosos em direção ao espaço vazio abaixo. Cerro os dentes e começo a avançar.

À medida que prossigo, avisto pelo canto do olho o impulso de Ájax diminuir. Ele para a uns bons seis metros da plataforma final e brageja, balançando o corpo para a frente e para trás na tentativa de se aproximar da base. Não vai funcionar, mas tenho meus próprios problemas com que me preocupar.

Tenho plena consciência do tempo passando à medida que avanço. Isso é muito mais difícil do que parece. Estou em minha melhor forma, mas é preciso concentração para garantir que pelo menos dois membros opostos estejam sobre os painéis enquanto avanço. Cerro os dentes e continuo.

Não cheguei até aqui para falhar agora. Tenho de provar que muitos cretinos estão errados. Meus irmãos. Páris. Aquiles. Cada pessoa no Olimpo que pensa que meu valor começa e termina com a família e o rosto com que nasci.

Atalanta está me ultrapassando, o que me tenta a correr, mas um único erro significaria a ruína. Concentro-me em respirar conforme avanço pelo painel. *Pisar, equilibrar, pisar, equilibrar.* Muitas vezes. Quando chego ao fim, meu corpo está trêmulo. Meço a distância que vou ter de atravessar para alcançar a corda e balançar até a próxima plataforma. Parecem quilômetros. Eu poderia fazer isso com facilidade se meus músculos ainda estivessem descansados, mas estou exausta.

— Eu consigo — murmuro. Não importa se consigo ou não, porque não tenho tempo para hesitar. Cada segundo me leva para mais perto da ruína, do tempo se esgotando ou do meu corpo cedendo.

Eu pulo.

No segundo em que meus pés deixam os painéis, sei que calculei mal. Alcanço a corda vários metros abaixo do planejado, muito perto da ponta. A corda balança, mas escorrego mais alguns centímetros precários, balançando as pernas.

Merda, merda, merda.

A plataforma é mais alta do que eu esperava com base no local em que planejava agarrar a corda, e meu impulso é menor do que previ. Não importa. Tenho de pular. Eu me solto no auge do impulso e caio na plataforma, mas só a parte superior do meu corpo faz contato. O ar sai do meu corpo, mas não me deixo paralisar. Se parar, eu caio.

Tento me apoiar na superfície plana, mas perco alguns centímetros ao escorregar de volta para o chão. Para a derrota. *Não*, droga. Cheguei longe demais. Não vou deixar uma detalhezinho como a gravidade me vencer agora. Eu me forço a ficar quieta, a *pensar*. Se conseguir colocar uma perna na plataforma...

Uma bota escura aparece no meu campo de visão e ergo a cabeça, horrorizada ao ver um dos homens de Atena em pé acima de mim. Ele levanta o pé com a intenção óbvia de chutar meu rosto. Ai, merda, isso vai doer.

Mas ele não tem a chance.

Atalanta aparece atrás dele. A princípio acho que vai simplesmente empurrá-lo para fora da plataforma, mas ela é mais espetacular que isso. Ela o puxa e dá um soco destruidor em seu rosto. A pessoa despenca na plataforma como se não tivesse ossos no corpo. Puta merda, ela nocauteou o adversário com um único soco.

Atalanta sorri para a plateia e acena de modo alegre antes de se concentrar em mim. Ela se inclina, a pele morena brilhando de suor, e me oferece a mão. Balanço a cabeça, negando.

— Eu consigo.

— Acho que não.

Odeio pensar que ela pode estar certa. Meus braços tremem, mas recuso outra vez a ajuda.

— *Eu consigo.*

Ela faz um ruído impaciente, e seu tom é de irritação.

— Pare de perder tempo e segure a minha mão, ou vou deixá-la aí e você vai cair.

Quando Atalanta coloca a situação dessa forma, realmente não tenho escolha. Agarro sua mão e me deixo ser puxada para cima da plataforma. O público enlouquece, a arena parece tremer. Atalanta sorri para mim, e de repente estou em seus braços. Ela não me dá chance de reagir, me inclina para trás em uma demonstração teatral e me dá um beijo rápido. Depois me levanta e desaparece, subindo correndo no último obstáculo, uma corda grossa e cheia de nós que temos de escalar para chegar à plataforma final.

São três cordas, e eu corro na direção da corda do meio. Meus braços e pernas protestam violentamente só de pensar em mais esforço, mas já superei esse tipo de dor mais vezes do que consigo contar. Ser ginasta *machuca*, claro, mas não mais do que crescer na casa do meu pai. Realmente, venho treinando para este momento a vida toda.

Subo pela corda, lutando contra a gravidade e minha própria fraqueza. Estou na metade do caminho quando o oponente nocauteado por Atalanta se levanta cambaleando e olha para cima. Não consigo enxergar seu rosto por causa da máscara preta, mas *sinto* quando nossos olhares se encontram. A pessoa começa a andar em direção à minha corda com passos trôpegos.

— Não — sussurro.

Não cheguei até aqui para fracassar agora.

Luto contra meus músculos exaustos, luto contra a própria gravidade a fim de puxar meu corpo para cima mais uns quinze centímetros. Não vai ser suficiente. O adversário é muito alto. Ele chega ao fim da corda, salta e agarra meu tornozelo. O contato quase me arranca da corda. Escorrego alguns centímetros para baixo com um grito que abafa o som do público. Outro puxão me arranca da corda.

A plataforma vem em minha direção e caio de cara no chão. Isso dói. *Porra*, como dói. Mas se eu ficar no chão, serei eliminada, e isso não é uma opção. Eu me levanto cambaleando, e a arena gira à minha volta. A multidão parece uma besta selvagem uivando por sangue. Eles querem me ver fracassar. *Todo mundo* quer me ver fracassar.

Do outro lado da corda, o combatente de Atena também está se levantando. Ainda não parece estável, mas, se for como Aquiles e Pátroclo, isso não o tornará menos perigoso. Só vou ter uma chance nisso. Não paro para pensar em todas as circunstâncias que podem dar errado. Não tenho tempo para isso. Dou dois passos rápidos e salto, agarrando a corda. É pesada demais para balançar muito, mas o impulso funciona a meu favor. Estico as pernas no momento em que meus pés encontram o peito do soldado de Atena. O impacto quase me derruba da corda novamente, mas o faz voar plataforma afora.

Não tenho tempo para saborear a vitória. Ainda não ganhei. Porra, ainda nem passei no primeiro desafio. Uma rápida consulta ao relógio me faz entrar em pânico. Se eu cair de novo, não terei outra chance.

O medo me dá forças. Vou subindo, mão após mão, com uma velocidade que teria considerado impossível. Dessa vez, ninguém me ajuda quando alcanço a plataforma final e subo nela. Olho para o relógio, e quase não consigo acreditar. Eu consegui. Estou aqui.

Passei na primeira prova.

Você não fez isso sozinha. Precisou de ajuda, e todos perceberam que não foi forte o suficiente.

A voz é terrivelmente parecida com a do meu pai. Estremeço, meu peito aperta e minha garganta ameaça fechar. Não importa se precisei de ajuda. Não vou permitir que isso tenha importância, mesmo que signifique que vou ter de me superar na próxima vez.

Tudo o que importa é que passei na prova, então *haverá* uma próxima vez.

Alongo os braços acima da cabeça e me concentro em respirar, apesar da dor no corpo. É mais fácil focar nisso do que nas emoções confusas dentro de mim. Eu me forço a olhar em volta e avaliar os que estão na plataforma comigo. Atalanta está bem perto e parece quase sem fôlego. Dez pessoas que escolheram a terceira rota passaram na primeira prova, entre elas: Heitor, Páris, os dois estranhos... e Aquiles e Pátroclo.

Apesar de tudo, minha atenção se concentra nos dois últimos. Claro que *eles* conseguiram. Duvido que também tenham precisado de ajuda. Ainda mais irritante é ver que os dois têm a pele coberta por uma fina camada de suor, e o sinal de esforço só os torna mais atraentes. Um arrepio traiçoeiro percorre meu corpo, e me forço a desviar a atenção. Até agora, fiz o possível para não pensar no que tinha acontecido ontem. Não acredito que as coisas escaparam ao controle daquele jeito. Eu nunca teria transado com Aquiles se já não estivesse me recuperando dos acontecimentos dos últimos dias.

Se ele não tivesse me jogado em cima do ombro como se eu, de fato, fosse uma princesa que o cavaleiro conquistador encontrou por acaso e arrancou de sua torre segura. Se ele não tivesse se oferecido como o alvo perfeito — alguém em quem descarregar todas as minhas emoções horríveis sem ter de me preocupar com as consequências. Duvido muito de que eu seja capaz de fazer alguma coisa para ferir aquele homem, emocional ou fisicamente.

Ele pode não ter sido a opção segura para uma catarse, mas não posso negar que foi a escolha perfeita. Recebeu meus avanços e me deixou provocá-lo a fazer exatamente o que ambos queríamos: trepar comigo como se me odiasse. Só que... não foi isso que pareceu. Sei o que é fazer sexo com alguém que odeia.

Páris me deu essa experiência no fim do nosso relacionamento. Ele me machucou de propósito. Nunca fisicamente, é claro. É um *cavalheiro*. Mas envenenou meu ouvido com palavras quando eu estava mais vulnerável, quando minhas barreiras não eram tão fortes quanto agora.

Deuses, Helena, se você não vai fazer isso direito, pode ir embora, e eu mesmo faço.

Lamento se não gozou, meu bem. Você é muito difícil de satisfazer.

Você continua agindo como se eu fosse o problema. Já notou que você é a única que tem um problema neste relacionamento?

Mesmo quando Aquiles me jogou de um lado para o outro, mesmo quando rosnou para mim, ainda me senti segura como nunca me senti com Páris. Não precisei me preocupar com ser chamada de vadia egoísta porque estava atrás do meu próprio prazer. Aquiles simplesmente encarou isso como um fato. Mais do que isso: garantiu que fosse bom para mim. Aquele orgasmo não foi fingido, e ele não parou enquanto não me fez gozar. Também não agiu como se fosse uma *tarefa* garantir que nós dois tivéssemos prazer, mesmo odiando foder.

Depois? Bem, não posso pensar muito no depois. Preciso desgostar de Aquiles. Ele está entre mim e o que mais quero neste mundo. Não posso me dar ao luxo de amolecer com ele.

Pátroclo olha para mim e, no segundo em que nossos olhos se encontram, a culpa me invade. Fazer sexo com Aquiles pode ou não ter sido um erro por si só, mas não posso deixar de me sentir ainda pior por causa do envolvimento de Pátroclo no assunto. Passei de flertar com ele e dar em cima *dele* para trepar com seu namorado. Não importa que tenham um relacionamento aberto. A maneira como lidei com a situação foi péssima, uma merda.

Agora não é hora de pensar nisso. Não quando Atena levanta as mãos, mais uma vez pedindo silêncio na arena.

— Parabéns aos concorrentes que passaram na primeira prova. A segunda vai começar daqui a dois dias.

Acabou.

É quase um anticlímax ser conduzida pela escada na parte de trás da plataforma e guiada para a saída. Passamos menos de dez minutos aqui. Dez minutos para decidir se nossos sonhos seriam ou não interrompidos, se teriam permissão para continuar. Fico um pouco nauseada quando penso que estive perto de ser eliminada. Se Atalanta não tivesse me ajudado...

Eu teria conseguido sozinha... acho.

Ao sermos levados de volta ao transporte, percebo como Aquiles e Pátroclo parecem determinados a ficar o mais longe possível de mim. Estou tão ocupada ao fitá-los que não vejo Páris ao meu lado até ele depositar o braço sobre meus ombros.

— Que bela performance, Helena. — Ele usa minha surpresa para me puxar para perto.

— Tire a mão de mim, Páris — digo, baixinho. Tenho de falar baixo, porque, se começar a gritar, posso fazer algo de que vou me arrepender, algo que vai me eliminar do torneio. Ele não está me atacando, apesar de estar me tocando sem permissão. Não tenho qualquer justificativa óbvia nem para lhe dar uma bofetada. — Agora.

Páris me ignora, é claro. Seu braço não deve parecer contraído para quem nos observa, mas não posso me afastar dele sem provocar uma cena.

— Você teria caído, caso Atalanta não tivesse interferido. Não importa o visual; traje bonito o seu, aliás, mesmo que eu prefira você de vestido. Ainda é a mesma Helena de sempre. Não consegue funcionar sem alguém para segurar sua mão e dizer o que deve fazer. Está tudo bem, querida. Vai ser um prazer enorme lhe dar uma ajudinha.

Suas palavras penetram profundamente os pontos em carne viva que não mostro a ninguém. Como fui ingênua ao confessar meus medos mais sombrios para Páris! Ele nunca perdeu uma chance de enfiar a faca e torcer.

Mas está errado. Meus medos também estão errados.

Não estou indefesa. Não preciso de um salvador. *Não* preciso. Tenho de fazer um esforço enorme para manter a voz firme, demonstrar calmaria, mesmo com o pânico vibrando em meu peito.

— Tire a mão de mim, ou eu mesma vou tirá-la.

— Faça isso. — Páris sorri, a imagem do príncipe encantador. — Sei como você gosta da coisa bem violenta. A princesinha do papai em público e minha putinha em particular. — Palavras destinadas a me machucar, a tornar sujo e impuro um espaço que eu considerava seguro. Achei que estávamos nos divertindo e realizando fantasias que eu nunca admitiria para ninguém. Páris estava só acrescentando mais armas ao seu arsenal.

Minha pele arrepia, e preciso me concentrar para não desviar o olhar. Não vou recuar diante desse homem, não vou deixar que ele destrua minha autoconfiança, *não* vou permitir que me envergonhe por algo de que ele gostou tanto quanto eu.

— Tire a mão de mim.

— Você também gostava de protestar naquela época. — Ele me aperta com mais força. — Continue. Eu gosto disso.

Um arrepio percorre minhas costas. Esta é a coisa mais alarmante em Páris: ele nunca ameaça, quase nunca grita. Mas a determinação implacável de ver o mundo à sua maneira, independentemente das evidências em contrário? A capacidade de ser o cara legal que sorri ao mesmo tempo que promove tranquilamente horríveis ataques verbais? É assustador.

O pânico que vibra em meu peito fica mais forte, e um pequeno tremor altera minha voz quando falo:

— Você não tem o direito de me tocar. — Atacar outro concorrente é estritamente proibido, e ele sabe disso. Está usando isso contra mim. Tento escapar de seu braço, mas ele me segura com mais força. Estou presa. Tanto treinamento e tanta preparação, e estou presa no braço de um homem que deseja o meu mal. Tento engolir, apesar de como minha garganta se fecha. De novo, não. Não vou fazer isso com Páris outra vez. Procuro ajuda, mas Aquiles, Pátroclo e Atalanta entraram na primeira van. Heitor e os outros quatro concorrentes não estão em lugar algum, e Belerofonte discute em voz baixa com Minotauro e Teseu. Ninguém vem me salvar.

Espere. Eu não preciso ser salva.

Que merda, Páris só precisou de um minuto para me transformar de volta na versão indefesa da qual me esforcei tanto para escapar. Não estou desamparada. Sou mais do que capaz de me salvar. Eu me viro para ele até ficarmos quase frente a frente.

— Páris?

Ele olha para minha boca e aprofunda a voz.

— Sim?

Agarro seu pau e aperto com força. Ele geme de dor e tenta recuar, mas o estou segurando bem firme. Tudo que ele consegue fazer é se machucar. Meu corpo esconde de Belerofonte o que estou fazendo, o que é bom. Isso seria considerado agressão, *definitivamente*. Torço um pouco a mão, saboreando como Páris empalidece.

— Se me tocar de novo sem a minha permissão, eu mutilo você.

— Vadia. — Sua voz fica um pouco alta demais. — Quer jogar do jeito mais difícil? Vamos jogar assim, então.

Ignoro a onda de medo que suas palavras provocam e o torço ainda mais. Torço com força suficiente para seus joelhos dobrarem.

— Você *nunca mais* vai fazer joguinho algum comigo, seu merda.

— Você vai me pagar por isso — ele sibila.

— Não, não vou. Porque você não vai vencer. *Eu* vou. — Eu o solto e dou um passo rápido para trás, colocando a distância necessária entre nós.

Ele se endireita aos poucos.

— Helena. — A raiva se foi, rapidamente mascarada pelo charme. Páris sempre foi capaz de esconder suas emoções negativas desse jeito. Pelo menos até que, raras vezes, elas explodem sem aviso-prévio. Páris estremece um pouco e sorri como se eu tivesse feito algo inteligente.

— Sempre tão imprudente. Sempre tão disposta a se prejudicar para me prejudicar.

— Cale a boca. — Percebo meu erro no segundo em que digo essas palavras. Era como agitar uma bandeira vermelha na frente de um touro. Não tem nada que Páris goste mais do que mexer com minha cabeça.

Seu sorriso fica mais largo.

— Acha mesmo que seu irmão vai deixar alguém como você se tornar Ares? Só o seu temperamento vai derrubar o Olimpo. Você não é estratégica; nunca sabe quando se curvar ou resistir. Você não consegue nem passar por uma simples pista de obstáculos sem ajuda, e acha que pode comandar o exército do Olimpo? Não me faça rir. Você vai nos tornar fracos, fáceis de derrotar por nossos inimigos. Inimigos como eles. — Páris acena para a van onde os dois não olimpianos entraram. — Se quer mesmo o que é bom para a cidade, renuncie agora.

Enquanto tento encontrar uma resposta, suas palavras penetram fundo e criam raízes venenosas. *Sou* impulsiva e imprudente. Sempre fui, durante toda a minha vida. Quantas vezes meu pai e meu irmão me acusaram da mesma coisa? Se eu não fosse imprudente e impulsiva, nunca teria feito sexo com Aquiles na noite passada. Não teria dado em cima de Pátroclo. Não teria cometido muitas loucuras que cometi ao longo da vida, quando a pressão dentro de mim se tornava insuportável.

Nunca teria ousado tentar me tornar Ares.

Não me importo. Páris está errado. Tem de estar errado, e não vou deixar que ele me faça duvidar de mim mesma. Nunca mais. Engulo o nó que fecha minha garganta.

— Da próxima vez que você me tocar sem permissão, vou decepar seu braço e espancar você com ele até a morte.

— Que temperamento, que temperamento. — Ele ri e passa por mim para entrar na van mais próxima.

Prefiro cortar *meu* braço a segui-lo, então, vou para a fila do próximo transporte. Belerofonte olha para mim com as sobrancelhas arqueadas.

— Problemas?

— Claro que não. — Não consigo sorrir, então passo por elu e entro na parte de trás do veículo.

Só quando estou sentada entre os dois estranhos é que paro por tempo suficiente para me perguntar se cometi um erro ao escolher esta van. Mas as portas já estão fechadas, e é tarde demais. *Droga*. Estou muito alterada para me controlar, praticamente vibrando com sentimentos com os quais não sei o que fazer. Não estou disposta a brigar com nenhum desses homens, verbalmente ou de outra forma.

O de cabelo mais curto, Teseu, estica as pernas longas e me encara por um longo instante.

— De onde eu venho, as mulheres sabem o seu lugar.

Nossa, ele não vai nem tentar me abrandar, vai? Estranho, mas isso é quase um conforto. Não preciso ser doce, animada e política em minha resposta. Encaro-o e pisco lentamente.

— Isso deve ser ótimo para você. De onde você vem, as pessoas também dão opiniões não solicitadas a estranhos?

Ele sorri, mas não é uma expressão feliz.

— Você não é uma estranha, é? Você é o prêmio.

Obrigada por me lembrar. Olho para o Minotauro. Ele nos observa com uma expressão vazia em seus olhos azuis. Que sinistro. Olho para os dois fingindo piedade.

— Vocês não têm chance de vencer, e *nossas* mulheres sabem que o lugar delas é o mesmo de todo mundo. Vocês deviam ir para casa antes de passarem vergonha. — Sinto muito pelas mulheres em questão, se ele estiver dizendo a verdade, mas de onde ele podia ter vindo? De Marte?

Teseu balança a cabeça.

— Você é a prova de que o Olimpo é mole. Você e sua gente viveram no luxo por tanto tempo, que se esquecerem de como é o mundo real.

Sinto um arrepio gelado.

— Suponho que você esteja aqui para nos ensinar quanto nossos métodos são errados. Que sorte a nossa.

— Você fala demais. Vamos dar um jeito nisso.

O pânico que experimentei naquele confronto com Páris retorna — e com juros. Uma única conversa com este homem, e ele já está competindo com meu ex-namorado pelo posto de pessoa que menos quero conquistar. É mais do que a ameaça que ele representa para mim pessoalmente; é o jeito como diz que o Olimpo é *mole*, como se tivesse a oportunidade de mudar isso. Talvez eu tenha me precipitado ao descartar uma tentativa de golpe. *Não* podemos permitir que nenhum deles vença. Eu me arrepio.

— Obrigada, mas não estou interessada.

Ele se inclina para a frente, mas Minotauro grunhe. Qualquer que seja a relação entre os dois, o som é suficiente para fazer Teseu recuar. Ele se recosta e fecha os olhos, encerrando a conversa.

Ainda bem. Neste momento, eu me sinto como um vidro trincado. Um movimento errado vai me arrebentar por inteiro. Não faz sentido. Passei na primeira prova. Deveria estar em êxtase. Deveria estar *comemorando*. Em vez disso, estou lutando contra a vontade de chorar.

Em nome dos deuses, o que há de errado comigo?

Ainda não encontrei uma resposta quando chegamos aos dormitórios. Mantenho a cabeça baixa enquanto voltamos para os respectivos quartos. Só quando fecho a porta entre mim e o restante do mundo é que começo a tremer. Pelo menos me segurei até o momento em que posso desmoronar sozinha.

É exatamente neste momento que percebo que não estou sozinha.

Hermes e Dionísio descansam no meu sofá. Ela está mudando de canal com tamanha velocidade que não tem como ver o que passa em nenhum deles. Dionísio está deitado de costas, com a cabeça no colo de Hermes, enquanto ela passa os dedos preguiçosamente por seu cabelo.

Eu deveria ficar feliz por vê-los. Afinal, são meus amigos, e pensei no quanto sentia falta deles ontem à noite, quando estava sozinha e indisposta. Suspiro. Eu *deveria* parar de usar a palavra *deveria*. Não importa que sejam meus amigos, porque a amizade deles por mim não é prioridade. Tal como com meus irmãos, para Hermes e Dionísio, ser membro dos Treze vem em primeiro lugar.

— O que vocês dois estão fazendo aqui?

— Que pergunta boba. Viemos ver você, melhor amiga. — Hermes desliga a televisão e inclina o corpo para a frente a fim de me encarar. Seu cabelo emoldura a cabeça em cachos pretos, e ela está usando um batom rosa vibrante que realça sua pele marrom-escura e combina com o macacão e os sapatos. Seu estilo está impecável, como sempre.

Dionísio ronca baixinho. Ele está com uma camiseta estampada de alguma banda da qual nunca ouvi falar e calça jeans desbotada. O bigode está perfeitamente encurvado, apesar do cochilo, então ele está fingindo ou acabou de pegar no sono.

Não importa. Não tenho energia para isso agora.

— Preciso de um banho e de uma refeição antes de fazer qualquer coisa remotamente divertida.

Não que eu possa sair de casa ou da propriedade enquanto estiver disputando o torneio, mas Hermes e Dionísio são mais do que capazes de criar o próprio entretenimento. Em especial com os tipos de pessoas que integram o grupo de concorrentes.

— Ah, tudo bem, eu dou um jeito. — Hermes revira os olhos, embora ainda sorria. Divertindo-se às minhas custas. Não tenho motivo para levar essa atitude para o lado pessoal; Hermes se diverte às custas de *todo mundo*. — Tenho uma mensagem do seu irmão para você.

A decepção é inevitável. É claro que meu irmão mandou Hermes em sua capacidade oficial, em vez de vir pessoalmente. Tento não deixar meu rosto exibir os sentimentos.

— Que estranho ele não ter tempo para uma conversa educada comigo. É o suficiente para fazer uma irmã duvidar de sua posição na lista de prioridades do cara. — Mais ou menos como quando ele planeja casar a irmã sem consultá-la primeiro.

— Você sabe como é. — Ela encolhe os ombros e começa a trançar o cabelo de Dionísio, que é curto o suficiente para que ela crie rapidamente cada trança, mas elas ficam em pé. — Zeus está ocupado sendo Zeus. Governando o Olimpo, apagando incêndios, entretendo nossos visitantes de fora da cidade. — Ela sorri maliciosa. — E ser casado com *aquela* Hera já é trabalho para período integral.

Não comento que foi Hera quem sugeriu que eu participasse do torneio, apesar de eu ser o prêmio. Se Hermes ainda não sabe — e como poderia? —, não sou eu quem vai contar. Não *acho* que ela levaria a notícia diretamente para meu irmão, mas Hermes gosta de manter todo mundo em estado de alerta, então, não posso garantir.

Além disso, tenho certeza de que a motivação de Calisto era simplesmente cutucar a ferida e criar problemas, mesmo que tenha me ajudado indiretamente com isso. Se Perseu descobrir que sua esposa me incitou a participar do torneio, isso vai causar ainda mais drama. Não importa por quais motivos, Calisto me fez um favor ao me tirar da espiral de autocomiseração. Não vou delatar minha cunhada.

— Ninguém torceu o braço dele e o obrigou a enfiar uma aliança no dedo. — *Não como ele fez comigo.*

— Você se surpreenderia. — Hermes termina outra trança. — Vai ouvir a mensagem?

Como se eu tivesse escolha.

— Vou.

Ela pigarreia, e uma imitação surpreendentemente próxima da voz de meu irmão sai de sua boca:

— "Já deu tempo de você se divertir. Agora chega. Desista antes da próxima prova."

Espero a continuação, mas a mensagem parece ter terminado.

— É só isso? Normalmente ele gosta de ameaçar com algum tipo de consequência.

Hermes dá de ombros.

— Ele está um pouco distraído. Minotauro e Teseu não vieram ao Olimpo sozinhos, e seu irmão está muito ocupado lidando com o líder do grupinho deles, Minos.

É fácil ler nas entrelinhas. O líder deles está aqui, me vendo fazer meu irmão e o restante dos Treze de bobos. Isso está minando a autoridade de Zeus e criando exatamente o resultado que ele não quer: que pareçamos fracos. Ou melhor, que *ele* pareça fraco.

O Olimpo precisa de punho firme.

Uma onda de arrependimento me invade. Talvez eu queira torcer o pescoço do meu irmão agora, mas até eu posso admitir que ele provavelmente está fazendo o melhor que pode em circunstâncias que não foram criadas por ele mesmo. Perseu não cogitava assumir o título de Zeus tão cedo, mas a morte inesperada de nosso pai mudou todo o planejamento. Eu *quero* o Olimpo seguro e estável.

Talvez eu deva desistir.

Meu estômago se contrai quando penso naquilo, mas me obrigo a considerar a possibilidade. Se eu renunciar agora... Balanço a cabeça em uma negativa. Não vai adiantar nada. O estrago foi feito no momento em que me inscrevi e desafiei publicamente meu irmão. Mais ainda, agora que estou competindo diretamente contra o Minotauro e o Teseu, não posso me dar ao luxo de fazer outra coisa que não seja ter uma boa performance. Estou representando o Olimpo contra interesses externos. Estou representando *meu irmão*, mesmo que ele esteja furioso com isso.

Afinal, sou uma Kasios.

Humilhar-me significa humilhá-lo. Renunciar agora é sinônimo de fraqueza e vai fazer *Perseu* parecer fraco. Perseu não está raciocinando com nitidez, ou teria percebido isso sozinho. Respiro fundo.

— Desistir agora não vai apagar minha participação. Não vai colocá-lo em uma posição melhor.

— Não sei se Zeus está raciocinando com nitidez neste momento — comenta Hermes, reproduzindo meus pensamentos.

Suspeito de que ela esteja certa, mas não vou falar nada sobre meu irmão agora, não quando ele está em uma posição delicada e sou parcialmente culpada. Em vez disso, rio alto, uma risada boba e falsa.

— Claro. Como se, pela primeira vez na vida, ele estivesse se deixando dominar pelas emoções. — Mesmo quando a mentira corre livre, a culpa me machuca. Perseu não foi uma criança efusiva, mas sentia tudo muito profundamente. Nosso pai via isso como uma falha, uma fraqueza a ser explorada por futuros inimigos, e passou a maior parte de nossa infância eliminando essa sensibilidade em meu irmão, pedaço por pedaço.

Hermes me estuda por um longo momento, e me pego prendendo a respiração. Posso ser amiga dela há anos, mas neste momento somos quase iguais: ela é uma dos Treze e eu sou candidata a ser membro dos Treze. Ela termina uma trança e se recosta.

— Tem certeza disso?

— Por favor, informe ao meu irmão que, embora eu entenda seu *pedido*, vou continuar até o fim.

— Está bem. — Hermes dá um tapinha no peito de Dionísio.

— Hora de ir, amor.

Ele abre os olhos e pisca para mim.

— Oi, Helena. Quando você chegou?

— Oi. — Consigo oferecer um sorriso cansado. — A soneca foi boa?

— Sempre é. — Ele se senta e se espreguiça. As pequenas tranças em seu cabelo lhe conferem a aparência de um pássaro assustado. — Teve um bom desempenho na pista de obstáculos. Estamos torcendo por você.

— Obrigada. — Não sei mais o que dizer. Estes são meus amigos, mas se (ou melhor, *quando*) eu ganhar este torneio, a dinâmica do nosso relacionamento vai ter de mudar. Serei uma dos Treze também. Aceno para eles com um gesto cansado. — Vão ficar por aqui?

— Não. — Hermes fica em pé. — A noite é uma criança, e vamos nos divertir.

Dionísio segura minhas mãos e beija meu rosto, um beijo de cada lado.

— Ela quer dizer que vamos embebedar algumas pessoas do grupo de Minos e ver quais informações podemos extrair delas.

A explicação me faz rir.

— Tudo no horário de expediente. — Não digo para terem cuidado. Apesar das aparências, tanto Dionísio quanto Hermes são mais do que capazes de cuidar de si mesmos. E um do outro. Além disso, faz parte da especialidade de Dionísio. Ele pode bancar o bobo em público, mas não ganhou o título por acidente. Por trás daquele bigode ridículo, existe uma mente sagaz.

Eu os acompanho até a saída, depois, tranco a porta. Só então meus ombros caem, sobrecarregados por todas as coisas ditas e não ditas. Ninguém acredita que vou conseguir fazer isso. Nem os inimigos. Nem a família. Nem mesmo meus amigos. Não importa quais palavras eles digam, todos estão esperando o meu fracasso. Têm *certeza* dele.

Afasto-me da porta e atravesso a sala com passos pesados. Preciso de um banho e de umas oito horas de sono.

Talvez o mundo faça sentido amanhã de manhã.

13

AQUILES

—Pare de me cercar.

Engulo a frustração e dou mais uma volta pela sala de estar.

— Não estou cercando você. — Estou, *sim*. Estou desse jeito desde que voltamos para os quartos. Quero culpar toda a adrenalina acumulada. Essa prova foi muito curta, mesmo com os oponentes criando obstáculos ao longo do caminho. Se eu tivesse conseguido me exercitar mais, gastado um pouco mais de energia, talvez pudesse me acalmar agora.

Pátroclo suspira e larga o *e-reader*. Ele equilibra os óculos na ponta do nariz, e essa versão nerd é tão adorável que tenho vontade de beijá-lo. Pena que tentar provavelmente me renderia um olho roxo, porque agora ele está muito chateado. Não é sempre que meu homem fica irritado, porém, quando isso acontece, demora muito para que supere. Não posso culpar ninguém além de mim mesmo por essa situação merda em que estamos.

Ele olha para mim por um longo instante.

— Você vai conseguir o que quer. Por que está tão chateado?

Odeio quando ele faz isso. Em vez de admitir que está furioso, fala comigo como se eu fosse o ridículo. É condescendente ao extremo, um dos piores hábitos de Pátroclo. O fato de ele estar certo só me irrita mais.

— Estraguei tudo. Por que você não... grita, simplesmente? Joga alguma coisa? Porra, me dá um soco, se isso vai fazer você se sentir melhor.

— Isso é abuso.

Cruzo os braços.

— Então *converse* comigo. Pare de me ignorar. — Ele mal falou seis palavras comigo desde ontem à noite. Odeio quando ele faz isso; está sentado na minha frente, mas poderia muito bem estar em outro planeta, considerando quanto o contato é difícil. Esse tipo de briga não acontece com frequência, entretanto, quando acontece, deixa evidente quanto somos diferentes. Serve como lembrete de que um dia Pátroclo vai se cansar das minhas palhaçadas e me ignorar para sempre.

Não é desta vez.

Ainda não. Por favor, deuses, ainda não.

— Desculpa. Já pedi desculpas, porra. Já repeti isso uma dúzia de vezes. O que mais você quer de mim? — Não é uma pergunta justa, e sabemos disso, mas estou tão frustrado que quero destruir alguma coisa.

— Você se arrepende de ter feito sexo com Helena?

Abro a boca para dizer que sim, mas Pátroclo vai saber se eu mentir, porque sou péssimo nisso. *Odeio* mentir. Prefiro ficar quieto e não falar nada a mentir. Nenhuma das duas opções é possível sob esse olhar intenso.

— Não. — Que os deuses me ajudem, mas não a odeio tanto quanto pensei que odiaria, e não posso culpar o orgasmo por essa mudança. Helena não é nada do que eu esperava, mas de alguma forma também é tudo que eu esperava. Não entendo, na verdade, mas estou intrigado mesmo assim.

E o sexo foi *bom* demais. Foi intenso e um pouco aterrorizante, mas não posso afirmar que não faria de novo. Quando eu me tornar Ares e ela se tornar minha esposa, sexo é quase uma certeza.

— E isso significa que vai fazer de novo. — Ele me encara por um longo momento. — E se eu disser que quero dormir com ela... — Tento não ficar tenso, mas sinto meu corpo enrijecendo. Pátroclo assente devagar. — É, foi o que pensei. Você é hipócrita pra cacete.

— Já fui chamado de coisa pior. — E com motivos justos, verdadeiros.

— Eu sei. — Pátroclo pega o *e-reader* novamente. — Ainda estou com raiva de você. Não posso simplesmente estalar os dedos e superar, mesmo que você não esteja feliz por eu estar com raiva. Não é assim que as emoções funcionam.

Lá vem ele com a condescendência de novo. Solto o ar com um sopro forte.

— Sei como funcionam as emoções, Pátroclo.

Ele não levanta a cabeça, apenas ajusta os óculos e se recosta no sofá.

— Preciso de um tempo. Achei que tinha me conformado com suas núpcias próximas, mas tenho que trabalhar melhor isso em mim, porque tudo é significativamente mais real agora que Helena é mais que só uma teoria.

Sinto um aperto no peito. *Isso está acontecendo? É o fim?* A compreensão me atinge depressa demais, de surpresa.

Engulo em seco.

— O que isso significa?

— Eu te amo. — Ele bate de leve com o dedo na tela do *e-reader*, virando a página. — Uma briga não muda o que sinto e não muda os planos. Só... me dê um tempo, Aquiles.

Este é o problema: se seu cérebro impressionante começar a esmiuçar essa situação complicada, ele pode decidir que o fim deste torneio é o fim do nosso relacionamento. Sei que é egoísta querer mantê-lo comigo, mesmo quando eu estiver casado com outra pessoa. É ainda mais egoísta agora, depois de eu ter feito sexo com Helena e existir uma possibilidade real de isso acontecer novamente, por mais que eu tente negar. Acima de tudo, é quase imperdoável não conseguir suportar a ideia de ele ficar com Helena sem que eu esteja junto. Não importa como olho para as coisas, não estamos mais falando sobre um casamento de conveniência política. Agora ficou complicado. É minha culpa, mas não tem solução fácil para isso. *Droga.*

— Vou lhe dar um tempo, então. — As palavras soam monótonas. Eu me viro e saio do quarto. Estou muito inquieto para tentar dormir agora, se é que vou conseguir dormir, então sigo pelo corredor. Andar no escuro é algo que eu costumava fazer quando era criança. Naquela época, eu não dormia muito. Era uma brincadeira, uma forma de combater meu profundo medo do escuro. Os monstros não podem ferir o que não podem ver, ouvir, sentir. Não que o orfanato fosse ruim, ou algo assim. Não sei se alguma das últimas Heras de Zeus se preocupou em interferir nisso, mas os encarregados até que eram legais. Não era como os filmes mostram. Ninguém tentou me tocar ou abusar de mim, nem me usar em experimentos para invocar um demônio, nada disso.

Mesmo assim, apesar de todo o esforço da sra. Hebe para garantir que fôssemos criados da maneira mais bem ajustada possível, às vezes as noites eram... difíceis. Andar por aquele lugar depois do anoitecer ajudava. Movimentar-me sempre ajudava.

Fazia muito tempo que eu não sentia essa compulsão. Não me preocupo mais com as merdas que não consigo ver. Percebo o que preciso ver e não sou mais a mesma criança assustada que era naquela época. Agora sou um guerreiro. Não há nada que a vida possa jogar em cima de mim que eu não possa enfrentar.

Era o que eu pensava.

Tenho Pátroclo ao meu lado desde que nos alistamos nas forças de segurança de Ares, aos dezoito anos. As mães dele acharam que a estrutura e a natureza física da atividade lhe fariam bem. Eu tinha um rancor enorme e algo a provar. Sei que todo mundo pensa que somos muito diferentes; pensavam assim naquela época também. Contudo, mesmo na adolescência, nós só... nos conectamos.

Não sei o que faria sem ele. Parte de mim sempre imaginou que, em determinado momento, Pátroclo me trocaria por alguém que o estressasse menos, mas a maior parte de mim nunca acreditou que isso aconteceria. Agora, a possibilidade é real demais.

Já é tarde o suficiente para que a casa esteja deserta, com todos em suas camas e evitando problemas. Belerofonte ou seus subordinados devem ter acompanhado meu movimento, mesmo sem eu acender as luzes. Elu é bom demais para permitir que as pessoas se metam em confusão depois que escurece. Mas não estou interessado em me meter em confusão. Só quero dispersar um pouco da sensação horrível que ferve dentro de mim.

Estraguei tudo. Soube disso no momento em que saí da névoa de luxúria naquele chão ao lado de Helena. Mesmo assim, meio que me convenci de que Pátroclo lidaria com isso da mesma forma como enfrenta todas as minhas outras besteiras. Quem me dera fosse assim.

Percebo como Pátroclo olha para ela.

Ele nunca olhou para ninguém desse jeito... exceto para mim.

Gostaria de poder afirmar que dormi com ela só porque quis, não porque estava com ciúme dela e de Pátroclo. Gostaria de não ser idiota a ponto de fazer algo tão egoísta só para mantê-los longe um do outro. Mesmo quando ele transa com outras pessoas, é tudo diversão ou curiosidade. Pátroclo nunca olhou para alguém do outro lado da sala com um desejo que posso *sentir* mesmo a alguns metros de distância. Ele só teve contato próximo com a Helena adulta por alguns dias. Quanto isso poderia crescer em uma semana? Ou em alguns meses depois de eu ter me casado com ela?

Se ele se apaixonar por ela...

É, sou um idiota. Eu quero os dois ao mesmo tempo e isso não é justo, porra. Se eu tivesse desacelerado o suficiente para pensar nisso, gostaria de fingir que teria feito escolhas diferentes. Mas não gosto de mentiras, não é?

Suspiro e abro a porta de vidro que dá para o pátio dos fundos. O calor do dia diminuiu, e o ar da noite provoca uma sensação agradável na pele. Mas não traz clareza alguma. A situação é complicada demais, e sou o culpado por grande parte dela. Sei disso, mas saber não me faz sentir confortável quando penso na besteira que fiz. Sou uma criatura de ação. Por que ficar sentado girando os polegares quando se pode fazer algo a respeito?

Pena que não há nada a ser feito agora.

Pátroclo não quer mais ver minha cara hoje à noite, e conversar com Helena não vai mudar nada...

Hesito. Pode não mudar nada, mas a verdade ainda é que não me sinto muito bem com o modo como deixamos as coisas ontem. Ela parecia muito despreocupada com a situação toda, mas é uma Kasios; deve ter aprendido a mentir desde que nasceu. *Porra*. Eu devia ter me lembrado disso. *Pátroclo* teria se lembrado disso, teria a pressionado para saber a verdade, em vez de acreditar no que ela disse sobre sexo ser apenas sexo e sobre eu não ter sido muito rude com ela.

Contemplo o céu. Não encontro respostas, mas não vou conseguir dormir agora. Talvez Helena ainda esteja acordada. Podemos conversar, brigar ou outra coisa. Talvez ela seja realmente honesta comigo pela primeira vez, e pelo menos *essa* parte da confusão será resolvida.

Traçado o plano de ação, volto ao dormitório. Tudo continua em silêncio e igualmente escuro, mas agora me movo mais depressa, com mais segurança. Decorei a planta baixa na primeira noite; vale a pena saber onde estão as saídas, só por precaução. Trabalhar quase dez anos para Atena me ensinou que nunca se sabe quando poderemos precisar de uma saída.

De volta ao nosso corredor, percebo uma luz brilhando por baixo da porta de Pátroclo... mas não no quarto de Helena. Quase tomo a direção do meu quarto, mas não cheguei tão longe para parar antes de ao menos tentar falar com ela. Estou prestes a bater à porta quando ouço um baque do outro lado.

Não há motivo algum para os cabelinhos da minha nuca se arrepiarem. Este é um dos edifícios de Atena, e nossa gente garante a segurança do local. Somos os melhores. Os participantes deste torneio estão mais seguros do que o próprio Zeus. Helena provavelmente bateu com a canela na mesa de centro, ou algo assim.

Nem toda a racionalização do mundo muda a situação, meus instintos continuam gritando que tem alguma coisa errada. Sou soldado desde os dezoito anos. Aos vinte e dois, a própria Atena me colocou sob sua proteção e me ensinou a confiar nos mesmos instintos que ela passou anos aprimorando. Não posso ir embora até ter certeza de que estou errado.

Tento abrir a porta, e a maçaneta gira sem oferecer resistência. Que porra é essa? Definitivamente, tem alguma coisa errada aqui.

O tempo da hesitação acabou. Passo pela porta e entro na suíte de Helena. A sala está banhada em sombras, iluminada apenas por uma luminária de pé ao lado do sofá. Essa luz é suficiente para eu ver alguém passando pela porta do quarto de Helena.

Alguém com mais de um metro e oitenta de altura e ombros largos.

Alguém que *não é* Helena Kasios.

Entro em ação antes de processar por completo a presença de um estranho, movido por uma década de treinamento e memória muscular. Atravesso o corredor em silêncio e entro pela porta a tempo de ver a figura parada ao lado da cama de Helena.

Noto um brilho de metal ao luar. Não sei dizer se é uma arma de fogo ou uma faca, mas não importa. Não estou mais pensando. Estou reagindo.

Pulo em cima do agressor, seguro seu punho com uma das mãos e o derrubo no chão, longe da cama. Ele me xinga em voz baixa, e a luta começa. Ele rola, me puxa para perto e consegue ficar por cima. Seguro seu punho sem muita firmeza, por isso não consigo forçá-lo a soltar a arma.

Ele desce o braço com um movimento brusco, se solta e sai de cima, ficando em pé. Com a roupa e a máscara pretas, quase se parece com um dos oponentes que enfrentei hoje. Só falta a coruja no ombro. Mas *não* é alguém da gente de Atena. Eu apostaria a vida nisso.

Mal consigo ficar em pé antes de ele me atacar. Dessa vez estou preparado. Enfrentar desarmado alguém que empunha uma faca não é exatamente o melhor cenário, mas não está além do meu conjunto de habilidades. Eu me esquivo no último momento, movo o corpo o suficiente para escapar da lâmina e agarrar seu braço.

Estou tão ocupado acompanhando a faca, que não vejo o punho se aproximando, até ele acertar meu rosto. É um bom soco, tão bom que vejo estrelas por meio segundo, tempo suficiente para ele me dar uma rasteira. Caio no chão, e o agressor monta em mim com a faca ainda na mão.

Reajo por puro instinto, agarro seus punhos e contenho a lâmina a poucos centímetros do meu peito. Porra, ele é forte. Apoia todo o peso do corpo na faca e a faz descer mais alguns centímetros.

Que maneira ridícula de morrer: salvando Helena Kasios de uma merda de assassino. Quando Pátroclo enfim se juntar a mim no submundo, ele nunca vai me deixar esquecer desse episódio.

Segue-se um baque surdo, e o assassino perde as forças em cima de mim. Estou tão surpreso que o empurro antes de perceber o que aconteceu. Helena está parada diante de nós com uma luminária na mão e uma expressão feroz no rosto. Eu pisco. Ela acabou de... bater na cabeça do agressor. Ela me salvou. Não é uma tremenda surpresa?

Ela vai usar a luminária novamente, mas levanto a mão.

— Espere!

— Nem fodendo! Ele tem uma faca!

— Precisamos interrogar o sujeito. — Pego a faca e a jogo para longe. — Temos que amarrar esse cara e ir buscar Belerofonte.

Ela hesita por tempo suficiente para eu perceber, tarde demais, que não estou falando com um dos meus subordinados. Não importa quanto ela tenha se saído bem na primeira prova, Helena não é treinada para o combate, e esta deve ser a primeira situação de perigo em que se encontra.

Porra.

— Helena. — Tento manter a voz baixa e regular, como Pátroclo faria, enquanto pressiono o assassino contra o chão e puxo seus braços para trás em busca de poder imobilizá-lo, mesmo depois que acordar. — Respire.

— Estou bem. — O tom instável revela se tratar de uma mentira. Mas ela está tentando. Admiro essa atitude.

— Usar a luminária foi um pensamento rápido. — Ajusto as mãos nos punhos do assassino. — Tenho certeza de que você salvou minha vida. Obrigado.

— Só retribuí o favor — ela responde, com franqueza, depois, estremece. — Belerofonte. Isso. Vou ligar para elu.

Eu a vejo cambalear até o telefone ao lado da cama e pegar o aparelho. Se Helena desmaiar ou algo assim, não vou poder fazer nada sem soltar o agressor, e isso está fora de cogitação. Mas Helena consegue se controlar à medida que fala ao telefone e faz um resumo rápido do que acabou de acontecer.

— Sim, por favor, depressa. — Desliga a chamada e se senta na cama. Nenhum de nós fala durante os trinta segundos que Belerofonte e sua gente levam para praticamente irromperem pela porta.

Todos correm para dentro do quarto e acendem as luzes, já dando ordens.

— Imobilizem o invasor e levem-no para fora da propriedade. Façam tudo *em silêncio*. Atena vai querer uma atualização imediata.

— Elu olha para nós. — Aquiles e Helena, por favor, esperem um momento na sala, já vou falar com vocês.

Não me ofereço para ajudar. Está tudo sob controle... com exceção da presença de um *assassino* na propriedade.

— Como essa porra aconteceu, Belerofonte? Este lugar deveria ser seguro.

— É o que pretendo descobrir — retruca.

Saio do caminho enquanto a equipe coloca abraçadeiras no agressor e o põe de pé. É um cara branco com características indefinidas, cabelo escuro e curto e olhos azuis e estreitos. Ele pisca atordoado, observando a sala e todos os presentes. Fico tenso, pronto para ouvir o sujeito dizer alguma merda, mas ele só nos fita em silêncio, conforme o pessoal de Belerofonte o arrasta para fora do quarto.

Elu faz uma careta.

— Tenho que ligar para Atena. Dois minutos, já volto.

— Sim. Sem problemas. — Com os olhos, acompanho sua saída, então, solto o ar devagar. As coisas acontecem depressa em situações de combate, mas cheguei à porta de Helena preparado para uma conversa difícil, e acabei lutando pela minha vida. Olho para ela. Vejo aquele olhar distante. Merda. Eu me sento na cama ao lado dela.

— Você está bem?

— Não.

Sua honestidade me surpreende. Esperava que ela tentasse demonstrar calma, apesar de poder sentir a cama vibrando com a intensidade de seus tremores. Eu me viro para encará-la. Ela está ainda mais pálida que o normal. Tenho certeza de que posso ouvir seus dentes batendo.

— Helena...

— Vou ficar bem daqui a um minuto. — Até a voz está estranha, fraca e fina. — Só... só me dê um minuto, caralho.

— Você acabou de passar pelo maior susto da sua vida. Ninguém espera que saia de um atentado contra sua vida sem, hum, ter uma reação emocional. Não tem problema nenhum em desmoronar.

— Na verdade, tem problema. — Ela enrijece. — E não estou desmoronando. É só a queda brusca de adrenalina. Estou *bem*.

Porra, sou péssimo nisso. Eu sempre — sempre — digo a coisa errada, não importa quanto me esforce para não o fazer. Pátroclo saberia escolher palavras que a deixariam à vontade e a tranquilizariam. Sou melhor agindo. Pensando nisso, estendo as mãos, pego Helena e a coloco no meu colo. Ela emite um som sibilante de raiva, mas não me dá um soco na cara.

— Você está em segurança. — Pronto. Isso é agradável e neutro. Helena não tenta se mover, e eu a abraço. Até princesas preciosas acham abraços reconfortantes, certo?

Lentamente, inspirando e expirando várias vezes, ela relaxa em meus braços. E isso, mais do que qualquer coisa, revela quanto ela está com a cabeça fodida neste momento. Helena deveria estar resistindo, arranhando e xingando, mas, em vez disso, está tremendo como um gatinho. Meu peito se contrai de um jeito desconfortável, e eu a abraço com um pouco mais de força.

— Você está em segurança — repito.

— Engraçado. Acordar com alguém tentando matar você não é sinônimo de *segurança*. — Ela descansa a cabeça em meu ombro. — Ainda não gosto de você. Acho.

— Também não gosto de você. Não tanto.

Ela solta o ar lentamente.

— Não sei por que você está no meu quarto agora, mas obrigada por estar aqui. Eu... — Um leve tremor faz seu corpo vibrar. — Só... obrigada.

A porta é aberta e Belerofonte retorna. Elu não faz nenhum comentário sobre eu estar segurando Helena, o que é bom. Não sei qual resposta daria. Em vez disso, assume uma postura mais relaxada.

— Ainda não tenho certeza de como aquela pessoa entrou aqui, mas devemos ter respostas pela manhã.

Helena estremece de novo.

— Desculpe se isso não é reconfortante.

Se Belerofonte não sabe como aquela pessoa entrou, não há nada que impeça outras de entrarem também. O pensamento me deixa gelado. Posso não gostar muito de Helena, mas não quero que ela morra.

— Você vai ficar no meu quarto.

Ela fica tensa.

— Não é necessário.

— É, eu acho que é. — Aceno com a cabeça para Belerofonte, que nos observa com uma expressão calculada e neutra. — Elu vai se ocupar investigando tudo e reforçando a patrulha. Além do mais, acho que prefere que eu seja a babá, em vez de um estranho.

— Você é pouco mais que um estranho. — Mas ela não faz nada para se levantar. Por mais que eu queira insistir, aprendi a ter pelo menos um pouco de paciência, depois de todos esses anos perto de Pátroclo. Às vezes, a melhor maneira de ganhar uma discussão é sentar-se, calar a boca e deixar que vejam que você está sendo lógico. Raramente sou o mais lógico, mas é sabido que isso acontece, muito de vez em quando. *Sei* que desta vez estou certo.

Helena leva cerca de trinta segundos para perceber a mesma coisa.

— Tudo bem. Estou disposta a ficar no seu quarto.

O suspiro que deixo escapar não é de alívio. Realmente não é. Com certeza não perderia o sono me preocupando com Helena se ela não tivesse concordado com o arranjo. Eu a aperto pela última vez antes de colocá-la em pé.

— Pegue suas coisas, princesa. Hora de trocar de quarto.

14

PÁTROCLO

Ainda estou em guerra comigo mesmo quando alguém bate à minha porta. Reconheço a impaciência de Aquiles e contenho um suspiro. Odeio brigar tanto quanto ele, mas não posso simplesmente desligar meus sentimentos porque são inconvenientes. É óbvio que não quero ficar tão confuso quando precisamos estar concentrados, mas nada na situação com Helena é lógico. Nem minha atração por ela. Nem a atração de *Aquiles* por ela. Nem nosso ciúme.

Não entendo isso. Duvido que terei a oportunidade de tentar entender agora.

Abro a porta e paro. Francamente, Aquiles parece péssimo. E vai além da exaustão em seu rosto. Parece que ele veio ao meu quarto depois de uma briga. Sua camisa está rasgada, o cabelo está despenteado e tenho quase certeza de que alguém deu um soco em seu rosto.

Queridos deuses, não me digam que ele dormiu com Helena novamente.

Engulo em seco, sentindo gosto de bile e ciúme.
— O que aconteceu com você?
Ele pisca.
— Como assim?
— Você parece... — Paro antes de acusá-lo. Não é justo tirar conclusões precipitadas, mesmo que *logicamente* seja impossível dissociar sua imagem de agora do modo como ele apareceu à minha porta no mesmo estado da última vez, e do que ele confessou de imediato depois de eu ter permitido sua entrada em meu quarto. Por fim, tento fazer uma pergunta neutra o suficiente: — Quem lhe deu um soco?
— Quem deu um soco... — Ele toca o local e estremece. — Eu me esqueci do soco. Que falta de cuidado.
Sinto um calafrio. Isso não é uma confissão. Trata-se de outra coisa. Endireito as costas. Ele saiu do meu quarto há apenas uma ou duas horas. Em que problemas pode ter se metido nesse ínterim? Obviamente, mais do que pude prever. Ele não procurou briga com os outros concorrentes; está focado demais em ser Ares para ser atraído para um confronto e, mesmo que fosse isso, já teria sido arrastado para fora dos dormitórios. Ele não estava com Helena, ou ainda teria aquela expressão culpada de cachorrinho abandonado.
— Aquiles, que porra está acontecendo?
— Alguém tentou matar Helena.
— *O quê?*
— Eu estava indo ao quarto dela para pedir desculpas e peguei a pessoa no meio do ataque. Belerofonte está procurando explicações.
O choque me paralisa. As palavras não fazem sentido. Alguém tentou *matar* Helena? E Aquiles estava lá, e... Fecho os olhos, respiro fundo e me forço a recuperar o foco.
— Você reconheceu o invasor?
— Não. — Ele balança a cabeça. — Homem branco, o tipo de aparência que é instantaneamente esquecível. Mas não era da equipe de Atena nem estava em alguma das nossas listas de problemas.
Atena mantém uma lista dinâmica de pessoas consideradas perigosas no Olimpo. Não se trata do tipo de perigo normal que os Treze ou as famílias poderosas podem representar. Essa lista

está repleta de pessoas descontroladas ou dispostas a cruzar todos os tipos de limite pela quantia certa de dinheiro. Se eu tivesse que apostar sobre a identidade do invasor, eu diria que ele está nessa lista.

Só que não está...

— Isso vai ser um problema. — Desconhecidos podem causar muito caos, em especial durante um evento importante como este torneio.

— Sim. Eu sei. — Aquiles alterna o peso entre um pé e outro. — Na verdade, não é por isso que estou aqui. Helena está assustada e não quer admitir, então, vai ficar no meu quarto esta noite.

Já está acontecendo. Ele já está seguindo em frente com ela.

Silencio o pensamento irracional. Meus medos não fazem sentido. A mudança de Helena para o quarto dele, sim. Se estivéssemos tentando proteger alguém depois de um ataque, este seria exatamente o protocolo adequado a seguir. O fato de ele ter feito sexo com ela há pouco mais de vinte e quatro horas é irrelevante. Mesmo que eu não *sinta* que é irrelevante.

— Vocês dois vão ficar aqui — me pego dizendo. — Vai ser mais fácil protegê-la se estivermos juntos.

Aquiles estuda minha expressão. Pela primeira vez, não está entrando em ação. Odeio que estejamos agindo com tanta insegurança um com o outro, mas não sei como consertar isso. Não consigo impedir minhas emoções, assim como Aquiles não consegue impedir suas ambições. Se não estivéssemos tão amontoados uns sobre os outros neste torneio e presos neste prédio, talvez fosse mais fácil navegar esta situação espinhosa. Não sei. Tudo que sei é que pensar em Aquiles ou Helena em perigo me faz suar frio.

Ele finalmente solta o ar em um sopro ruidoso.

— Tem certeza?

Não, mas não vou deixar isso me deter.

— Sim.

Por um momento, acho que ele pode me pressionar, pedir que eu elabore a resposta. Não sei o que vou dizer se ele fizer isso. A situação é muito confusa. Provavelmente, eu devia ter previsto tudo isso, mas estou aprendendo rapidamente que algumas variáveis estão além da compreensão.

— Então você vem ficar com a gente. Já levamos todas as coisas dela para lá, e Helena já está desfazendo as malas. — Aquiles faz uma careta. — Pelo jeito, ela é muito parecida com você quando se trata de desfazer as malas assim que chega a algum lugar.

— Tudo bem. — Isso vai me dar algum tempo para processar, colocar a cabeça no lugar. — Eu vou daqui a pouco. — Espero ele sair e começo o processo de refazer as malas. Isso ocupa minhas mãos, e a mente corre livre. Não posso lidar com isso agora, não posso pensar em Aquiles e Helena e no que ele estava fazendo no quarto dela para deter aquele agressor. Pedindo desculpas, ele disse. Aquiles não mente, então deve ser isso. Odeio a dúvida que se esgueira dentro de mim.

É melhor se concentrar no problema maior.

Quem será a pessoa que quer matar Helena?

Zeus e Afrodite são irmãos dela. Hermes e Dionísio são seus amigos. Hades não é do tipo que envia um assassino, apesar do que a população em geral pensa. Atena não faria isso, não durante um torneio público cujos concorrentes estão sob sua proteção. Duvido de que ela queira outra Kasios na jogada, mas não tem motivos para acreditar que Helena vai ganhar a disputa, não com Aquiles disputando o título.

Os outros? É mais difícil dizer. Ártemis não é incapaz de assassinato, embora tenha o cuidado de manter as mãos limpas publicamente. Pode-se dizer a mesma coisa de Apolo, mas eu não apostaria nele. Hefesto é uma análise mais complicada — é inteligente e estratégico, e pode ter olhado adiante e decidido não correr o risco de ter Helena como Ares. Não creio que a nossa nova Hera tenha esse tipo de força, mas a mãe dela, Deméter, tem. Poseidon raramente se preocupa com jogos de poder e política, então ele não se incomodaria com isso.

E esses são só os Treze.

Existem dezenas de famílias poderosas que avaliam os movimentos da política do Olimpo e tomam decisões nos bastidores. Páris e Heitor pertencem a uma delas. Assim como Atalanta e Ájax. E eu também.

Ainda tem os não olimpianos. No entanto, não parece razoável que estejam por trás disso. Se é para desperdiçar recursos com um assassino, por que não eliminar um dos concorrentes mais perigosos? Aquiles, Heitor ou eu mesmo seríamos um alvo mais inteligente. Não importa quanto Helena esteja determinada, ela vai ser eliminada na etapa das provas de combate. Não tem treinamento ou força para derrotar todos os concorrentes principais. Quando coloco minhas coisas de volta na mala para trocar de quarto, ainda não tenho respostas. Não consigo nem isolar possíveis candidatos. Não é meu trabalho. Não desta vez. Belerofonte e Atena cuidarão disso, começando por questionar o agressor. Confio muito neles.

Preferiria perseguir esse mistério a passar pela porta de Aquiles, mas não há opção. Não importa quanto meu coração esteja bagunçado agora, o fato é que Aquiles precisa de mim e não vou hesitar em estar ao seu lado. Já cumprimos o dever de guarda-costas várias vezes ao longo dos anos, e é melhor trabalhar em dupla para que tenha sempre alguém acordado com o cliente. Como esta noite provou, assassinos geralmente não cumprem o horário comercial. Não podemos descartar a possibilidade de haver outros em ação, por isso a vigilância tem de começar hoje à noite.

Respiro fundo e abro a porta.

A primeira coisa que vejo é Helena no sofá, enrolada em um cobertor. Todas as vezes que interagi com ela, inclusive quando estava obviamente perturbada na esteira, ou mesmo quando éramos crianças, ela parecia maior que a vida. Aquela presença não está ali agora. É muito fácil esquecer quanto é pequena. Atlética, sim, mas não chega nem a um metro e setenta e cinco de altura, se muito. Neste momento, encolhida no sofá, ela parece ainda menor. Se o agressor fosse do meu tamanho, ou do de Aquiles, ela não teria tido a menor chance.

Pensar nisso me deixa gelado.

Ela levanta a cabeça e olha para mim com aqueles olhos cor de âmbar. Está mais pálida que o normal, as feições perfeitas agora contraídas e exaustas. Até o cabelo está meio desgrenhado, embaraçado por causa do sono. Mas Helena ainda sorri quando me vê, um pequeno movimento que parece quase frágil.

— Oi.

Meu coração dispara, e é uma resposta ridícula. Eu deveria estar preocupado com a segurança dela, ou com sua proximidade de Aquiles, ou *algo assim*. Em vez disso, estou aqui, tentando fingir que minhas mãos não suam porque ela sorri como se estivesse feliz em me ver.

Pigarreio.

— Oi.

Ela ajeita o cobertor em torno do corpo.

— Ele o envolveu nisto também?

— Eu me ofereci para ajudar. — Deixo a mala no chão. Agora que estou aqui, percebo que não precisava ter guardado tudo de novo. Poderia simplesmente ir ao quarto ao lado para trocar de roupa e me arrumar todos os dias. Essa seria a coisa *lógica* a fazer, em vez de desperdiçar tempo e energia refazendo e desfazendo a mala para atravessar o corredor. Outra indicação óbvia de que não estou raciocinando com lucidez. Droga.

Aquiles sai do quarto.

— Duas entradas e duas saídas. A janela do banheiro abre, mas não é grande o suficiente para um adulto passar. O quarto vai ser um problema. A janela é praticamente uma porta, e a fechadura é ridícula. É um ponto de acesso que não conseguimos proteger de maneira adequada.

E isso significa que um de nós vai ter de ficar lá com ela.

Odeio como meu estômago revira. Devo ter uma tendência masoquista, porque me oferecer para ficar perto desses dois já está me causando dor. Não sei o que levou Aquiles a sugerir que ela ficasse em seu quarto, em vez de trazer dois homens de Belerofonte como guarda-costas. Às vezes, não tenho ideia de como funciona a mente desse homem. Não, é mentira. Sei exatamente no que ele estava pensando. É provável que tenha decidido que faríamos um trabalho melhor do que qualquer outra pessoa. A situação já estava complicada, e agora pioramos tudo.

No entanto, é tarde demais para mudar de ideia.

— O primeiro turno é meu.

Por um segundo, penso que ele pode protestar, mas Aquiles finalmente concorda.

— Por mim, tudo bem. O sofá é bem confortável.

— Não é, na verdade — Helena resmunga.

Ele dá de ombros.

— Já dormi em lugares piores. — Aquiles a estuda por um longo momento. Será que percebe quanto sua expressão é transparente? Ele insiste em dizer que não gosta dela, mas a encara como se ela fosse uma criatura estranha que não entende, mas que quer manter em segurança. Ele sempre teve o desejo de proteger quem não conseguia se proteger sozinho, mas isso é diferente. Finalmente, ele diz: — Quer conversar sobre o assunto?

— O que há para conversar?

Outro encolher de ombros. A linguagem corporal casual não combina com a intensidade do olhar.

— A maioria das pessoas fica abalada depois de sofrer um ataque do tipo. A cabeça fica uma merda.

— Não sou como a maioria das pessoas.

Eu deveria dizer alguma coisa, mas parece que estão tendo um momento do qual mal faço parte. Mantenho os pés plantados no chão e a boca selada.

— Sim, tem razão. Você não é como a maioria das pessoas. — Aquiles assente, e sua expressão se torna devastadoramente gentil. — Vá para a cama, princesa. Amanhã você pode voltar a lutar contra todos que olham de esguelha para você.

O sorriso dela fica um pouco mais firme, perdendo o elemento de fragilidade.

— Eu não luto contra todo mundo que olha de esguelha para mim, Aquiles. Só contra você.

— Acho que sou especial, então.

— Acho que sim.

Eu me afasto, incapaz de testemunhar um momento que parece tão íntimo. Ser lembrado do futuro ao qual estou destinado, estar eternamente observando tudo de escanteio. É mais fácil me ocupar carregando minha mala para o quarto e a desfazendo com agilidade. Manter-se em movimento costuma ser a escolha de Aquiles, mas nunca apreciei isso tanto quanto agora. O ritmo de desfazer as malas me acalma, embora não alivie a dor no meu peito. Estou quase terminando quando Helena entra no quarto. É óbvio que ela acabou de sair do banho, sua pele está úmida e corada, e o cabelo, molhado e penteado para trás. Está enrolada no cobertor de novo, mas percebo uma sugestão de alça de pijama de seda sobre um ombro de sua pele macia. Concentro-me em seu rosto, mas não encontro alívio nisso. Ela é linda demais e, de alguma forma, parece ficar ainda mais bonita a cada vez que interagimos. Não é justo.

Como vou manter meu coração intacto e minha cabeça no lugar quando ela me olha *desse* jeito?

Helena se senta na cama com cuidado e me oferece um sorriso hesitante.

— Você é rápido mesmo, não é? Está tudo no devido lugar.

— Sim. — Não há razão para negar. É verdade. Ser organizado me faz sentir que tenho um mínimo de controle sobre um mundo onde nunca serei um peixe grande. Poder não é algo que desejei para mim, não como Aquiles, mas estar perto dele significa que seus movimentos grandiosos causam ondas grandes, às vezes. Aprendi a surfar nelas, na maioria das vezes, mas, de vez em quando, o estresse me afeta. Ser organizado me acalma tanto quanto planejar e criar estratégias.

Helena parece um pouco melhor do que estava na sala de estar. Ela recuperou a cor e não está mais encolhida. Ainda assim, não posso deixar de perguntar:

— Você está bem?

— Estou chegando lá. — Ela enfia os pés debaixo do cobertor. Parece mais jovem assim, mais vulnerável. Mais parecida com a garota que conheci. Não sei como lidar com isso. Quero envolvê-la e protegê-la, mas já a conheço bem o suficiente para perceber que ela não vai aceitar nada disso. Para ser sincero, é um pouco chocante que Aquiles tenha conseguido convencê-la a ficar em sua suíte. Ele provavelmente a atropelou quando Helena estava se sentindo abalada. Ele é bom nisso.

— Está segura aqui. Não vamos deixar ninguém tocar você.

— É a minha impressão, também. — Helena suspira e olha diretamente para mim. — Você está chateado comigo.

— Por que estaria? — As palavras saem muito rápidas, muito duras.

Seu sorriso fica meio triste, agridoce.

— Porque fiz sexo com Aquiles quando estava com raiva.
— Temos um relacionamento aberto.
Novamente, as palavras certas. Novamente, o tom errado.
— Foi o que eu disse a mim mesma, mas isso não significa que estava certa. — Helena se aconchega ainda mais embaixo do cobertor, mas não desvia o olhar do meu. Respeito a atitude, mas eu pensaria com muito mais nitidez se ela não estivesse olhando diretamente para mim. — Não foi nada planejado, mas as intenções, na verdade, não importam. As atitudes é que têm importância. Desculpa.

Os dois continuam pedindo desculpas, como se isso mudasse o fato, e tenho a sensação de que ambos fariam tudo de novo se as circunstâncias se alinhassem. E por que não? Eles não fizeram nada de errado, não violaram nenhum acordo. Eu sou o idiota que deixou os sentimentos se embaralharem por uma mulher que mal conheço. Nunca, nem uma vez reagi a Aquiles estar com outra pessoa tal como estou reagindo a ele ter estado com Helena. O problema é *meu*, não *deles*.

O raciocínio faz sentido na minha cabeça.

O que sai da minha boca é completamente diferente.

— Isso não vai impedir que vocês façam tudo de novo.

Ela reage espantada.

— Não tenho intenção de trepar com Aquiles de novo.

— Não tinha intenção de trepar com ele da primeira vez.

— Aí, você me pegou. — Helena torce a ponta do cobertor.

Eu me dou conta de que esta é a primeira vez que vejo Helena inquieta.

— Ele é irritante, não é?

Tento não me chatear, mas não consigo evitar. Merda, agora estou dominado pelo caos.

— Ele é muitas coisas.

— Sim. — Sua expressão fica contemplativa. — Não quero machucar você, Pátroclo. Nunca quis. Vou me esforçar muito, muito mesmo para não cair em cima do pau de Aquiles de novo.

Balanço a cabeça e me aproximo da janela. Aquiles tem razão; é impossível trancá-la adequadamente. Ela é grande e, embora não fique de frente para a cerca, seria muito fácil alguém subir no telhado à nossa frente e atirar nela através do vidro. Fecho as cortinas.

— Hoje você vai ficar segura. Vamos torcer para termos algumas respostas amanhã.

— Por que está fazendo isso?

Eu me viro para encará-la.

— O quê?

— Isso. — Ela aponta para o quarto. — Sou um grande e ofuscante problema entre você e Aquiles, o que é motivo suficiente para querer colocar distância entre nós. Mas também estamos competindo pelo posto de Ares. É do seu interesse deixar o invasor me assustar. Então, por que me ajudar? Não pode ser porque fomos amigos há muito tempo. Por que tentar me fazer sentir segura, quando isso contraria seus objetivos?

Boa pergunta. Se eu fosse mais implacável, talvez fizesse exatamente o que ela diz. Não quero que Helena se machuque, mas medo nunca matou ninguém. Esse é o problema, no entanto. Também não quero que ela tenha medo. Aquiles sempre me acusou de ter um coração muito mole, e isso nunca esteve tão evidente quanto agora. Mesmo que *doa* muito ter ambos no mesmo espaço, ver a conexão óbvia entre eles, não posso prejudicá-la para preservar meus sentimentos.

— Não estou disposto a ficar parado enquanto as pessoas são aterrorizadas só para alcançar meus objetivos.

— Não acha que isso é ingenuidade?

Eu a encaro. Helena não está sendo sarcástica. É uma pergunta séria.

— Sempre tem outro jeito.

— Mesmo que tenha outro jeito, às vezes é mais fácil ser o vilão e evitar problemas no futuro. — Ela não desvia o olhar. — Você é muito inteligente. Deve ter analisado todos os cenários. Se eu chegar à prova final, quem me eliminar vai ter minha inimizade para sempre. Se for você ou Aquiles, isso vai pôr em risco sua capacidade de ser eficiente como Ares. Certamente, já pensou nisso.

Pensei. Não sei por que é surpreendente que ela também tenha pensado. Helena já provou que é tão inteligente quanto ambiciosa.

Ainda é estranho ter meus próprios pensamentos refletidos, jogados de volta para mim. Pigarreio.

— Sempre tem outro jeito — repito.

— Mas...

— Vá dormir, Helena. Tenho certeza de que Belerofonte terá informações amanhã.

Por um segundo, parece que ela vai discutir comigo, mas finalmente deixa cair o cobertor e se enfia debaixo da roupa de cama. Seu pijama preto é... Puta merda, eu não deveria estar olhando, mas não consigo parar. O short tem fendas laterais que revelam vislumbres tentadores dos quadris. E aquela regata mal cobre o essencial, revelando a barriga malhada quando desliza para cima e comprime os seios com força suficiente para que corram o risco de escapar. Helena não está tentando ser sedutora, mas a sedução está presente em cada movimento seu.

Olho para o outro lado. Que porra estou fazendo? Encarando-a desse jeito, depois de Helena ter tido uma experiência traumática. Olhando-a depois de ela ter dormido com Aquiles. Estou cobiçando essa mulher que não é para mim, *nunca* foi para mim.

— Pátroclo?

A hesitação em seu tom me traz de volta ao presente. Eu me controlo e a fito com cautela. Felizmente, Helena está inteira coberta agora, com os cobertores puxados até o queixo. Deixo escapar um suspiro silencioso de alívio.

— Sim?

— A cama é enorme, e você está me deixando nervosa aí parado. Pode se sentar ou deitar, ou alguma coisa assim?

Quase escolho a cadeira perto da janela. Até dou um passo nessa direção, antes de meu cérebro decidir listar todos os motivos possíveis para Helena ter sugerido que eu também ficasse na cama. Descarto os ridículos: ela tem intenção de me emboscar ou pretende me seduzir; a motivação mais provável é que ainda esteja morrendo de medo, e minha proximidade seria um conforto.

Tento não analisar o pedido. Ela já mostrou que é inteligente e estratégica. Faz sentido que acredite que alguém da equipe de Atena não a queira morta, mesmo ela sendo um concorrente no torneio.

Mesmo assim...

— Tem certeza?

Ela assente e estende o braço pálido para dar um tapinha na cama ao lado dela.

— Por favor.

Eu me sento com todo o cuidado no local indicado e recuo para me recostar na cabeceira. A cama é grande o suficiente para nós dois e provavelmente para Aquiles também... Faço uma pausa. Não. Seguir *essa* linha de pensamento até sua conclusão inevitável é um erro. Mesmo assim, fico surpreso quando Helena se aproxima até quase colar seu corpo ao meu. Estou em cima das cobertas, e ela está embaixo delas, mas posso sentir o calor que emana de seu corpo. Ou talvez seja a imaginação hiperativa que pareço desenvolver no momento.

Pigarreio, desesperado para me concentrar em qualquer coisa que não seja o fato de Helena Kasios e eu estarmos juntos na cama. Estou aqui no papel de *guarda-costas*. A única coisa em que deveria pensar é na segurança dela, não em como fica bem no pijama sexy.

Aflito, digo a única coisa em que consigo pensar:

— Quem ia querer você morta?

— Consigo pensar em algumas pessoas. — Será que ela se aproximou? Não consigo ter certeza. Não consigo ver direito seu rosto em meio às sombras profundas projetadas pelo abajur atrás da cama. — Ninguém ficou muito feliz com minha participação nesse torneio. Também estamos acatando algumas suposições bem amplas de que alguém me quer morta, em vez de só querer me amedrontar para me fazer desistir.

Abro a boca para protestar, mas Helena está certa.

— *Está* pensando em desistir?

— Não, porra. Esta é a única chance que tenho de ser mais que um prêmio a ser dado da maneira mais conveniente pelo meu irmão para o meu futuro cônjuge. Se eu for Ares, eles vão ter que me levar a sério.

Sei o que Aquiles pensa de Helena e de sua vida encantada, mas acho que deve ser horrível não ter controle sobre o próprio destino. Independentemente de nossas origens, Aquiles e eu fizemos nossas escolhas repetidas vezes, sem que ninguém nos forçasse a nada. Ninguém tentou nos casar para garantir algum tipo de aliança, nem se recusou a reconhecer qualquer coisa em nós que não fosse a aparência.

— Acho que uma gaiola de diamantes ainda é uma gaiola.

— Sim. — A palavra é pouco mais que um suspiro. — Pátroclo?

— Hum?

Há uma pequena hesitação. Quando ela fala novamente, parece suave e cansada, diferente da mulher impetuosa com quem lidei até agora:

— Eu realmente não queria ter perdido o controle com Aquiles. Gosto de você. Sempre gostei. Nunca teria o machucado de propósito. Eu só... — Ela deixa escapar uma risada amarga. — Fico imprudente quando estou sofrendo, e estava me sentindo vulnerável depois de... Bem, se você não tivesse parado a esteira, eu provavelmente teria caído. Isso não justifica o que fiz, mas estou arrependida de verdade.

Não sei bem o que dizer sobre isso, mas tenho a sensação de que Helena não se abre com ninguém, então, não posso deixar essa confissão no ar.

— Sei que você não queria me machucar. — É ridículo que tudo que eu queira fazer seja confortá-la, abraçá-la até aquele tremor de fragilidade desaparecer de sua voz. Eu devia estar me agarrando à raiva, mas agora tudo parece exigir muito esforço. Eu me acomodo contra a cabeceira da cama e fecho os olhos. — Está tudo bem, Helena. Estamos bem.

— Ah. Que bom. — Sua voz fica fraca, como se ela estivesse pegando no sono. — O engraçado é que... é com *você* que eu quero dormir. Eu nem gosto de Aquiles. De maneira geral. — Ela boceja. — Mas adoraria trepar em você como se fosse uma árvore.

O desejo me invade, tão intenso quanto inapropriado. Saber que a atração que sinto é correspondida... Será que isso importa? Aquiles deveria ser minha prioridade. Mesmo que eu não tenha sido prioridade dele quando comeu Helena.

Quando foi a última vez que peguei algo — alguém — só porque queria, sem me preocupar com o que Aquiles sentiria a respeito? Ele é o egoísta, o impetuoso, aquele com um coração oferecido alegremente a quem despertar seu interesse. Sim, ele guarda parte de si mesmo para mim e só para mim, mas até quando estive com outras pessoas, foi mais um momento de prazer do que uma busca por conexão.

Sinto uma conexão com Helena. Não sei se é luxúria ou potencial para algo mais. Até este momento, eu tinha me conformado com a ideia de deixar tudo como estava, não explorar esse sentimento. Mas Aquiles puxou o gatilho primeiro, não foi? Não vai poder me culpar por fazer exatamente a mesma escolha egoísta que ele fez...

Respiro fundo e dirijo os pensamentos para longe do abismo.

— Vá dormir, Helena. Vou cuidar de você hoje à noite.

E amanhã?

Amanhã, a gente vê.

15

HELENA

Acordei de conchinha com Pátroclo, com seu corpo atrás do meu. Seu membro muito, *muito* grande está se fazendo presente. *Bom dia.* Instigadora que sou, giro o quadril de leve, me esfregando nele. Seu gemido baixo no meu ouvido é tão Pátroclo, que sorrio sem abrir os olhos. Não sei quando ele foi parar embaixo das cobertas comigo, mas não estou reclamando.

Isso é... gostoso.

— Está acordada, Helena?

Deslizo os dedos pelo antebraço que repousa nas minhas costelas, logo abaixo dos seios.

— Estou.

— A gente devia levantar. — Mas ele me abraça com mais força, cola o rosto em minha nuca. Acho que sinto o contato dos lábios em minha pele, mas não tenho certeza. Ele tem razão. Devíamos sair da cama, começar o dia e encarar a realidade do que quase aconteceu ontem à noite...

Não quero. Ainda não.

Faz muito tempo que não acordo ao lado de alguém, e faz ainda mais tempo que não saboreio o momento, em vez de cumprir as etapas de tirar a pessoa do meu apartamento o mais depressa possível. Talvez seja minha história com Pátroclo, talvez seja o homem que ele se tornou, mas ele me faz sentir segura. Deixou que eu despejasse todas as minhas bobagens em seu colo ontem, e não me disse para parar de ter pena de mim mesma ou deixar de ser dramática. Não me chamou de *fraca* por ter ficado abalada emocionalmente depois do ataque. Só me ouviu, depois, disse para eu ir dormir com aquele tom deliciosamente severo que ele adota quando está pensando nos meus interesses.

Meu desejo traiçoeiro sussurra que poderia ser sempre assim se as coisas fossem diferentes, se fôssemos pessoas diferentes em uma situação diferente. Se eu baixasse um pouco minhas barreiras e ele já não fosse apaixonado por um grande pênis de ouro. Uma conversa dolorosamente honesta que, apesar de direta, é suave, de certa forma. Pela primeira vez na vida, não fiquei escolhendo as palavras e me escondendo atrás de um discurso ambíguo e cuidadosamente filtrado. Aquiles e Pátroclo trazem à tona diferentes partes de mim, e são partes *verdadeiras*. Não sei como lidar com isso, mas este não é o momento ou o lugar para esse tipo de reflexão, não enquanto fazemos apostas tão altas.

Para ser sincera, não quero lidar com nada agora... exceto com o homem que se esforça para não empurrar o pau duro na minha bunda.

Pátroclo é realmente muito educado.

Isso me faz parar por um momento.

— Pátroclo?

— Sim?

Não quero dizer as palavras que podem acabar com o momento, mas já fiz mal a este homem quando ele não merecia. Não posso repetir o erro. Não vou repetir. Fecho os olhos.

— Eu, hum, fico inconsequente quando estou magoada ou com medo.

Ele fica imóvel atrás de mim.

— Está se sentindo inconsequente agora?

— Estou. — Não posso evitar a explicação da resposta, a verdade que ele parece pedir sem dizer nada. É mais fácil com os olhos fechados. Isso nem parece real. Será que uma coisa que é basicamente fantasia pode me machucar? *Não responda.* — Mas falei sério ontem à noite. Eu quero você. Isso não é impulsividade ou inconsequência. É a verdade.

— Helena... — Pátroclo resmunga um palavrão na minha nuca. — Eu devia me importar por você estar me usando como válvula de escape. Isso devia me incomodar.

Sinto um aperto em meu peito, mas não vou poder condenar o homem se ele recuar. Nunca falei sobre isso fora da terapia, e nunca com alguém que estou interessada em seduzir. É muito mais fácil deixar meus parceiros verem o que quiserem ver, para eu poder ter o que quero — algumas horas de prazer sem nada em que pensar além do próximo toque, do próximo beijo. Mas isso não é uma transa cuidadosamente orquestrada. Isso é Pátroclo. Com ele, neste momento, posso parar de me sentir egoísta pela primeira vez.

— Minhas razões incomodam você?

— Talvez devessem. — Seu braço me aperta, e ouço mais um palavrão sussurrado. — Estou pouco me fodendo para o que eu *deveria* estar fazendo ou sentindo. Eu te quero demais. Deixe eu te tocar, Helena.

O alívio em suas palavras me deixa quase tonta. Colo o corpo ao dele outra vez, deixo sua força me ancorar. O forte de Pátroclo pode ser seu cérebro, mas seu corpo é o de um soldado. Quero explorar cada centímetro dele. Inspiro profundamente, adorando o jeito como a parte inferior dos meus seios se pressiona contra o braço dele.

— Por favor, Pátroclo, me toque. Preciso de você.

Espero que atenda ao pedido imediatamente. Mas devia saber que não seria assim, mesmo depois de passar tão pouco tempo com ele. Pátroclo é um homem com um plano, e isso nunca esteve mais evidente do que agora, quando move a mão para tocar minha barriga. O polegar acaricia a curva de um seio, um movimento lento que me faz mudar de posição sem descolar o corpo do dele.

Ele continua até encontrar a alça do meu pijama, que puxa pelo ombro, baixando-a até libertar um seio. É quase uma provocação, e essa sensação fica mais forte quando ele acompanha o desenho do decote, passando um dedo por meu seio nu a caminho da outra alça, que também é puxada para baixo. Essa exige um pouco mais de trabalho, porque estou deitada de lado, mas ele não tem pressa. É um *tormento* do caralho.

— Pátroclo.

— Gosto de como você diz meu nome. — Ele segura um seio, depois, o outro, deslizando os dedos sobre os mamilos. Não é o suficiente. Nem perto disso.

Mordo o lábio, mas não consigo ficar em silêncio.

— Mais. Por favor.

— Também gosto de como você diz "por favor". — Sua voz está mais rouca do que o normal, mas ele não se move mais depressa quando desliza a mão para baixo pelo centro da minha barriga e brinca com o cordão do short. Não é um toque hesitante, mas não é apressado. Não como eu queria que fosse. Cada puxão de leve no cordão cria uma pulsação correspondente dentro de mim. Comprimo os lábios, determinada a não implorar. Ainda não.

Finalmente, depois do que parece uma eternidade, Pátroclo escorrega a mão por baixo do elástico do short. Imagino que vai se mover lentamente, como fez até agora, mas é como se sua paciência tivesse acabado. Pátroclo cobre minha vagina com a mão aberta, um toque ríspido. Nós dois suspiramos com o contato.

Não tenho a menor vontade de ser dominada fora do quarto, nem mesmo *dentro* dele, na maioria das vezes. O equilíbrio de poder em minha vida é precário demais, sempre chego muito perto de inclinar a balança contra mim e me esmagar com esse peso. Mas agora? Com Pátroclo assumindo o controle? Eu adoro. Mordo o lábio inferior e gemo baixinho. Não posso fingir que isso não vai ter consequências, mas quando foi que deixei de fazer o que queria por causa disso?

É bom demais para parar.

Agora que Pátroclo me tem onde quer, ele recupera a lentidão de antes. Suaviza o toque à medida que explora meu corpo. Acompanha a extensão da minha abertura com o dedo médio, ainda me apalpando de um jeito possessivo. Ele não age como um homem das cavernas e grita *minha*, mas me toca como se fosse meu dono, como se estivesse se apoderando de mim. Não importa que não deveríamos fazer isso. Está acontecendo.

Aquiles também disse aquilo. Que não *devíamos*.

Uma voz dentro de mim sussurra que estou sendo ainda mais inconsequente do que o normal, que estou brincando com o relacionamento desses dois homens para não ter de me sentir vulnerável, mas essa voz é muito mais baixa que meu desejo. Ou eu sou realmente egoísta pra caralho. Pátroclo diz que não se importa, e isso devia bastar para me poupar de qualquer culpa desnecessária.

Nunca fui honesta com meus parceiros anteriores sobre eles terem sido só uma fuga conveniente.

Eles nunca se importaram o suficiente para perguntar.

Falei sério ontem à noite e hoje de manhã: gosto de Pátroclo desde que éramos crianças, e quero transar com ele desde que o reencontrei na vida adulta, quando ele praticamente me deu uma lista de motivos para não podermos ir juntos para casa na noite anterior à primeira prova. Não sei se me incomodo por ele estar me usando como arma para ferir Aquiles. Isso só significa que nós dois estamos usando o outro para fins egoístas. Eu devia só aproveitar, em vez de pensar tanto. O objetivo principal deste comportamento inconsequente é *parar* de pensar.

— Helena. — Ele fica imóvel.

— Oi.

— Você está pensando demais. Quer parar?

Faço que não com a cabeça antes de ele terminar de falar.

— Não. De jeito nenhum. Quero mais.

Por um momento, tenho a impressão de que ele vai parar mesmo assim. Esta não é a onda impulsiva que me arrastou com Aquiles. É *intencional*, e talvez isso signifique que é um engano. *Não me importo. Ainda não quero parar.*

Ao que parece, Pátroclo concorda, porque se move atrás de mim e encaixa seu outro braço entre meu corpo e a cama. A nova posição me leva para mais perto dele e me dá a sensação de estar completamente envolvida por esse homem. Ele cobre um seio com a mão aberta. É menos uma carícia do que um jeito de me puxar contra o seu corpo, mas não estou reclamando. Não quando, no meio-tempo, ele também introduz dois dedos em mim. Metódico. Pátroclo é muito metódico. Isso é mais sexy do que eu poderia ter imaginado. Mas é mais que isso. Ele me abraça como se eu fosse alguma coisa preciosa, algo que ele poderia estilhaçar em um milhão de pedaços.

A diferença entre ele e Aquiles é gritante, mas os dois são semelhantes em um aspecto: nenhum parceiro que tive antes me tocou como eles. Nunca fui valorizada. Também nunca fui reconhecida como uma igual, nunca minha força foi tratada como um fato, em vez de uma fantasia. Nenhum deles me trata como uma princesa que precisa ser convencida a entregar sua suposta virtude, ou como um objeto frágil que pode ser derrubado e quebrado por uma palavra ríspida. Durante todo o tempo em que Aquiles e eu lutamos, fui a inimiga a ser derrotada com orgasmos mútuos. Nunca imaginei que isso pudesse ser tão atraente.

Pátroclo está me fodendo lentamente com os dedos, como se essa fosse a única chance que vai ter de fazê-lo, e estivesse determinado a obter o máximo da experiência. Ele pressiona meu clitóris com a base da mão. Não é o suficiente para criar o atrito de que preciso para gozar. Não, ele ainda está me seduzindo. Sua boca toca minha orelha, a voz soa mais profunda do que jamais ouvi:

— Você não é para mim, Helena. Nunca foi.

Não consigo decidir se as palavras ferem ou se só alimentam o fogo entre nós. Nada provoca mais que uma coisa destinada a ser temporária. Isso me faz gananciosa, me faz querer absorver cada segundo da situação, porque é provável que nunca mais tenha essa experiência. Respiro fundo.

— Então vamos fazer valer a pena.

Sua risada é estrangulada.

— É, vamos. — Ele se afasta um pouco e me move com facilidade, apesar da posição desajeitada, e me deita de costas. É tudo tão fluido que ainda estou surpresa quando ele desliza por meu corpo, levando os cobertores para baixo. Pátroclo faz uma pausa para homenagear meus seios com a boca, mas ele tem um destino em mente, e não reclamo quando abaixa meu short e se posiciona entre minhas pernas. Sinto o beijo na coxa.

— Daqui a pouco, Aquiles vai ficar inquieto e vai vir atrás de nós.

De novo, aquela dor cortante. Certamente, eu *não* deveria querer ser pega com a boca de Pátroclo na minha boceta, mas a onda inconsequente dentro de mim só cresce. O que Aquiles vai fazer? Honestamente, não consigo me concentrar o suficiente para prever. Será que vai começar uma briga ou se juntar a nós? Ou então começar uma briga e *depois* se juntar a nós? As possibilidades me incendeiam. Não vou fingir que não considerei a hipótese de ir para a cama com os dois, porque já pensei nisso.

Mas... não passei tanto do limite ao ponto de mergulhar nisso sem antes ter um pequeno esclarecimento. Se vou me sentir culpada mais tarde, preciso saber quanto dessa culpa é de fato minha. A que carrego já é suficiente; não preciso me responsabilizar por culpas alheias.

— Está me usando para mandar um recado?

Pátroclo é muito sério. Mesmo nessa situação, com o calor acendendo uma chama em seus olhos escuros e sua respiração acariciando minha parte mais íntima, Pátroclo reflete sobre minhas palavras com a maior severidade. Gosto disso nele. Gosto muito. Ele não dispara uma resposta qualquer com a intenção de desmenti-la mais tarde. Pátroclo realmente *pensa* nisso e responde com honestidade. É uma novidade para mim.

Por fim, ele assente.

— Um pouco. Isso a incomoda?

Sim. Não. Não sei. Não consigo pensar direito. Respiro fundo, decidida a retribuir sua honestidade na mesma moeda.

— Talvez me incomode mais tarde, mas agora preciso demais de você. Me beije, Pátroclo. Se quer mandar um recado, mande-o ao me fazer gozar.

O sorriso lento dele acende meu corpo todo. Deuses, esse homem é lindo. É diferente dos traços perfeitos com que Aquiles foi abençoado. Notei que Pátroclo se tornou um homem bonito na primeira vez que o vi adulto, mas, desde então, toda vez que o vejo tenho a impressão de que a beleza aumentou. Meu coração dá um pulinho estranho, mas o ignoro, da mesma forma que ignoro as consequências óbvias do que estou fazendo.

— Também preciso muito de você agora.

Depois disso, não há mais palavras. Ele abaixa a cabeça e passa a língua no centro do meu sexo. Devagar. Metódico. Determinado a aprender cada centímetro meu. Afasta ainda mais minhas pernas e enfia sua língua em mim. Primeiro uma ameaça, depois uma penetração completa que me faz gemer alto. Tento arquear as costas, mas ele responde com um braço sobre minha barriga, usando os ombros para afastar ainda mais as coxas. Estou imobilizada, adorando cada momento disso.

Mesmo assim, não sou do tipo que fica deitada e passiva, aceitando tudo que ele quiser me dar.

Seguro seu cabelo curto e o puxo, levando sua boca para o meu clitóris. Ele não hesita, aceita as instruções silenciosas e dá à pequena saliência o mesmo tratamento completo. Fitando o meu rosto, experimenta movimentos até encontrar o que me faz arquear as costas e me retorcer sob seu braço.

— Isso, assim — gemo.

O prazer aumenta em mim e fica cada vez mais intenso. Pátroclo não muda nada. Não acelera nem reduz a velocidade dos movimentos. Vai me deixando cada vez mais tensa, mais tensa...

A porta do quarto é aberta.

Aquiles entra e a fecha. Nós dois ficamos paralisados. Estou tão perto que poderia gritar. Eu devia saber que não ia durar, que seríamos interrompidos antes de as coisas progredirem o suficiente para eu realmente conseguir um alívio. Devia saber que isso era uma coisa tola, impulsiva, que certamente acabaria em um orgasmo abortado.

Eu devia saber... um monte de coisas.

Tensa, espero Pátroclo se afastar de mim, gaguejar desculpas, brigar ou fugir. Ele não se move. Pelo contrário, me segura com mais força, um comando silencioso para parar de tentar deslizar pela cama em busca de me afastar dele. Congelo. Pátroclo olha para mim rapidamente, como se testasse minha reação. Não sei o que vê em meu rosto, mas fica satisfeito. Depois vira a cabeça o suficiente para encarar Aquiles.

— Está interrompendo.

O sorriso lento de Aquiles não alcança seus olhos.

— É, eu sei. — Ele se aproxima da cadeira ao lado da cama e se senta nela, alonga o corpo enorme e ocupa espaço demais. Depois, acena negligente em nossa direção. — Não se detenham por mim.

Ai, meus deuses.

Olho para Pátroclo. Esperava encontrar vergonha ou culpa em seu rosto. Talvez arrependimento. Com toda a certeza, não esperava encontrar um desejo ainda mais ardente. Ele não parece feliz, mas não há dúvida de que o comando casual de Aquiles lhe provoca alguma coisa.

Mas é Pátroclo e, por ser Pátroclo, ele hesita.

— Tudo bem para você?

Não sei. Estou me sentindo em queda livre. Uma coisa é saber que estou atolada até o pescoço em uma relação complicada e me afundando ainda mais. Outra inteiramente diferente é... Não sei nem o que está acontecendo aqui. Mas meu orgasmo interrompido pulsa tão forte quanto a necessidade de escapar por um tempinho. Eu já não esperava que isso acontecesse? Sim. Não esperava que fosse *desse* jeito, mas não estava fora da lista de possibilidades quando incentivei Pátroclo a me tocar, a me fazer gozar.

Olho para Aquiles e, nossa, aquele sorriso pode não alcançar seus olhos, mas ele nos observa como se fôssemos um banquete pronto para ser degustado e ele não soubesse por onde quer começar. Sinto um arrepio. Não dá para desfazer o que fiz, e talvez isso seja uma desculpa, mas não me importo. Não quero parar. Quero ir em frente e ver o que acontece.

— Tudo bem.

— Se mudar de ideia...

— Porra, Helena já falou que tudo bem. Até eu consigo ver que ela está quase gozando. Continue.

Pátroclo encara Aquiles.

— A plateia deve ser vista, não ouvida.

— Ninguém nunca disse isso.

— Cavalheiros. — Espero os dois olharem para mim. Não consigo impedir os arrepios. Estou quase explodindo de necessidade, e eles ficam discutindo como um casal de idosos. — Se vão discutir, façam isso na sala, e eu termino aqui sozinha e em paz.

Aquiles ri, e Pátroclo me encara com outro daqueles sorrisinhos de que estou começando a gostar demais. Ele me dá a chance de decidir se estou blefando ou não. Só abaixa a cabeça e volta a lamber meu clitóris no mesmo ritmo que quase me jogou no abismo antes de sermos interrompidos.

— Ah, porra — murmuro.

— Tire a blusa, princesa. Se vai dar um show, faça isso direito.

Nem penso, só obedeço. Tiro a blusa do pijama enquanto Pátroclo me chupa como se fôssemos amantes há anos, não há menos de uma hora. Consigo me livrar da peça incômoda e a jogo para Aquiles. Ele a pega no ar e deixa deslizar entre os dedos, quase contemplativo, mas não desvia o olhar de nós.

O olhar de Pátroclo ameaça me incendiar. Sei que mais tarde vou ter sentimentos complicados em relação a me prestar ao papel de peão no jogo desses dois homens. No momento, estou perto demais do orgasmo para me importar com qualquer coisa que não seja a língua de Pátroclo chupando meu clitóris. Perto... Muito perto... Toco meus seios, belisco os mamilos, enquanto ele me leva cada vez até mais perto do orgasmo. Já estava muito bom antes, mas com Aquiles assistindo...

Não tenho como descrever.

Nunca fiz nada parecido. Sim, sou muito experimental em relação a sexo, mas só com um punhado de pessoas confiáveis ao longo dos anos. Ser filha de Zeus significa que qualquer um que fosse pego em minha cama sofreria terríveis consequências. O Olimpo gosta de fingir que tem um pensamento progressista, mas essa suposta liberdade não inclui a cultura da pureza que persiste nos círculos mais altos. Por isso, nunca confiei em ninguém o suficiente para aceitar plateia enquanto transava. Seria fácil demais gravar enquanto eu estivesse distraída e...

Pátroclo vira a cabeça e morde minha coxa.

— Pare de pensar tanto.

— Significa que não está fazendo seu trabalho direito — Aquiles resmunga. E estica as pernas. — Dois dedos.

Mal compreendo as palavras quando Pátroclo se move, solta minha coxa e enfia dois dedos em mim. Ele muda o ângulo algumas vezes, procurando... procurando... E sorri.

— Isso. — Ele usa a ponta dos dedos para acariciar meu ponto G. Puta merda, que rapidez.

Meu corpo todo se derrete, e a sensação só se intensifica quando penso que ele está seguindo orientações de Aquiles. Olho para o outro homem, mas a atenção dele está em Pátroclo, as pálpebras um pouco abaixadas.

— Agora o clitóris. Faça ela gozar, alto e forte.

Mais uma vez, Pátroclo obedece de imediato e volta ao meu clitóris. A combinação dos dedos no ponto G e da língua no...

— *Caralho!* — O orgasmo explode, e eu arqueio as costas e empurro os pés contra o colchão. Pátroclo não se move, não para, só continua, prolonga meu orgasmo e...

— Não pare — Aquiles ordena.

Eu grito. A pressão aumenta, aumenta, e de repente alguma coisa se rompe dentro de mim, e um esguicho recobre a mão de Pátroclo. Só então ele diminui a pressão do toque, me trazendo de volta até que a única coisa que consigo fazer é olhar para ele e tremer. Ele beija minha boceta pela última vez e ergue a cabeça.

A risada baixa de Aquiles atrai nossa atenção. Sua linguagem corporal é perfeitamente relaxada, mas o jeito como seu membro gigante se projeta dentro da calça de moletom desmente a imagem que ele quer exibir. Enquanto espio, ele esfrega a mão no pau e sorri.

— Foi um bom começo.

16

AQUILES

Não consigo decidir se estou mais furioso ou mais excitado. Quando ouvi o gemido de Helena, sabia o que encontraria assim que entrasse no quarto: ela e Pátroclo se metendo em confusão, ou simplesmente metendo.

Mesmo assim, entrei. Tinha algo de egoísta nisso. Se eu fosse um homem bom, teria deixado Pátroclo viver seu momento com Helena sem interferir.

Mas não sou um homem bom. Sou um babaca egoísta.

Vê-lo devorando aquela boceta... o jeito como ele atendeu aos meus comandos...

Nunca fizemos nada do tipo. Sou naturalmente autoritário na cama, e já compartilhamos parceiros no passado, mas nada parecido com *isso*. Não assim: eu dando as ordens, ele me obedecendo sem dizer nada. Não com uma mulher pela qual nós dois estamos atraídos de maneiras diferentes. Helena não é parecida com ninguém que dividimos antes, e essa situação é nova para nós em muitos aspectos.

Não quero que pare.

Pátroclo levanta a cabeça e olha para mim. A metade inferior de seu rosto está molhada de Helena, e isso manda um raio de tesão diretamente para o meu pau. Quero beijar a boca dele, sentir o gosto dos dois misturado em sua língua. Agora não. Se eu ultrapassar essa linha, vou acabar trepando com ela de novo antes de sair daquela cama.

Ele sacode a cabeça de leve, como se despertasse de um sonho.

— Que foi?

Faço um esforço para afastar toda a tensão do meu corpo.

— Você sabe que não se satisfaz com um orgasmo só. Está tão duro que vai acabar gozando na calça. — Eu me inclino para a frente e apoio os cotovelos nos joelhos. — Coma ela, Pátroclo. Gostou do sabor dessa boceta? Gostou de senti-la se contraindo nos seus dedos? Vai gostar ainda mais quando ela apertar seu pau.

Helena se contorce um pouquinho e vira a cabeça para cravar em mim aqueles olhos cor de âmbar. Sua expressão é de choque, mas nem por isso ela fica de boca fechada.

— Estou bem aqui.

— É, está. — E que porra de imagem é a *dela*. Cabelo todo despenteado por causa do sono, a pele dourada à luz do amanhecer, corada depois de gozar na cara de Pátroclo. Os seios são ainda mais perfeitos do que me lembro e, com essa distância mínima, posso apreciar o vigor discreto de seu corpo. Cada músculo ficou mais delineado quando ela gozou. Quero ver isso de novo. E acho que eles também querem.

Existe mais de uma dezena de motivos para parar com isso agora, mas ignoro cada um deles.

— Não finja que não está arfando atrás do pau de Pátroclo desde aquela primeira noite. Acha que ele é bom em chupar? Espere até ele se concentrar em comer você de verdade.

Helena me encara de novo, mais um daqueles olhares prolongados, e posso praticamente ver seu cérebro se reacendendo.

— Você é tão babaca.

— Já fui chamado de coisa pior. Por você.

— É, acho que sim. — Helena morde o lábio. — Pátroclo?

Há todo um significado subentendido nessa única palavra, e, pela primeira vez, consigo ler a maior parte dele. Ela quer isso. Não quer querer, é certo que vai se arrepender, mas quer muito, e não será ela quem vai nos fazer parar.

Não posso falar sobre arrependimentos. Não me meto com eles com tanta frequência. Uma vez que algo está feito, está feito, e não faz sentido pedir às estrelas para voltar no tempo e refazer as coisas de um jeito diferente. Você vive com as consequências e segue em frente, e talvez aprenda uma ou duas lições no caminho. Talvez essa merda seja um erro, talvez não, mas, se nós três queremos, por que não deveríamos tentar?

Pela primeira vez, Pátroclo não está perdido em pensamentos. Está olhando para o corpo dela como se quisesse provar cada centímetro, como se enfim tivesse encontrado alguém, além de mim, que desliga aquele cérebro impressionante e deixa apenas o instinto. Mas ele ainda é Pátroclo, então balança a cabeça e tenta se concentrar. *Raciocinar.*

— Quero você, Helena. Não quero parar. Se para você estiver tudo bem...

— Está.

Dou risada ante a rapidez da resposta, e ela solta uma risadinha.

— Tem certeza?

— Tenho. Isso é... — Helena respira fundo, o que faz seus seios balançarem. — É complicado, mas acho que posso presumir que nenhum de vocês vai usar isso contra mim?

De que porra ela está falando? Usar *o que* contra ela? Franzo a testa.

— A única coisa que vamos usar contra você é o poder do pau de Pátroclo.

Mas ele entende. Ele sempre consegue se situar e reagir, mesmo quando estou me debatendo atrás dele. Pátroclo passa a mão na barriga dela.

— Você tem razão. É complicado. Mas o que acontecer neste quarto vai ficar entre nós. Isso vai até onde você quiser, e não afeta o que for acontecer quando a gente sair da cama.

Isso parece uma tremenda bobagem. Ele já está pensando no futuro. Ela também. Porra, até eu estou.

— A situação já está complicada. — Não consigo banir a impaciência da minha voz. — Ficou complicada no momento em que transamos, no segundo em que você gozou na cara dele. Não vai ficar pior do que está. — Mas agora entendo do que Helena tem medo. Alguém usou sexo contra ela no passado e a deixou traumatizada. Tento suavizar a voz, mas ela ainda sai estrondosa: — Helena. — Espero até ela me dar a maior parte de sua atenção. — Pátroclo está certo. O que acontecer neste quarto é só entre nós. Vai ficar apenas entre nós.

— Ok. — Seu sorriso é quase hesitante... quase demonstra confiança. Ela pigarreia e desvia o olhar. — Olha, gente, estou pegando fogo, não me importo se vou me arrepender depois. Não quero parar.

Sua fala me incomoda, mesmo quando digo a mim mesmo que não é da minha conta se Helena se arrepender. Ela não precisa ver as coisas do meu jeito, acreditar que a experiência vale as consequências. Ainda não. Tenho muito tempo para convencer os dois.

— Você vai gozar tanto que não vai conseguir se arrepender de coisa alguma.

— Talvez. — Helena olha diretamente para mim. — Mas vamos ver como vou me sentir quando vocês dois começarem a brigar de novo.

— Não se preocupe com o depois. — Finjo cortar o ar com a mão, desejando poder cortar esse futuro inevitável com a mesma facilidade. Ela provavelmente está certa, o que é frustrante. Esta pode ser minha versão egoísta de um pedido de desculpas, mas, no fim das contas, não resolve nada entre mim e Pátroclo. Ainda não tenho certeza de *como* consertar a encrenca entre nós. É uma preocupação para mais tarde, assim como os arrependimentos de Helena. — Isto é agora. Você topa?

— Sim. — De novo sem hesitação. Talvez eu realmente não entenda Helena, mas admiro que, quando ela toma uma decisão, é como se nada pudesse detê-la. Temos isso em comum. Tomando cuidado, não penso no que mais podemos ter em comum.

— Pátroclo?

Ele hesita e examina minha expressão. Não sei para quê. Estou praticamente embrulhando Helena para presente e lhe entregando, mesmo que não seja no cenário perfeito que ele imaginou quando pensou em como seduzi-la. Para ser honesto, porém, é bem provável que ele também tenha considerado esse cenário. Pátroclo sabe que sou uma bola de demolição em forma de homem. Assim como sei que a mente dele está dez passos à nossa frente neste momento, analisando todos os possíveis resultados e consequências.

Percebo o momento exato em que ele descarta tudo isso e joga a cautela ao vento. Acena brevemente com a cabeça e se vira para beber da imagem de Helena que está à sua disposição.

— Sim.

Alívio e expectativa me invadem, mas me recuso a demonstrar um ou outro. Com esses dois e sua determinação de pensar demais em qualquer situação, existe uma boa chance de um deles pisar no freio e parar antes que eu esteja pronto para acabar com isso. Demoro alguns segundos para deixar a preocupação de lado e me concentrar novamente.

Os dois concordaram. Estamos dentro. É hora de nos divertirmos.

Inspiro lentamente, deixando meus planos se organizarem. Quero que os dois gozem muito, mas também quero ter uma visão muito boa. Estalo os dedos.

— Pátroclo, fique deitado de costas. Helena, fique por cima.

Prefiro estar no meio, participando de qualquer merda sexual que esteja em curso, mas não posso negar quanto isso é excitante. Não sou eu quem está fazendo sexo, mas eles estão cumprindo *minhas* ordens. Pátroclo se estica de costas no colchão, e Helena não perde tempo montando em seus quadris. Ela ainda está um pouco trêmula, e ele a segura pelas coxas. Ambos se olham, e é como se eu pudesse *enxergar* a conexão entre os dois.

Isso me irrita e me excita. Acho que não é surpresa. Tudo nisso me irrita e me excita. Não foi por esse motivo que perdi o controle e fodi Helena no chão como um animal, só um dia depois de atormentar Pátroclo para que ele prometesse ficar longe dela? Não posso apagar o que cresce entre eles de um jeito tão óbvio, mas começo a perceber que *posso* garantir que não vou ficar para trás.

— Esfregue-se no pau dele, princesa. Mostre como ele deixou você toda molhada.

Helena apoia as mãos no peito de Pátroclo e rebola os quadris. Minha cadeira está no ângulo certo para que eu consiga assistir a tudo. A maneira como ela se esfrega sobre o membro, pressionando o pênis ereto entre eles. Não vai demorar muito para ele estar dentro dela. Na verdade...

— Helena e eu não usamos camisinha.

Ambos ficam quietos. Pátroclo olha para mim e noto quando uma linha aparece entre suas sobrancelhas. Continuo antes que qualquer um deles tenha a chance de falar:

— Não tem motivo nenhum para vocês dois usarem. Ela toma pílula. Você não está com mais ninguém além de mim agora. Todos nós fazemos exames regularmente.

Helena me encara com firmeza, e a irritação faz com que comprima os lábios.

— Fale por mim de novo, e eu estripo você.

— Quantas promessas.

Eu não deveria gostar tanto dessas ameaças. Porém, a última vez em que me ameaçou, ela acabou gozando no meu pau. É difícil reclamar quando se tem esse tipo de recompensa em mente. Mas não, agora não é só sobre mim. Respiro fundo. O quarto cheira a sexo com promessa de algo mais.

Promessa de algo a mais se eu não estragar tudo e irritar um deles. Vou conseguir. Posso pisar no freio só o suficiente para garantir que todos estejam na mesma página.

— Quer usar camisinha, princesa? — Sorrio lentamente, notando como Helena estreita os olhos em resposta. — Ou quer sentar no pau de Pátroclo e sentir ele preencher você?

Ela fica corada e transfere a atenção para o homem entre suas coxas.

— Apesar de me sentir propensa a recusar a oferta só para irritar você, não sou do tipo que corta a própria onda só para atrapalhar o prazer alheio. — Helena se arrepia de leve, e os mamilos rosados endurecem nas tetas perfeitas. — Gosto da ideia de você me foder sem nada entre nós, Pátroclo. Gosto muito. Eu topo sem camisinha se você topar.

— Não é uma boa ideia.

Não consigo contar quantas vezes o ouvi dizer exatamente as mesmas palavras, exatamente no mesmo tom. Ele protesta só por protestar. Pátroclo quer a mesma coisa que nós, tanto quanto nós. Até mais. Vejo o leve tremor nas mãos que seguram as coxas de Helena. Ele está lutando por controle, para ser racional e razoável.
Foda-se tudo isso.
— Não precisamos de um tratado sobre por que é uma má ideia. Um "sim" ou "não" é suficiente. — Quase nem faço uma pausa, não dando ao cérebro impressionante a chance de começar a seguir por um caminho que nos atrapalha. — Ela é uma delícia. Molhada e apertada. Fale que não quer isso.
Ele resmunga um palavrão, e sei que o pegamos. A confirmação chega um segundo depois.
— Eu quero.
Sim, mas *eu* não quero dar espaço para alegações de falha de comunicação ou acumular arrependimentos além do necessário.
— Use as palavras. Seja explícito.
Pátroclo desliza as mãos nas coxas dela e depois desce, segurando a parte de trás dos joelhos. Ele a puxa alguns centímetros para cima da barriga.
— Quero comer você sem nada entre nós. Quero preencher você todinha.
Helena balança a cabeça com tanta rapidez que o cabelo cai sobre o rosto.
— Sim. Sim, vamos fazer isso.
A satisfação toma conta de mim. Eles estão fazendo o que eu quero, e nada é melhor do que isso, em especial porque sei quanto os dois querem a mesma coisa. Assim como sei que não teriam feito isso se eu não os pressionasse. Ambos são muito sensatos. Eu me recosto na cadeira e relaxo o máximo que consigo.
— Você sabe o que fazer, princesa.
Helena segura o pau de Pátroclo com uma das mãos, e o meu se contrai em resposta. Ela o acaricia, com vagarosidade, e a longa mecha de cabelo castanho-claro protege seu rosto do meu olhar.
Quero lhe dizer que afaste o cabelo, que me mostre tudo, mas não consigo. Talvez seja melhor não ver como Helena o encara. Já

é ruim o bastante testemunhar a expressão de *Pátroclo* quando ela ergue o corpo para encaixar o pau em sua entrada. Pátroclo está tão chocado quanto na primeira vez que fizemos sexo, como se esperasse alguém beliscá-lo e dizer que era tudo uma brincadeira, uma pegadinha, uma farsa. Às vezes ele ainda me olha assim.

Afasto o pensamento e me concentro em Helena descendo no pau de Pátroclo. Ele é mais grosso do que eu e, apesar de ela acabar de ter gozado com força suficiente para molhar a cama, ainda precisa se esforçar para acomodá-lo.

— Ele está te abrindo pra caralho, princesa. É uma sensação boa, não é?

— Sim. — Ela suspira. Mais um centímetro de pênis desaparece dentro dela. O ciúme que revira meu estômago fica mais forte. Há dois lados, é como uma sala cheia de espelhos de parque de diversão que refletem e amplificam. Quero sentir o corpo de Helena me envolvendo. Quero experimentar a quase dor daquele primeiro movimento lento do pau de Pátroclo entrando em mim. Quero tudo isso.

Pátroclo agarra os quadris dela.

— Devagar.

— Não, nada disso. — Não consigo evitar a dureza em minhas palavras. — Aceite tudo.

— Estou tentando, idiota. — Ela gira os quadris novamente, descendo até o fim do membro. No momento em que os corpos se colam, nós três suspiramos profundamente. As unhas de Helena arranham o peito dele, mas não como ela fez comigo. Em vez disso, ela é tão gentil que quero quebrar alguma coisa.

— Monte nele — ordeno. — Goze de novo.

Desta vez, ela não rosna para mim. Simplesmente obedece, se mexendo de forma quase decadente e lenta. É sexy demais observar seu corpo ondulando em cima do dele, mas é como uma coceira que não consigo alcançar. É muito íntimo, muito doce. Eles se olham de um jeito que é como se eu nem estivesse no quarto. A sensação só piora quando Pátroclo ajeita o cabelo dela para trás e depois se arqueia para beijá-la, segurando o rosto dela entre as mãos com toda a delicadeza.

É, não. Não foi para isso que me meti aqui.

— Chega. — Ambos paralisam, e a culpa na expressão de Pátroclo é um tapa na cara, mais do que qualquer outra coisa que aconteceu há pouco. Engulo a dor repentina em meu peito. É só sexo, e não me arrependo. Eu me *recuso* a sentir arrependimento, porra. — Pátroclo, sente-se na beira da cama. Princesa, no colo dele, de frente para mim.

Desta vez, eles se movem mais devagar. Isso faz a dor piorar. Nem mesmo os seios perfeitos de Helena são suficientes para combater a sensação de ser irrelevante. Sou um idiota egoísta. Gosto de ser o centro das atenções. E não... não o sou agora.

Helena se acomoda no colo de Pátroclo, as pernas de ambos os lados. Se antes gostei de ver a penetração, agora é mil vezes melhor. Seu pênis abre Helena de um jeito quase obsceno, e me acaricio com firmeza. Dessa vez, ela não precisa se esforçar tanto para receber Pátroclo em seu corpo. Ela se recosta em seu peitoral e lhe envolve o pescoço com um braço.

— Está melhor assim, Aquiles? Não posso fingir que não está aqui, quando nos faz olhar diretamente para você. — Seus lábios se curvam. — Será que tem alguém inseguro aqui?

— Cale a boca.

Pátroclo segura os seios dela, nos distraindo temporariamente. Helena arfa quando ele belisca seus mamilos com força. Gosto de como ela move o quadril, buscando pressão contra o clitóris. Ele sabe. Claro que sabe. Ele sempre adivinha de que seus parceiros precisam. Sem perder tempo, desliza uma das mãos entre as coxas dela para acariciar seu clitóris. Mas vejo que Pátroclo mantém a maior parte da mão na barriga dela, oferecendo uma visão nítida dos dois transando.

O que não consigo saber é se ele está ou não tentando provar alguma coisa.

Os dois me encaram enquanto ele a leva cada vez mais longe, carícia a carícia.

Ela continua aquele movimento lento e sexy, obviamente sem pressa para chegar a qualquer destino. A respiração de Helena é arfante.

— Pobre Aquiles. Assim está melhor? Agora você pode ver quanto estou gostando do pau de Pátroclo. — Ela geme quando ele transfere o toque para seu clitóris. — E pode ver quanto ele está gostando da minha boceta.

— Cale a boca. — A resposta é ainda mais terrível desta vez, porque estou apenas me repetindo, mas quase não consigo falar em meio à luxúria que domina a sala, tão intensa que é como uma força da gravidade mais intensa contra minha pele. Ponho a mão dentro da calça de moletom e agarro meu pau. De alguma forma, isso só piora as circunstâncias. Porque não estou envolvido de verdade, embora *esteja* aqui.

Helena olha para onde minha mão se move dentro da calça, e ela lambe os lábios. Fico tenso, esperando para ver se ela vai mesmo propor o desafio. Eu já devia saber, a esta altura. Se tem uma coisa que se pode esperar de Helena, é que ela agrave a situação. Ela morde o lábio inferior.

— Quer me fazer calar a boca? Venha aqui e faça isso do jeito certo.

Estou em pé antes de conseguir pensar em todos os motivos pelos quais essa ideia é uma merda. Mas, se eu quisesse parar, pediria a Pátroclo uma lista numerada. Não quero parar.

— Parece que precisa de um pau para calar você.

Ela arqueia uma sobrancelha, sem nunca perder o ritmo dos movimentos em cima de Pátroclo.

— É muita presunção achar que vai conseguir me fazer ficar quieta.

— Só tem um jeito de descobrir. — Nem pareço eu mesmo. Olho por cima do ombro dela para Pátroclo. Ele parece em conflito, assim como eu. Já compartilhamos parceiros, sim, mas nós dois sabemos que é melhor não colocar Helena nesse grupo. Já era complicado o suficiente com cada um de nós transando com ela sozinho. Fazer isso juntos parece deixar clara uma intenção que não tenho certeza de que podemos cumprir sem provocar um desastre, um incêndio.

Não só arruinando a pouca paz que temos com Helena. Se o que estamos fazendo explodir na nossa cara, pode muito bem destruir o meu relacionamento com Pátroclo sem qualquer possibilidade de reparo.

Estamos trilhando um caminho sem volta, e é tarde demais para parar. Nunca tive muito freio, sempre confiei na mão mais firme e na cabeça mais fria dele para nos parar antes de fazermos besteiras das quais não podemos voltar atrás. Com ele enfiado até as bolas na boceta de Helena, não tenho como apelar ao único deus que ele adora. A lógica não vai se impor à luxúria que pinta um rubor sexy em seu rosto lindo.

Eu me aproximo e deixo Helena enganchar os dedos na cintura do meu moletom. Ela o puxa para baixo apenas o suficiente para libertar meu pau e olha para mim. Porra, ela é gostosa, e o fato de estar cavalgando no pau de Pátroclo agora só intensifica isso. Ela lambe os lábios de novo.

— Isso não significa que gosto de você.

As palavras poderiam ferir se ela não estivesse olhando para mim como se quisesse me devorar. Não posso rir. Não agora.

— Acho que você gosta até que bastante de mim, princesa.

Seu sorriso é cheio de malícia.

— Talvez eu só queira chupar seu pau.

Atrás dela, Pátroclo resmunga.

— Então pare de falar e *faça isso.* — Ele agarra o cabelo longo com cuidado e empurra a cabeça dela para a frente. Meio que espero Helena rosnar para ele, mas ela segue o comando com avidez, deixando que Pátroclo a posicione até conseguir abocanhar a cabeça do meu pau.

Apesar de toda a sacanagem que falei até agora, só avanço um pouco, dando-lhe tempo e espaço para se ajustar ao meu membro. Pátroclo faz alguma coisa com a mão entre as coxas dela, e Helena geme e me leva mais para dentro de sua boca. Fico perfeitamente imóvel vendo-a me chupar. O que vejo é tão gostoso quanto o que sinto, sua língua trabalhando na parte de baixo do meu pau, enquanto os lábios acariciam a base.

— Alguém ensinou a técnica da garganta profunda para a princesa preciosa — murmuro com a voz rouca, cheia de desejo.

Helena empurra a mão de Pátroclo em seu cabelo, e ele permite que ela recue, solte meu pau. Ela olha para mim com uma expressão maliciosa.

— Agora que estabelecemos que consigo engolir você por inteiro, pare de fingir que tem um lado nobre e foda minha boca de verdade.

17

PÁTROCLO

Até este ponto, estou agindo por instinto e luxúria, sem pensar muito. Pela primeira vez na vida, a atração do proibido é grande demais para ser ignorada. Sei que vou me arrepender de toda essa experiência mais tarde, mas o feitiço lançado primeiro por isso, depois por Helena e Aquiles é muito forte. Só quando Aquiles enterra os dedos no cabelo dela, agarra minha mão e começa a foder a boca de Helena, eu me pergunto qual é a motivação *dela*... e se estamos nos aproveitando disso.

Ela disse que costuma ficar inquieta e impulsiva. Admitiu para mim ontem à noite e outra vez hoje de manhã. Perguntou se eu me incomodava com isso, mas eu estava tão louco de vontade, mágoa e ciúme, que disse que não dava a mínima. Sim, ela demonstrou consentimento entusiasmado durante todo esse tempo, porém, se a motivação para isso era danosa, o consentimento significava alguma coisa? Que droga, *estamos* nos aproveitando disso.

— Pare de fazer esta cara, Pátroclo — rosna Aquiles. — Deixe para sentir culpa mais tarde. Agora, você vai esfregar esse clitóris até ela gozar. Se quiser terminar antes de eu gozar nos peitos dela, é melhor acelerar o ritmo.

Quero chamá-lo de egoísta. Concordar com a declaração anterior de Helena sobre ele ser um idiota. Era o que eu *deveria* fazer, e depois interromper a situação, até podermos ter uma conversa sem que alguém estivesse à beira do orgasmo, semiadormecido ou fugindo de demônios internos.

Não é o que faço.

Tiro a mão do clitóris de Helena. Aquiles antecipa minha necessidade, como parece fazer com frequência, e se inclina para colocar meus dedos em sua boca. Ele grunhe baixinho enquanto lambe o gosto dela presente na minha pele, mas não diminui seu ritmo implacável. Tiro os dedos molhados da boca de Aquiles e continuo a acariciar o clitóris de Helena, que geme com o pau dele na boca e tenta continuar me fodendo, mas está muito distraída. Presa demais entre nós.

— Aquiles — resmungo.

— Isso. Para baixo. — Ele já está se movendo, recuando e se ajoelhando. Passo um braço em volta dos quadris de Helena e nós o seguimos. É claro que nós o seguimos, porra. Às vezes, parece que passei a vida toda seguindo Aquiles, fosse para ser condenado ao sofrimento ou para conhecer uma felicidade indescritível.

Nós nos ajoelhamos ao lado da cama. A nova posição me permite penetrar Helena ainda mais profundamente. Não sei se acredito na vida após a morte, mas deve ser assim: uma perfeição quente e úmida. Não me surpreende que Aquiles tenha perdido a cabeça e transado com ela sem proteção. É tão bom que alguma coisa entra em curto-circuito no meu cérebro. Meus pensamentos continuam na tentativa de se reorganizar, mas então ela se contrai no meu pau, e os pensamentos se espalham como bolinhas de gude.

Quase não me permiti pensar em como seria foder Helena Kasios, mas a realidade estava muito além do que eu poderia ter imaginado.

Não pretendo acompanhar o ritmo de Aquiles. Não importa quanto meus sentimentos por ele sejam conflitantes agora, ele é meu sol, e estou indefeso contra a gravidade que ele exerce. Afago o clitóris de Helena enquanto transamos com ela, e não demora muito para ela começar a gemer e a estremecer. Mesmo assim, não paro. Quero sentir sua explosão. Quero preenchê-la, como Aquiles ordenou. É muito fácil colocar a responsabilidade nele, em suas ordens, em vez de admitir que desejo experimentar o que ele fez com ela, quero deixar minha marca para não ficar para trás. É só temporário, mas pelo menos *tenho isso* agora. É mais do que pensei ser possível.

Ela soluça com o pau dele na boca quando chega ao orgasmo, e sua boceta aperta *meu* pau com tanta força, que perco o controle. Solto seu cabelo e a penetro com força. Depressa. É quase violento. Não importa, porque ela está arqueando as costas contra mim, afastando as coxas para me levar ainda mais fundo.

— Helena, eu...

Aquiles se inclina para a frente e captura minha boca. Ele me beija como se fosse meu dono, como se fosse o dono *disto*. Não sei se ele está errado. Mesmo quando estava sentado na cadeira nos observando, sua presença dominava o espaço. Nenhum de nós poderia ter escapado dela. Acho que nenhum de nós queria escapar. Agora, eu com certeza não quero. Gozo com o gosto dele e de Helena se misturando em minha língua.

Ele mal me deixa terminar antes de nos empurrar para trás. Que brutalidade. Aquiles é muito bruto. Mas ele sabe que estou ali para amortecer a queda de Helena. Ela cai sobre meu peito, e a coisa mais natural do mundo é envolvê-la em meus braços. Eu a seguro com firmeza enquanto ele tira o pau da boca dela e o acaricia uma, duas, três vezes. Aquiles goza nos seios de Helena com jatos lançados por espasmos sucessivos. Ela geme e arqueia as costas, como se gostasse da visão.

Aquiles apoia uma das mãos no colchão atrás de nós e desliza um dedo pela bagunça que está o coração de Helena, contornando um mamilo preguiçosamente.

— Na próxima vez... — Ele respira fundo. — Na próxima vez, quero que Pátroclo goze em cima da sua boceta e nas coxas, e eu vou te foder e levar a porra dele para dentro de você.

Helena faz aquele som sexy de choramingo.

— Quantas suposições — ela consegue responder finalmente.

— Não. Eu sei o que quero. E sei o que Pátroclo quer, mesmo que ele não admita. — Aquiles cai ao nosso lado, e sua respiração irregular se junta à nossa. — Estou começando a descobrir o que você quer também.

Sinto um arrepio que é quase de medo. Aquiles exibe aquela expressão no rosto, como a de um cão de caça que fareja a presa. Posso contar nos dedos de uma das mãos quantas vezes o vi assim nos doze anos desde que o conheci.

A primeira, quando passamos pelo treinamento para nos tornarmos membros das forças de segurança de Ares — tentaram nos fazer desistir, não queriam um órfão arrogante e um nerd que preferia ficar com a cabeça enfiada em um livro. Aquiles já havia decidido que superaria tudo que jogassem em cima dele, e foi o que fez, me arrastando consigo.

A segunda vez foi quando Atena o cooptou, e eu com ele. Na primeira semana de treinamento sob o comando dela, uma noite ele caiu na minha cama e sorriu. *Vou ser o segundo na cadeia de comando, logo abaixo dela, daqui a dez anos.* Ele só precisou de seis.

A terceira e última vez foi quando decidiu que queria se tornar Ares.

Agora Aquiles olha para Helena, para *nós*, do mesmo jeito, e não existe ar suficiente na sala. Helena não o conhece bem o bastante para entender o perigo que corremos, mas mesmo assim fica tensa. Quando ela afasta meus braços e se senta, eu não resisto.

— Bem, isso foi divertido... — Ela fica em pé.

Ou tenta.

Aquiles se move antes mesmo que eu perceba sua intenção e coloca um braço na frente dela. Helena bate no braço dele e cai de volta no meu peito.

— Que porra é essa?

— É, não. Você não vai fazer aquela besteira de sair correndo de novo, sente-se aí, deixe Pátroclo abraçar você e aproveite o momento depois de gozar.

Por mais que eu goste do peso dela em meu colo, por mais que eu *queira* abraçá-la e acariciá-la, ele ultrapassou meia dúzia de limites.

Respiro fundo, tentando não reagir ao cheiro de Helena, Aquiles e sexo, e me esforço para ser calmo e razoável.

— Aquiles, deixe-a ir. Você não pode simplesmente manter as pessoas onde elas não querem estar.

— Acontece que sou maior do que ela, então posso fazer exatamente isso. — Ele se recosta e fecha os olhos, mas o aparente relaxamento é mentira. Eu caía nessa quando éramos adolescentes. Depois de adultos, fiz esse jogo com ele mais vezes do que posso contar, e os resultados sempre foram bem prazerosos.

Mas Helena não está interessada nesse tipo de jogo.

— Aquiles.

Ele abre os olhos e, pela primeira vez desde que entrou no quarto e me pegou com a boca na boceta dela, parece absolutamente furioso.

— Não, você *não* vai falar comigo como se eu fosse um cretino. Muitas vezes eu sou, mas não agora.

— Sou obrigada a discordar — Helena resmunga.

— Implore quanto quiser. Tem uma primeira vez para tudo. Você pode até gostar, quem sabe?

Mesmo não querendo, coloco Helena cuidadosamente entre nós. A alternativa era deixá-la vibrando de raiva no meu colo, e sou de carne e osso. Eu não conseguiria impedir meu corpo de reagir, mesmo depois de um orgasmo. Sem seu peso delicioso em cima de mim, posso enfim pensar com um pouco de nitidez.

— *Aquiles.*

— Não fale o meu nome desse jeito, *Pátroclo*. Ela não vai trepar com nós dois e sair sem dizer nada. Não vai fugir antes de conversarmos. Não desta vez.

Helena tira o cabelo do rosto, mas desta vez não tenta se levantar e ir embora.

— Você não propôs conversa nenhuma, seu cuzão. Só queria meter na minha boca e gozar no meu peito. Missão cumprida. Não há nada para conversarmos.

Por mais que eu odeie a maneira como Aquiles está lidando com isso, ele não está errado. Não importa sob qual ângulo eu olhe, o que acabamos de fazer complica demais as circunstâncias. Estou tão confuso que mal consigo pensar direito, e Aquiles ainda está com aquela expressão dura que me faz ter maus pressentimentos. Todas as outras vezes, seu objetivo era conquistar uma posição ou enfrentar um desafio externo. Não gosto de pensar no que ele vai fazer se o objetivo for composto de *pessoas*.

Talvez eu esteja interpretando isso de um jeito errado. Devo estar. É o sexo confundindo minha razão. Esfrego as mãos no rosto e tento raciocinar.

— Imagino que seja uma certeza você não renunciar ao torneio.

— Que dedução brilhante, Sherlock — Helena responde.

Aquiles cruza os braços e se recosta na cama.

— Está brava porque gozou mais intensamente do que qualquer outra vez antes e isso feriu seu orgulho, ou é outra coisa?

Helena emite um som que me obriga a fazer um esforço para não me afastar dela. Ela está nua e é menor do que eu. Que mal podia causar? Antes mesmo de concluir este pensamento, mudo a posição da coxa para que meu pau não seja um alvo fácil. Helena não parece perceber. Está muito focada em Aquiles.

— Não sei, o que será que *poderia* estar me incomodando? O fato de meus irmãos terem me jogado aos tubarões sem sequer me avisar? Ou será que é meu ex-namorado competindo nessa porra de torneio só para ter a mim, porque finalmente tem a confirmação externa de que não sou nada além de um prêmio? Ah, já sei! Aposto que é porque fui *atacada* por alguém armado com uma *faca* ontem à noite. Faz sentido?

A culpa bate forte, um baque que me derrubaria se eu já não estivesse sentado.

— Merda, não devíamos ter feito isso.

— Lá vem ele — murmura Aquiles. — Bem na hora.

— Vá se foder.

Helena olha para mim. Sua boca está rosada depois de chupar Aquiles, e noto marcas apagadas de lágrimas em seu rosto, mas o olhar de preocupação é para *mim*. Ela estende a mão e segura meu rosto de um jeito hesitante, como se esperasse ser rejeitada.

— Não é arrependimento. Estou furiosa, atordoada e toda fodida, mas não é arrependimento. Não tem a ver com isso. Vocês não se aproveitaram de mim.

É irônico Helena tentar *me* tranquilizar quando, com certeza, tiramos vantagem de sua vulnerabilidade, *sim*. Deuses, somos dois dos maiores idiotas no Olimpo.

— Você veio ao nosso quarto para ficar segura, e usamos essa proximidade para comer você.

Helena arqueia uma sobrancelha e, de repente, fica mais parecida consigo mesma.

— Me poupe. Falei sério ontem à noite. Pretendia seduzir você na primeira oportunidade que tivesse, e já transei com *ele*. — Helena aponta para Aquiles por cima do ombro com o polegar. — Se quer falar de tirar vantagem, fui *eu* que me aproveitei de você.

— Já chega desse jogo inútil de culpa. — Aquiles se espreguiça. — Vou dizer o que vai acontecer...

— Ah, sim — Helena fala devagar. — Por favor, esclareça, líder destemido. Como se você já tivesse tido algum pensamento original nesta sua cabeça linda. Todos sabemos que o cérebro da operação é Pátroclo.

— Ah, princesa, você me acha bonito. Estou emocionado.

— Não deixe isso subir à sua cabeça. — Ela examina as unhas, que só agora percebo estarem pintadas com um tom nude de acabamento fosco, que combina com a sua pele. — Você gozou muito rápido, Aquiles. Que nem na última vez. Na verdade, isso parece ser uma tendência, e eu não estaria me gabando disso.

Aquiles abre um olho para encará-la.

— Pensei que depois de dois orgasmos estelares, você estaria com um humor melhor.

— Não foi *você* que...

— Puta merda, será que podem parar de brigar como um casal de idosos? — As palavras saem muito contundentes, mas tudo agora parece ser muito contundente. Estamos nessa encrenca até o pescoço, e não há como voltar no tempo para desfazer a confusão. Não consigo nem pensar sobre o fato de que, um dia, Helena e Aquiles *serão* um casal de idosos. — Helena, você está bem? Bem de verdade, em vez de estar falando isso só para fazer a gente se sentir melhor?

— Não, não estou bem. — Ela joga o cabelo por cima do ombro. — Mas, se está perguntando se vou começar a chorar de arrependimento, porque acabei de ter dois orgasmos incríveis com dois homens gostosos... Também não. Ao contrário de *algumas* pessoas, eu consigo separar as coisas.

— Que mentira — Aquiles diz quase com carinho. — Mas, na próxima vez que quiser se distrair, estaremos aqui e dispostos.

— Que altruísta da sua parte.

— Não. Você é gostosa pra caralho e sabe disso. — Aquiles finalmente abre os olhos e dá um sorriso preguiçoso. — Fica muito mais agradável quando está com meu pau na boca. Mas, vamos ser honestos, você fica *deliciosa* quando está gozando e fazendo todo aquele barulho. Mal posso esperar pela segunda rodada... ou terceira, se for para ser honesto.

— *Aquiles.* — Quando ele finalmente fica em silêncio, faço tudo que posso para me recompor. Se Helena diz que está bem com o ocorrido, tenho de acreditar na palavra dela. Mas isso significa que é hora de resolver o restante dos problemas que nos atormentam. — Helena, ele está certo. Precisamos conversar.

— Estamos conversando agora.

Olho para ela com a expressão que essa resposta merece. Meus deuses, no que me meti?

— Se quiser levar isso até o fim, vai ficar no nosso quarto até o torneio acabar.

— Para vocês poderem proteger meu *corpo.*

Tento ignorar as farpas nessas palavras. Ela está certa, no entanto. Neste momento, somos uns guarda-costas de merda. Qualquer um poderia ter entrado na suíte enquanto transávamos e, apesar de Aquiles ter excelente consciência situacional, não posso garantir que ele teria reagido com rapidez suficiente, no caso de outro ataque.

Eu, com certeza, não teria.

— Ele salvou você ontem à noite.

— É, bem, até um relógio quebrado acerta duas vezes por dia. — Ela se coloca em pé. Aquiles se mexe, mas Helena levanta a mão. — Vocês dois estão certos sobre a necessidade de conversarmos, mas não vou ter uma conversa séria enquanto estou coberta de fluidos corporais. Vou tomar um banho.

Desta vez, nenhum de nós a impede quando ela passa por cima das pernas estendidas de Aquiles e entra no banheiro. O ruído da porta sendo fechada parece muito mais alto que o normal no silêncio repentino. Aquiles suspira e deixa a cabeça cair sobre a cama.

— Bem, isso foi inesperado.

— Foi mesmo? — Não discordo totalmente, mas algo em relação a Helena parece inevitável. O que estamos fazendo não é para sempre, mas me sinto atraído por ela de um jeito que não entendo. Talvez tivesse de acontecer, mesmo que eu não esperasse. Isso me faz pensar no que mais eu não estou esperando. — Aquiles...

— Não se desculpe. — Ele não olha para mim. — Não se atreva a pedir desculpa. Não me importo se transou com ela porque queria me machucar ou se as coisas escaparam ao controle. De qualquer maneira, fui eu quem começou. Ela estava interessada, então pode tirar esse item da lista de coisas pelas quais você se sente culpado.

— E você?

Aquiles vira a cabeça apenas o suficiente para olhar para mim.

— Que parte do que aconteceu faz você pensar que eu não estava interessado?

— Não é isso que estou perguntando.

Ele espera que eu explique a pergunta, mas não consigo encontrar as palavras. Não quero encontrá-las. Se eu perguntar o que ele estava pensando enquanto olhava para ela — para *nós* — com aquela expressão específica no rosto, ele vai ser honesto. Sei que vai.

Não tenho certeza de que estou pronto para ouvir a resposta.

— Juro pelos deuses que, se você disser alguma merda idiota do tipo: "é um sinal de que estamos a caminho do fim", eu levo você para o tatame e lhe dou uma surra.

— Você pode tentar. — Eu me irrito.

— Sim. Você vence quase tantas vezes quanto eu. — Aquiles sorri, mas o sorriso desaparece muito rápido. — Sei que agora tudo está uma grande merda, mas não vai ser assim para sempre. Quando o torneio terminar, as coisas voltarão ao normal. Vai ser melhor que o normal.

Aí é que está. Não voltaríamos ao normal, mesmo sem Helena no cenário, complicando as coisas. Aquiles e eu podemos estar no topo da estrutura de poder, abaixo apenas de Atena, mas ainda somos soldados. No final deste torneio, Aquiles se tornará *Ares*. Uma das treze pessoas mais poderosas do Olimpo. Não há como voltar ao normal depois disso. Ele será o centro das atenções, com Helena ao seu lado como esposa.

Não importa quanto ele me ame, isso não muda o fato de que serei arrastado de volta para as sombras.

O futuro sempre foi um elemento de pavor para mim, porque, no momento em que ele se tornar Ares, eu o perco. Pode não acontecer em um estalar de dedos, mas em certa altura ele vai me ultrapassar de uma vez por todas, e ficarei para trás.

Isso foi antes de Helena.

Ver os dois seguirem em frente *juntos*? Porra, não consigo nem pensar no assunto.

Dizer isso a Aquiles é pedir para brigar. Ele não vê as coisas do meu jeito, tem muita certeza de que pode impor seu poder e moldar o futuro de acordo com a *própria* e impressionante vontade. Só vai admitir que estou certo, pelo menos com relação a isso, quando falhar. Ele não vai acreditar em mim sobre ser inevitável acabarmos em caminhos separados, algum dia. Vai tentar lutar por nós, nos aproximar, e isso só vai doer ainda mais no final.

É melhor se concentrar no problema em questão. Um mistério simples que deve ter solução.

— Helena não vai recuar, e quem está tentando assustá-la só vai pesar mais a mão.

Seu suspiro é quase silencioso, mas Aquiles não tenta me conduzir de volta ao assunto original.

— A próxima prova vai reduzir o número de participantes de doze para cinco. Ela vai ser eliminada.

Eu gostaria de ter a confiança de Aquiles. Helena nos surpreendeu várias vezes. As probabilidades podem estar contra ela, mas era assim desde o início.

— E se não for?

Ele balança a cabeça.

— Vai ser. Só precisamos manter sua bundinha fofa segura até lá, e então Zeus vai entrar em ação e jogá-la em alguma torre de marfim até o torneio acabar.

Finalmente me movo e fico em pé. Não consigo fitar a cama, a cadeira, o chão. A lembrança do que fizemos está gravada em tudo. Não consigo acreditar que as coisas saíram do controle tanto assim, mas sinto que é tão inevitável quanto todos os aspectos que envolvem essa situação.

— Isso não pode se repetir. Você, eu e ela.

Aquiles ri, o filho da mãe.

— Claro. Se você diz....

Ele não acredita nisso, não mais do que eu.

18

HELENA

São necessários só dois minutos no chuveiro para a realidade se impor. Acabei de fazer sexo com Pátroclo *e* Aquiles. Encosto a testa no azulejo frio da parede do box e me esforço muito para não dar uma de mentirosa ao me arrepender. A verdade é que *não* me arrependo do sexo. Foi excelente, e, depois, quando Aquiles parou de dar ordens e se juntou a nós...

Sinto um arrepio.

Na verdade, *excelente* não começa nem a descrever tudo o que aconteceu. Mas o fato é que acabei de transar com Aquiles *de novo* e não gosto dele. Acho. É provável que não goste. Em grande parte.

Suspiro.

Ok, é hora de ser honesta, pelo menos comigo mesma. Posso continuar afirmando que não gosto do grandalhão, mas isso deixou de parecer verdade desde que... Na verdade, não sei ao certo quando as coisas mudaram tanto — mas mudaram. Não é nem que Aquiles seja gostoso demais, embora ele seja. Não é nem por ele ter me *salvado* ontem à noite.

Mas não posso descartar por completo a existência de um pouquinho de idolatria a heróis por causa daquilo. O homem, basicamente, arrombou minha porta e lutou contra o agressor, que estava armado com a porra de uma *faca*.

Claro, Aquiles é da força especial e é mais do que capaz de lidar com uma pessoa só, mas isso não vem ao caso. Ele não precisava fazê-lo. Podia ter se afastado, me deixado entregue ao destino e simplificado a própria vida. Se eu desaparecesse, também desapareceriam muitas complicações em seu futuro. Ele não teria culpa alguma, então meu irmão não poderia fazer nada contra ele.

Há pessoas que morrem neste torneio. Até mesmo Belerofonte disse isso. Claro, não durante uma prova, mas as mãos de Perseu estariam atadas. Na melhor das hipóteses, ele poderia brigar com Atena, mas isso ainda pouparia Aquiles das consequências. Afinal, a faca não estava na mão de *dele*.

Mas foi ele quem me amparou depois, enquanto eu tentava não desmoronar. Esse é o ponto crucial, o momento em que deixei de odiá-lo e passei a... outra coisa. Qualquer outra pessoa teria usado aquele momento de fraqueza para me manipular.

Helena, querida, isso só prova que você não deveria estar neste torneio. Volte para a sua cobertura, onde vai estar segura, e espere outra pessoa ser declarada vencedora. Alguém mais forte. Alguém que não fique indefeso diante de um invasor solitário.

Aquiles não usou meu medo como arma contra mim. Quase nem usou palavras. Ele, simplesmente, me envolveu com seu corpo e me segurou até que meus tremores parassem. Eu não esperava gentileza, mas, se ele tivesse me perguntado se eu queria um abraço, eu o teria mandado desaparecer. Esta é a questão com Aquiles: ele parece o tipo de cara que acha mais fácil pedir perdão do que pedir permissão. Ele decidiu que eu precisava ser abraçada, então me pegou e me colocou em seu colo.

Nunca sequer mencionou a ideia de eu renunciar ao torneio. Ele simplesmente sabia que eu não faria isso. Sabia que me coloquei neste caminho, e me respeitou o suficiente para respeitar minha escolha.

Isso era novidade.

Sem mencionar que *gosto* de brigar com ele. Estou tão acostumada com os insultos velados — os quais só dá para sentir minutos ou horas depois — que a grosseria de Aquiles é um alívio. Não importa quanto ele rosne, não há veneno de verdade por trás das palavras.

Droga. Eu gosto do grande cretino.

Afasto-me da parede e me abaixo sob o jato escaldante de água. Em última análise, meus sentimentos não mudam nada. Aquiles quer o que eu quero, o que significa que somos forças opostas. Pátroclo também, porque ele pode me desejar, mas seu coração pertence àquele idiota lindo. Meu tempo com ele — com eles — nunca será mais que passageiro.

Eu sabia disso. Para ser honesta, foi uma vantagem. Há um limite para aquilo que posso oferecer. Eles não vão querer continuar trepando depois que eu arruinar a chance de Aquiles realizar seu sonho. Provavelmente, nunca mais os verei depois que o torneio terminar, exceto em ocasiões oficiais.

Não há razão alguma para essa constatação doer *agora*.

Prolongar o banho por mais tempo seria me esconder, então desligo o chuveiro e dedico alguns minutos a me secar, passar creme e trançar o cabelo para trás do rosto. Eu me olho no espelho. Estou exatamente como sempre estive. Bonita demais, mesmo quando tento minimizar o resultado, mesmo cansada e com leves manchas escuras embaixo dos olhos. O rosto de uma mulher que as pessoas enxergam como prêmio, que sempre enxergaram como um prêmio. Só se preocupam com a superfície até que o que existe embaixo dela os incomode, e então me descartam como lixo velho. Ou, pior, tentam *me* mudar. Sim, este rosto só me trouxe problemas.

Ainda assim, é o único que tenho.

Suspiro, endireito as costas e saio do banheiro. A primeira coisa que noto é que alguém — provavelmente Pátroclo — trocou os lençóis e arrumou a cama. Lembrar por que isso foi necessário causa em mim impacto suficiente para contrair todos os músculos do corpo. Deuses, aquele orgasmo foi bom. O segundo foi ainda melhor, embora de um jeito diferente. Todo o meu corpo está levemente dolorido por causa do que fizemos, e eu estaria mentindo se dissesse que não quero mais.

Só não sei *por que* quero mais. Para continuar me escondendo da realidade de que, desta vez, dei o passo maior que a perna? Ou simplesmente porque estou apaixonada por dois homens com quem com certeza não deveria me envolver? Nenhuma das opções é particularmente lisonjeira. As duas vão me prejudicar antes que isso acabe.

É provável que Aquiles seja meu concorrente mais forte, embora o restante dos concorrentes não sejam fracos. Mas ele quer o título de Ares quase tanto quanto eu, e isso lhe dá uma vantagem que não posso ignorar. Fazer sexo com ele... *Continuar* fazendo sexo com ele... é um erro.

Dormir com Pátroclo, seu namorado, amante, parceiro? Não importa como eles se chamem, é como cutucar um urso com uma vara curta. Estou complicando as coisas e, se de alguma forma eu falhar e Aquiles se tornar Ares, isso significa que ele será meu marido, e os dois estarão perto de mim pelo resto da minha vida. Complicação é pouco até para começar a descrever tudo isso.

Não sei se me importo. Não o suficiente para parar.

Encontro eles sentados à mesa da cozinha. Aquiles ainda veste a calça de moletom cinza, e não consigo evitar minha reação física ao vê-lo com o peitoral nu. Seu corpo é surreal, e saber com que eficiência ele o usa para dar prazer aos parceiros? Sinto um leve arrepio. Pátroclo vestiu um short, mas também está sem camisa. Ambos devem estar sempre assim pela manhã: seminus e relaxados, começando o dia com um conforto que não compreendo.

Depois que me formei no ensino médio, a primeira coisa que fiz foi sair da cobertura do meu pai e ir para a minha própria. Viver com Zeus não contribuía para um ambiente confortável e relaxante, e meus irmãos e eu lidamos com isso de maneiras diferentes. Em geral, criando problemas. Morar sozinha foi uma grande adaptação, e logo me tornei territorialista o suficiente para quase nunca deixar as pessoas passarem a noite em casa. Inclusive — especialmente — parceiros românticos. Não sou uma pessoa matinal, e isso significa que tenho dificuldade para definir minha persona pública antes do meio-dia.

A única vez que deixei essa prática de lado foi quando namorei Páris, e ele me deu motivos para me arrepender disso. Foram poucos dias acordando juntos antes de os comentários começarem. No início eram bem inocentes. *Você parece cansada, Helena.* Não demorou muito para ele passar à crítica aberta. *Talvez não devesse sair do quarto sem maquiagem. E se for fotografada na janela? Vão pensar que está doente.* Cheguei a um ponto em que eu acordava uma hora antes dele para me maquiar e arrumar o cabelo, para ele não ter munição contra mim.

Páris, é claro, acabou por encontrar outras maneiras de me destruir.

É melhor não pensar muito em como nem *considerei* manter essa máscara perto desses dois homens. Aquiles é a primeira pessoa fora da família que sentiu minha hostilidade, e Pátroclo traz à tona algo imperdoavelmente suave em mim, algo de que eu tinha me esquecido por completo que existia. Mais ainda, não tenho usado maquiagem, exceto quando vamos estar na frente de uma câmera, e nenhum deles fez um único comentário. Não sei nem se notaram.

O cheiro de café me dá água na boca, então me dirijo em linha reta rumo à bancada.

— Não sabia que tínhamos uma cafeteira no quarto. — Tenho certeza de que teria reparado se houvesse uma na minha suíte, mas estou compreensivelmente distraída desde que cheguei aqui.

— Não temos. Pedimos uma assim que chegamos, porque Aquiles é um urso sem sua cafeína matinal. — Pátroclo ergue uma caneca, e percebo que já tem outra na frente dele. — Creme e açúcar, certo?

Mudo de direção, me aproximo da mesa e aceito a caneca que ele me oferece. Como ele poderia ter decorado o modo como prefiro tomar meu café? Pátroclo nem estava no quarto quando cheguei, ontem de manhã. Estudo um pouco sua expressão, mas decido que essa é uma questão para outro dia. Bebo o café e ofereço um sorriso relutante.

— Perfeito.

— Helena...

O pequeno prazer de uma xícara de café perfeita chega ao fim.

— Já sei. Temos que conversar.

Pátroclo olha para Aquiles. Mais uma vez, estou impressionada com a intimidade do momento. É óbvio que se conhecem há muito tempo, porque estão fazendo aquela coisa de casal em que têm uma conversa inteira sem falar nada. Ignoro a pontada de inveja. Não é que eu queira isso com algum deles, mas gostaria desse nível de conforto em um relacionamento.

Infelizmente, isso significaria baixar a guarda e, da última vez que *isso* aconteceu, acabei envolvida com Páris.

Bebo outro gole do meu café. Agora eles vão me informar com toda a delicadeza que a história acabou, ou vão tentar me convencer a desistir. A primeira opção eu aceito. A última? Boa sorte para eles. Sento-me na terceira cadeira da mesa. Havia apenas duas ontem à noite, então, um deles deve ter trazido esta aqui hoje cedo. Um pequeno gesto atencioso com o qual não devo me emocionar. Deuses, estou péssima.

— Devíamos continuar trepando.

Pátroclo emite um barulho de engasgo e começa a tossir, mas estou muito ocupada encarando Aquiles. É claro que ele não disse o que acho que acabou de dizer.

— O quê?

— Foi divertido. Quero repetir. — Ele me encara como se me desafiasse a contradizê-lo. — Você também quer.

Seria inteligente protestar. O sexo foi alucinante, para dizer o mínimo. Eu estava falando a verdade quando disse que sei separar as coisas — *obrigada, pai* —, mas nem eu posso ter certeza de que meu coração não vai se rebelar e se envolver se eu continuar dormindo com os dois. Talvez pudesse resistir a Aquiles, mas...

Dou uma espiada em Pátroclo. Ele está vermelho, mas parece respirar bem agora.

— Ele não discutiu isso com você antes.

— Não — ele dispara. — Não falou nada.

Aquiles dá de ombros e bebe seu café. Finge que não dá a mínima, mas há nele uma tensão que revela se preocupar mais com o resultado desta conversa do que gostaria de admitir.

— Não preciso falar com ele primeiro. Pátroclo vai deixar a culpa o impedir de fazer o que quer, mas o que ele quer é debruçar você sobre a mesa e...

— Já *chega*, Aquiles. — Pátroclo abaixa sua caneca com força suficiente para respingar café no dorso da mão. Mas nem parece notar. Está ocupado demais fitando o parceiro. — Parece que você nunca pensa porra nenhuma antes de falar. Tiramos proveito da...

Agora chega disso.

Sei que ele não quis dizer que pensa que sou fraca, que não sou capaz de me defender ou de tomar minhas próprias decisões, mas muitas pessoas ignoraram minhas palavras porque queriam me controlar. Não creio que haja um pingo de malícia ou manipulação por trás disso, mas ele continua a me ignorar, passando por cima dos *meus* pensamentos e sentimentos.

— Por que não pergunta para mim?

Ele para.

— O quê?

— Pergunte para mim — repito. Agora ele está sendo teimoso, e talvez em outro momento eu possa gostar de provocá-lo para ver sua reação, mas neste instante tenho de impor meus limites com nitidez. Ou ele vai respeitar e poderemos continuar a negociação, ou não vai, e isso acaba agora. Quando ele não fala de imediato, eu insisto: — É muito fácil. Você diz: "Helena, agora que a onda passou, mudou de ideia em relação a continuar fodendo com a gente?". Vamos, tente.

Aquiles sufoca uma risadinha, e Pátroclo o encara. Finalmente, ele diz:

— Helena, agora que você se afastou um pouco, gostaria de me desculpar...

— Não.

— O quê?

Balanço a cabeça sem interromper o contato visual.

— Não, você não pode se desculpar e fingir que não sou uma adulta autônoma. Eu não estava bêbada, drogada ou incapacitada de alguma outra forma. Vocês dois me perguntaram várias vezes se eu queria continuar, e eu consenti com entusiasmo. Vai mesmo tentar me convencer de que não sou capaz de tomar minhas próprias decisões, simplesmente porque quer se culpar?

Pátroclo me encara boquiaberto. Aquiles, o babaca, se inclina para tocar o queixo dele com um dedo e empurrá-lo para cima. Ele sorri.

— Não é sempre que alguém o deixa sem fala.

Espero, mas Pátroclo ainda me olha como se eu tivesse desenvolvido uma segunda cabeça. Não tenho por que me sentir decepcionada com sua reação. Achei que ele poderia ser diferente dos outros com quem interagi durante toda a minha vida, contudo, ao que parece, não é. Ele formou opiniões sobre mim antes mesmo de nos reencontrarmos como adultos, e preferiu manter essas opiniões a de fato conhecer meu verdadeiro eu.

Cresce o impulso para me levantar e ir embora, me retirar para algum lugar onde não tenha de navegar pelos sentimentos de outras pessoas por um tempo, mas me contenho. Ou quero que ele me leve a sério, ou não. Se quero, vou ter de lidar com isso como uma adulta, e adultos não fogem de conversas só porque a situação os deixa desconfortáveis.

Tento sorrir, mas minha voz ainda soa muito dura para transmitir humor:

— Quero dizer, se você faz tanta questão de ser castigado, tenho certeza de que posso conseguir umas roupinhas de couro e um chicote. Não faz parte das minhas preferências, mas estou disposta a tentar qualquer coisa pelo menos uma vez.

Aquiles ri novamente.

— Eu avisei você.

Por fim, uma pequena eternidade depois, Pátroclo levanta a caneca e bebe um gole do café. Está olhando para mim como se nunca tivesse me visto antes. Não, não é bem isso. Ele está olhando para mim como se eu tivesse acabado de fornecer uma nova informação a ser digerida, e agora ele precisasse realinhar suas suposições. Vamos ver se consegue.

Quando ele finalmente fala, parece quase normal:

— Entendi seu ponto de vista.

— Obrigada. — Já dei muitas voltas nesse quarteirão para acreditar nele com base apenas em palavras. Mesmo para alguém como Pátroclo, palavras são fáceis de serem forjadas. É o que digo a mim mesma, pelo menos. Meu cérebro concorda com o plano de manter alguma distância entre mim e esses homens. Mas meu peito? Este dá um pulinho estranho que me faz levar a mão ao coração.

Olho para Aquiles para me distrair.

— Quanto à sua sugestão de continuarmos trepando, a resposta é... depende.

Ele me dá aquele sorriso preguiçoso que faz meu corpo esquentar, apesar de tudo. O homem é mesmo bonito demais para ser real.

— Depende do quê, princesa?

De quanto preciso escapar dos pensamentos que rodam na minha cabeça.

Todavia, isso não é totalmente verdade, certo? Pode ter começado assim, mas as coisas agora estão ao mesmo tempo mais e menos complicadas. Gostei do que fizemos juntos. Quero fazer de novo. Também percebo que é uma péssima ideia, mas duvido que isso seja suficiente para me impedir. Não sou masoquista, e tenho muito prazer a ser desfrutado em minha vida normal — pelo menos hoje em dia. Não, tem alguma coisa que me atrai nesses dois homens, um impulso dentro de mim que não sei como quantificar ou negar.

Não uso máscara alguma com eles desde o início do torneio. Ambos viram a verdadeira Helena, com verrugas e tudo. Não importa suas motivações ou quanto tudo isso esteja condenado ao fracasso, esse é um sentimento inebriante de que não estou disposta a desistir ainda. Inspiro devagar.

— Depende se você vai parar de tentar me convencer a desistir. — O fato de Aquiles não ter se aproveitado do meu estado alterado na noite passada não significa que isso vai continuar acontecendo. Eu o conheço bem o suficiente para saber que ele é tão teimoso quanto eu.

— Não. Próxima pergunta.

Sua resposta me surpreende. Não houve qualquer hesitação.

— Como assim "não"?

— Não. É uma palavra pequena, mas você não deve ouvi-la com frequência. — Aquiles gira a cabeça em um círculo lento, fazendo o pescoço estalar. — Você vai se machucar se não desistir e, por mais que seja um pé no saco, não quero ver um dos outros concorrentes esmagar você. Por quê? — Aquiles crava em mim um olhar perspicaz.

— Tem tão pouca confiança em seu objetivo que acha que *eu* posso fazer você mudar de ideia?

— Não, é claro que não. — É a verdade. Estou mais confiante que nunca.

— Então qual é o problema? Não importa o que eu diga... ou faça. — Ele acrescenta à última palavra insinuações o suficiente para afundar uma frota.

É um argumento justo, embora eu não queira admitir. Algo quente e imperdoável se aninha em meu peito diante da crença fácil de Aquiles em mim. Tanto sobre eu não mudar de ideia quanto sobre não me deixar convencer. Ele percebe quanto isso é um elogio para mim? E mais: quanto é *raro* entre as pessoas ao meu redor?

— Tudo bem — digo, com vagarosidade. — Então, acho que a gente deve continuar trepando.

— Ótimo. Decidido, então. — Ele dirige sua atenção a Pátroclo. — Quer continuar discutindo isso por mais algumas horas sem sair do mesmo lugar, ou quer terminar esse café e fazer Helena sujar os lençóis de novo? A próxima prova é só amanhã de manhã, temos bastante tempo para nos divertir antes de precisarmos dormir.

Pátroclo balança a cabeça em uma negativa, lentamente.

— Belerofonte vai chegar em dez minutos. Pare de pensar merda.

— Você sabe o que dizem sobre muito trabalho e nenhuma diversão, Pátroclo.

Nunca vi Aquiles sob essa perspectiva. O guerreiro lindo. O idiota irritante. O gostoso dominador. Mas nunca o filhotinho brincalhão. É extremamente desconcertante, em especial quando ele olha para mim e dá uma *piscadinha*.

— Dê uma olhada na princesa. Você feriu os sentimentos dela quando se comportou como se transar com ela fosse motivo para culpa.

A irritação no rosto de Pátroclo é muito, muito atraente. Ele olha para mim e dá de ombros.

— Desculpa, Helena. Aquiles está sendo ridículo.

Não se trata de entrar na brincadeira de Aquiles. Minha reação é autêntica. Faço um biquinho sexy para Pátroclo.

— Ele tem razão. Meus sentimentos estão muito, muito feridos.

— Viu? — Aquiles balança a cabeça com seriedade, mas seus olhos escuros brilham de alegria. Ele está absolutamente irresistível e sabe disso. — Quer adivinhar o que faria nossa princesa se sentir melhor?

— Tenho certeza de que você está prestes a me dizer.

— Orgasmos.

— Sim. — Balanço a cabeça rapidamente. Não vou abordar a parte do *nossa princesa* nem com uma vara de três metros. — Muitos e muitos orgasmos.

Pátroclo solta mais um daqueles suspiros sensuais e exasperados.

— Deuses me salvem, agora vocês são dois.

— Está se comportando como se isso fosse uma coisa ruim. — Continuo fazendo biquinho e me sentindo um pouco ridícula por achar isso tão divertido. As únicas pessoas com quem brinco são Hermes, Dionísio e Eros, e não há nada de sexual nas brincadeiras que faço com qualquer um deles. Eu não sabia que qualquer coisa relacionada a sexo poderia ser tão *divertida*. Cutuco a panturrilha nua de Pátroclo com o pé. — Duplique seu prazer, duplique sua diversão.

Aquiles dá uma risada alta.

— Ouça esse conselho. Ela sabe o que diz.

— Ah, pelo amor dos deuses. — Uma batida à porta faz Pátroclo se levantar. Ele aponta para nós. — Comportem-se enquanto entendemos o ataque *muito sério* contra Helena na noite passada. — Ele faz uma pausa. — Se conseguirem, vamos passar o resto do dia nus na cama.

— Fechado — dizemos ao mesmo tempo.

Não consigo evitar a leveza em meu peito à medida que fico ali sentada bebendo meu café. Que os deuses me ajudem, mas estou gostando do tempo com esses dois muito mais do que poderia esperar.

19

AQUILES

As coisas desandam no momento que Belerofonte entra no quarto. Elu adota uma atitude relaxada, e seu olhar sombrio permanece fixo em algum ponto acima da minha cabeça. Isso não é bom. Conheço Belerofonte há anos, e elu só age com formalidade excessiva quando transmite más notícias. Minhas suspeitas só são confirmadas quando fala:

— O agressor não está mais entre nós.

Ao meu lado, Helena se assusta.

— Está morto?

— Não. — Belerofonte balança a cabeça. — A pessoa foi recolhida hoje de manhã e retirada do local. Fui procurar meus superiores, e não havia nada que eu pudesse fazer a respeito. Infelizmente, minha equipe não conseguiu encontrar respostas antes disso. Sinto muito.

Pátroclo se inclina para a frente e apoia os braços na mesa. Já posso ver seu grande cérebro em funcionamento.

— Recolhida por quem?

Belerofonte olha para Helena e hesita por tanto tempo que até eu adivinho a resposta antes de elu falar e confirmar:

— Pelo próprio Zeus. Vocês têm que entender: não há nada que eu possa fazer quanto a isso. Nem mesmo Atena poderia ter interferido naquele momento.

— Bem, isso é... surpreendente. — Helena fica um pouco verde. — O agressor estava detido...

— Aqui. — Belerofonte volta a olhar por cima da minha cabeça. — Existem diversas celas na propriedade, caso tenhamos que intervir em um confronto entre concorrentes. Decidimos que seria prudente manter o agressor lá até que Atena conseguisse vir buscá-lo. Mas Zeus veio no lugar dela.

Fornecer informações com toda essa liberdade é uma homenagem ao nosso histórico. Duvido que Belerofonte reagiria do mesmo jeito se fosse outra pessoa fazendo as perguntas.

— Do ponto de vista logístico, faz sentido mantê-lo aqui. Por que está perguntando, Helena?

— Por nada.

Ela estampa aquela expressão no rosto, a que diz que está vendo coisas fora desta sala e foi acometida por pensamentos sombrios. Pela primeira vez, não preciso que Pátroclo interfira e tire suas próprias conclusões estratégicas para entender por que Helena está aborrecida. Se o agressor estava detido aqui, isso significa que o irmão dela esteve na propriedade pela manhã e não se preocupou em verificar como ela estava antes de levar o homem embora... garantindo que ninguém obteria explicações.

Às vezes, quando saio com as mães de Pátroclo, sinto um enjoo quando me pergunto como teria sido minha vida se eu tivesse tido pais amorosos, em vez de ter sido jogado nos degraus do templo para ser doado como um brinquedo que não servia mais ao seu propósito. Polimela e Sthenele me trataram como filho desde o momento em que me conheceram quando eu era aquele bostinha raivoso aos dezoito anos.

Se Pátroclo tivesse sido atacado, suas mães teriam praticamente derrubado a porta, teriam desafiado Atena e Zeus para garantir que ele estava bem. Não se importariam com quem aborreceriam ou com quais seriam as consequências em longo prazo, não enquanto não vissem com os próprios olhos que o filho estava saudável e inteiro.

Zeus pode ter recebido um relatório sobre a saúde de Helena; Belerofonte segue as regras à risca e deve ter redigido o relatório assim que o invasor foi preso. Mesmo sabendo que ela não foi ferida fisicamente... que tipo de irmão nem se dá ao trabalho de passar por aqui para vê-la? Em especial porque ele pode entrar e sair deste lugar sem sofrer consequências.

É muito mais provável que meus pais — se ainda estiverem vivos — tenham mais em comum com a família ferrada de Helena do que com as mães de Pátroclo. Cada vez que alguma coisa me faz lembrar disso, sou tomado pela gratidão. Mesmo assim, é uma merda me lembrar disso enquanto Helena é magoada pela falta de atenção de sua família.

— Tenho certeza de que Zeus teve algum motivo — declaro, enfim. As palavras parecem vazias e erradas.

Helena não sorri nem sequer olha para mim. Ela se mantém tensa, rígida, como se tivesse medo de quebrar. Não gosto dessa merda. Não gosto de nada disso.

— Ele sempre faz isso. — Ela parece cansada. Não, mais que cansada. Ela parece sentir o tipo de exaustão proveniente de travar uma batalha difícil em uma linha do tempo dividida em anos.

Sinto o estranho impulso de lhe dizer que vou empunhar a espada e o escudo, dar a ela um tempo para descansar. Mas não vou verbalizar isso. Quem diabos sou eu para oferecer isso a ela? Helena não confiaria nessa oferta; é esperta demais para isso, mesmo que seja uma oferta sem compromisso.

Pátroclo franze a testa.

— Mas isso não faz sentido. Por que ele interferiu na capacidade de Atena de obter respostas do prisioneiro, quando a vítima do ataque foi sua irmã mais nova? Precisamos saber para quem o invasor estava trabalhando e como entrou no prédio. Mesmo que o alvo fosse outro concorrente, Zeus e Atena pareceriam fracos se a notícia vazasse.

— Não vai ser noticiado. Não por mim nem por minha equipe.

— Belerofonte transfere o peso de um pé para outro, obviamente desconfortável com a conversa. Prefere trabalhar nos bastidores, onde não precisa interagir com nenhum tipo de vítima. Helena não é vítima, mas essa ainda é uma péssima notícia para se transmitir. Elu finalmente pigarreia. — Helena, posso deixar dois guardas com você para garantir sua segurança.

— Não é necessário. — Eu me levanto lentamente e fico em pé. — Com todo o respeito, Belerofonte...

Elu revira os olhos, relaxando pela primeira vez desde que entrou na sala.

— Não sei por que você começa desse jeito quando está prestes a dizer algo desrespeitoso.

Ignoro o protesto, porque Belerofonte tem razão.

— Essa pessoa entrou no quarto de Helena porque sua equipe de segurança falhou. Nós vamos cuidar disso de agora em diante.

— Nós todos fazemos parte da equipe de Atena.

— Eu sei. Não estou dizendo que alguém da sua equipe seja desleal, contudo, até que tenhamos mais informações, vamos presumir o pior cenário. — Dou de ombros. — Além disso, seu pessoal é bom, mas ainda somos melhores.

Pátroclo engasga com as palavras.

— Ele não quis dizer isso.

— Ambos sabemos que ele quis dizer exatamente isso. — Belerofonte balança a cabeça. — Se Helena concordar, tudo bem. Nossa função não é policiar o que os concorrentes fazem entre as provas, desde que ninguém seja ameaçado ou se sinta desconfortável.

Helena, enfim, se mexe.

— Estou bem aqui. — Ela ainda se abraça com muita força, e não gosto da expressão em seus olhos. Parece se sentir... encurralada. Mais uma vez, sinto aquele impulso ridículo de lhe dizer que não há nada com que se preocupar, que a protegeremos. Já nos oferecemos para fazer o papel de guarda-costas, mas nem mesmo um guarda-costa pode proteger a preciosa princesa de sua própria família. Mas eu quero. Não sei que porra devo fazer com *isso*.

— Avise-me se algo mudar. A segunda prova começa amanhã. Tente ficar longe de problemas até lá. — Belerofonte se vira e sai da sala às pressas, quase correndo.

Olho para Pátroclo. Ele ainda parece confuso, mas balanço a cabeça de leve para indicar que é hora de abandonar o assunto. Helena ainda se comporta como se fosse levar uma pancada na cabeça, e duvido muito de que a ajude a se sentir melhor a tentativa de descobrir por que o irmão está agindo como um idiota.

E quero que ela se sinta melhor.

Ela é minha, afinal.

Sei que não devo dizer isso, mas às vezes na vida me deparo com uma coisa ou um objetivo, e sei que aquilo é para mim. Isso não costuma acontecer com as pessoas. Na verdade, só aconteceu uma vez. Pátroclo. Depois da nossa primeira semana no campo de treinamento de Ares, eu soube que ele estava destinado a mim e eu a ele, e que faríamos parte da vida um do outro de modo permanente.

O sentimento em relação a Helena não é idêntico, mas é semelhante. De fato, não entendi até estarmos os três juntos, mas ela se encaixa conosco de um jeito como ninguém encaixou antes. Com ela no cenário, parece que isso pode tornar nossa dupla ainda melhor, algo que eu não achava possível antes desse torneio.

Posso ser paciente quando o objetivo vale a pena, e este é o momento. Se eu disser a Helena que ela foi feita para mim, ela vai pensar que estou falando de novo sobre ser Ares e me casar com ela, e isso só vai irritá-la.

Na verdade... essa é uma ótima ideia. Nossa princesa funciona melhor com raiva, em vez de com tristeza. Só preciso pintar um alvo conveniente para ela mirar todas aquelas emoções confusas que está tentando reprimir. Helena vai se sentir melhor depois de exorcizá-las.

— Sabe o que Belerofonte não teve coragem de dizer? O que seu irmão e Atena estão pensando? — Ofereço meu sorriso mais preguiçoso e arrogante. — Que você deveria desistir.

Helena fica tensa, exatamente como eu pretendia. Todas as suas partes frágeis e quebradiças desaparecem em um piscar de olhos, e a princesa assustada desaparece, substituída pela harpia furiosa. Ela estreita seus lindos olhos âmbar.

— Como é que é?

— Seu irmão é um idiota, e só tem um motivo para ele não ter vindo verificar como você está. — Cruzo os braços. — Ele acha que se você ficar com medo suficiente, vai desistir.

— Não vou.

— Sei disso. Pátroclo sabe disso. Você também sabe disso.

Ela me encara.

— É evidente que está se preparando para revelar um argumento brilhante. Sinta-se à vontade para nos esclarecer.

Gosto de quando Helena é espinhosa. É muito melhor do que quando parece frágil e perdida. Pátroclo nos encara como se tivéssemos enlouquecido. Quando há um problema a ser resolvido, ele é o cara, mas deixa a lógica atrapalhar os instintos. Agora mesmo, Helena está muito perturbada para ficar parada pelo tempo de que ele necessitaria para traçar uma estratégia a fim de resolver a confusão. Não vai ouvir nada do que Pátroclo disser e vai continuar ali sentada, parecendo pequena, perdida e triste. Assim que sair desse estágio, Helena vai se sentir melhor. *Então* ela e Pátroclo vão poder refletir o brilhantismo um do outro.

Mas não posso dizer isso. Ele não vai entender. Pátroclo passa as mãos no rosto.

— Precisamos...

— Não, Pátroclo. Aquiles tem algo a dizer. Deixe-o falar. — Helena se aproxima de mim, e seus olhos são como raios lasers. Ela fica ainda mais sexy quando está furiosa. É sério. Não acho possível ela ser menos que linda, quaisquer que sejam as circunstâncias. O mais importante, porém, é que o ar perdido desapareceu de seu rosto.

Agora não está pensando no ataque ou em sua família complicada. A única coisa em que Helena está focada no momento é em me diminuir. Posso não ser praticamente um gênio como Pátroclo, mas sei como agir nos campos de batalha, e minhas interações com Helena são exatamente isso.

Meu sorriso é preguiçoso, destinado a enfurecê-la ainda mais.

— Está fazendo o jogo deles, princesa. Isso é só outro tipo de guerra. A segunda prova é amanhã. Vai mesmo passar as próximas doze horas obcecada pelo idiota do seu irmão?

Helena abre a boca e hesita. Posso quase ver seu cérebro em funcionamento. É diferente nela e em Pátroclo, mas a vibração é muito semelhante. Por fim, Helena respira fundo e se senta de volta na cadeira.

— Você acha que tudo isso é um jogo mental.

— Não sei o que é isso, mas não há nada que você possa fazer até o torneio terminar e sairmos daqui. — Fito-a. — Você é esperta. Sabe que as provas são tanto mentais quanto físicas. Eles não podem fazê-la desistir, mas podem miná-la até fracassar.

Ela balança a cabeça devagar, quase pensativa.

— Os deuses foram mesmo generosos quando criaram você, não é?

— É exatamente isso que estou tentando lhe dizer, princesa.

Parte da tensão se dissipa em mim. Helena ainda demonstra aquela expressão de tormenta, mas parece que o pior já passou. A mulher se recupera rápido, não? Ou pelo menos dá essa impressão. Helena parece ser do tipo que fica cozinhando preocupação — aspecto em que diferimos um do outro —, então não vai abrir seu coração para nós. As coisas seriam mais simples se eu não sentisse que ela é minha, o que significa que *quero* que ela abra as portas que nos impedem de ter acesso aos seus pensamentos mais íntimos.

Passo a mão no rosto. Essa merda está me estressando. Eu preferia uma vida mais simples, quando a situação mais complicada com que tinha de me preocupar era a próxima missão que Atena nos daria, e quando Pátroclo ficava distraído demais para se lembrar de se alimentar. Eu o conheço, nunca preciso me perguntar o que está pensando ou sentindo. Todos os sinais estão ali, aprendidos ao longo de mais de uma década de convivência. As coisas podem ter mudado nos últimos tempos, mas não *tanto* assim.

Agora, por exemplo: ele está pensando que não entende o que aconteceu. Olha para nós dois, de um para o outro, e fala devagar, com cautela:

— Aquiles... não está errado.

Helena sorri.

— Por que você parece tão chocado?

— Ele geralmente não é sutil — murmura Pátroclo. E balança a cabeça. — Como podemos ajudar, Helena?

Ela pega sua caneca e mira o café como se pudesse encontrar respostas no fundo do líquido. Pátroclo e eu compartilhamos um olhar de perfeita compreensão.

Não importa quanto esta situação seja complicada, vamos dar a Helena o que precisa. Não podemos controlar o que a prova vai trazer ao amanhecer, mas podemos lhe dar um descanso até lá. É bom estar na mesma frequência que Pátroclo, depois de todas as brigas e emoções confusas. As coisas não foram resolvidas; não serão resolvidas até que o torneio termine e tenhamos superado as consequências inevitáveis.

Enquanto isso...

— Por quê?

Levanto a cabeça e a vejo me observando como se eu fosse um quebra-cabeça cujo formato não consegue decifrar. É tentador oferecer um sorriso encantador ou uma resposta idiota, porém, se eu quiser que ela leve isso a sério — que *me* leve a sério —, o mínimo que posso fazer é me explicar. Pelo menos com relação a isso.

— Não gosto dessa expressão perdida em seu rosto.

Helena pisca aqueles olhos grandes para mim.

— Eu... Não, Aquiles. Quero dizer, por que tentar me fazer sentir melhor? Não quer que eu desista?

É uma pergunta complicada. Dou de ombros.

— Vou vencer essa disputa e me tornar Ares. — Ela comprime os lábios, mas continuo. Ela perguntou. Vou responder honestamente. — Mas não gosto dessa palhaçada obscura. Estão subestimando você, e isso me irrita.

— Mas... *por quê?* Por que isso irrita você? Não entendo por que toda essa gentileza comigo agora, quando isso contraria seus interesses. Não faz sentido. Você me odeia.

— Helena. — Espero que olhe para mim. — Eu não te odeio. Gosto do seu jeito difícil, esse jeito de quem gosta de contrariar. Você é forte, inteligente e ambiciosa. Se eu não estivesse nesse torneio, você poderia conquistar o título de Ares.

Pátroclo bufa.

— Tinha que enfiar isso na conversa, não é? — Ele se vira para Helena. — O que ele quer dizer é...

Mas ela não está olhando para Pátroclo. Pela primeira vez, sua atenção está totalmente focada em mim.

— Você acha que sou forte.

Suas palavras suaves não são exatamente uma pergunta, mas não gosto do tom surpreso, admirado. Como se ninguém jamais tivesse pontuado isso antes.

— Você *sabe* que é forte. Não precisa da minha confirmação.

Helena me encara por um longo momento e, por fim, sorri.

— Sim. Acho que tem razão. — Ela se levanta lentamente. — Vamos voltar para a cama.

Pátroclo parece querer discutir, mas apenas diz:

— Comida primeiro. Café não é nutrição suficiente, não com a segunda prova amanhã.

— Vou providenciar. — Levanto e me espreguiço. — Algum pedido?

Ela dá de ombros.

— O que tiver.

Pátroclo também se levanta.

— Vou ajudar você. — Ele mal espera até chegarmos ao corredor para me confrontar. — Que porra foi essa?

— Que porra foi o quê?

Ele olha para mim com a cara que a pergunta merece.

— Sabe do que estou falando. Ela estava cambaleando, e você avançou contra ela como um oponente.

— Pátroclo. — De repente, estou cansado. Estou muito cansado de ele pensar o pior de mim. Não vou fingir que não mereço isso, especialmente depois dos últimos dias, mas, apesar de às vezes eu ser descuidado, nunca sou cruel. Não de propósito, pelo menos. — Helena ia começar a pensar demais sobre quanto o irmão dela é idiota. — Tenho minha opinião sobre Zeus, e aquele filho da puta vai ter muita sorte se eu não socar a cara dele na primeira oportunidade.

Mas não há lugar para minha raiva nessa luta. Posso sentir que Helena é minha, mas ela *não* é minha. Não cabe a mim defender sua honra.

Ainda bem que ela é mais do que capaz de se defender sozinha quando para de atrapalhar o próprio caminho e de pensar em excesso.

Sustento o olhar de Pátroclo.

— Ela não é frágil. Ela não é quebrável. Sim, foi derrubada várias vezes na última semana, mas só precisava do estímulo certo para se levantar e voltar ao ataque.

— O estímulo certo. — Pátroclo estreita os olhos e dá uma risada seca. — Deuses, você às vezes é assustador. Sabe disso, não sabe?

Dou de ombros.

— Mantenha Helena distraída enquanto pego a comida. Depois vamos transar com ela até que nenhum de nós tenha energia para se preocupar com merda alguma que esteja fora do nosso controle. Precisamos dormir bastante, mas o dia é uma criança e estamos todos na melhor forma de nossas vidas. Não há qualquer razão para não gastar um pouco de energia reprimida da maneira mais gostosa.

— Aquiles.

Paro e olho para trás.

— Sim?

— Desculpe se pensei o pior. — Pátroclo passa a mão pelos cabelos curtos e escuros. — Essa situação mexeu demais com a minha cabeça.

Não há muito que eu possa dizer sobre isso. Fico magoado com o fato de ele ter pensado o pior de mim, mas essa conclusão a que Pátroclo chegou não foi totalmente injustificada. A situação está complicada e não vai ficar menos complicada com o passar do tempo. A única opção é seguir em frente e depois lidar com as consequências, quando o torneio acabar.

— Tudo bem. Agora, vá cuidar da nossa princesa enquanto eu pego o café da manhã.

20

PÁTROCLO

Passamos o restante do dia na cama, fazendo intervalos só para as refeições. Por um acordo tácito, nenhum de nós volta a falar sobre o agressor, Zeus ou o torneio. Aquiles e eu fazemos o possível para oferecer o conforto que Helena permite, o que se traduz em orgasmos.

Naquela noite, cubro o segundo turno. Sentado na cadeira ao lado da cama, vigio o sono dos dois. Helena não acordou quando trocamos de turno e Aquiles desmaiou como sempre faz: em segundos. Ele mantém o braço em volta da cintura dela, e, segundos depois, ela se aconchega no corpo que se assoma ao dela.

Coloco minha mão no peito. Quando ele conquistar o título de Ares, eles vão dormir desse jeito. Podem rosnar e trocar farpas, mas hoje de manhã Aquiles demonstrou ter uma compreensão mais profunda de Helena do que eu. Ele a *entende*, pelo menos em algum nível.

Não existe motivo para isso fazer meu peito doer. Meu coração bobo pode se importar demais com Helena, pode ter se entregado a Aquiles há muito tempo, mas, mesmo que fique partido no final disso, pelo menos tenho o conforto agridoce de saber que eles cuidarão um do outro.

Isso se não for Aquiles o responsável por eliminar Helena do torneio. Se isso acontecer, não acredito que ele vá conseguir conquistar o perdão dela tão cedo. Ela praticamente declarou que isso seria impossível.

Talvez eu devesse assumir esse papel.

Massageio o peito com mais força. Droga, não consigo. Mesmo que ajudasse Aquiles, não posso fazer isso com *ela*. Não importa quanto o possível desfecho seja complicado, não podemos ir atrás dela. Helena... confia em nós. Talvez não por completo — Helena não é boba, afinal —, mas confia seu corpo a nós, confia em nós o suficiente para compartilhar pequenas vulnerabilidades. Não podemos dar meia-volta e esmagá-la, não depois dos últimos dias.

Quando o alarme toca, ainda não tenho respostas. Nós nos preparamos quase que em silêncio. Visto minha roupa de treino; afinal, não tenho ninguém para impressionar. Aquiles veste outro uniforme personalizado que lhe encomendamos. Esse é preto e rente ao corpo, exibindo os músculos impressionantes e o tornando tão mais atraente, que olhar para ele chega a ser doloroso.

E Helena?

Ela usa um macacão collant que dá a impressão de que alguém derramou óleo em seu corpo. A cada movimento, cores diferentes brilham à luz escassa da sala. Ela trançou o cabelo e o prendeu em volta da cabeça quase igual a uma coroa. Que inteligente. O visual inteiro é muito *inteligente*. O tecido do macacão atrapalha quem tentar segurá-la, e o cabelo não é mais um risco, não pode ser agarrado em uma luta. Cada parte sua... brilha. A maquiagem também é mais acentuada do que da última vez. Ela escureceu desde os olhos até quase as têmporas, criando um olhar dramático que, combinado com o batom preto, dá-lhe a aparência de alguém que deveria estar na linha de frente de algum exército antigo, liderando seu povo na batalha.

Helena parece uma rainha guerreira.

A plateia não vai conseguir tirar os olhos dela. Mais ainda: as pessoas a amarão pelo caráter dramático de tudo isso, em particular se ela se sair bem.

— Prontos? — pergunto, enfim.
— Não importa. Está na hora.
Aquiles se dirige à porta.
— Vamos.

Aquiles e eu nos olhamos e mantemos Helena entre nós quando saímos da suíte e seguimos o restante dos concorrentes complexo afora. Não gosto de como Páris a observa, como se ela fosse um prêmio que ele pode pegar. Tecnicamente, isso pode até ser verdade, mas deixa um gosto ruim na boca.

Na arena, não consigo me conter, seguro a mão de Helena e a aperto de leve.

— Vai ficar tudo bem.

Ela sorri para mim.

— Eu sei. — E aperta minha mão de volta antes de soltá-la.

Então não temos mais tempo para conversar, porque somos conduzidos pelo túnel de concreto até a área principal. Quando os concorrentes passam pela entrada, fico surpreso com a transformação da arena. A pista de obstáculos desapareceu, substituída por muros de alturas variadas. Eles parecem ser de concreto, mas isso é impossível. Concreto é pesado demais para ser transportado até aqui para construir tudo isso...

É um labirinto. Deve ser.

É difícil se concentrar, por causa da gritaria constante da plateia. Acho que vou ouvir esse barulho até em meus pesadelos. É um lembrete de que muitos olhos incidem sobre mim, de que esta prova vai mudar as circunstâncias ainda mais do que a primeira. Restam doze concorrentes.

Depois dessa prova, esse número será reduzido a menos da metade.

Olho para Helena e, do outro lado dela, Aquiles. Ambos estão sérios, compenetrados, mas decerto são acometidos pelo mesmo tremor que sinto no peito. Nunca duvidei que Aquiles ganharia o título de Ares. Não duvido agora.

Mas o preço...

O preço pode ser mais alto do que eu poderia ter imaginado.

Bem na nossa frente e acima, as luzes apontam para o camarote onde está Atena. Ela veste um terno bege e está furiosa. Ah, não demonstra o sentimento, mas respondi diretamente a ela por muito tempo para não identificar sua disposição. Está tão insatisfeita quanto nós a respeito de como as coisas transcorreram com o suposto assassino. Mais que nós, já que tudo aconteceu sob seu comando.

Ela levanta a mão, e a arena fica em silêncio no mesmo instante. Atena dirige o olhar penetrante para os concorrentes.

— A segunda prova começa em breve. Vocês serão posicionados em diferentes localizações dentro do labirinto. Existe uma porta que dá acesso à saída, mas ela requer uma chave. Existem cinco chaves escondidas no labirinto. E temos um limite de tempo. Você só pode pegar uma chave se e quando a encontrar. Se não encontrar a chave e a porta de saída do labirinto dentro do tempo estipulado, você será eliminado.

É aqui que as alianças começam a desmoronar. Cinco chaves significam sete pessoas eliminadas. No mínimo. Temos de *encontrar* as chaves primeiro, e nada garante que todas serão encontradas antes que o tempo acabe.

Respiro devagar e falo baixo o suficiente para que apenas Helena e Aquiles possam me ouvir:

— Tem uma boa chance de as chaves, ou de pelo menos algumas delas, estarem no centro do labirinto.

— Encontrar a entrada, encontrar a saída — resmunga Aquiles. — Parece bem simples.

Helena sufoca uma risadinha.

— É claro. Simples seria se os outros concorrentes não estivessem tentando fazer a mesma coisa.

Belerofonte se aproxima, caminhando pela fila de concorrentes, e carrega capuzes pretos. Ah, isso faz sentido. Não teremos a chance de tentar memorizar o caminho pelo labirinto. Se estivermos vendados e Belerofonte seguir um caminho estranho, vai nos confundir o suficiente para todos começarem com as mesmas chances.

Pelo menos em teoria.

Belerofonte coloca o primeiro capuz sobre a cabeça do Minotauro e o aperta um pouco. Depois passa para o próximo concorrente.

— Vai ter luta, e eles vão jogar sujo. — Não estou dizendo nada que eles não saibam, mas me sinto compelido a reforçar.

Helena balança a cabeça e exibe seu sorriso perfeito.

— Eu também vou. — Ela olha para nós dois. Pela primeira vez desde que entramos nas vans mais cedo, parte da mulher real aparece por baixo da máscara. — Fiquem fora do meu caminho. Eu não... Olha, eu gosto de vocês dois. Num mundo perfeito, não estaríamos competindo uns contra os outros, mas este não é um mundo perfeito, e não vou deixar as emoções comprometerem meus objetivos. Portanto, sem ressentimentos, mas, passo por cima de vocês para ser Ares, se for necessário.

Meu estômago revira quando ouço suas palavras, mesmo que não sejam surpreendentes. A sensação só piora quando Aquiles dá uma gargalhada.

— Nós a veremos do outro lado, princesa.

Seu sorriso é absolutamente feroz.

— Pode apostar nisso.

Então, Belerofonte surge na frente dela e põe o capuz preto em sua cabeça. Em seguida é minha vez. Mesmo sabendo que isso vai acontecer, ainda me sinto extremamente desorientado quando a visão é reduzida a zero. O capuz é uma barreira perfeita, e o barulho da plateia parece particularmente alto sem a distração da visão.

Estremeço quando mãos tocam meus ombros. Elas me guiam para a frente e, mesmo ciente de que estamos a uns seis metros do labirinto, ainda não consigo me orientar. Tento acompanhar as curvas e voltas, mas é uma causa perdida. E, se *eu* não consigo, duvido muito que alguém do grupo tenha mais sucesso nisso.

Tudo bem. A situação não está fora dos parâmetros esperados.

As mãos em meus ombros me fazem parar, e uma voz suave em meu ouvido diz:

— Fique aqui e mantenha o capuz até Atena iniciar a prova.

Concordo com um movimento de cabeça, e as mãos soltam meus ombros. Sem o toque para me ancorar, me sinto ainda mais perdido. O barulho é constante e, com a escuridão tão absoluta, tenho de lutar contra a vontade de levantar as mãos em um gesto defensivo. Qualquer um pode estar bem ali, fora do meu alcance e...

A plateia se acalma, e o tom frio e familiar de Atena preenche o vazio:

— A segunda prova começa agora. Esta etapa termina em duas horas ou quando os cinco concorrentes saírem do labirinto. Boa sorte.

Tiro o capuz da cabeça e pisco diante das luzes brilhantes. As paredes são tão altas dentro do labirinto quanto fora dele, mas ainda posso ver as camadas superiores da arena e as diversas telas mostrando os concorrentes. No entanto, é impossível reunir informações suficientes para que tenham alguma utilidade. As paredes do labirinto parecem iguais, todas cinza. Até as diferentes alturas — variando entre três e quatro metros, pelo que posso dizer — só contribuem para a sensação desorientadora de não conseguir adivinhar em que direção seguir. Os outros concorrentes podem estar do outro lado ou no corredor vizinho. Olhar para as telas será mais uma distração do que uma vantagem.

O corredor em que estou é relativamente reto, de um lado leva mais para o fundo do labirinto, do outro parece levar em direção ao limite externo. Quando estava pesquisando quais poderiam ser as provas, havia labirintos na lista. O conselho comum para sair de um labirinto é escolher uma direção e seguir a parede até a saída.

Infelizmente, isso não vai me ajudar agora.

Preciso encontrar uma chave antes de encontrar a saída, e isso significa ir mais fundo no labirinto, em vez de ir em direção à parede mais externa. Se eu soubesse que estilo de labirinto é esse...

Bem, só tem uma maneira de descobrir. Respiro fundo e sigo na direção aproximada do centro sem muita pressa. Rápido o suficiente para percorrer o terreno com eficiência, mas nem tanto a ponto de ser pego de surpresa, caso encontre outro concorrente. Os eliminados serão aqueles que ainda estiverem no labirinto quando o tempo acabar, o que significa que a maneira mais inteligente de lidar com qualquer pessoa que encontrar pelo caminho é incapacitá-la de alguma forma. Deixar alguém inconsciente não é uma tarefa fácil, então, o melhor é atacar as pernas. Os joelhos são a melhor aposta.

Infelizmente, os outros concorrentes vão tentar fazer a mesma coisa comigo.

Sigo meu caminho pelo labirinto, os corredores me levando para longe do centro, depois para ele, alternadamente. Com a arena do jeito que é, é impossível saber se estou progredindo ou só me afastando do objetivo.

A plateia grita, e eu paro, analiso as telas visíveis de minha atual posição. Todas mostram Atalanta. Ela está voando pelo labirinto, correndo tanto, que os dreadlocks flutuam atrás dela. Entendo o motivo da pressa um momento depois, quando o Minotauro vira a esquina atrás dela.

— Ai, merda — murmuro. Ele parece querer matá-la.

Ele está quase a alcançando, quando ela se vira, se joga contra a parede, gira no ar e acerta um soco brutal no queixo quadrado dele. Isso o faz recuar um passo em direção à parede oposta. Quando ele se recupera, ela já sumiu, desapareceu além da esquina mais próxima.

Observo o telão por mais alguns instantes, até ficar evidente que ela escapou, e sinto um alívio estranho. Estaríamos mais bem servidos se Atalanta fosse eliminada nesta prova, mas isso não significa que eu a queira machucada por isso. Solto o ar devagar e me concentro de novo. Agora não é hora de me distrair. Preciso ficar de olho no prêmio.

Vejo um lampejo de movimento pelo canto do olho e me viro...

Diretamente para o punho de Heitor.

21

HELENA

Passo vários minutos longos e frustrantes vagando pelo labirinto sem fim, antes que meu cérebro comece a funcionar. Atena explicou as regras no início. Achar a chave. Chegar à porta de saída do labirinto.

Ela não disse nada sobre *como* deveríamos passar pelo labirinto.

Olho para as paredes. Têm três metros de altura no ponto mais baixo e quase nenhuma textura, sem sulcos ou apoios para subir. Mas um dos possíveis obstáculos para os quais treinei foi subir uma parede. Com impulso suficiente, talvez eu consiga. É difícil dizer qual é a largura delas, mas eu competia na trave de equilíbrio. Não podem ser muito mais estreitas que isso.

Demoro um pouco mais para encontrar uma parte do labirinto com espaço suficiente para uma boa corrida. No alto, o relógio marca a passagem dos minutos, mas ainda há muito tempo. Não consigo ver todas as telas de onde estou, mas as que *enxergo* mostram os concorrentes tentando encontrar seu caminho pelos corredores próximos.

Se eu o fizer, vão me filmar.

Os outros logo seguirão meu exemplo. Ou vão tentar, pelo menos. Seriam idiotas se não tentassem. Qualquer vantagem de ser a primeira não vai durar muito se eu não for rápida.

Respiro fundo e limpo a palma das mãos suadas nas roupas. Ainda não vi nada de Aquiles ou Pátroclo, e não consigo deixar de me preocupar com eles. Minha vida seria mais fácil se os dois fossem eliminados nesta rodada. Eu *deveria* estar vendo isso em preto e branco — o que é útil para eu me tornar o próximo Ares e o que está no meu caminho.

Mas se eles forem eliminados... essa coisa estranha entre nós três acaba.

São as primeiras pessoas que conheço que parecem enxergar o meu verdadeiro *eu*. Pirralha mimada, sim. Princesa protegida, principalmente. Mas a mulher forte e experiente por trás disso também. Pátroclo me trata como se eu fosse algo realmente valioso. Aquiles considera minha força um fato. Ambos me tratam de igual para igual.

É uma coisa inebriante. Talvez eu seja boba, mas ainda não estou pronta para desistir.

Não há tempo para refletir sobre isso agora. Não importa o que o relógio lá no alto mostre; se eu não encontrar uma dessas chaves primeiro, não passo para a próxima rodada. Não cheguei até aqui para fracassar.

Corro em direção à parede. É meio parecido com correr para um salto na ginástica, com a diferença de que o salto é uma parede de três metros de altura e tenho um quarto da distância para ganhar velocidade. Dou um último passo e me lanço contra a parede. Para cima, para cima, para cima. Meus dedos apenas roçam o topo. Xingo quando caio no chão e quase aterrisso de bunda.

— *Cacete.*

Quanto mais vezes tentar, mais energia e tempo vou desperdiçar, e não posso me dar ao luxo de perder nenhum dos dois. Talvez deva tentar outra coisa... Balanço a cabeça com força. Não. Esta é a melhor opção. Nunca deixei uma coisa pequena — falhar uma vez, por exemplo — atrapalhar meus objetivos e não vou começar agora.

Retorno ao ponto de partida e inspiro lentamente. Vou conseguir, desta vez. Tenho de conseguir. Meus dedos batem no topo da parede e me concentro em me segurar para não cair. Isso dói. Deuses, isso dói. Mas supero a dor, e ergo o corpo até conseguir passar uma das pernas por cima da parede e terminar de subir. Do alto, vejo mais ou menos o que esperava. Quinze centímetros. Espaço suficiente. Se não fosse pela diferença entre a altura das paredes, eu nem me daria ao trabalho de tirar os sapatos. Aqui em cima o avanço vai ser lento, mas tenho a vantagem de visualizar o caminho com mais nitidez do que os outros concorrentes.

Ao meu redor, o barulho repentino da plateia é uma coisa quase física pressionando minha pele. É difícil isolar essa comoção, impedir que me afete. Eu me forço a parar por um momento e examinar o labirinto. É cheio de curvas, com corredores serpenteando para a frente e para trás sem qualquer coerência ou razão aparente. Viro-me com cuidado, e... lá está.

O centro.

Posso seguir o caminho com a vantagem de ter visto para onde ir... ou posso pegar um atalho.

Os corredores são separados por um metro e meio, mais ou menos. Não é uma distância insignificante, mas não é tão ampla que eu não consiga saltar. O centro está *bem ali*. Talvez a quinze metros de distância. Posso chegar lá, pegar a chave e voltar pelo mesmo caminho à parede externa para procurar a saída. As paredes têm alturas diferentes, mas acho que, se conseguir alcançar a parte mais alta ao meu lado, vou ter uma visão mais nítida do centro.

Contra esses competidores, não posso me dar ao luxo de ser cautelosa.

E mais: sou mais adequada que qualquer um para realizar essa façanha, dada a minha formação em ginástica. Um metro e meio não é *nada* para atravessar, e o topo das paredes de quinze centímetros são como terreno plano. *Eu consigo*.

As telas mudam lá no alto, e demoro uns três segundos para ver que outro concorrente tenta escalar a parede. Ele é um pouco mais alto do que eu e consegue subir, porém, quando tenta passar a perna por cima do muro, algo dá errado. Estremeço quando ele cai no chão com um baque surdo que quase posso sentir, mesmo que não consiga ouvir por causa do barulho da plateia.

— Talvez eu seja a única que tenha essa capacidade — murmuro.

Não há mais tempo a perder. Salto para a próxima parede e uso o impulso para pular para a terceira. Repetidas vezes, voando por cima do labirinto. Percebo vagamente que muitas telas estão me mostrando agora, o que significa que tenho de me apressar. Mesmo que ninguém mais consiga escalar as paredes e usá-las, como estou fazendo — o que é um grande *se* —, todos saberão minha localização. É como se eu tivesse pintado um alvo nas minhas costas.

O centro do labirinto não é muito grande; é um espaço de trinta por trinta centímetros, talvez. No centro, há uma viga de aço plantada para parecer uma árvore com cinco galhos. Em cada um deles, tem uma chave pendurada.

No centro do labirinto também tem outro competidor.

Teseu.

Ele ainda não me viu, mas verá assim que se virar. Não preciso eliminá-lo. Só preciso que fique no chão por tempo suficiente até eu pegar uma chave e escapar. Posso escalar outra parede no labirinto quando estiver sozinha. Não paro para pensar em todas as possibilidades de isso dar errado. Eu me atiro sobre ele, usando o impulso e uma boa dose de gravidade para jogá-lo no chão antes que ele alcance a árvore.

O impacto me abala até os ossos. Ele é um cara grande, mas pular de uma altura de três metros dificilmente termina em uma aterrissagem suave. *Não posso parar. A dor não tem importância. Continue.* Saio de cima de suas costas e fico em pé. A árvore está a poucos metros de distância, mas não dou mais que um passo antes de ele agarrar meu tornozelo e me puxar para baixo.

Desta vez, quando caio no chão, meus pulmões se esvaziam. Mas não deixo isso me conter. Não com Teseu se arrastando por cima do meu corpo. Se ele me imobilizar, pode me matar de verdade. Definitivamente, ele vai me incapacitar para garantir que eu não passe nessa prova.

Nem fodendo.

Sento-me e ponho toda força possível no punho que enfio na cara dele. É suficiente apenas para atordoá-lo, entretanto, consigo me afastar alguns centímetros antes que ele se recupere e aperte minha perna com mais força. Teseu me arrasta para baixo de seu corpo com um puxão forte. Meu macacão foi projetado para ser difícil de segurar, mas não faz diferença, porque ele consegue envolver quase minha coxa inteira com uma das mãos.

O pânico me invade. Estou tão *perto* do que quero, e este homem ameaça se colocar no meu caminho.

— Solte. — Dou outro soco na cara de Teseu.

Ele apenas grunhe e solta minha coxa por tempo suficiente para dar uma pancada no meu quadríceps. A dor me deixa tonta, mas não vou permitir que isso me faça parar. Agora não. Não por este homem.

— Você está lutando uma batalha perdida. — Teseu faz um ruído perigosamente próximo de um rosnado e levanta a metade superior do corpo. — Não passa de uma garotinha mimada do papai fingindo ser guerreira. Você não vai vencer.

Não consigo virá-lo. Ele é muito grande e não estou na posição certa para isso.

— Espere só para ver se não vou. — Agarro um punhado de cabelo ruivo-escuro e enfio os dedos em seus olhos.

Teseu uiva e recua. É o suficiente para eu sair debaixo dele. Minha coxa machucada ameaça ceder quando me levanto, mas pego uma chave e penduro o cordão no pescoço. Cada passo dói, mas não tenho tempo para me preocupar com isso agora.

Olho para trás a tempo de ver Teseu apoiar a mão no chão e se levantar cambaleante. Ele balança quase como se fosse cair, mas consegue se estabilizar. *Droga*. Seus olhos estão vermelhos e lacrimejantes, mas ele ainda deve conseguir enxergar, porque os crava em mim.

Ele prageja.

— Você vai pagar por isso.

— Saia do meu caminho, ou vou machucar você de verdade. — Há duas entradas para o centro do labirinto, mas ele está parado na frente daquela que leva aonde eu preciso ir. Se eu sair pela outra, vou ter de contornar o centro novamente, e isso está fora de cogitação. Conheço meu corpo bem o suficiente para saber que estou em contagem regressiva por causa da coxa. Tenho de sair daqui antes que a adrenalina acabe, e ela ceda completamente.

Teseu balança a cabeça como um touro prestes a atacar.

— Vocês, Kasios, representam tudo que há de errado neste ninho de víboras que é a cidade. Você não vai passar dessa prova.

As palavras provocam em mim um arrepio real de medo. Eu havia considerado e descartado a ideia de que Teseu e sua gente estivessem aqui para tentar um golpe contra os Treze e, por extensão, contra o Olimpo. Ao que parece, eu estava certa. Eles de fato estão aqui pelo Olimpo.

— Você não pode vencer. Mesmo que conquiste o título de Ares, não pode vencer.

— Não é comigo que tem de se preocupar. — Ele avança em minha direção.

Eu me esquivo no último minuto, me abaixo e dou um passo para o lado. Teseu se choca contra a árvore e cambaleia para trás, mas já estou me movendo. Acerto um chute com toda a força em seu joelho. O choque provoca um estalo nauseante; ele é jogado para o lado e cai no chão.

Um desejo sombrio e doentio surge dentro de mim, uma vontade de pisar naquele joelho mais algumas vezes e garantir que ele fique realmente no chão. Mas resisto. Isso pode me proteger *deste* homem, mas não vai me beneficiar em longo prazo. Quanto mais tempo eu permanecer aqui, maior é a chance de outra pessoa chegar.

Passo por Teseu. Ele geme e me amaldiçoa, mas não faz mais nenhum movimento para tentar se levantar. Não acredito que consiga. *É o suficiente.*

Minha perna dói muito. É agora ou nunca. Respiro fundo e começo a correr. Cada passo ameaça rasgar minha coxa machucada, mas consigo escalar a parede na primeira tentativa. Desta vez, demoro mais para levar o corpo até o topo e, quando me equilibro, estou ofegante.

Em seguida, salto para mais duas seções até a parte mais alta que consigo acessar com facilidade. Preciso da altura para traçar meu caminho até a saída. Agora é mais fácil, me equilibro com mais segurança, mas ainda sou excessivamente cautelosa com minha perna. Um tombo de três metros de altura doeria muito. E de quase cinco metros?

Melhor não arriscar.

Espio as telas a tempo de ver Atalanta quase nocautear o Minotauro com um soco bem dado. Consigo abrir um sorriso cansado.

— Boa. — Não estou ansiosa para enfrentá-la no desafio final, se for o caso, mas nossas interações limitadas foram suficientes para eu gostar dela.

Eu me concentro de novo e estudo o topo do labirinto. Ninguém mais chegou aqui ainda, mas não posso presumir que não há outro concorrente com essa capacidade. Preciso me mexer. Infelizmente, acho que não vou conseguir pular de parede em parede como fiz antes. Se minha perna falhar, o tombo vai provocar mais estrago do que Teseu.

Olho para o lado, à procura da porta de saída. Fica perto do arco por onde entramos, que está na minha frente e à direita. Tento controlar a respiração acelerada à medida que traço uma rota até lá. Vai demorar mais, mas tenho uma chave e só preciso evitar os outros concorrentes. Acho que sou capaz disso.

O barulho da plateia soa diferente. Achei intenso antes, mas não foi nada se comparado ao som que sacode a arena agora. É *sanguinário*. Viro-me a tempo de ver as telas mudarem de foco e mostrarem Pátroclo e Heitor lutando.

Sufoco um grito quando Heitor desfere um soco devastador no estômago de Pátroclo. Pela aparência dos dois, estão brigando há um tempo. Os dois têm os nós dos dedos ensanguentados e o rosto machucado, quase a ponto de se tornarem irreconhecíveis. Cambaleiam enquanto se estudam, dançando em círculo.

Ambos estão na melhor forma possível, mas Heitor se move mais como Aquiles... como se fosse por instinto. Posso praticamente *ver* o cérebro de Pátroclo tentando mapear o próximo ataque, tentando antecipar o passo do adversário. Funcionaria com qualquer outra pessoa, mas não com Heitor. Ele é muito rápido. Nunca o vi lutar, mas trabalhou com Ares durante anos, antes de ser transferido para trabalhar com Apolo. Aparentemente, o tempo que passou atrás de uma mesa não o enfraqueceu em nada.

Pátroclo vai perder.

Meu coração vai parar na garganta. Examino o labirinto a fim de tentar descobrir onde eles estão. Não sei se posso ajudar, mas tenho de tentar. Não creio que Heitor causaria algum mal permanente a Pátroclo; não de propósito, pelo menos. Mas acidentes acontecem, especialmente em brigas, *especialmente* quando as apostas são tão altas.

Ali.

Não estão longe. Eu poderia alcançá-los em poucos minutos... mas teria de ir na direção oposta à da saída. Se Pátroclo não é páreo para Heitor, eu também não sou. Ajudá-lo pode me fazer sacrificar minha chance de passar na segunda prova.

Heitor acerta um soco que joga a cabeça de Pátroclo para trás. Ele mal consegue ficar em pé.

— Não!

Um rugido frustrado, mais alto até que o barulho da plateia, me faz virar e ver Aquiles avançando pelo corredor. Na direção errada.

Não paro para pensar. Apenas grito:

— *Aquiles!*

De algum modo, ele me ouve. Para e olha para cima. Aponto na direção certa.

— Ele está lá! — Uma olhada rápida é suficiente para mapear o percurso. — Duas direitas. Esquerda. Direita. Três esquerdas.

Ele assente e sai apressado, seguindo perfeitamente minhas instruções. Em segundos, aparece na esquina mais próxima à luta e derruba Heitor em uma voadora. *Ele* parece tão cheio de energia quanto no momento em que entramos no labirinto, e solto o ar trêmula. Vai tudo ficar bem. Aquiles vai cuidar de Pátroclo. Não vai permitir que o namorado seja morto.

Graças aos deuses.

Forço-me a desviar o olhar da luta. Eles estão bem. Agora tenho de me preocupar comigo. Não há mais nada que eu possa fazer para ajudar, nada que os faça *precisar* da minha ajuda. Depois de olhar as telas pela última vez, me equilibro e começo a seguir o caminho sinuoso em direção à saída.

Minha perna aguenta, o que é um milagre, mas cada passo é uma agonia. Vejo Minotauro caminhando com passos arrastados pelo labirinto, alguns corredores adiante. Ele olha para cima quando passo, estreitando os olhos. Fico tensa, mas ele simplesmente se vira e segue para as últimas curvas entre ele e o centro do labirinto.

Paro na parede em frente à porta e me abaixo para escorregar até o chão. Minha perna enfim cede e caio de bunda.

— Ai.

— Impressionante.

Olho para cima e vejo Atalanta parada ao meu lado com um sorriso no rosto cheio de cicatrizes. Ela segura uma chave. Respondo com um sorriso cansado.

— Não tanto quanto você.

Ela abre a boca, mas revira os olhos e cai. Páris está atrás dela. Ele balança a cabeça.

— Coitadinha. Nem me viu chegar.

Meu corpo reage antes que a mente processe por completo que Páris nocauteou *Atalanta*. Por um momento, algo sombrio passa por seu rosto e posso praticamente vê-lo ponderar a chance de me chutar enquanto estou caída — talvez literalmente —, e o desejo de manter a imagem do playboy charmoso que o Olimpo acredita que ele seja.

Páris balança a cabeça lentamente e se abaixa para pegar a chave da mão flácida de Atalanta.

— Escalando as paredes, hein? Eu sabia que você não poderia ter chegado tão longe sem trapacear. Está tirando essa chave de alguém que a merece de verdade. Que patético. — Páris se vira e caminha até a porta. Insere a chave na fechadura, abre a porta e desaparece.

Fico olhando por um instante, dois, três. Eu *não* trapaceei. Resolvi o problema por métodos não tradicionais, mas isso não me torna fraca. Que ironia Páris me acusar de pegar a chave de alguém que merece... Balanço a cabeça com força em uma negativa. Droga, estou deixando que Páris mexa com minha cabeça de novo. Eu me aproximo de Atalanta e a deito de costas.

Sua respiração é regular, e ela abre os olhos escuros.

— Filho da puta.

O alívio me deixa um pouco tonta. Ela está bem. Ou vai ficar.

— Desculpa. — Não posso continuar aqui, não posso correr o risco de ter o mesmo destino se alguém decidir arrancar uma página do manual de Páris. Aperto seu ombro e me afasto dela. — Desculpa, tenho que ir.

A única coisa que importa é sair por aquela porta e passar na segunda prova.

Uso a parede para me levantar e cambalear até lá. Tenho de fazer duas tentativas para inserir a chave na fechadura e girá-la. A porta é aberta em silêncio, e eu saio do labirinto.

O barulho da plateia está mais alto? Não tenho certeza, mas ergo os ombros e me esforço para mancar o mínimo possível. Belerofonte está ao lado da porta, com uma expressão ilegível no rosto. Elu aponta para um banco que não estava lá quando iniciamos a prova.

— Espere ali, por favor. — Assinto e vou me sentar no lado oposto ao de Páris. Posso sentir seu olhar em mim, mas me recuso a retribuir. Em vez disso, miro as telas no alto da arena. Elas mostram o restante dos concorrentes. Alguns estão no chão, vítimas de variadas lesões corporais. Teseu permanece no centro do labirinto, encostado na parede e segurando o joelho. Não vejo Heitor nem Minotauro.

Aquiles carrega Pátroclo, que parece ferido, mas — *graças aos deuses* — bem.

Faço um esforço enorme para não esboçar uma reação conforme acompanho o progresso lento com o coração na garganta. Já passamos da metade do tempo previsto. Eles têm de se apressar se quiserem passar na prova. Pressiono as mãos contra as coxas, lutando para manter a expressão neutra. Será que Aquiles vai deixar Pátroclo para trás? Será que algum deles vai conseguir?

Vamos. Vocês conseguem. Corram.

22

AQUILES

—Me deixe aqui.
— Pare de falar isso — rosno. — Vamos sair juntos dessa. — Mais cedo, acidentalmente, encontrei a porta de saída do labirinto e memorizei o caminho de volta. Só precisamos encontrar a porra do centro, pegar as chaves e dar o fora daqui. Ajusto cuidadosamente a mão em torno da cintura de Pátroclo. — Ele acertou suas costelas?
— Não.
Ele está se apoiando demais em mim. Não consigo identificar se está mentindo, ou se Heitor só o derrubou e agora ele está tonto. Vi um corte em seu lábio, e tenho certeza de que o tornozelo está totalmente fodido. Também há um hematoma escurecendo de um lado do rosto, e seus óculos estavam quebrados no chão quando o encontrei lutando com Heitor.
É melhor não pensar muito a respeito daquilo.
Vi logo de cara que Pátroclo perderia. Então Heitor o acertou com um soco no queixo que jogou sua cabeça para trás, e ele caiu

como uma marionete com as cordas cortadas. Depois disso, parei totalmente de pensar. Meu único objetivo era nocautear Heitor e proteger o homem que amo. Não dou a mínima se Heitor tem seus motivos para estar aqui.

Ele não quer o título de Ares. Só quer preparar o caminho para que o irmão mais novo seja Ares, e está disposto a pisar em Pátroclo para chegar lá. Se Helena não estivesse em cima dos muros na hora certa para me guiar... Não gosto de pensar no que poderia ter acontecido.

— Foda-se.

No alto, a cena nos telões muda, e a plateia enlouquece. Olho para cima a tempo de ver Páris sair do labirinto. O idiota tem uma postura majestosa no traje azul-royal. Nem parece ter suado muito. Desgraçado.

Logo atrás dele vem Helena.

Ela manca e sorri, mas posso perceber que está furiosa. Ela esconde a emoção cuidadosamente nos olhos âmbar quando se vira e acena para a multidão. Parte de mim esperava que ela fosse eliminada nesta prova para simplificar as coisas, mas não consigo impedir a explosão de puro orgulho. Ela conseguiu, e de uma forma inteligente.

— Essa é a nossa garota.

— Aquiles — Pátroclo fala de um jeito meio enrolado, e não sei se é porque bateu a cabeça ou porque está com o lábio cortado. — Estou atrasando você. Restam apenas três chaves. Me deixe.

— Cale a boca. — Eu o carrego por um corredor, depois por outro. Estamos perto do centro. Tenho certeza disso. O labirinto não é tão ruim quando se navega da entrada para o meio. Como eu esperava, a próxima curva à direita leva ao centro do labirinto. Tem uma estranha estrutura de metal em forma de árvore no meio do espaço e duas chaves penduradas em galhos.

— Só restam duas.

Teseu também está ali. Vi trechos de sua luta com Helena. Ela meteu o pé na bunda dele. Ou melhor, no joelho. Ele está encostado na parede de olhos fechados, pálido de dor. Abaixo da bainha do short preto, seu joelho está muito inchado e começa a se tingir de um tom feio de roxo. Na melhor das hipóteses, é um deslocamento. Na pior das hipóteses, ela provocou uma fratura importante.

Boa menina.

Com uma lesão do tipo, Teseu está fora do torneio, mesmo que de alguma forma tenha conseguido uma chave. Ainda assim, passo longe dele. Não há razão para provocar o filho da mãe a tentar atacar. Olho para cima. Faltam trinta minutos de prova. É tempo o bastante, desde que não tenhamos problemas. Mas só se não demorarmos. Pego uma das chaves e penduro o cordão no pescoço de Pátroclo. A segunda chave eu penduro no meu.

— Aquiles. — Pátroclo agarra minha camisa e me dá uma sacudida fraca. — Pare de ser teimoso.

— Não sou eu quem está teimando. Pare de dizer para eu deixar você aqui.

Ele me encara, e um pouco da força volta ao seu corpo.

— Você está sendo ridículo. Não vou ser Ares. *Nunca* seria Ares. Só vim para dar apoio, e você nem precisava de mim. — Ele balança a cabeça e faz uma careta de dor. — Me deixe aqui. É melhor para você.

Sinto um medo real. Sei que ele está falando especificamente sobre esta prova, mas não dou a mínima. Não consigo ignorar o possível futuro quando ele disser isso de verdade. Pátroclo age como se eu fosse uma estrela cadente e como se ele estivesse apenas pegando carona, como se eu fosse o ambicioso que o arrasta ao meu lado. Como se ele não fosse um parceiro em tudo. Como se, em algum momento, eu fosse deixá-lo para trás para sempre. Como se *escolher parar de se empenhar ao meu lado* não fosse uma escolha por si só, porra.

Agarro seus ombros. Força demais. Eu o estou segurando com força demais.

— Escute, Pátroclo. Nunca vou deixar você para trás. Nem nessa porcaria de prova. Nem na vida. Pare de bancar o mártir.

Ele estremece.

— Não se trata de ser mártir se é verdade.

Estamos falando sobre a prova e, ao mesmo tempo, não estamos falando sobre a prova. Eu o encaro.

— Você se cansou de mim?

— O quê?

— Você ouviu. *Cansou de mim?* — Não consigo evitar, prendo a respiração, mesmo com toda a adrenalina inundando meu organismo.

Ele pisca uma vez. Duas.

— Não. Não posso... Não vou ser a pessoa que vai embora.

O alívio me deixa um pouco zonzo, mas não temos tempo para discutir o assunto adequadamente. Não aqui. Não desse jeito.

— Então cale a boca e aguente firme. — Eu me abaixo e o ponho sobre um ombro, como um bombeiro salvando uma vítima. Ele xinga e gagueja, porém é mais a indignação do que a dor.

Fico atento enquanto refaço o caminho de volta à entrada. Atalanta e Minotauro ainda estão em algum lugar do labirinto. Não há mais chaves na árvore, o que significa que a última está com um deles... presumindo que consigam chegar à saída.

Pátroclo me xinga o tempo todo, mas pelo menos para de insistir para ser deixado para trás. Estou fazendo força para respirar quando viro a esquina e vislumbro a porta. O relógio no alto marca dez minutos. Foi por pouco, mas conseguimos.

Ponho Pátroclo em pé com todo cuidado.

— Você primeiro.

Ele não discute. Então, se dirige até a porta e insere a chave na fechadura. A multidão enlouquece quando ele sai com passos trôpegos. Eu o sigo apressado. No momento em que saio do labirinto, tenho a sensação de me livrar de um peso enorme que carreguei nas últimas duas horas. Eu sabia que conseguiríamos. Eu *sabia*.

Mas houve momentos em que duvidei.

Pátroclo e eu nos dirigimos ao banco, e vejo Helena. Uma ruga de preocupação surge em sua testa quando vê Pátroclo mancando em sua direção. Ela fica tensa como se fosse se levantar, mas me coloco embaixo do braço de Pátroclo e o mantenho em movimento.

— Tudo certo, princesa.

— Você está bem? — ela murmura. Por um segundo, acho que está falando com ele, mas quando a encaro, seus olhos âmbar estão cravados em mim. — Não vi você nas telas na maior parte do tempo que passei lá.

— Que anticlimático. Não vi ninguém até ver Heitor. — Meu estômago se revira ante a lembrança. Não sou de ficar ruminando nada, mas não vou esquecer tão cedo a imagem daquele último golpe. Mesmo *sabendo* que seria necessário mais que uma boa pancada para derrubar Pátroclo de maneira permanente, vê-lo cair no chão foi como uma cena de pesadelo. Engulo em seco. — Estou... estou bem.

Guio Pátroclo até o lugar ao lado de Helena, e meu peito aquece quando a vejo segurar a mão dele de imediato. Pátroclo balança a cabeça.

— Pare de me olhar desse jeito. Estou bem.

— É, bem, você parece péssimo — ela fala quase com carinho, apesar da expressão preocupada.

Sento-me no banco do outro lado de Pátroclo, que se apoia em mim. A preocupação me corrói. Não vamos poder examiná-lo até a prova ser encerrada. Os últimos minutos parecem demorar décadas.

Quando faltam cinco minutos, Minotauro faz a última curva em direção à saída. A última chave está pendurada no cordão em seu pescoço grosso, e ele avança de cabeça baixa. Só por isso não vê Atalanta até ela estar em cima dele.

Prendo a respiração quando a vejo lhe dar uma rasteira. Ela é boa, muito boa, mas não tem muita estabilidade, apesar do óbvio treinamento. Deve ser por isso que Atalanta não consegue se esquivar com rapidez o suficiente quando Minotauro a ataca de volta e a tira do chão.

— Páris a nocauteou — Helena murmura. Ela encara a tela com um olhar preocupado. — Se ela levar outra pancada na cabeça...

Não vai ser nada bom.

Nas telas, Atalanta se empoleira no peito largo do Minotauro e o acerta com várias cotoveladas. Sinto um arrepio. Aquela merda deve doer, mas ele mantém os braços sobre a cabeça e parece esperar uma brecha. A oportunidade surge quando ela muda de posição para pegar a chave.

O Minotauro bate com o cotovelo de um lado do corpo dela. A força do golpe a derruba, e ela cai contra a parede oposta apertando a barriga. Ele quebrou uma costela no ataque. Talvez mais de uma.

Fico tenso quando Minotauro se levanta. Se for atrás dela agora, não há nada que eu possa fazer a respeito. Durante uma pausa longa e significativa, é possível ver que ele considera a possibilidade de feri-la gravemente. Depois se vira e segue em direção à saída.

Segundos depois, ele abre a porta e sai. Um de seus olhos está quase totalmente fechado por causa dos socos de Atalanta, mas ele parece bem. Suponho que seria esperar demais vê-lo com mais alguns ferimentos que o incapacitassem na próxima prova.

A plateia fica em silêncio quando os holofotes iluminam Atena.

— A segunda prova está encerrada. — Ela sorri lentamente. — Parabéns aos nossos concorrentes que passaram para a terceira e última prova. Aquiles, Pátroclo, Minotauro, Helena e Páris.

A arena enlouquece. Posso *sentir* os aplausos nas solas dos meus sapatos, vibrando até os ossos. Mesmo que não tenha nada que eu queira mais do que dar o fora daqui e chamar um médico para examinar Pátroclo, sorrio e aceno. Do outro lado dele, Helena faz a mesma coisa.

Eu me odeio um pouco neste momento.

Por que diabos estou fazendo este jogo, quando uma das pessoas de quem mais gosto no mundo está tão machucada que não consegue nem se sentar sozinho? Isso fala muito sobre mim e sobre meus objetivos, e é uma declaração muito ruim.

Mas chegamos muito longe, lutamos muito para estar aqui... não posso desistir agora. Desistir não é da minha natureza. Vou lutar até o fim, e a única coisa que posso fazer é torcer para que o preço disso não seja mais alto do que posso pagar. Antes do momento atual, nunca me ocorreu que essa fosse de fato uma opção. Agora? Agora não tenho tanta certeza.

Depois disso, as coisas acontecem depressa.

Belerofonte e sua equipe nos conduzem para fora da arena. Existem poucos concorrentes agora, cabemos todos em uma van. Mantenho Pátroclo entre mim e Helena. Não gosto de como os outros dois homens ficam olhando para ele — para nós.

Páris se recosta no assento e sorri.

— Coisinha fofa essa entre vocês três. Você não se cansa, Aquiles? — Eu o encaro sem dizer nada, mas aparentemente ele não precisa de resposta. — Você sabe, de carregar Helena e Pátroclo nas costas?

Sinto Helena tensa, mas não olho para ela quando respondo:

— Deve ser exaustivo para você, Páris.

Ele estreita os olhos.

— O quê?

— A ginástica mental que faz para fingir que é melhor que todo mundo. — Balanço a cabeça. — Você é um merdinha traiçoeiro, e essa é a única razão para ter passado por esta prova. Não pense que não vi como você atacou Atalanta pelas costas. Foi sua única chance de vencê-la, porque com certeza não teria conseguido fazê-lo em uma luta justa. Qualquer um nesta van pode arrebentar você, inclusive Pátroclo, mesmo machucado como está. Então cale a boca.

Páris fica vermelho, mas seu tom ainda tem aquele mesmo charme irritante quando retruca:

— É fofo esse seu jeito de bajular Helena. — Ele se inclina um pouco para a frente, e a crueldade ilumina seus olhos. — Não precisa se esforçar tanto. É só chamá-la de putinha suja, e ela se deita e abre as pernas para você.

A fúria me faz avançar, mas a mão de Pátroclo em meu peito me contém. Sua voz soa baixa, mas cruel:

— Falou o cara que tinha algo muito valioso e estragou tudo.

Volto a atenção para Helena, mas ela está olhando pela janela. Era de se pensar que atacaria Páris depois de um comentário como esse. Ela não é das mais sutis quando está furiosa, e me deu um tapa por menos. Em vez disso, seus ombros estão curvados e a linguagem corporal é tensa, frágil.

Não é a primeira vez que ele diz esse tipo de coisa para ela.

Realmente não dou a mínima para o que as pessoas pensam de mim fora de um grupo seleto, mas vi como Pátroclo às vezes deixa comentários circularem dentro de sua cabeça até confundirem a verdade e o corroerem por dentro. Isso não acontece com tanta frequência agora, não como acontecia na adolescência e no início da vida adulta, mas é essa sensação que tenho agora.

Helena amava Páris. Eu não entendia, mas agora tenho certeza disso. Ela o amava e o deixou entrar, e foi como se aninhar com uma cobra, porque ele usou essa proximidade contra ela.

Olho para Páris. Não corro mais o risco de atacá-lo, mas minha raiva não diminui. Meu sorriso é lento.

— Vou adorar bater na sua cara na próxima prova. Dessa vez não vai ter Heitor para proteger você, Páris.

Ele dá de ombros.

— Veremos, não é?

— Isso. Veremos.

Minotauro bufa.

— Vocês quatro com essas brigas mesquinhas. Isso me esgota.

— Então pare de ouvir — respondo. — Ninguém estava falando com você.

A van diminui a velocidade até parar. Páris mal espera a porta ser aberta antes de sair do veículo. Minotauro o segue, mas em um ritmo mais razoável. Quase espero que Helena vá embora também, mas ela se vira para nós. Sua expressão está fechada de um jeito que não me agrada.

— Vou ajudar você com Pátroclo.

Nenhum de nós comenta que posso carregá-lo sem muita dificuldade. Ela obviamente precisa de alguma coisa com que se ocupar depois de Páris ter sido o merda que é, e se Pátroclo está de acordo com isso, eu também estou.

Nós o tiramos da van com todo cuidado, e Helena se coloca embaixo de um braço dele. Ela é suficientemente baixa para que Pátroclo não precise levantar muito o braço, e ela nem sequer se move sob o peso dele. Helena possui uma força inesperada para seu tamanho, mas isso não é novidade.

Belerofonte vem ao nosso encontro e olha para nós três.

— O médico vai encontrar vocês no quarto de Pátroclo.

— Perfeito. — Helena começa a andar em direção à porta.

Belerofonte e eu os observamos por um momento. Eles conversam em voz baixa.

— Ele teria sido examinado por um médico, mesmo que você não o tivesse carregado para fora do labirinto nas costas. Provavelmente, até mais cedo.

— Eu sei. — Sei. Mas não poderia deixá-lo para trás, mesmo que tudo isso signifique ele ser o primeiro eliminado na próxima prova. Não sou assim.

Belerofonte me dá um tapinha no ombro.

— Bem, parabéns por chegar à terceira prova. Você é quase o vencedor.

Consigo responder com um breve sorriso, embora ainda acompanhe Helena e Pátroclo com os olhos quando eles chegam à porta. Ela manca um pouco, e não acho que é por causa do peso de Pátroclo apoiado em seus ombros. Que mulher complicada. Ela deveria ter falado se também estava machucada. Ponho-me a caminhar rumo à porta.

— Deixe para me dar os parabéns quando meu nome for Ares.
— Nunca supero essa sua confiança. Está bem, combinado. — Belerofonte ri. — A próxima prova acontece em dois dias. Prepare-se.
— Pode deixar — respondo por cima do ombro. Alcanço minha dupla rapidamente e me coloco embaixo do outro braço de Pátroclo. — Pronto.
— Estávamos bem sem você. — Não há nenhuma pressão no tom de voz. Helena parece exausta.
— O que aconteceu com sua perna, Helena?
Ela gagueja.
— Estou bem.
— Mentira. O médico vai examinar você também quando chegarmos ao quarto. — Helena parece bem, mas, se for parecida com Pátroclo, não me contaria nada, mesmo que estivesse sangrando. Pensar sobre isso provoca um arrepio gelado que percorre minhas costas.

Esses dois podem estar entre as pessoas mais inteligentes que já conheci, mas não têm a autopreservação que os deuses dão às crianças. Se depender deles, ignorariam o próprio corpo e acabariam gravemente feridos.

Tudo bem. Se não se cuidam, eu vou cuidar de vocês.

Dou uma olhada rápida para o perfil de cada um. Alguma coisa suave e terna se agita em meu peito. *De vocês dois.*

23

HELENA

Apesar do que digo a Aquiles e Pátroclo, sinto uma dor imensa na coxa enquanto voltamos ao quarto. Mal me dou conta disso. Com as palavras horríveis de Páris girando em minha cabeça e os ferimentos evidentes de Pátroclo, tenho muito mais em que me concentrar do que o âmbito físico.

Isso não impede Aquiles de nos empurrar para o sofá e se tornar ameaçador quando tento me levantar. Ele aponta um dedo para mim.

— Sente-se aí e espere o médico, porra.

Provavelmente, eu deveria considerar sua atitude irritante, mas... assim como quando Pátroclo me parou na esteira, este é Aquiles cuidando de mim. É inusitado o suficiente para ser gentil. Exasperante. Mas gentil. As pessoas não cuidam de mim. Crescer na casa do meu pai significou que demonstrar muito carinho era pedir para Zeus nos ensinar uma dura lição. Vimos isso acontecer muitas vezes com Hércules, então aprendemos bem. Bem demais, talvez.

Afasto o dedo de Aquiles do meu rosto.

— Teseu apertou minha coxa. É só um hematoma.

— Veremos — ele murmura. E olha para o meu macacão. — Vai ser complicado tirar isso aí. Vamos ter que cortar.

— *Aquiles*.

Ele aponta para Pátroclo.

— Não comece. Você mal consegue levantar os braços. Vou cortar sua camisa também.

— Pervertido — murmuro.

— Você nem imagina.

Pátroclo e eu trocamos um olhar, e a irritação que vejo refletida em seus olhos escuros me surpreende e me faz rir. É uma sensação boa, então faço de novo.

— Deuses, Aquiles, você é uma delícia.

— Eu sei. É bom saber que finalmente está percebendo. — Uma batida à porta o afasta de nós depois de um último olhar severo. — Comportem-se, vocês dois.

A médica é uma mulher baixa e enrugada de pele marrom, cabelos grisalhos e óculos quadrados e grossos. Ela olha para nós.

— Ferimentos?

— Um hematoma na coxa.

Pátroclo hesita, mas por fim suspira.

— Rosto. Tornozelo. — Ele lança um olhar culpado para Aquiles. — Costelas.

— Seu filho da puta.

A médica estala os dedos para Aquiles.

— Chega. Ou ajuda os dois a tirarem a roupa sem fazer comentários, ou pode sair.

Ele abaixa a cabeça no mesmo instante.

— Sim, senhora.

— Melhor assim.

Ele vai buscar uma tesoura na cozinha. Sinto que a proximidade de Aquiles é muito mais íntima do que deveria quando ele se senta ao meu lado e, com uma expressão concentrada no rosto bonito, puxa cuidadosamente o tecido para desgrudá-lo da minha pele e corta. A tesoura desliza bem, e, minutos depois, ele tira o macacão de mim.

Aquiles é igualmente cuidadoso com Pátroclo, embora o encare o tempo todo.

— Devia ter dito alguma coisa.

— Você teria se preocupado. — A nota abafada de dor indica com exatidão quanto Pátroclo está machucado. Ou talvez seja apenas a queda na adrenalina, e torço por isso. Contusões podem doer muito. Isso não significa que ele esteja gravemente ferido.

A preocupação revira meu estômago.

— Examine Pátroclo primeiro.

— Você tem uma lesão. Ele tem várias. — A médica examina, cutuca minha coxa e se endireita. — É uma contusão. Faça compressa de gelo. Se não estivesse no torneio, eu aconselharia uma semana de repouso.

— Isso não é uma opção — apresso-me em responder.

— Eu sei. — Seu tom é seco e sem humor. — Sua perna pode deixar de responder se abusar do esforço, é bom ter isso em mente durante a próxima prova.

— Obrigada.

Em seguida, a médica examina Pátroclo e faz uma série de perguntas breves. Olho por cima da cabeça dela para Aquiles. Nunca o vi tão consumido pela preocupação e pela culpa. Ele carregou Pátroclo sobre os ombros para fora do labirinto. Se Pátroclo fraturou algumas costelas... se essa atitude agravou a situação... posso praticamente enxergar esses pensamentos passando pela expressão sombria do grandalhão.

Nenhum de nós respira direito até a médica erguer a cabeça.

— Você tem sorte. Acho que não tem nenhuma fratura. Mesmo assim, *gostaria* de fazer uma radiografia de suas costelas. Por precaução.

— Não estão quebradas. — Pátroclo toca o lado do corpo com cuidado. — Já quebrei costelas antes e foi diferente.

Ela suspira.

— Muito bem. Seja teimoso. Não posso obrigar você a receber os cuidados corretos.

Aquiles se irrita.

— Faça a radiografia.

— Estou *bem*. — Pátroclo balança a cabeça. — Estou exausto e imundo, quero um banho, uma refeição e uma cama. Mas estou bem, Aquiles. Juro.

Não o conheço bem o suficiente depois de adulto para saber se é mentira. É estranho perceber isso. Faz menos de uma semana que estou perto de Pátroclo, mas parece muito mais tempo. Pelo menos até vivermos momentos como este, quando fica evidente que agora só o conheço de modo superficial.

Mas até Aquiles o estuda como se não tivesse certeza de qual é a verdade. Finalmente, ele concorda com a cabeça.

— Se eu descobrir que está mentindo, acabo com você.

— Eu sei.

Aquiles se vira para a médica e lhe oferece um sorriso educado.

— Muito obrigado por vir, senhora.

— Gelo e repouso. — A mulher se vira e sai.

Aquiles nos olha.

— Posso confiar em vocês, vão ficar quietos e não se arrebentar ainda mais, enquanto vou buscar comida para nós? Ou vão pular a janela para ir lutar contra o Minotauro?

Reviro os olhos.

— Foi uma *prova*. Eu diria que saí em ótimas condições, considerando que eu estava enfrentando Teseu.

— É, acho que sim. — De repente ele sorri. — Vi o joelho dele. Bom trabalho, princesa.

O elogio me faz corar. Ele é gratuito, sem segundas intenções. Não entendo muito bem, mas gosto.

— Obrigada.

— Vá. — Pátroclo se levanta devagar. É doloroso de ver, mas ele já se move melhor que antes. Não vai ser assim de manhã, mas isso é uma luta para depois. — Pegue bastante gelo também.

— É claro. — Aquiles o observa por um longo instante, depois sai da sala.

Pátroclo balança a cabeça.

— Vamos. Se não estivermos sentados e esperando, obedientes, quando ele voltar, Aquiles vai deduzir que estamos em situação pior do que dissemos e vai chamar outro médico para ter uma segunda opinião.

Sorrio, apesar de tudo.

— Que os deuses não permitam isso.

— Você faz piada, mas Aquiles entra em modo "mãe surtada" com a mesma intensidade com que entra em uma briga. Não tem como ganhar dele.

— Não acha isso meio fofo? — Eu me inclino na direção de Pátroclo, com todo o cuidado, e apoio a cabeça em seu ombro. É gostoso. Muito bom.

Ele ri baixinho.

— "Fofo" é uma palavra que pode descrever isso, acho.

Aquiles volta menos de dez minutos depois. Olha para nós e parece satisfeito.

— Ora, isso é impressionante. — Ele coloca uma caixa enorme sobre a mesa, cheia de sacos de gelo e comida, e nem sei o que fazer com tudo aquilo. — Vamos comer.

É tão *fácil* estar com eles. Mesmo cansada e machucada, com o coração ainda doendo por causa das palavras venenosas de Páris, estou mais à vontade aqui com esses dois homens do que consigo me lembrar de ter estado antes. Não estou preocupada com a ausência de maquiagem ou com a aparência relaxada, nem com a possibilidade de eles usarem minhas palavras despreocupadas contra mim quando eu menos esperar. É legal. Mais que legal. É uma indulgência que sei que não devo me permitir viver. Sim, todos passamos na segunda prova e garantimos uma prorrogação do nosso triozinho, mas o resultado final ainda será o mesmo.

Um de nós será Ares. Os outros perderão a chance de realizar um sonho que passaram muito tempo perseguindo.

— Helena. — A voz de Aquiles interrompe meus pensamentos. Ele me observa com atenção. — O que Páris disse na van...

Parte do calor que inundava meu peito se dissipa.

— Não tem importância. — Recuso-me a admitir que Páris me assusta. Ele abre buracos na minha confiança, na minha segurança emocional, e depois fica lá com aquele sorrisinho quando perco o controle e explodo de raiva. Houve um tempo em que me tranquilizei com a certeza de que o dano estava confinado ao emocional, como se isso tornasse tudo melhor. A verdade é que ele me causou danos permanentes, tanto mentais quanto emocionais. Respiro fundo. — *Ele* não é importante.

Pátroclo parece não acreditar em mim.

— O jeito como ele fala com você não é certo.

— Não. Não é. — Posso ver a pergunta na cara deles, e talvez por isso respondo sem obrigá-los a perguntar. *Por que ficou com um homem como ele?* — Ele não era assim quando o conheci. Era educado. — A humilhação queima meu rosto. Fui criada no Olimpo. Devia ter sido mais esperta, em vez de acreditar em uma fachada bonita, mesmo que parecesse tão completa. Mas estava tão carente de gentileza que caí direto nos braços de Páris. — Foi aquela coisa do sapo na água fervente. Nem percebi que ele estava me atacando, até ser quase tarde demais.

Aquiles estala os nós dos dedos.

— Quer que eu arrebente o cara por você?

Sorrio, apesar de tudo.

— Não precisa. Posso lutar minhas próprias batalhas.

— Obrigado por contar para nós, Helena. — Pátroclo me estuda por um momento e finalmente diz: — Páris não vai vencer. Ele é o candidato mais fraco e, com Heitor eliminado, não tem a menor chance. — Eu gostaria de acreditar nisso. O problema é que Páris não deveria ter conseguido passar da segunda prova. Ele se exercita o suficiente para manter o corpo que decidiu ser o ideal, mas não é um atleta ou um guerreiro, como os outros concorrentes. Não devia ter sido o primeiro a passar por aquela porta, de jeito nenhum. E com relação ao combate? Páris não é capaz de vencer uma luta justa, mas nunca esteve em uma luta justa, nem uma vez na vida. O jeito como ele emboscou Atalanta é mais do que prova disso.

— Subestimá-lo é um erro. — Quando tenho a impressão de que os dois vão discutir, eu os silencio com um aceno de mão. É mais fácil focar nisto, no torneio, nos concorrentes, do que pensar no *que* o futuro reserva para mim. Sem mencionar que não temos respostas sobre o assassino, ou por que ele foi retirado da jurisdição de Atena. A única pessoa que pode dar essas respostas é Zeus, mas ele não vai revelar nada sem uma boa briga, e não posso cuidar *disso* até o final do torneio. Não consigo imaginar que essas respostas vão me deixar feliz. Isso raramente acontece quando se trata de questões que minha família prefere manter escondidas.

E o restante? O futuro em que essa coisa estranha e frágil entre mim, Aquiles e Pátroclo se desintegrar e virar cinzas? Não suporto pensar no assunto.

É mais fácil e mais simples focar nas ameaças imediatas.

— Além disso, ele não é o único com quem tenho que me preocupar. Mesmo que Páris não seja um candidato com chances reais; e ele é, ou não estaria aqui ainda, ninguém pode afirmar que o Minotauro é qualquer coisa menos que perigoso.

— Vamos lidar com isso — Pátroclo fala com muita confiança, como se já tivesse planejado tudo. Como se a vida não tivesse o hábito de chutar você na cara quando menos se espera. Como se ele não estivesse meio fora de combate por ter sido espancado por Heitor. — Vocês não têm nada com que se preocupar. Nem Páris, nem Minotauro vencerão.

— Sim, é isso que todo mundo fica repetindo. — Balanço a cabeça lentamente. — Sabe o que meu irmão disse para me confortar, quando me traiu para consolidar uma possível aliança futura? Ele disse que se o novo Ares me ferisse de algum jeito, ele o mataria.

Aquiles estreita os olhos.

— Parece que Zeus está se antecipando, mas o que tem de errado nisso?

Minha risada é trêmula.

— O que tem de errado é que ele está fazendo muitas suposições que não se baseiam na realidade. Ares não precisa de *mim* como esposa para manter o título. De algum jeito, o suposto conforto de ser vingada não me faz sentir melhor. Mas ele não disse isso para me fazer sentir melhor. Ele disse isso para aplacar o que restou de sua consciência atrofiada. — Ou, pior, para me convencer a ser uma vítima voluntária. Mas não posso revelar isso em voz alta. É demais para compartilhar, mesmo com esses dois.

Aquiles levanta as sobrancelhas.

— Não sei com o que está preocupada, princesa. Eu vou ser o próximo Ares, e embora goste de tapas, cócegas e lutas se transformando em uma trepada, só tem graça quando todos os envolvidos estão se divertindo. Você está segura comigo.

Eu o encaro, temporariamente atordoada. Ele acha isso reconfortante? Sou capaz de admitir que Aquiles é o melhor candidato do grupo, mas a vitória dele significaria que falhei. Significaria passar o resto da minha vida no papel da esposa que o apoia, aquela que está sempre fora do círculo mais próximo, aquela que é o *prêmio*.

Afundo na cadeira na frente dele, de súbito exausta. Não posso me dar ao luxo de esquecer que esses homens não são meus aliados. Não de verdade. Eles podem estar protegendo meu corpo e me dando mais prazer do que eu poderia ter sonhado... mas isso não importa. Somos adversários.

Deuses, não deveria doer tanto.

— Isso não chega nem perto de ser reconfortante como você gostaria que fosse.

— Aquiles tem um jeito próprio de fazer as coisas. — Pátroclo encolhe os ombros. — Para ser justo, ele é o mais indicado para vencer.

Eu me irrito. Nem me ocorre disfarçar a reação. Não com esses dois.

— *Eu* sou a mais indicada para vencer.

Aquiles abre aquele sorriso arrogante, como se quisesse me aplacar.

— Sério, princesa? Já lidou com muitos soldados e forças de segurança naquele palácio dourado da cobertura onde você mora? — A pergunta pode ser cortante, mas percebo que não é sua intenção ser cruel.

Ele está até certo, pelo menos nisso. Não tenho experiência com soldados. Nenhuma. Tive seguranças durante toda a minha vida, mas eles acabavam se misturando ao cenário ou mantendo a devida distância — por insistência minha —, para que eu esquecesse que estavam lá. Entrei neste torneio preparada para ter de aprender do zero todas as verdadeiras funções de Ares, mas sou inteligente, ambiciosa e não tenho medo de jogar sujo. Posso aprender o restante depois de chegar lá.

Levanto o queixo.

— Aprendo rápido.

— Sim, foi o que pensei. — Ele sorri. — Olhe, Helena, você é durona de carteirinha. Ninguém está dizendo o contrário. Arrebentou nas duas provas, e se eu não estivesse aqui, teria uma chance mais que decente de conquistar o título de Ares. Mas ainda tem o fato de você não ser qualificada para o título.

Estou muito cansada de ser subestimada. Sim, só sei o básico sobre segurança, e pela perspectiva do cliente, mas isso não significa que seja mal preparada para o título. Esses dois homens são inteligentes e ambiciosos e me levam mesmo a sério, mas *ainda assim* não entendem. Não tenho razão alguma para me sentir magoada com isso. Ninguém vê meu verdadeiro eu e entende do que sou capaz de verdade. Por que Aquiles e Pátroclo seriam diferentes?

Para ser honesta, é uma vantagem. Não importa quanto isso me irrite, ser subestimada só me beneficiou. Este é o momento em que fico de boca fechada e os deixo acreditar que sabem alguma coisa que não sei.

Mas não consigo.

— Errado. Não sou eu que vai dar o passo maior que a perna se ocupar a posição de Ares. — Inclino o corpo para a frente e bato no peito de Aquiles com um dedo. — É você.

— Acha mesmo? — Na verdade, seu sorriso se alarga. — Explique para mim.

Está mostrando suas cartas. Ignoro a vozinha dentro de mim e respondo com os mesmos argumentos:

— Talvez eu não tenha andado por aí brincando de ser soldado, mas uma coisa que conheço *bem* é política. Pode dizer que você também conhece?

— Aprendo rápido. — Ele devolve minhas palavras e aponta para Pátroclo com o polegar. — E ele é um gênio. Estamos bem.

— Que bonitinho. — Mas até Pátroclo parece convencido. Como *ele* pode subestimar a política do Olimpo? Sim, ele nunca se envolveu nela, mas, pelo que entendi, suas mães eram particularmente incisivas quando tinham vinte e poucos anos. Há boatos sobre Sthenele ter sido uma das principais candidatas ao título de Afrodite, todavia, quando Pátroclo e eu tínhamos oito anos, ela e Polimela praticamente desapareceram da política do Olimpo, e o levaram consigo. Não é absurdo demais presumir que tomaram essa decisão para proteger a família.

Como será que é a sensação de ser tão amado?

Afasto o pensamento.

— Você não pode simplesmente *aprender* política, tal como aprende outras habilidades. Não é assim que funciona.

— Se você diz...

Alguma coisa parecida com preocupação cria raízes dentro de mim. Eu vou vencer. Tenho de acreditar que vou vencer. Mas e se não acontecer? Se Aquiles conseguir conquistar o título de Ares e entrar no ninho de víboras em que cresci... ele vai se machucar. Pode acabar *morto*.

— Por causa da barreira, não tivemos que sair daqui durante nossa vida.

— Aonde quer chegar?

— O que estou dizendo é que *ninguém* está qualificado para defender adequadamente a cidade, pelo menos se nos limitarmos a falar de experiência. O título de Ares é apenas uma babá superestimada para garantir que as disputas mesquinhas entre o restante dos Treze e seus círculos próximos não escapem ao controle. As responsabilidades do título são menos importantes do que os aliados e inimigos que você tem que administrar.

Aquiles dá de ombros.

— Ainda sou mais qualificado que você.

Ergo as sobrancelhas, tentando não deixar a estranha preocupação dentro de mim desabrochar. Como é possível que Aquiles se negue tão determinadamente a ver a armadilha que está bem na sua frente? Ou, se não Aquiles, como *Pátroclo* pode ignorar o perigo? Tenho de fazê-los enxergar, caso o pior aconteça. Não suporto a ideia de alguma coisa acontecer com eles.

— É mesmo? Neste caso, tenho certeza de que pode me explicar por que a última Afrodite atacou a filha de Deméter.

Pátroclo eleva as sobrancelhas.

— Todo mundo sabe que ela tentou matar Psiquê. Foi televisionado, Helena.

— Todo mundo sabe que aconteceu. Mas você sabe *por quê?*

— Porque Psiquê estava transando com Eros, e Afrodite não compartilha seus brinquedos — Aquiles responde preguiçosamente. — Próxima pergunta.

— Errado. Ela fez aquilo, porque Deméter tinha Psiquê pronta para ser a próxima Hera e agiu pelas costas de Afrodite para conseguir alcançar esse objetivo. — Psiquê teria sido uma boa opção para o título, mas sei que não devo dizer isso ao meu irmão ou a Eros. Ponho as mãos nos quadris. — Você sabe com quem dos Treze Poseidon está dormindo, e como isso influencia com quem ele faz suas alianças?

— Eu não...

Continuo:

— E que tal falar sobre qual é o propósito do jogo de Hermes? Ou é ingênuo o suficiente para pensar que ela só está mexendo os pauzinhos para se divertir? Consegue rastrear todos os contatos de Deméter entre o restante dos Treze? Vai se aliar a ela ou tentar se distanciar? As duas decisões têm consequências. Está preparado para arcar com elas?

Aquiles dá de ombros, mas Pátroclo me encara como se nunca tivesse me visto antes. *Finalmente*, ele começa a entender.

— Toda nossa estratégia tem se concentrado no lado marcial das circunstâncias — ele diz devagar.

— Exatamente. — Uma vozinha sussurra que nós três, como equipe, seríamos invencíveis, mas a ignoro. Aquiles está de olho na posição de Ares. Eu também. Isso nos coloca em lados opostos, não importa que ele esteja cuidando de mim daquele jeito característico de Aquiles, ou quanto Pátroclo é doce, ou quanto eu gosto de transar com os dois. No final do torneio, não vai importar o que ele sente por mim. Ele não vai se conter na prova final. A única coisa que importa é seu objetivo. Isto é um elogio, suponho. Meu peito dói quando penso em enfrentá-lo em dois dias.

Tudo isso significa que não posso realmente confiar em nenhum desses homens. Não importa quanto eu queira.

— Nem mesmo uma *princesa preciosa* está livre de ter que aprender a nadar em águas infestadas de tubarões. Informação é tão perigosa quanto uma arma, ainda mais nas mãos certas. Os Treze vão devorar vocês dois vivos.

24

PÁTROCLO

Subestimei Helena. De novo. Contemplo o fogo em seus olhos âmbar e tenho de mudar todos os caminhos para o futuro que eu havia especulado. De novo. Nossos planos originais foram descartados quando a encontramos, e agora as peças que eu tinha começado a juntar lentamente foram descartadas. De novo.

Precisamos dela.

Não por gostarmos do sexo com ela. Não por ela estar destinada a ser esposa de Ares, o que significa ser esposa de Aquiles. Não por nós dois *gostarmos muito* dela à nossa maneira.

Precisamos de Helena porque ela sabe coisas que vão suavizar a curva de aprendizado da entrada nos Treze e permitir que Aquiles evite possíveis armadilhas. Não importa quanto sou inteligente, existem coisas que não sei.

Não sei nada sobre o que ela acabou de mencionar.

Sim, todo mundo sabia que Afrodite tentou matar Psiquê, mas a motivação parecia ser ciúme e desejo de manter a mulher longe do filho. Eu não tinha ideia de que Deméter estava envolvida nessa história toda. Ou que eu deveria me preocupar com os hábitos de Poseidon no quarto. Ou que Hermes é mais do que só a criatura caótica que parece ser. Ou qualquer outra merda.

— Vamos entender tudo isso — digo finalmente. Meu peito dói, e gostaria de poder culpar os punhos de Heitor, mas a sensação é muito mais profunda do que a dor superficial dos ferimentos.

— Não antes de se meterem em confusão. — Helena balança a cabeça, com lentidão. — Aprender sobre segurança é moleza se comparado ao ninho de víboras. Podem dizer a mesma coisa se for o contrário?

Não, não podemos.

Aquiles é brilhante quando se trata de confronto, de antecipar o movimento do adversário e de garantir a vitória para si e para sua equipe. Mas este é um tipo diferente de conflito com o qual nunca teve de lidar. Isso nenhum de nós conhece, apesar de minhas mães serem de famílias com um histórico de intrigas pelos títulos disponíveis entre os Treze. Acho que elas participavam de jogos mais ambiciosos antes de nos mudarmos, mas minha vida tem sido surpreendentemente normal. Muito diferente da de Aquiles, com sua ambição e uma avidez tão grande que não sei nem se o próprio Olimpo poderá segurá-lo. E muito diferente de Helena, com certeza, que é uma guerreira por mérito próprio.

Precisamos dela.

Tem certeza de que não está só falando por falar?

Ignoro a voz, assim como a tenho ignorado desde minha conversa com Helena na noite das inscrições. Não importa o que sinto, porque a lógica e os fatos são absolutos e, neste momento, todos apontam na mesma direção.

Fato: Aquiles vai vencer o torneio e se tornar o próximo Ares.

Fato: casar-se com Helena é um efeito colateral inevitável para essa conclusão.

Fato: nem Aquiles nem eu tivemos de nos mover pelos círculos mais próximos dos Treze antes, sem contar nossa experiência com Atena, que é uma exceção no grupo pela forma como lida com sua gente.

Fato: Helena *já* percorreu esses círculos e teve sucesso nas interações desde o nascimento.

Conclusão: não basta Aquiles se casar com ela depois de se tornar Ares. Precisamos dela do nosso lado e disposta a nos conceder sua experiência. Posto dessa maneira, parece muito simples. Parece *lógico*, não uma decisão impulsiva que tomei por não suportar a ideia de essa coisa entre nós três terminar dentro de alguns dias. Posso culpar Aquiles e seus olhares intensos quanto quiser, mas meus sentimentos não são menos complicados... ou irracionais. É reconfortante recorrer à estratégia, ver que ela apoia o resultado final que desejo de um jeito egoísta, mas a estratégia *apoia* essa conclusão.

Nada disso é informação nova. Nada do que conversamos enquanto nos estudamos nos últimos dias é informação nova. Não importa quanto discutamos, porque tudo se resume aos fatos, e *eles* nunca mudam.

Não podemos sair dessa situação com discussão ou argumentos. Eu... não sei qual é a resposta.

— Pátroclo. — Aquiles bate na minha testa e me traz de volta ao presente. Os dois estão olhando para mim, ele com uma expressão confusa, Helena com uma cara pensativa. Ele bate levemente na minha testa de novo. — Acho que isso é o suficiente, por enquanto.

Aquiles sempre tem uma cabeça melhor em situações em que o tempo é essencial. Não se sobrecarrega em analisar cenários nem em examinar fatos antes de escolher uma rota. Ele atira do quadril, com a arma no coldre, digamos assim. Quero argumentar que, neste momento, essa não é a abordagem de que precisamos, não quando tanta coisa pode dar errado, mas Helena sorri.

— Ele tem razão. O dia foi longo. Vamos para a cama.

Com que facilidade eles se movem para me conduzir até a porta... Helena se coloca embaixo do meu braço, e Aquiles se mantém alguns passos para trás, garantindo proteção. Tudo sem verbalizar uma única palavra. Balanço a cabeça em uma negativa. Isto está errado. Devíamos estar cuidando de Helena, não me cercando de atenção porque fui tolo o suficiente para brigar com Heitor na segunda prova.

É engraçado, mas em dado momento do último dia, esqueci que estava com ciúme do futuro que se aproximava de nós. Olho para Helena, certo de que o sentimento vai voltar com força, mas só percebo um tipo estranho de contentamento associado ao meu estresse generalizado e à dor que pulsa no ritmo do meu coração. Não sei como processar a situação.

Aquiles quase nem espera chegarmos ao quarto para dizer:
— Tirem a roupa.

Helena arqueia uma sobrancelha perfeita.
— Alguém aqui é bem presunçoso.

Aquiles estende a mão e se apoia de leve no batente da porta, perfeitamente à vontade, como se não estivesse fazendo um show para uma plateia de duas pessoas.

— Sou totalmente a favor de colocar vocês dois na cama e ficar de guarda, se puderem me dizer honestamente que não vão ficar aí deitados no escuro, olhando para o teto e se estressando. — Ele transfere a atenção para mim. — Você está pronto para isso ou mentiu para a médica?

— Não menti. — Não sofri fraturas. Tenho certeza disso. Sinto dores horríveis e vou ficar roxo por um tempo, mas estou bem. Já sofri ferimentos piores no passado, embora neste momento me sinta como se tivesse sido atropelado por um caminhão.

Helena cruza os braços e fita Aquiles.
— Não tem nada de errado em usar o cérebro. Devia tentar algum dia.

Ele sorri.
— Não, vou deixar isso para vocês dois. Fico aqui para ajudar vocês a saírem do buraco quando começarem a afundar.

— Talvez tenha razão. — Um sorriso move os cantos de sua boca, mas Helena balança a cabeça. — Só que estamos em lados opostos. Continuar fazendo sexo neste momento é...

— Uma ideia foda. E o trocadilho é intencional. — Ele suspira e deixa cair os braços. — Estávamos em lados opostos ontem à noite e, novamente, durante a prova de hoje. Nada mudou. Vai me tratar de um jeito diferente na prova final só porque está se sentando no meu pau?

— De jeito nenhum.

— Ótimo. Eu também não. Agora que isso está resolvido...
— Aquiles se inclina e abaixa a voz, e suas palavras são como um retumbar lento. — Tire a roupa, princesa. Estou com ciúme pra caralho por Pátroclo ter provado essa sua boceta linda. É minha vez.

Helena se surpreende.

— Hum.

— Aquiles. — Tento novamente. — Você está sendo insistente demais.

— Fale que está machucado demais para querer transar com ela. — Ele me encara. — Porra, diga que você não quer.

Isto já está bem complicado sem me envolver ainda mais emocionalmente. E é isso que vai acontecer. Mal tive tempo para lidar com as implicações do que vem a seguir, de como a situação mudou depois de encontrarmos Helena... de dormirmos com Helena. Como vou me conformar com Aquiles seguindo em frente sem mim, se ele continua insistindo em me incluir nessa merda?

— Não estou machucado demais para isso, mas também não sou comandado por meus desejos.

— Devia tentar algum dia. É divertido.

— Como pode pensar em *diversão* em um momento como este? — Mas ele nos contou o que está fazendo, não? Aquiles não está sendo inconsequente; está cuidando de nós daquele seu jeito característico. É um homem de ação e está certo quando diz que vou passar as próximas horas pensando demais em tudo, repassando os acontecimentos do dia e conjecturando o que eu poderia ter feito diferente, olhando para o futuro e me preocupando com o que vem a seguir.

Ele sempre usou o sexo para me ajudar a sair dessa espiral mental. Sempre funcionou.

Agora está estendendo isso a Helena também.

Por mais que Aquiles estivesse incomodado com a ideia de nós dois antes, ela e eu, superou totalmente essa fase, agora que também faz parte do cenário. Agora que tem na cabeça a imagem de um futuro para nós três. Se eu fosse mais corajoso, perguntaria o que ele pretende, mas não sei se estou preparado para a resposta, seja ela qual for.

Aquiles dá de ombros.

— Vocês dois precisam dormir. Alguns orgasmos vão ajudar com isso. Vai ser um prazer colaborar.

Toda esta situação seria irritante se não fosse Aquiles. Ele é perfeitamente capaz de perceber as nuances, mas escolhe ver o mundo em preto e branco. De um lado, vê o que atende aos seus objetivos e pode ser implementado neste momento; do outro, literalmente todo o restante. E ele não dá a mínima para o restante.

Para ele, não há nada que possamos fazer até a próxima prova. Temos Helena conosco, então, é certo que a manteremos segura até lá. Ele vai trepar com a gente para nos fazer dormir e depois vai ficar de guarda, provavelmente até de manhã, se eu não estiver errado. Suspiro.

— Você também competiu hoje. Deve estar exausto.

— Você sabe que não é bem assim. Minha resistência é excelente. — E acena para Helena. — Ainda está vestida.

— Para você é realmente muito fácil, não é? — Ela parece quase admirada. — Eu achava que sabia separar as coisas, mas este é um nível totalmente diferente.

— Ah, princesa, está se apaixonando por mim?

Seu rosto fica um pouco vermelho, mas ela balança a cabeça em negação.

— De jeito nenhum. Eu nem gosto de você.

— Mentira. Você gosta muito de mim. — Aquiles se despe rapidamente. Estou com o homem por quase metade da minha vida, e ainda perco o fôlego quando vejo toda aquela pele marrom-clara, a promessa que aquele corpo forte projeta. Ele é um estudo em perfeição, sempre foi, desde que me lembro. Aos dezoito anos, eu era acanhado e inseguro com meu corpo. Aquiles nunca pareceu ter esse problema. Ele sempre soube quem é e para onde se dirige.

Para o topo.

Ele passa por nós e vai ao banheiro abrir o chuveiro. Demora meros segundos para o vapor começar a se espalhar. Eu me viro. Tenho de desviar o olhar, porque ver Aquiles tomar banho é um dos meus vícios favoritos. Se eu não conseguir me controlar agora, vou tirar a roupa e me juntar a ele debaixo da água. Agora *não* é hora para isso. Tenho de me lembrar. Tenho de...

Helena toca, com cuidado, a parte superior do meu peitoral. Seu olhar sugere um pouco de fragilidade, mas ela não se incomoda com o fato de Aquiles ser... Aquiles.

— Ele é sempre assim, não é?

— Sim.

Seus lábios se curvam para cima.

— Sua pressão arterial deve estar batendo no teto. Você é tão lógico, e ele é tão... ele mesmo.

— Você não precisa concordar — reajo. — Com nada disso. Ele é insistente, mas respeita o "não". — Esta é uma das muitas coisas que adoro em Aquiles. Na vida, pode estar disposto a atravessar todos os obstáculos em seu caminho, em vez de procurar uma maneira de contorná-los, mas, no quarto, sempre se empenha para garantir que todos os envolvidos se divirtam. No momento em que percebe que não é assim, tudo para.

— Eu sei. — Helena sorri com doçura, e fica na ponta dos pés para dar um beijo igualmente doce em meus lábios. — Como você disse, Aquiles está cuidando de nós dois do jeito dele, não é?

Aquiles e Helena são muito diferentes de mim. Não entendo como lutar e trepar podem ser um conforto maior do que encontrar uma solução. Não me interpretem mal. Gosto de lutar com Aquiles, em particular quando isso o estimula e resulta em uma foda especialmente violenta. E não posso negar que o sexo sempre interrompe minha espiral mental. No entanto, o sexo não vai consertar as contingências nem as tornará menos complicadas. É só um paliativo, um curativo, um desvio temporário.

Mas encontrar uma solução? Isso traz alívio em longo prazo.

Talvez haja espaço para as duas coisas, para cada um de nós atender a uma necessidade diferente por *nós* sermos tão distintos um do outro. Helena já parece mais firme e mais parecida consigo mesma. Assinto lentamente.

— Sim, ele está cuidando de nós do jeito dele. — Está fazendo isso agora.

Helena puxa minha camisa.

— Venha brincar com a gente, Pátroclo. Vamos ser cuidadosos. Quando a gente cansar, você pode contar o que está acontecendo na sua cabeça.

A tentação é grande, mas, apesar do que eles dizem, o sexo muda as coisas. *Já* mudou. Quero acreditar que todos vamos cair em pé depois disso. Quero tanto acreditar, que me sinto tentado a ignorar todas as evidências que apontam o contrário.

— Isso vai acabar em sofrimento. Ou ele se torna Ares e destrói seus sonhos, ou você conquista o título e destrói os sonhos dele. Ou outra pessoa vence, e isso despedaça vocês dois. — E isso é infinitamente pior, porque, com a vitória de Aquiles ou Helena, pelo menos vai haver uma pequena chance de consertar as coisas e alcançar o futuro que de repente desejo mais do que tudo: nós três juntos.

Isso não vai acontecer se Helena estiver casada com outra pessoa.

— Pátroclo... — Ela se inclina e me beija de novo, dessa vez por mais tempo. — Podemos ficar dando voltas e voltas, nos preocupando com o futuro até estarmos prontos para torcer o pescoço um do outro. Isso não muda o que vai acontecer na próxima prova e não muda o que vai acontecer depois. Ou... podemos seguir o exemplo de Aquiles e aproveitar o tempo que ainda temos juntos.

— Mas...

— Podemos discutir mais sobre isso depois se você quiser. — Ela fala com a boca resvalando na minha. — Quando a vida é só uma série de cenários ruins, você aprende a aproveitar o prazer e a alegria onde é possível. Estou cansada, abalada e deprimida. Posso estar errada, mas acho que você se sente como eu, ainda que por motivos diferentes.

Eu me assusto.

— Por que diz isso?

— Vamos dizer que é só um palpite com base em informações. — Helena se inclina para trás e me encara. — Não sei o que está acontecendo entre você e Aquiles, no entanto, se tiver a ver comigo, peço desculpas. — Helena morde o lábio inferior. — Além disso, percebo que estou sendo tão insistente quanto *ele*. Então, tudo bem se você não quiser.

Se eu não quiser?

A ideia quase me faz rir. É claro que quero. Não é tão simples quanto ver algo que desejo e tentar pegar. Por outro lado... talvez seja? Talvez, só desta vez, eu possa jogar as consequências pela janela e me deixar levar pelos acontecimentos?

Se estamos praticamente destinados a falhar e a nos arrebentarmos, por que não fazer o que eles sugerem e ter todo o prazer e toda a alegria possíveis onde consigo encontrá-los?

— Helena.
— Sim?
— Depois disso... — Por que é tão difícil pronunciar as palavras? Pigarreio e tento novamente: — Depois disso, vou falar sobre o que me deixou tão abalado, mas só se você prometer falar também.

Meio que espero que ela ria das minhas palavras ou concorde imediatamente mesmo sem ter a intenção de levar aquilo adiante. Nós nos conhecemos há tempo suficiente, e sei que Helena não deixa as pessoas se aproximarem de fato. Ela é muito diferente da criança de que me lembro, diferente da persona pública que se adapta ao convívio com outras pessoas. Mesmo assim, não sou ingênuo o suficiente para pensar que ela está nos mostrando tudo. Ela é muito inteligente e esperta demais para se expor desse jeito.

Helena sorri, e esse sorrisinho é como um soco no estômago.

— Não sei se realmente quer isso. Eu sou uma bagunça.

— Gosto da sua bagunça. — É a verdade. Muito direta. Muito honesta.

Ela hesita, mas finalmente concorda.

— Se você me contar, eu conto para você.

— Negócio fechado. — É a minha vez de sorrir. — Agora tire a roupa.

25

AQUILES

Quando Helena e Pátroclo se juntam a mim no banho, já consegui me controlar. Não tenho o hábito de mentir para mim mesmo. Não faz sentido. Essa merda só atrapalha a realização do que eu quero, por isso aceito novas informações conforme aparecem e me adapto de acordo com elas.

O sentimento que brotou ontem de manhã, a certeza de que Helena vai transformar nosso casal em um trisal, solidificou-se dentro de mim com a conclusão da segunda prova. Ela arrasou na competição, e não dou a mínima se o fato de nós três termos chegado à final complica ainda mais a situação. Significa que temos mais tempo juntos, antes de termos de lidar com o título de Ares.

Gosto de tê-la por perto. Gosto *dela*. Sim, ela tem razão sobre política e essas merdas, mas isso só reforça minha certeza de que nós três deveríamos trabalhar como equipe, em vez de estarmos em lados opostos. Helena vai ser uma aliada fantástica. Ela é inteligente, experiente e conhece melhor que nós os meandros deste novo campo de batalha. Mais ainda, gostei pra caralho de como ela enfiou esse conhecimento por nossa goela abaixo. Não tem nada mais sexy do que competência, e a mulher tem isso de sobra.

Posso ver nitidamente um futuro em que serei casado com Helena. As noites longas e preguiçosas nas quais ela e Pátroclo traçam estratégias, até que me canso de tanta conversa e os arrasto para o quarto. As festas que vão se tornar muito menos irritantes quando eu puder ver Helena se movendo pelo salão, vestida com elegância e enfeitada com ouro e diamantes, uma guerreira das palavras e da política velada. As manhãs em que Pátroclo e eu estaremos acordados e cumprindo nossa rotina normal de exercícios, e Helena acordará a tempo de compartilhar uma xícara de café e uma refeição rápida, antes de todos começarmos nosso dia.

Parece real. É apenas uma questão de chegarmos lá.

Tem a questão de ela querer ser Ares, mas Helena vai superá-la. Ela não parece ser do tipo que se prende a como as coisas deveriam ser quando pode se adaptar a como são. Talvez demore um pouco para conquistar seu perdão, mas já conheço seu ponto fraco.

Tudo que preciso fazer é provocá-la o suficiente, e vamos começar a brigar e acabar trepando. Se eu repetir esse processo várias vezes, com o tempo vamos pular a parte da luta e passar direto para a transa. Não vejo como isso pode ser uma coisa ruim em qualquer definição da palavra. Além disso, não preciso ser Pátroclo para entender que o conhecimento de Helena sobre a política dos Treze é um trunfo que não queremos perder.

Helena aparece ao meu lado embaixo do chuveiro. Quando vi pela primeira vez os banheiros destas suítes, achei ridículo. Sou um cara grande, mas nem eu preciso de quatro chuveiros e tanto espaço. Agora eu entendo.

De soslaio, eu a vejo lavar o cabelo quando Pátroclo aparece do meu outro lado. Ele ainda tem entre as sobrancelhas aquela ruguinha sexy que quero apagar com um beijo. Pátroclo sempre se preocupa demais. Mas temos isto sob controle, e agora que não preciso me preocupar com ele fugindo rumo ao pôr do sol com a preciosa princesa, tudo está se encaixando.

Temos de pensar na prova final, mas nenhum dos candidatos restantes é suficiente para me preocupar. E nada disso importa nos próximos dois dias, então seguro Helena pelos quadris e a puxo contra o peito. Ela resiste um pouquinho, mas não como se realmente quisesse sair dali.

— Como está a perna? — Tem um hematoma feio na área que Teseu a atacou. Olhando agora, fico meio arrependido por não ter chutado o desgraçado enquanto estava caído.

— Parece pior do que é. — Suas unhas pressionam meu peito e meu pau endurece ainda mais. Gosto disso nela também. Helena não tem medo de jogar duro e não economiza golpes. Será que entende a profundidade do elogio que representa o jeito como me trata? Talvez. Talvez não. É difícil dizer.

Sorrio para ela.

— Chuveiro ou cama?

Helena levanta a mão e alisa o cabelo para trás, pressionando os seios contra meu peito.

— Por que não ter sonhos um pouco maiores, Aquiles? Vamos fazer as duas coisas.

— Nesse caso... — Não hesito. Eu a giro, agarro seus punhos e os levanto para prendê-los dos dois lados de sua cabeça. — Uma ajudinha aqui, Pátroclo.

Aproveito a oportunidade para dar uma boa olhada em seus ferimentos também. Ele está se movendo bem, então, é provável que não tenha mentido quando disse que eram só contusões. Ainda bem, porra. Não sei o que faria se algo acontecesse com ele. Amanhã seu corpo terá uma variedade espetacular de tons de roxo, azul e verde, mas ele está bem.

Pátroclo nos observa à medida que ensaboa o corpo, movendo as mãos sem pressa sobre os músculos nos quais quero cravar os dentes. Ele sempre aproveitou todas as chances para me provocar. Normalmente, fico impaciente e faço as coisas acontecerem, mas não tenho essa opção no momento. A menos que queira desistir de Helena, e isso não vou fazer nunca. Ela só não sabe disso ainda.

Pátroclo aprecia a visão dela, de nós dois, enquanto termina de se lavar com lentidão. Acho que não percebe que seu coração está nos olhos. Deuses, o jeito como esse homem *deseja*... Ele me faz lutar para ser melhor, para ser digno disso. Saber que Pátroclo sente o mesmo por Helena só aumenta minha determinação de fazer a gente dar certo. Não perco tempo com bobagens sobre isso estar acontecendo rápido demais. Se você sabe o que quer, por que ter medo de ir em frente?

Quero Pátroclo.

Quero Helena.

E pretendo tê-los. Permanentemente.

— Que provocador — Helena murmura. Ela encosta a cabeça no meu peito e arqueia as costas, exibindo os seios. — Solte minha mão, Aquiles. Eu mesma cuido disso.

— Não. — Pátroclo balança a cabeça com brusquidão. — Vocês dois precisam aprender a ter um pouco de paciência. — Ele se coloca embaixo do chuveiro e se enxágua rapidamente.

Vejo a água escorrer por seu corpo e praticamente salivo. Ontem quase não foi suficiente para amenizar o desejo desses dois. Hoje, a preocupação com eles na prova só aumentou minha necessidade. Mas não vamos fazer isso no chuveiro. Não é a maneira mais segura de transar, mesmo que todos estivessem totalmente saudáveis. Com os ferimentos de Pátroclo e o risco de um estiramento na perna de Helena, isso está fora de cogitação. Eu os quero, mas não quero nenhum dos dois prejudicado por isso.

Deuses, sou um idiota sentimental.

Finalmente, Pátroclo se vira de frente para nós e dá um passo para diminuir a distância. Ele coloca as mãos nos quadris dela e se inclina para a frente, ultrapassando o rosto de Helena para me beijar. Pátroclo sempre teve um leve traço de sadismo quando dividimos nossa cama com outras pessoas, mas com Helena é diferente. Nenhum de nós dava a mínima para aquelas outras pessoas, só queríamos tirar delas o máximo de prazer que fosse possível. Com Helena tem... mais. Ciúme, posse ou outra coisa inteiramente diferente. Não sei, mas gosto pra caralho disso.

Pátroclo me beija como se estivéssemos só nós, como se fôssemos ser só nós para sempre. Um lembrete. Uma promessa. Quem pode saber? Eu o beijo de volta com a mesma intensidade.

E então ele transfere a atenção para Helena e se apodera de sua boca com a mesma autoridade com que tomou a minha. Minha respiração acelera quando Pátroclo pressiona as costas contra mim e intensifica o beijo. Ela tenta tocá-lo, mas seguro seus punhos com ainda mais força. Helena é forte, mas eu sou mais, e acho que ela gosta disso, porque geme. Ou talvez goste de não ser tratada como um vidro delicado.

Pátroclo se abaixa, se ajoelha diante de nós. Ele beija a parte inferior da barriga dela, logo acima da vagina.

— A perna dela, Aquiles. Segure a perna para mim.

— Eu estou... bem aqui. — A respiração de Helena é ainda mais intensa e mais rápida que a nossa. — Pare de falar de mim como se eu fosse um brinquedo.

— Não quer ser nosso brinquedo, princesa? As vantagens são incríveis.

Ela gagueja um pouco e gira os quadris, esfregando a bunda no meu pau.

— Qualquer coisa que se assemelhe à submissão está *estritamente* confinada ao sexo e apenas ao sexo. Não vá bancar o engraçadinho.

Os olhos de Pátroclo queimam.

— Anotado.

— Nem sonharia com você se ajoelhando, a menos que fosse para chupar meu pau. — Sorrio com a boca em seu cabelo. — Agora seja uma boa menina e passe os braços em volta do meu pescoço. Não vai conseguir ficar de pé por muito tempo depois que Pátroclo começar.

— Presunçoso.

— Sincero. — Solto seus punhos e espero que ela cumpra minha ordem. Ela não me faz esperar muito. Também gosto disto em Helena: como às vezes luta e às vezes se submete, e a resistência é tão sexy quanto a doçura. Ela é uma rosa de estufa cultivada à perfeição, linda demais para ser real e com curvas que me tentam a segurá-la. É uma tentação tão vasta que é fácil não ver os espinhos até ser perfurado por um deles.

Ou talvez seja fácil para os outros ignorarem os espinhos, verem apenas o que querem ver. Eu, não. Gosto dos espinhos. De que serve uma flor indefesa se não para ser enfiada em um vaso e murchar até que suas pétalas, antes tão belas, caiam?

Querem fazer isso com Helena.

Porra, *nós* queremos fazer isso com Helena.

A constatação me faz mudar de posição, insatisfeito com a direção dos meus pensamentos. Pátroclo e eu não somos iguais aos outros concorrentes nem ao restante dos Treze. Sim, pretendo destruir o sonho de Helena ao realizar o meu, mas isso não significa que quero vê-la murchar. Ela não precisa ser Ares para conseguir o que deseja. E vai descobrir isso assim que o torneio terminar.

Tudo bem. Não preciso ver cada etapa da jornada para saber qual é meu destino. É para isso que Pátroclo serve. Não tenho dúvida de que ele também quer Helena. Ele vai encontrar um caminho para nós.

Agarro as coxas de Helena, tomando cuidado para evitar o hematoma, e as afasto para Pátroclo. Ele faz um barulho profundo de apreciação, e eu rio.

— De algum jeito, de novo você ficou com a boceta dela primeiro, e eu fico aqui fazendo o trabalho pesado.

— É bom para você não conseguir tudo o que quer na hora que quer. — Ele não espera uma resposta antes de se inclinar e deslizar a língua pelo centro exposto de Helena. Sou alto o suficiente para ter uma bela visão de Pátroclo conforme a devora. Ela é tão perfeita ali quanto em qualquer outra parte do corpo. Não sei bem se acredito nos deuses, mas, se existem, realmente investiram um tempo extra quando criaram esta mulher.

Ela se contorce em meus braços, mas, mesmo molhada e escorregadia embaixo do chuveiro, eu a mantenho imóvel, enquanto Pátroclo acaricia seu clitóris com a língua. Ele faz isso como faz tudo na vida: com total precisão e determinação de ser o melhor. Os seios de Helena arfam a cada vez que ela respira, e sinto seu corpo tremer com a impaciência.

— Faça ela gozar depressa. Depois é minha vez.

Helena vira a cabeça e aceito a oferta silenciosa, beijo sua boca ao mesmo tempo que Pátroclo beija sua boceta. Ela tem um gosto parecido com o dele, e a constatação faz meu pau endurecer de um jeito quase doloroso. Ela não é do tipo que aceita prazer, esse beijo, com uma atitude passiva. É uma batalha, da mesma forma que tudo entre nós é uma batalha.

E então ela goza, gemendo na minha boca e tentando se debater. Seguro suas coxas com ainda mais força, apreciando como os músculos se contraem e resistem às minhas mãos. Ela é atlética. As duas provas só confirmaram do que ela é capaz. Aposto que nós três poderíamos tentar algumas posições criativas e malucas.

Mais tarde. Depois que o torneio terminar e todos estiverem saudáveis e curados.

Interrompo o beijo quando Pátroclo se levanta e estende a mão para desligar o chuveiro.

— Para a cama. Agora.

— Não precisa repetir. — Ponho Helena no chão com cuidado... mas só pelo tempo necessário para agarrá-la pelos quadris e jogá-la em cima de um ombro. Seu grito é música para meus ouvidos, e não posso deixar de rir e dar um tapinha em sua bunda. — Quieta. Vai fazer os guardas arrombarem a porta.

— Eu vou chutar sua bunda!

— Não vai, porém, se pedir com educação, deixo você dar uns beijinhos nela. — Sorrio quando ela grita de novo. Pátroclo e eu ficamos violentos às vezes, mas não brincamos desse jeito, não brigamos até a situação ficar quente e carregada e se transformar em sexo. Nunca tive isso com ninguém além de Helena.

Pátroclo me segue para fora do banheiro e tem uma expressão estranha no rosto quando jogo Helena na cama com cuidado. Ela quica, mas é rápida e rola para o lado antes de bater no colchão pela segunda vez. Seguro sua panturrilha e a viro de costas.

— Não me diga que um orgasmo foi suficiente para você. — Eu me esquivo de um chute cujo alvo é meu rosto. — Seja uma boa menina e abra as pernas.

— Vá se foder! — Suas palavras são duras, mas os olhos vibram, e é evidente que ela está se esforçando para não sorrir.

Dou risada. Deuses, como isso é *divertido*.

— Se não for boazinha, vou mandar Pátroclo segurar você.

Seu olhar cor de âmbar o procura, e vejo o momento exato em que percebe que isso a deixa ainda mais excitada.

— Ah, não — ela responde devagar. — Isso não. — Quando não me movo de imediato, ela xinga e tenta chutar meu rosto novamente.

Mimada.

— Pátroclo. — Não preciso elevar a voz, porque ele está a poucos metros de distância. — Segure Helena.

Eu o observo com atenção enquanto se aproxima da cama. Se um dos dois der o menor sinal de que os ferimentos são mais graves do que eles e a médica afirmam, paro com tudo isso.

Pátroclo se ajoelha no colchão acima da cabeça de Helena e segura seus punhos, pressionando-os contra a cama. Ela resiste, mas sei que não está lutando tanto quanto poderia. Percebo quando ela olha para as costelas de Pátroclo, e meu peito se aquece com o modo como ela se preocupa sem ser óbvia.

Boa menina. Coloco-me entre suas coxas e as levanto, abrindo-as de um jeito obsceno.

Que imagem oferecemos agora.

Pátroclo está respirando com mais dificuldade do que se espera para o esforço de segurar nossa princesa, e seu pau está tão duro que vai ser um milagre se ele não gozar nas preliminares. Tudo bem se acontecer. Temos esta noite inteira e amanhã. Minha intenção é colocar esses dois para descansar um pouco, depois de afastar a preocupação da cabeça deles, mas isso não significa que tenha de acontecer depressa.

Cada músculo do corpo de Helena treme ao passo que ela tenta resistir à nossa força superior. Mas a boceta? Está tão molhada que praticamente pinga.

Lambo os lábios, e ela deixa escapar um gemidinho que vai direto para minhas bolas. Sim, mal posso esperar para cair de boca em Helena Kasios novamente. Olho para Pátroclo. Ele parece excitado e dividido em relação a isso.

Primeiro, porém, algumas regras básicas.

— Se quiser parar, é só falar.

Helena olha para mim, e uma linha fina aparece nos cantos de sua boca.

— Mas dizer "pare" pode ser estimulante.

— Então fale "espere" — Pátroclo a orienta. — E a gente para.

Ela pensa um pouco e, em seguida, concorda.

— Tudo bem, combinado. E isso vale para vocês dois.

Não me dou ao trabalho de dizer que isso não vai ser um problema para mim. Sou grato pela consideração. Tem um nível de cuidado nisso que só experimentei com Pátroclo, e estou excitado demais para pensar muito nesses detalhes. Talvez mais tarde, quando não estiver olhando para a perfeição que é o corpo nu de Helena, para a boceta que é um convite que não tenho intenção de recusar.

— Certo.

— Isso. — A voz de Pátroclo está rouca.

Não dou qualquer aviso antes de me mover, deslizando com rapidez para baixo e soltando suas coxas. Ela só tem um segundo para ficar tensa antes de eu colocar meu antebraço na parte de trás das coxas e erguê-las. Não posso abrir suas pernas tanto assim, mas está tudo bem. Não é necessário para conseguir o que quero. Deslizo a ponta do meu dedo sobre sua abertura.

— Mudei de ideia sobre você.

— Pergunte para mim se me importo. — As palavras duras dela não combinam com seu tom ofegante.

— Você se importa. — Fito-a em seus olhos quando a penetro com um dedo. Não o suficiente para ir além da provocação, apesar de ser uma sensação deliciosa pra *porra*. — Quer saber por quê?

— Pode explicar.

— Porque só brinco com pessoas de quem gosto. — Introduzo o segundo dedo.

É muito interessante ver como sua expressão se modifica. Desejo, confusão e necessidade.

— Do que está falando?

— Vou brincar com *você*, princesa. — Aceno para Pátroclo enquanto giro a mão, explorando seu interior até encontrar o ponto que a faz soltar outro daqueles deliciosos gemidos. — Quantas vezes acha que a gente consegue fazer ela gozar antes de nós, Pátroclo?

Ele pensa um pouco.

— Você quer dizer antes de o corpo dela desistir.

— Ai, meus *deuses*.

Continuo acariciando com a ponta dos dedos e finjo refletir.

— Isso. Antes de o corpo dela desistir ou a gente perder o controle. O que acontecer primeiro.

— *Helena* goza primeiro. — Ele se mexe, pressiona os punhos dela com mais força no colchão. — Acho que você consegue bater nosso recorde.
— Valendo.

26

HELENA

Ainda tenho dificuldade para processar que estou aqui, entre esses dois homens, quando Aquiles começa a me chupar. Quando é Pátroclo entre minhas coxas, ele é metódico. Aquiles me pega como se nada fosse suficiente, como se estivesse menos preocupado em me levar ao orgasmo do que em provar cada centímetro de mim. É mais sensual do que eu poderia ter sonhado, e durante o tempo todo ele mantém aquele ritmo constante da ponta dos dedos dentro de mim.

Não me lembro de ter fechado os olhos, todavia, quando os abro, Pátroclo está me observando. Ele estuda meu rosto como se quisesse memorizar cada centímetro. Como se pudesse ver através da minha pele a mulher egoísta, mesquinha e ambiciosa que existe aqui embaixo. Ele recua sem soltar meus punhos e se deita de bruços na cama.

Os lábios de Pátroclo roçam minha orelha.

— Você luta tanto, Helena. Para ser levada a sério. Para ser vista como pessoa. Para esquecer quantas vezes nenhuma dessas duas coisas acontece. — Ele fala com uma voz baixa e suave, completamente em desacordo com a maneira como Aquiles está chupando meu clitóris.

Fico tensa. Não pedi nada disso. Já estou contida e de pernas abertas. Agora, ser analisada também? Isso já é demais.

— Pare.

Aquiles faz uma pausa entre minhas coxas, mas "pare" não é "*espere*". Depois de um instante de hesitação, ele continua, estabelecendo um ritmo para os movimentos da língua no meu clitóris. Meu corpo todo reage com uma tensão profunda.

— Por favor. — Não sei o que estou pedindo. Que Pátroclo pare antes de dizer alguma coisa que não vou suportar ouvir. Que Aquiles me faça gozar tão forte que todos os pensamentos cessem. As duas coisas. Nenhuma delas.

Tal como o diabo em meu ombro, Pátroclo continua a derramar as palavras diretamente no meu ouvido.

— Alguém já cuidou de você, Helena? Não como um prêmio a ser exibido, mas como *mulher*?

Ele bem poderia ter aberto meu peito e arrancado o coração. Isto deveria ser apenas sexo, uma fuga conveniente de quanto o interior da minha cabeça é feio neste momento. Não deveria ser Pátroclo ou Aquiles — ou ambos — me *vendo*.

— Pare — sussurro.

— Quer mesmo que eu pare? — Ele beija meu pescoço, depois morde a ponta da minha orelha. — Pode ser assim. Não precisa fingir comigo... com a gente. Não esperamos perfeição. Só queremos você.

Meus olhos ardem e pisco algumas vezes rapidamente, odiando as lágrimas que escorrem. Não consigo me concentrar nem consigo *pensar*.

— Você não... — O protesto que tento articular é interrompido quando Aquiles chupa meu clitóris com força suficiente para me fazer arquear as costas.

Ele morde de leve uma coxa, depois, a outra.

— Você está fazendo Helena chorar.

Não sei identificar se ele está satisfeito ou incomodado com isso.

— Só estou dizendo a verdade. — Pátroclo beija meu pescoço e desce até o ombro. — Você quer ficar com ela. — Pátroclo faz uma pausa, como se esperasse uma negativa de Aquiles. Ele fica em silêncio, e Pátroclo continua: — *Nós* queremos ficar com ela.

Fiquem comigo.

A ideia deveria me enfurecer. Não sou alguém que se pode *manter*, como se faz com um cachorro. O motivo para eu estar aqui é justamente evitar esse destino...

Mas quando Pátroclo diz que quer ficar comigo, não parece dizer que quer me manter em uma gaiola dourada, me transformar em uma esposa-troféu para levar em festas e eventos e provar como são durões. Como domaram Helena Kasios, e toda essa besteira.

Não, quando ele fala em *ficar comigo* é muito parecido com...

— Você está pensando demais. Para de fazer ela pensar tanto.

Aquiles está tão irritado que eu sorrio sem querer.

— Talvez seja você que não está fazendo um trabalho bom o suficiente.

Ele levanta uma sobrancelha e assume uma expressão devastadoramente arrogante.

— Hummm. Acho que preciso melhorar, então. — Ele olha para Pátroclo, e os dois compartilham uma daquelas conversas silenciosas que tanto invejo. Desta vez, percebo lampejos de intenção. Aquiles está fazendo uma pergunta. Pátroclo resmunga uma resposta. Não sei qual é a natureza da pergunta, mas me sinto ridiculamente satisfeita por ter captado esses fragmentos.

Estou tão satisfeita que não tenho tempo para ficar tensa antes de eles se moverem como se fossem um só. Pátroclo me segura pelos braços e me levanta consigo. Ele se deita de costas na cama e me põe montada sobre seu corpo, de frente para Aquiles.

— O quê... — Minha voz desaparece quando Aquiles segura o pau de Pátroclo com uma das mãos.

Ele me oferece aquele sorriso malicioso que promete todo tipo de diversão e prazer.

— Suba.

Não há dúvidas sobre sua intenção. Ergo o corpo lentamente, e mordo a boca quando ele desliza o pau de Pátroclo na minha abertura. Vai e volta. Vai e volta. Ele o encaixa na entrada e começo a descer, mas Pátroclo agarra meus quadris e me imobiliza.

— Ainda não.

— Mas eu *quero*.

— Nem mesmo uma princesa pode ter sempre tudo o que quer.

— Aquiles me impede de argumentar quando se abaixa e chupa o pau de Pátroclo. Suas bochechas afundam sob a barba e ele geme com um prazer evidente.

Fico imóvel ao perceber o que está acontecendo. Ele está sentindo meu gosto no pau do namorado. E aprova, evidentemente, porque dá uma última chupada bem forte em Pátroclo, e então sinto sua boca em mim de novo. Dessa vez, a visão é ainda melhor que antes.

As mãos de Pátroclo marcam a pele dos meus quadris enquanto ele resiste a mim e à gravidade para manter meu corpo suspenso. Seu pau duro praticamente lateja de necessidade, ainda molhado pela boca de Aquiles. Os olhos de Aquiles não se desviam dos meus enquanto ele lambe meu clitóris do jeito perfeito para me fazer gozar.

Enquanto viver, nunca vou me esquecer do tempo que passei dividindo a cama com esses homens.

Nunca vou me esquecer? Eu poderia rir se conseguisse respirar com esse orgasmo se formando dentro de mim. É mais provável que algum dia escandalize meus netos contando sobre quando me deixei seduzir por dois guerreiros.

As mãos de Pátroclo apertam meus quadris, e esse é o único aviso que recebo antes de ele me abaixar sobre seu pau grosso. Nem percebi que Aquiles o havia encaixado na minha entrada.

Gozo com tanta força que grito, mas Aquiles não interrompe aquele movimento decadente com a língua no meu clitóris. Pátroclo começa a me balançar em seu pau, um movimento sutil que me faz arrepiar.

— Deuses!

— Não. — Aquiles levanta a cabeça e lambe os lábios. Sua barba está molhada, e uma parte sombria e possessiva de mim adora a visão. Ele beija minha barriga, para e dá atenção aos meus seios e depois se ajoelha diante de nós. No meio de tudo isso, Pátroclo continua me balançando em cima dele e me mantém no limite. Aquiles segura meu rosto com suas mãos grandes. Pela primeira vez, parece completamente sério. — Deixe a gente ficar com você, Helena.

O choque de ouvir meu nome em sua voz quase me derruba. Não posso me submeter, não a isso. Não aqui, não agora, não quando há tanta coisa em jogo. Deveria ser algo fácil de negar. Uma palavrinha, três letras minúsculas. *Não*.

Eu... não consigo dizer isso.

Não consigo concordar, mas não consigo afastá-los de mim.

Em vez disso, faço a única coisa em que sou capaz de pensar. Envolvo com os braços o pescoço grosso de Aquiles e o puxo para me apoderar de sua boca. Despejo tudo no beijo, todas as dúvidas, os medos e as tristezas. Porque isso não pode durar. Não importa o que os dois pensem, quanto são perfeitas as palavras que dizem, quanto me fazem sentir segura. Simplesmente não pode durar.

Mas temos a noite de hoje.

Aquiles grunhe na minha boca.

— Tudo bem, então. — Ele interrompe o beijo por tempo suficiente para pegar um travesseiro. — Levante-se.

Pátroclo quase me derruba quando o obedece. Eu me apoio nos ombros de Aquiles e, por um momento, ele me olha como se... bem, como se quisesse ficar comigo. Depois apoia aquelas mãos enormes em meus quadris, me levanta e me vira de frente para Pátroclo.

— Quero ver — protesto.

— Outra hora. — A garantia casual de que *vai* haver outra vez deveria me irritar, porém, em vez disso, me faz derreter por dentro. Ele me acomoda sobre o pau de Pátroclo, e isso desvia minha atenção para o nosso terceiro.

Deuses, ele tem o coração nos olhos.

Balanço os quadris, fodendo bem devagar enquanto Aquiles sai da cama para ir buscar o lubrificante na mesa de cabeceira. Pátroclo me olha como se eu fosse um enigma, uma maravilha, um presente. Como se ele concordasse plenamente com Aquiles sobre ficar comigo. Isso deveria me irritar. Realmente deveria.

Mas nada é como *deveria* ser com esses dois. Eles desafiam as expectativas.

Pátroclo desliza as mãos pelo meu corpo e segura meus seios.

— Um dia.

Não consigo respirar direito.

— Um dia?

— Um dia você vai dizer sim. — Ele me puxa para um beijo. Espero algo suave e doce, talvez um pouco educado. Mas estou completamente enganada. Pátroclo me beija como se precisasse do ar dos meus pulmões para respirar. Como se ao dominar minha boca com eficiência suficiente, pudesse dominar minhas palavras, meu futuro, meu tudo. Não consigo pensar além da agitação na minha cabeça, além do prazer pulsando dentro de mim, tão perto de explodir.

A cama cede sob o peso de Aquiles quando ele se posiciona entre as coxas abertas de Pátroclo. Ele as empurra para cima e faz um ruído muito sexy de satisfação.

— Gosto de vocês dois assim. — Ele desliza um dedo pelo centro da minha bunda. Pátroclo estremece, o que significa que deve estar recebendo o mesmo tratamento. — Eu poderia ter qualquer um de vocês — reflete. — É, eu gosto muito disso.

Interrompo o beijo por tempo suficiente para dizer:

— Você está falando demais.

— Não, você gosta quando eu falo.

Pátroclo fica tenso, e sei, sem sombra de dúvida, que Aquiles o está penetrando com seu pau. Com uma virada de chave, isso passou a ter mais a ver com o prazer de Pátroclo do que com o meu. Inclino um pouco o corpo para trás a fim de me mover com mais eficiência... e para poder lhe oferecer um espetáculo. A maneira como Pátroclo observa meu corpo sugere que ele ainda não tem certeza de que isso é real, mas quer muito que seja.

Também não tenho certeza de que é real.

Levanto os braços sobre a cabeça e giro meu quadril, e é a coisa mais natural do mundo abraçar o pescoço de Aquiles. Ele é alto o suficiente para que eu tenha de me esticar, mas a reação de Pátroclo quando vê isso faz valer a pena.

Pátroclo tira uma das mãos dos meus quadris para deslizar o polegar no meu clitóris, depois fica perfeitamente imóvel para que eu possa me esfregar nele como preciso.

— Quero sentir você gozar no meu pau de novo, Helena.

— Continue assim e vai sentir — murmuro.

Aquiles segura meus seios e acelera o ritmo, penetrando Pátroclo com tanta força que posso sentir cada estocada. De certa forma, é como se ele quisesse ter certeza de que Pátroclo está bem e essa fosse a única maneira de obter a resposta. É como se o impulso começasse nele, passasse por Pátroclo em cascata e chegasse até mim, e eu subo e desço para devolvê-lo a Aquiles. É surreal e sexy, e não quero que isso acabe nunca.

Não quero que nada disso acabe.

É muito bom. A pressão aumenta cada vez mais, e quero resistir, mas não o suficiente para fazê-la parar ou diminuir. Aquiles belisca meus mamilos, provocando pequenas pontadas de dor que só aumentam a pressão do polegar de Pátroclo no meu clitóris, enquanto seu pênis me preenche por completo. Abro a boca para pedir mais, mas é tarde. Estou gozando. Começo a me inclinar para a frente, mas eles me seguram entre os dois.

Aquiles acelera a velocidade dos movimentos e percebo, atordoada, que ele estava se segurando até agora. Não está mais. Suas penetrações fazem o pau de Pátroclo se mover dentro de mim e meu orgasmo se prolonga. Onda após onda que se sucedem até eu ter a impressão de que meus ossos derreteram, viraram líquido. Aquiles me abraça com uma gentileza surpreendente, considerando como ele está fodendo Pátroclo, e juro que sinto um beijo em minha têmpora.

Pátroclo grunhe:

— Porra, estou... — As mãos nos meus quadris se tornam punitivas, e ele me penetra fundo, me puxa para baixo e goza, goza tão forte que eu sinto.

Aquiles me empurra com delicadeza contra o peito do namorado. Pátroclo não perde tempo e beija minha boca de novo, mas mal tenho tempo de aprofundar o beijo antes de sentir algo molhado esguichando em minha bunda. Levanto o corpo.

— Aquiles.

— Hum.

— Você acabou de gozar na minha bunda?

Ele ri.

— Sim.

Espero irritação, mas tudo que sinto é uma espécie de humor ridículo. Sorrio para Pátroclo.

— Ele gosta muito de marcar território, não é? Parece um cachorro.

— Não. — Aquiles dá um tapinha na minha bunda. — Estou só marcando minha *intenção*.

Pátroclo sufoca uma risada.

— Pare. Você está fazendo com que ela me aperte, e isso é bom demais.

— Banho. Depois, cama.

— Acabamos de tomar banho, Aquiles.

— E acabei de deixar todo mundo sujo. Vamos. Vai ser divertido.

Aquiles sai da cama, me segura pela cintura e me ergue em seus braços. Dessa vez eu não grito. Ainda estou muito mole por causa do orgasmo e... talvez eu não odeie tanto assim ser carregada por Aquiles. Gosto ainda mais do jeito possessivo como Pátroclo nos observa quando se levanta da cama e nos segue até o chuveiro.

Estamos há menos de cinco minutos no banho quando Aquiles se ajoelha, põe o pau de Pátroclo na boca e me penetra com os dedos. Em determinado momento, voltamos para a cama molhados e escorregadios, focados no nosso prazer. Várias vezes, como se corrêssemos contra o relógio em busca de colecionar o máximo de orgasmos antes de termos de voltar à realidade.

Depois de um tempo, porém, a realidade se impõe. Sempre acontece. Aquiles se espreguiça, olha para o relógio e suspira.

— Hora de dormir.

Ele se vira e pega o telefone. Não posso deixar de apreciar os movimentos de seus músculos. Ele tem mesmo o corpo de um guerreiro. Do meu outro lado, Pátroclo se move a fim de deslizar a mão por meu corpo até o quadril. Não é um toque sexual, mas é tão bom que quase solto um gemido. A intimidade casual é algo de que vou sentir quase tanta falta quanto do sexo. Ele e Aquiles são muito livres com o toque, com as palavras. Eu vou... sentir falta deles.

— Acabou de ficar tensa. Em que está pensando?

Quero mentir ou fazer alguma coisa para me esquivar da pergunta, mas talvez esteja mais perturbada do que pensava, porque respondo com sinceridade:

— Vou sentir saudade de vocês. Não só do sexo, apesar de ser divertido, mas... — Tento dar de ombros, contudo é um movimento bem difícil para quem está deitada de costas. — Não é nada.

— Não tem essa de "não é nada". — Pátroclo afasta meu cabelo do rosto. Faço um esforço enorme para não pensar em como devo estar toda bagunçada. *Odeio* sentir que o veneno de Páris ainda ocupa espaço em minha cabeça, apesar do meu empenho no sentido oposto. Sei que ele usava as críticas para me manipular e controlar, mas isso não impede que a insegurança me chicoteie nos momentos mais inconvenientes.

Pátroclo hesita e olha sério para Aquiles, que está em silêncio do meu outro lado.

— Você não precisa fingir com a gente.

— Eu sei. — E é verdade. Mas o problema não é esse. Fingir e usar uma máscara são instintos, e, mesmo que eu me sinta segura o bastante com esses dois homens para ser eu mesma, isso não torna nossas circunstâncias menos complicadas. — Mas...

— Você sempre procura preocupações? — Aquiles se senta e alonga os braços acima da cabeça. — A terceira prova vai decidir o futuro. Até lá, não adianta se preocupar com isso.

— Aquiles.

Olho de um para o outro, mas desta vez não consigo ter ideia do que estão transmitindo. Como deve ser confiar tanto em alguém, ter esse nível de história, que é possível conversar sem palavras? Consigo fazer isso com Éris, mas só um pouco, e é mais um trauma compartilhado do que qualquer outra coisa. E minhas conversas silenciosas com Hermes e Dionísio se resumem basicamente a "Dá para acreditar nesta vadia?" nas festas na Dodona Tower. O que Aquiles e Pátroclo têm é algo completamente diferente.

Por fim, Aquiles olha para mim.

— Falei sério mais cedo. A gente quer manter isto com você.

— Não se pode manter uma pessoa.

— Mesmo assim.

Não posso ter essa conversa deitada de novo. Por que estamos percorrendo esse território outra vez? Nada mudou, mesmo depois de tantos orgasmos. Já desperdiçamos tempo e energia demais com essa situação. Eu me sento e deslizo para trás até apoiar as costas na cabeceira da cama.

— Você quer ser Ares. Também quero ser Ares. Estamos em lados diametralmente opostos.

— Só nisso.

Como se fosse fácil assim.

— Quando eu vencer, você vai ter que voltar a ser o braço direito de Atena. Nunca vai me perdoar.

— Talvez. — Ele dá de ombros. — E quando eu vencer, você perde o título de Ares, mas se torna minha esposa.

O pensamento não é tão desinteressante quanto na primeira vez que passou pela minha cabeça. Se eu fosse uma pessoa diferente, talvez esta noite fosse suficiente para me fazer mudar de ideia, duvidar dos meus objetivos. Não seria tão ruim ser mantida por este homem e por Pátroclo.

Mas ser *mantida* é o que está me sufocando lentamente. Não importa quanto a gaiola seja bonita, o pássaro dentro dela ainda está preso. Ser casada com um dos Treze não é a mesma coisa que ser uma integrante dos Treze. Se eu falhar, passarei o resto da vida olhando tudo de fora.

— Você espera de verdade que eu aceite isso.

— Espero de verdade que você aceite os resultados do torneio, sim. — Segue-se outro daqueles movimentos com os ombros. Como é ser Aquiles, alguém completamente seguro de seu lugar no mundo e do caminho traçado diante dele? Eu o invejo, mesmo ser entender quanto isso parece ser fácil.

Meu estômago se revira um pouco, mas me obrigo a encará-lo.

— Então você também *vai* aceitar os resultados do torneio? — Talvez eu devesse deixar isso de lado, mas não consigo me obrigar a fazê-lo. — Você diz que quer ficar comigo, que vocês dois querem. Então isso se estende à possibilidade de eu conquistar o título de Ares. Se... *quando*... eu ganhar, você ainda vai querer... O quê? Um relacionamento? É isso que está dizendo?

Aquiles sorri.

— Sim, princesa. Exatamente — ele responde com muita facilidade, como se estivesse só me apaziguando. Como se não acreditasse nem por um segundo nessa possibilidade. — Geralmente é isso que significa "manter".

É bom demais para ser verdade. Não importa quanto a conexão seja forte, só conheço esses homens há alguns dias. Relacionamentos de anos não resistiriam ao que estamos prestes a fazer. Quais são as chances de que *nós* consigamos?

Afasto o pensamento. Não posso desanimar me preocupando com coisas que podem ou não acontecer. Ou acontece ou não acontece. Estragar tudo com Aquiles e Pátroclo com base em teorias... talvez fosse mais inteligente, mas não é o que quero. Em vez disso, dou uma espreguiçada.

— Estou cansada. Vamos escovar os dentes, trocar os lençóis e dormir. — Ignoro a vozinha dentro de mim sussurrando que estamos só brincando de casinha e que isso vai acabar em lágrimas.

Tudo no Olimpo acaba em lágrimas.

É preciso aproveitar a alegria onde você puder encontrá-la.

27

PÁTROCLO

Para o bem ou para o mal, estamos a caminho de um destino único. Não há saídas nem caminhos divergentes, nenhum jeito de mudar o que vai acontecer. Dentro de alguns dias, o título de Ares será concedido ao vencedor do torneio. A realidade vai invadir este espaço seguro que criamos. É inevitável.

Mas ainda não.

— Estou surpreso por terem convencido Belerofonte a mandar entregar o café da manhã. — Não é nada sofisticado: ovos, batatas fritas, frutas e panquecas, porém é mais do que eu esperava.

Aquiles puxa uma cadeira para Helena, ignorando seu olhar desconfiado, e sorri.

— Belerofonte está tomando todas as precauções antes da terceira prova. Acrescente a isso a tentativa de assassinato, e elu vai preferir nos manter isolados o máximo possível pelas próximas vinte e quatro horas.

— Não preciso de tratamento especial — Helena protesta. Ela examina a comida disponível e coloca no prato uma porção de cada alimento. — Não gosto da ideia de me esconder no quarto. Parece que estou com medo.

— Ninguém vai ver. O que acontece aqui não é televisionado. — Aquiles faz uma pausa e assume uma expressão pensativa. — Belerofonte disse que as entrevistas que deveriam acontecer hoje foram canceladas. É um risco à segurança, embora essa comunicação fosse ser uma coisa a mais para o público.

— Deuses nos livrem de fornecermos uma imagem imperfeita para o público — murmuro.

Eu me sento na cadeira vazia e começo a encher um prato. Estou morrendo de fome. Passar a noite gastando toda aquela energia não foi sensato, mas não me arrependo. Não estou preparado para dizer que, às vezes, os planos devam ser descartados, mas não posso negar que não planejei Helena.

Não importa. Ainda estou totalmente de acordo com Aquiles a respeito de encontrar um jeito de fazer isso funcionar.

Mas Helena também está certa. Não existe um único cenário em que isso seja perfeito. As probabilidades não estão a nosso favor, mas...

— Pátroclo. — Pelo tom paciente, não é a primeira vez que Helena me chama. Ela exibe aquele sorrisinho indulgente, e meu corpo inteiro esquenta em resposta a ele. Deuses, essa mulher mexe comigo. Não entendo completamente o que acontece, mas já passei do ponto do questionamento.

— Sim?

— Sua mãe, Sthenele, quase foi Afrodite, não? Éramos crianças, mas meu pai falava muito sobre ela antes de vocês se mudarem. — Helena desvia o olhar, e uma sombra passa por seu rosto antes que ela a afugente. — Por que ela desistiu?

É uma história antiga, mas não me importo de contá-la de novo. Olho intensamente para o prato intocado na frente dela.

— Coma enquanto eu falo.

— Mandão.

— Você precisa de calorias.

Ela me encara com uma expressão teimosa, mas seus olhos âmbar parecem dançar.

— Você não mandou Aquiles comer.

Inclino a cabeça na direção dele. Aquiles encheu o prato de comida e já devorou metade. Quando percebe que estamos olhando, ele dá de ombros.

— Estou com fome.

Helena balança a cabeça.

— Ok, você tem razão. — Ela pega um pedacinho de omelete e leva à boca, sem desviar o olhar do meu.

Satisfeito por ela estar se alimentando, sirvo café em três canecas e começo do início.

— Minhas mães, Sthenele e Polimela, estão juntas desde a adolescência.

— Assim como outra pessoa que conhecemos — murmura Aquiles.

Eu o ignoro. Ele já ouviu essa história milhares de vezes, e, por isso, consigo prever suas interrupções, da mesma forma que ele pode prever como o relato se desenrola.

— As duas pertencem à famílias que tiveram membros entre os Treze em gerações passadas e, com vários títulos prestes a mudar de mãos, elas tinham uma boa chance de tentar conquistar um deles. Sthenele trabalhava com a última Afrodite e era uma das principais candidatas ao cargo. A última Afrodite gostava muito dela, eu acho, e como a atual detentora do título é quem nomeia seu herdeiro, isso fez de minha mãe uma das favoritas.

— O que aconteceu?

Espero até Helena levar mais comida à boca para desviar o olhar do dela.

— Elas queriam mais filhos. Polimela estava grávida. — Os detalhes ficaram um pouco confusos para mim depois de todo esse tempo, mas me *lembro* de como fiquei animado com a ideia de ter um irmão... e de como a alegria logo se transformou em medo. — Houve um, hã, ataque.

— O que ele quer dizer é que a vadia da Peithó armou um ataque contra Polimela para pressionar Sthenele. — Aquiles levanta as sobrancelhas quando suspiro. — Que foi? É verdade. Foi isso que ela fez, mesmo que nunca tenham provado nada. E ela é uma vadia. Os anos não mudaram esse fato, ou ela não estaria exilada agora.

— Peithó... — Helena arregala os olhos. — Esse é o nome da mãe de Eros. Eu meio que esqueci que ela tinha um nome antes de se tornar Afrodite.

— Sim, bem, ela não é mais Afrodite, é? — Aquiles dá uma enorme mordida no sanduíche.

— Acho que não — Helena responde com a voz fraca.

Eu me recosto na cadeira.

— Polimela perdeu o bebê. — Minhas mães ainda ficam meio tristes quando esse assunto é abordado. Não foi o único aborto que ela sofreu nos anos seguintes. Elas costumavam sorrir e me chamar de bebê milagroso, mas sei que o fato de eu ser filho único é algo agridoce para as duas. — Sthenele tomou a decisão de renunciar ao cargo e colocar a maior distância possível entre nossa família e a política olimpiana.

Helena estuda o prato na frente dela.

— Por que elas não contra-atacaram? Afastar Peithó teria eliminado a ameaça.

— Você sabe que não é assim. — Mesmo tendo passado a maior parte da vida na periferia dos Treze, entendo como as coisas funcionam. Sempre existe outra ameaça, outro inimigo. As pessoas que permanecem e prosperam nesse clima estão dispostas a pagar o preço, ou permitir que os mais próximos delas paguem o preço. Minhas mães decidiram que o custo era alto demais.

Ela suspira.

— Sim. Acho que sei. — Helena pega o garfo e o devolve ao prato. — Isso tudo é muito romântico. Elas se arrependem?

Dou de ombros.

— Elas queriam mais a segurança da nossa família do que o poder. Parecem bem felizes com os resultados. — Cresci em uma casa cheia de amor e de segurança. Não sei se a segurança teria existido se minhas mães tivessem perseguido sua ambição. Ainda me lembro da tensão e das brigas que tinham quando eu era pequeno. Muita coisa perdeu a nitidez, mas não *isso*. Depois que nos mudamos, elas relaxaram e as brigas diminuíram.

Helena balança a cabeça lentamente.

— E o que elas acham de você estar no torneio?

— Elas conhecem o jogo — Aquiles responde com uma risadinha. — Pátroclo e eu estamos neste caminho há muito tempo. Elas sabiam que buscaríamos a glória e tudo que vem no pacote.

Sorrio, apesar de tudo. Aquiles muitas vezes irrita minhas mães, mas elas o amam quase tanto quanto eu.

— Sim, você está de olho no topo há muito tempo. Foi uma das primeiras coisas que me disse no campo de treinamento. Você olhou em volta e disse: "Algum dia, todos no Olimpo vão conhecer meu nome."

Aquiles nem fica vermelho.

— Sei o que quero.

Os ombros de Helena ficam tensos, um sinal evidente de que estamos prestes a retomar nossa discussão sobre o título de Ares, o significado disso e o que o futuro reserva. Vamos acabar dando muitas e muitas voltas em torno do mesmo assunto, porque não há solução. No momento, só temos teorias.

Interrompo antes que possamos sair dos trilhos:

— Eu contei pra você, agora é sua vez de me contar.

Seu sorriso é, na melhor das hipóteses, morno.

— Você teve uma infância feliz, não foi? Mesmo antes de se mudar?

— Sim. — É a verdade. Nunca me faltou nada. Eu sabia que minhas mães me amavam. Enfrentei as merdas normais da infância, especialmente por ser uma pessoa que precisa de muito tempo para pensar, mas nada que mereça destaque.

— Eu não. — Ela joga o cabelo por cima do ombro. — Todas as minhas necessidades físicas foram atendidas. Eu sei, eu sei, Aquiles, pobre garotinha rica, mas...

Ele parece um pouco culpado.

— Mas havia Zeus.

— Sim, mas havia Zeus. — Helena suspira e afasta o prato. Comeu metade da omelete e uns pedacinhos de frutas, o que não é suficiente, mas não quero pressioná-la agora, não quando está baixando os muros alguns centímetros, permitindo que vejamos uma parte que manteve escondida até agora. — Ele matou minha mãe. Sei que é isso que dizem e todo mundo acha que é só uma espécie de lenda urbana, mas é verdade. Eles estavam brigando, e ele a empurrou escada abaixo. Ela quebrou o pescoço.

Aquiles fica tenso e olha para mim. Não sei o que dizer sobre isso. Dizer "sinto muito" parece idiota. Ainda estou cogitando possíveis respostas quando Helena continua:

— Não estou falando para vocês sentirem pena de mim. Esse é só um dos muitos pecados cometidos por meu pai. Ele era um monstro e me criou, o que me torna pelo menos um pouco monstruosa. — Ela, enfim, levanta o olhar, e a determinação estampada em seu rosto é impressionante. — Então, sim, sou uma princesa mimada, mas não sou só isso. Eu sobrevivi a ele. Vou sobreviver também ao que meus irmãos estão planejando, seja lá o que for. Talvez tenha havido um momento em que concordei com os planos deles, ao menos em parte, em busca de manter a paz, mas não sou mais assim. Mereço ser mais que um prêmio.

Meu peito dói com uma intensidade para a qual não estou preparado.

— Helena...

— Preciso de um pouco de espaço. Vou tentar tirar uma soneca.

Ela se levanta da mesa e caminha pelo corredor até o quarto. O barulho da porta sendo fechada ecoa alto demais na suíte.

Olho para Aquiles e suspiro.

— Isso é péssimo.

— Ela vai superar a decepção quando tudo isso acabar. — Mas ele está muito sério, e empurra o prato sem terminar de comer. — Pode demorar um pouco para termos o perdão dela, mas vamos conseguir. — Aquiles não parece tão confiante como de costume. — Helena *tem que* nos perdoar.

Não acredito que ela tenha de fazer coisa alguma, inclusive nos perdoar. Não por isso. Essa situação toda me deixa um pouco enjoado. Obviamente, todos que conheciam a reputação de Zeus sabiam que ele não era um homem bom. Três esposas mortas, vários rumores sobre acusações de agressão e um filho que ele expulsou da cidade por não entrar na linha. Tudo isso compõe uma imagem desagradável. Não sei como deixei de pensar em como teria sido crescer naquela casa. Se me lembro bem, a mãe de Helena morreu quando ela era adolescente. A madrasta não viveu mais do que alguns anos depois que Zeus se casou novamente. Sinto um arrepio.

— E se isso acabar com ela?

— Acabar com ela? — Aquiles balança a cabeça. — Você conheceu essa mulher? Ela é muito forte e muito teimosa. Talvez duvide de si mesma de vez em quando, entretanto, como ela mesma disse, é uma sobrevivente. Vai ser necessário mais que uma pequena decepção para acabar com ela.

Quero acreditar nisso. Quero muito. Mas as pessoas são mais do que só um problema a ser resolvido. As emoções muitas vezes não têm nada a ver com lógica. Se tivessem, nem estaríamos nesta situação.

— Espero que sim.

Aquiles se retrai e se deixa cair contra o encosto da cadeira, uma reação contida.

— Não quero acabar com ela, mas eu...

— Você quer isso há muito tempo. — Suas razões para se empenhar na luta pelo título de Ares são tão válidas quanto as de Helena, igualmente enraizadas na dor e na insegurança do passado. Ele não é mais o menino indefeso que cresceu em um dos orfanatos de Hera e foi escolhido para ser soldado de Ares. É perfeitamente compreensível que tente consolidar seu lugar de poder e ambição. Não conseguir esse título também não vai acabar com ele, provavelmente, mas Aquiles nunca sofreu uma derrota de verdade após decidir um desfecho. Não sei como o fracasso o afetaria. — Não sei qual é a resposta.

— Isso é inédito. — Aquiles sorri cansado e se coloca em pé. Dá um tapinha leve no meu ombro. — Vamos limpar tudo isso, deixar um lanche para Helena no frigobar, caso ela tenha fome mais tarde, e praticar um pouco de ioga restaurativa. Você não está conseguindo disfarçar quanto seu corpo está tenso, acho que o alongamento vai lhe ajudar. — Ele dá um sorriso nervoso. — Aconteça o que acontecer, vamos encontrar uma solução.

— Aconteça o que acontecer? — É um apelo infantil, sem qualquer base lógica, mas não consigo me conter. Quero os dois felizes. Quero que isso não seja o fim. Que bobagem. Que tremenda bobagem.

— Sim, Pátroclo. Aconteça o que acontecer.

Escolhemos algumas sobras para guardar no frigobar e chamamos um dos funcionários de Belerofonte para levar o resto. Aquiles tranca a porta e dou uma última volta pela suíte. Com as entrevistas canceladas, não temos para onde ir hoje, mas ainda existe uma chance de enfrentarmos outra tentativa de assassinato contra Helena. Quem ficou chateado por ela ter passado na primeira prova deve estar *furioso* por ela ter chegado à final.

A única luz em meio à escuridão do quarto vem de uma fresta entre as cortinas. Helena está encolhida no meio da cama, com as cobertas sobre a cabeça. Ela parece menor assim, e meu peito se contrai mais uma vez daquele jeito desconfortável. Não, não é meu peito. É a porra do coração. Aquiles sempre fala que sou mole, mas isso não é verdade. Posso ser bem frio quando a situação exige. Mas não agora. Helena plantou suas raízes em mim ao longo de alguns dias. Não deveria ser possível isso acontecer com tamanha rapidez, mas minha mãe sempre fala sobre como ela olhou para o outro lado da sala, viu minha outra mãe e simplesmente *soube* que era ela.

Eu *soube* quando vi Aquiles. Talvez não que estaria apaixonado por ele em uma semana e que passaríamos os próximos doze anos juntos, mas soube que ele seria importante para mim. Que ele *já* era importante para mim.

Com Helena, não me senti atingido por um raio. Não quando éramos crianças, e certamente não quando nos reencontramos na vida adulta. Foi mais como a maré subindo, cada interação acontecendo como uma onda que foi me aproximando dela até esse momento. Estou me afogando, mas não sinto falta de ar. Quero esta nova realidade. Quero ter a mesma certeza que Aquiles tem de que isso é possível, mesmo que neste momento não consiga visualizar como.

Volto e descubro que Aquiles empurrou o sofá para trás para abrir espaço. Ele me observa, com atenção, quando me sento no chão.

— Fomos muito violentos com você ontem à noite?

— Se tivessem sido muito brutos, eu teria dito alguma coisa. — Ontem à noite, o prazer superou minhas dores e hematomas, mas

Aquiles acertou quando disse que meu corpo enrijeceria durante a noite. Sustento seu olhar. — São só hematomas e dores musculares. Vou resmungar e reclamar por causa disso, mas vou ficar bem.

— Vou exigir isso de você. — Aquiles pega uma almofada e me ajuda a ficar na primeira posição. A ioga restaurativa consiste basicamente em manter uma posição com apoio total por vários e longos minutos. É tudo que consigo fazer agora, o que me irrita.

Vou me recuperar. Sei que vou. Mas será que a tempo de disputar a terceira prova?

— Sei que está preocupado com tudo. Vamos achar uma solução. — Aquiles apoia os cotovelos nos joelhos e se encosta no sofá. — Confie em mim.

— Eu confio. — E é verdade. Se alguém pode nos ajudar por pura teimosia, esse alguém é Aquiles. Mergulhamos em um silêncio confortável, e passo para a posição seguinte. Quando termino, ainda estou muito dolorido, mas minha mente está mais tranquila. Deixo Aquiles me pôr em pé e seguro sua nuca, puxando-o para baixo para um beijo rápido. — Te amo. Para sempre.

— Também te amo. — Ele bate na minha bunda. — Agora vamos deitar de conchinha com nossa princesa. Ela precisa de acolhimento.

— Ok. — Ele tem acertado sobre muitas coisas, tem percebido aquilo de que Helena precisa antes que eu possa chegar à mesma conclusão pelo raciocínio. Ambos são bem parecidos em vários aspectos, acho que a semelhança pode influenciar nisso. Não tenho certeza. E não vou reclamar de nós três dividindo a cama. — Deixe o primeiro turno para mim.

— No quarto.

Hesito, mas não quero discutir. Seria bobo protestar contra isso só porque eu deveria fazê-lo.

— É claro.

— Vamos.

Eu o sigo até o quarto, paro apenas para apagar a luz do corredor. Ele se deita de um lado da cama embaixo dos cobertores, e eu me acomodo sentado do outro lado dela, apoiado na cabeceira. Helena fica tensa.

— Eu convidei vocês?

— Ah, princesa. — Aquiles passa um braço sobre a cintura dela e a puxa para perto. — Você não vai fazer a gente cochilar no sofá, vai? Especialmente porque você é responsável por um terço de todo o sono perdido na noite passada. E você já disse que o sofá é muito desconfortável.

Ela suspira.

— Você está tentando me provocar.

— Não, só quero lhe abraçar enquanto Pátroclo vigia. — Ele beija sua testa. — Feche seus olhos. Vamos manter você em segurança.

Ela se mexe, e quase pulo de susto quando os dedos roçam meu cotovelo. Ela desliza a mão por meu braço e entrelaça os dedos nos meus. Meu coração se contorce e dispara, e não sei que diabos está acontecendo, mas acho que posso estar me apaixonando por Helena Kasios.

28

AQUILES

No momento em que atravessamos o túnel e entramos na arena, é como se adentrássemos em um mundo diferente. Acho que é o barulho que as pessoas fazem nas arquibancadas. O som reverbera em meu corpo até os ossos. O labirinto desapareceu como se nunca tivesse estado aqui. No lugar dele, o espaço oval é repleto de areia, como foi durante a cerimônia de abertura. Eles estão mesmo interessados por esta merda de gladiador, que é mais ou menos o que eu esperava, já que a prova final é um combate.

A última pessoa a ficar em pé se torna o próximo Ares.

Olho para Pátroclo. Ele está com aquela expressão indecifrável, sem deixar escapar nada. Está vestido com roupas normais de ginástica e mancando um pouco, mas seus movimentos são melhores do que os de ontem. Isso é bom. Ele não precisa estar em sua melhor forma para esta prova. Está aqui para me dar apoio, o que significa que não tem motivo algum para ele arriscar o pescoço.

Vou garantir que Pátroclo não se sinta obrigado a isso, ainda que eu mesmo tenha de eliminá-lo.

Vesti roupas parecidas com as das duas últimas provas, porque o dourado e o preto me conferem uma energia meio de príncipe das trevas. Pelo menos, foi o que o estilista de Atena me disse quando montou os figurinos que eu usaria em cada evento e prova.

Helena está com seu traje de rainha guerreira. Eu a vi vestir o macacão dourado mais cedo, e foi divertido e sexy ouvir os palavrões que resmungava enquanto lutava para fazê-lo deslizar pelo corpo, mas não posso negar que o efeito é impressionante. É um macacão que deixa os braços nus e cobre até alguns centímetros acima dos joelhos. O traje é muito flexível para permitir os movimentos, mas a superfície lisa é semelhante à que ela usou na segunda prova. Isso torna quase impossível agarrá-la ou imobilizá-la. Ela penteou o cabelo para trás em uma trança presa em volta da cabeça — eliminando outro lugar em que seria possível agarrá-la —, e o sempre presente glitter dourado ilumina sua pele.

Ela percebe que a contemplo e desvia o olhar. Esteve assim a manhã toda. Arisca. Não posso condená-la, mas parte de mim quer confortá-la, quando eu deveria estar inteiramente focado no meu objetivo final, já à vista: passar nesta prova e vencer a próxima. Estou tão perto do título de Ares que posso sentir o gosto.

A camaradagem do segundo desafio desapareceu. Não temos mais aquele amortecimento entre nós. No final desta prova, um de nós terá seus sonhos destruídos, e caberá aos outros juntar os cacos.

Um pressentimento passa por mim em forma de arrepio. Nós *vamos* juntar os cacos. Nós três juntos funcionamos bem, e isso é tão raro que não estou disposto a desistir sem lutar. *Gosto* pra caralho de Helena. Ela vai me perdoar, com o tempo. Tem de me perdoar.

A plateia se contém quando os holofotes se voltam para Atena. Ela veste outro traje, desta vez de um tom profundo de âmbar e tão elegante quanto ela é capaz de ser. Mas ela está bem. Sempre está bem. Atena levanta as mãos, atraindo instantaneamente a atenção de todos na arena. Quando as pessoas silenciam, ela fala:

— A prova final é a prova de combate. — Há uma pausa, durante a qual as pessoas enlouquecem. Desta vez se acalmam mais rápido. — Os concorrentes lutarão até que reste apenas um. A eliminação acontece por desistência ou ao primeiro sinal de sangramento. — Ela acena com a mão para mostrar a área oval e arenosa em cujo limite estamos. — Escolham suas armas, concorrentes. A prova começa em três... dois...

Pátroclo fica tenso.

— Bastões. — Ele inclina o queixo para a direita, e entendo exatamente o que quer dizer. Há três bastões expansíveis pendurados em um suporte no meio da arena, à direita. Para chegar lá, tenho de passar correndo por várias opções, mas ele está certo. Devemos nos ater ao que sabemos.

— Sim, é isso.

— Não espere por mim. Vou estar bem atrás de você.

Ele se vira para Helena, mas é tarde demais. A voz de Atena diz:

— Um. Comecem.

Os gritos da multidão abafam todo o restante.

Não hesito. Corro pela areia em direção aos bastões. Talvez não sejam impressionantes, mas podem quebrar ossos com muita facilidade e têm um alcance considerável. Mais importante ainda, nós os usamos regularmente nos serviços que fazemos para Atena. O cabo pesado é confortável e familiar na palma da minha mão.

A sensação de ter alguém atrás de mim me surpreende. Com certeza, Pátroclo não acompanhou a corrida a tamanha velocidade, não é? Eu me viro esperando vê-lo ao meu lado, mas Pátroclo não me seguiu. Em vez disso, Páris avança em minha direção com uma adaga na mão. O filho da puta aponta para a região entre minhas omoplatas. Eu me esquivo, a areia cede sob meus pés e ameaça meu equilíbrio. Porra, devíamos ter pensado em praticar confronto direto em um ringue de areia. É uma complicação que eu não esperava.

Páris me ataca novamente, e seu rosto é uma máscara de fúria.

— Sei que você está trepando com Helena!

Levanto o bastão a tempo, e a faca desliza pela borda. O cara não está tentando provocar o primeiro sinal de sangue. Ele me quer morto. O sentimento é totalmente mútuo. Cambaleio mais um passo para trás, deixando Páris pensar que me encurralou.

— Foi você que mandou o assassino?

Ele faz uma pausa.

— O quê?

Sua confusão parece sincera, mas como posso saber? Não percebi que Páris era uma ameaça em potencial até enxergá-lo pelos olhos de Helena. Ele pode estar mentindo. Em último caso, isso não importa. Eu teria sentido prazer em eliminá-lo pessoalmente antes mesmo de saber que ele a magoou e a assustou, que a fez duvidar de si mesma. Agora, é pessoal.

Dou um passo para o lado a fim de evitar o ataque seguinte. Ele é bom, mas não é melhor do que eu. Movo o bastão tão depressa que o deslocamento de ar provoca um assobio. Páris tenta se esquivar, mas acerto a ponta da faca e a jogo longe.

Ele se encolhe e recua com as mãos estendidas.

— Aquiles, espere.

— Você a machucou. — Ataco novamente. Mais uma vez, ele quase não consegue evitar o ataque. — Ela confiou em você, e você a *machucou*.

— Nunca toquei nela! Ela está mentindo. — Páris se afasta, quase não consegue permanecer em pé na minha frente. — É tudo mentira.

Seu tornozelo cede e eu avanço, empurrando Páris para a areia.

— O bastão não é a melhor opção para tirar sangue. — Eu o viro de costas com um chute. — Acho que vou ter que bater algumas vezes em você para ter certeza de que vai ser eliminado.

— Aquiles!

Levanto o bastão acima da cabeça.

— Pare de falar, Páris. Só vai me deixar com mais raiva.

— Pátroclo! — Ele aponta um dedo trêmulo para trás de mim.

Sei que não devo. Sei de verdade. Mesmo assim, olho para trás. Localizo Pátroclo no mesmo instante. Tenho certeza de que sempre o encontrarei, independentemente de quantas pessoas houver entre nós. Em uma arena com apenas cinco pessoas, nada me distrai da cena que se desenrola diante de mim.

Minotauro o persegue pela areia com passos leves, apesar do corpo grande. Pátroclo encontrou uma faquinha em algum lugar, mas parece um brinquedo na mão dele. O Minotauro tem *a porra de uma espada*. E é das grandes, grande o suficiente para que ele tenha de segurá-la com as duas mãos. Grande o suficiente para cortar Pátroclo ao meio. Olho para Atena, mas ela não se moveu do lugar em que estava quando anunciou o início da prova. Não vai ter salvação de última hora para nenhum de nós.

Pátroclo poderia derrotar o Minotauro em uma luta justa. Provavelmente. Mas, agora, quando está poupando o tornozelo e tem várias costelas machucadas que limitam sua amplitude de movimentos? Vai ser um banho de sangue. Pelo jeito como o Minotauro brande aquela espada, ele não se importa se vai ter de remover membros para derramar o sangue de Pátroclo.

Ele vai matá-lo.

Assim que o pensamento passa pela minha cabeça, Helena aparece como uma deusa vingadora atrás do Minotauro. Ela levanta um par de adagas e tem a morte dele estampada em seu lindo rosto. Nossa mulher não hesita e ataca suas costas expostas.

O Minotauro deve sentir sua presença, porque gira com facilidade para se esquivar e a ataca com um golpe que arrancaria sua cabeça se a acertasse. Ela se abaixa sem dificuldade, mas isso não impede que meus pulmões se transformem em pedras dentro do peito. Os dois. Ambos estão em perigo e em desvantagem.

Se o Minotauro acertar um golpe...

Eu me movo antes de o pensamento passar por inteiro em minha cabeça, deixando Páris de lado para ir socorrê-los. Não dou a mínima para as regras que não incentivam assassinato. Alguém tentou matar Helena no alojamento, e agora Pátroclo está ferido. A maneira como o Minotauro balança aquela espada dispara todos os alarmes na minha cabeça. Ele os está atacando como se quisesse machucá-los de verdade. Helena é feroz e rápida, mas é muito pequena. Não vai aguentar nem um golpe daquela coisa. Na *melhor* das hipóteses, vai perder um membro.

E Pátroclo? O idiota vai se sacrificar por ela. Eu já sei disso.

Aumento a velocidade, deslocando a areia embaixo dos meus pés enquanto atravesso o espaço correndo. Se eu conseguir *chegar lá*, posso detê-lo. Sou melhor que esse desgraçado. Sei que sou.

Helena muda a empunhadura da faca como se fosse arremessá-la, mas parece pensar melhor. Boa menina. Nunca jogue uma arma que ainda é útil. Eu deveria ter dito isso a ela. Porra, eu deveria ter falado muitas coisas para ela.

Estou muito longe. Não vou chegar a tempo.

O Minotauro toma impulso, girando a espada com uma facilidade que sugere que já fez isso antes. Helena e Pátroclo o cercam, mas estão muito atentos um no outro, muito determinados a se salvarem. É uma falha evidente a ser explorada, e o Minotauro é inteligente o bastante para fazer exatamente isso.

Ele parece se concentrar em Helena e a pressiona sem descanso. Ela se afasta da lâmina em movimento, mas a areia é muito instável sob seus pés. Pátroclo avança para empurrá-la para fora do caminho do golpe, com a mão estendida e o peito aberto.

Minotauro não perde tempo. Muda de posição e reverte o ataque.

— Não!

Acontece rápido. Muito rápido.

A espada desce. O sangue de Pátroclo espirra, tinge de vermelho sua camisa branca. Ele cai de joelhos quase em câmera lenta, com o choque estampado em seu belo rosto.

— *Não!*

Acima de nós, seu rosto brilha na tela embaixo da palavra "eliminado". Não dou a mínima. Voo pela areia, me movendo mais rápido que nunca. Muito devagar. Todo esse treinamento, *anos* de treinamento, e, quando é necessário, sou muito lento. Paro diante de Pátroclo, mas não tenho tempo. Não posso ficar de joelhos com o inimigo em cima de nós.

— Aí está você. — Minotauro balança a espada novamente. Não parece satisfeito com o estrago que causou. Não parece nada, sua expressão é curiosamente vazia. — Demorou muito para chegar aqui. — Ele dá um passo à frente, a espada ganha impulso novamente. — Imaginei mesmo que vocês dois viriam correndo quando seu namoradinho fosse ameaçado.

Como eu poderia fazer qualquer outra coisa? Pátroclo só está nesta arena agora porque eu o quis aqui. Ele nunca teria escolhido isso por conta própria. Levanto o bastão. Parece uma defesa patética contra a espada.

— Vamos resolver isso.

— Com prazer.

Ele se aproxima de mim como um tornado, rápido demais, e a espada parece estar em todos os lugares ao mesmo tempo. Acerto um golpe em sua coxa, mas isso nem o retarda. Puta merda, o homem é um monstro.

Eu... não sei se posso vencê-lo.

O pensamento me surpreende. Nunca duvidei até agora, quando é mais importante. Se não consigo fazer isso... Evito um golpe inverso que teria sido fatal. Ele deveria estar desacelerando. Essas espadas não são leves, e ele não tem economizado energia e movimento desde que tudo começou. Mas ele *não* está desacelerando.

Eu estou.

Para onde foi Helena?

Como se o pensamento a convocasse, percebo um movimento atrás do Minotauro, um flash dourado entre as luzes brilhantes do estádio. É o único aviso que temos antes de Helena saltar sobre as costas dele. Ela segura a faca com força, e, durante uma interminável batida do meu coração, penso que ela pretende cortar a garganta dele. Em vez disso, ela desliza a ponta da lâmina pela lateral de seu rosto, derramando seu sangue e o misturando com o de Pátroclo a seus pés.

— Acabou para você, babaca.

Ele a empurra sem o menor esforço. Ela cai de pé, mas por pouco. Esse desequilíbrio custa caro. Minotauro gira, avança sobre ela e passa a espada sobre sua cabeça. O choque quase cola meus pés no chão. Que porra ele está *fazendo*? Ser eliminado significa parar imediatamente. Por que diabos ele continua lutando?

O instinto assume o controle antes que o cérebro tenha a chance de acompanhá-lo. Eu me jogo contra suas costas, o derrubando com o golpe improvisado. Caímos na areia com um impacto violento, mas ele já está balançando aqueles punhos impressionantes e socando as laterais do meu corpo.

Eu deveria me desvencilhar dele, deixar os árbitros assumirem o comando e resolverem a situação, porque esse é o trabalho deles, porra. Mas não. Tudo que consigo enxergar é ele atacando Helena e derrubando Pátroclo. Ele pretende *matá-los*.

Não vou permitir que ele tenha chance.

Cada soco que dou em seu rosto é uma chance a menos de ele machucar outra vez as pessoas que amo. Estou um soco mais perto de eliminá-lo totalmente como possível ameaça. Ele não vai tocar neles de novo. Vou garantir que não toque.

Mãos agarram meus braços e sou puxado do Minotauro por dois árbitros. Ele começa a se sentar, mas um terceiro árbitro o agarra e o empurra de volta para a areia. Começo a me debater, mas o árbitro à minha direita aparece na frente do meu rosto.

— Você está eliminado. Afaste-se.

— *O quê?*

— Está sangrando. — O árbitro aponta para baixo.

Sigo a direção apontada por seu dedo e fico imóvel. Tem uma flecha enterrada no meu calcanhar. Nem senti. Levanto a cabeça lentamente e vejo Páris parado a uma boa distância, com um arco nas mãos e um sorriso malicioso no rosto.

— Puta que pariu.

Meus joelhos encontram a areia, e não me lembro de ter decidido me ajoelhar. Não posso... não posso pensar na minha eliminação agora. Rastejo até Pátroclo. Ele segura a barriga com as duas mãos, mas tem muito sangue. Olho para a árbitra.

— Precisamos de um médico!

A mulher recua, mas balança a cabeça em negativa.

— Ninguém entra na arena até que a prova termine.

Debruço-me sobre Pátroclo e cubro suas mãos com as minhas.

— Mil desculpas.

— É culpa minha. Sou muito... lento. — Ele vira a cabeça para mim muito devagar, fazendo um esforço enorme para executar o movimento simples. — Aquiles...

— Não é assim que acontece. — Não consigo processar que fui eliminado. Não era para ser assim. Tínhamos um plano. Porra, eu tinha um plano. Primeiro Minotauro. Depois Páris. — *Helena.*

Eu a perdi de vista quando enfrentei o Minotauro, mas ela certamente não foi eliminada. Se Páris vencer... Nós prometemos a ela. Nós *prometemos*, e eu perdi tudo de vista nos últimos minutos.

Eu me viro para procurá-la. *Ali.* Helena persegue Páris com a fúria estampada em seu rosto perfeito. Ela ainda tem só aquelas malditas adagas, e ele tem um arco robusto apontado na direção dela.

Ele pode atirar nela. Pode *matá-la*.

Páris dispara uma flecha, e Helena dança para o lado, esquivando-se no último momento. Ela estreita os olhos e avança, corre na direção dele. Páris recua e tenta pegar outra flecha. Ele as tem cravadas na areia a seus pés, como se fosse um guerreiro dos velhos tempos, não um idiota covarde que se encolheu e deixou todo mundo lutar para que ele pudesse derrotar o vencedor. Ele encaixa outra flecha no arco e dispara, mas Helena vai ao chão arenoso, e a flecha passa voando por cima de sua cabeça.

Dou uma olhada em Pátroclo. Ele ainda está respirando e segura meus braços. A força de suas mãos me tranquiliza.

— Ela vai conseguir.

Acompanho seu olhar e vejo Helena de novo. Quero que ela vença. É claro que quero. Nem existe uma competição entre ela e Páris. Mas não consigo pensar direito agora. Não com ela e Pátroclo ainda em perigo. Não com todo o meu plano destruído.

Uma terceira flecha corta o ar. Helena gira para fora da trajetória como uma dançarina, com passos leves e usando o giro para ganhar impulso e voar sobre a areia.

Ela agora está bem perto. A menos de três metros dele. Páris pega outra flecha, mas está em pânico, e seus movimentos são desajeitados. A flecha quase escapa de suas mãos. É a única brecha de que Helena precisa. A bobinha joga uma das facas nele. Há cinquenta por cento de chance de acertá-lo, e ainda assim é uma previsão otimista.

Todavia, ela o acerta.

A lâmina encontra o ombro de Páris, que gira e é jogado para longe das malditas flechas, contra a parede que cerca a arena principal. Ele desliza para o chão, segurando o ombro e gritando alguma coisa que não consigo ouvir em meio aos aplausos de milhares de pessoas ao nosso redor.

Helena dá mais um passo, e então parece se lembrar de onde está. Ela endireita as costas e se vira para Atena. Deste ângulo, não consigo ver sua expressão, mas há em seus ombros uma fúria que praticamente desafia Atena a fazer qualquer coisa que não seja declará-la vencedora.

Atena a encara por um longo tempo, o suficiente para que os aplausos diminuam e o silêncio ganhe um aspecto misterioso. Por fim, ela levanta as mãos.

— Temos uma vencedora. Parabéns... Ares.

A arena enlouquece.

Na areia, os médicos saem correndo de um dos arcos, e as equipes se dividem para atender a todos os concorrentes feridos. Aceno para dispensar os cuidados. Quase nem estou machucado. Foi só uma porcaria de *arranhão*. E foi o suficiente para arrancar meus sonhos de mim. Eu estava tão perto. Tão perto.

Acabou.

Perdi.

Meus sonhos estão mortos, destruídos, e a culpa é toda minha.

29

HELENA

Não consigo parar de tremer. Preciso ver Pátroclo, assegurar-me de que ele está bem. Os médicos o colocam em uma maca e passam por mim a caminho da saída da arena. Mal consigo ver seu rosto pálido antes que ele desapareça.

Os árbitros conduzem Minotauro à saída logo atrás dele. Ficam olhando para o grandalhão como se não tivessem certeza de que sairia em paz. Suas palavras ainda ressoam em meus ouvidos. *Imaginei mesmo que vocês dois viriam correndo quando seu namoradinho fosse ameaçado.* Ele *usou* Pátroclo para me atrair e trazer Aquiles para perto de si.

A culpa me sufoca.

Se eu tivesse sido mais forte...

Se eu tivesse eliminado o Minotauro antes que ele tivesse a chance de quase matar Pátroclo...

Se...

Aquiles manca em direção à saída. Ele mal olha para mim quando passa. Eu devia dar um tempo, prover espaço para ele processar o que aconteceu. Nem *eu* processei o que aconteceu, não consigo imaginar que ele tenha conseguido.

Mas não posso. O medo me domina, mais forte do que eu poderia ter previsto.

— Aquiles.

Ele não olha para mim, não para nem diminui a velocidade. A sensação piora.

— Aquiles, *fale comigo*.

Ele não hesita.

— Você conseguiu o que queria, Helena. Não faça essa cara de tristeza. — Ele ainda não olha para mim, só me oferece seu perfil perfeito. — Comemore.

Sinto como se o fundo do meu estômago despencasse.

— Foi tudo mentira? Aquela conversa sobre o futuro e ficar comigo?

Aquiles balança a cabeça.

— Preciso ir com Pátroclo ao hospital. Falo com você mais tarde.

Não parece uma promessa. Ele diz as palavras como se estivesse disposto a falar qualquer coisa para encerrar a conversa. Para terminar... isto. Não o chamo de novo. Fico ali parada e assisto à medida que ele vai embora, levando consigo um pedaço do meu coração.

Quando isso aconteceu? Eu disse desde o início que não tínhamos futuro. Nem eu e ele. Nem eu e Pátroclo. Nem nós três, com toda a certeza. Não importa quanto nos entrosamos durante os testes, a maneira como eles pareciam me ver ou...

Um soluço brota em meu peito, mas me recuso a libertá-lo. Isto é o que eu queria, o que lutei tanto para conseguir. Estou realizando meus sonhos e garantindo que todo o Olimpo seja forçado a me levar a sério.

Aquiles tem razão. Eu deveria estar comemorando e dando a volta olímpica. Não deveria estar aqui parada, tentando não chorar.

Belerofonte aparece ao meu lado como em um passe de mágica, mantendo a expressão cuidadosamente neutra.

— Você precisa vir comigo, Ares.

Ares.

Eu fiz isso. *Ganhei*, porra. Ninguém pode olhar para mim e pensar que sou apenas um rostinho bonito, uma peça a ser movida no tabuleiro de xadrez por aqueles que são mais poderosos que eu. Eu deveria estar exultante, celebrando, surfando essa onda diferente de todas as outras.

Em vez disso, só quero ter certeza de que Pátroclo está bem, conversar direito com Aquiles e ouvi-lo garantir que tudo que me disse ontem não foi mentira. Que ainda pensa do mesmo jeito agora que estamos encarando o futuro de frente.

— *Ares.*

Respiro fundo e tento acalmar meu coração acelerado, para *pensar*. Minhas atitudes tiveram consequências: tanto entrar no torneio quanto vencê-lo. Por mais que eu queira ir atrás de Aquiles e Pátroclo e insistir até que esta terrível ferida aberta em meu peito seja curada, tornar-me Ares significa que tenho responsabilidades que vão além de minhas necessidades pessoais.

Meus homens vão ter de esperar. Espero que ainda estejam comigo depois de tudo que aconteceu.

Quase não tive chance de me permitir considerar que eles poderiam ser mesmo meus, e agora tudo pode ter acabado. Fecho os olhos, respiro outra vez e, quando os abro, exibo minha expressão controlada. *Eu sou Ares e não serei subestimada.*

Sorrio para Belerofonte.

— Vamos lá.

Elu não fala nada até passarmos por um dos arcos — um arco diferente do que usamos para entrar e sair das provas — e subirmos um lance de escadas.

— Hoje à noite vai haver um evento formal para apresentá-la como Ares, mas o título passou a ser oficialmente seu no momento em que venceu a terceira prova.

Não consigo identificar nada no tom de Belerofonte sobre sua opinião a respeito da minha vitória. Tanto faz. Muita gente vai ficar contrariada com o resultado, e preciso me acostumar com isso. Não significa que não posso ser elegante neste momento.

— Obrigada por ter hospedado os concorrentes. Sei que não foi uma tarefa fácil.

Belerofonte não responde. Subimos outro lance de escada. Ainda sinto a adrenalina correndo em minhas veias, mas também sinto que a queda se aproxima. Com muita, muita agilidade. Isso é exatamente o que eu queria. Deveria estar feliz, certo? Não entendo essa estranha sensação de perda, como se alguém tivesse me embrulhado em um cobertor de chumbo e me jogado de um píer.

Belerofonte abre a porta no topo do lance de escada e recua.

— Estão à espera.

Não sei por que me surpreendo ao ver meu irmão parado ao lado de Atena. Ele pode não ter se mostrado no camarote quando ela fez os anúncios, mas não é do tipo que deixa algo tão importante acontecer sem sua presença.

Perseu veste um terno cinza-grafite com camisa cor de creme. O único sinal de que não está perfeitamente controlado são os leves vincos em sua calça, quase idênticos aos que ele criava quando era criança ao apertar o tecido com as mãos cerradas em busca de tentar não reagir. Mas isso é ridículo. Perseu não demonstra esse tipo de perda de controle desde que nossa mãe morreu. Há mais tempo, até.

Atena espera a porta ser fechada atrás de mim para suspirar.

— Bem, você estragou tudo, não foi?

— Como é que é?

— É tarde demais para se preocupar com isso agora. Você é Ares, para o bem ou para o mal. — Ela dá uma olhada no celular. — Preciso me informar sobre meus homens.

— Espere. — A palavra sai antes que eu possa contê-la. — Pátroclo vai ficar bem?

Os olhos escuros de Atena brilham, único sinal externo de que ela está furiosa.

— Ele está a caminho do hospital. As lesões foram maiores do que os médicos poderiam resolver; foi preciso recorrer a um cirurgião. E é *bom mesmo* que o salvem.

Salvar. Porque ele pode morrer.

— Não. — O pânico explode, forte o bastante para quase me fazer cair. Eu me viro para a porta. — Eu também vou.

— Fique onde está, Ares — ela retruca. E espera até eu a encarar de novo para continuar: — Você é nova nos Treze, então, vou relevar esse insulto, embora devesse saber como se comportar, sendo uma Kasios. Você agora é Ares — ela fala devagar, mas sem condescendência. — Eu sou Atena. E aqueles homens, Aquiles e Pátroclo? Eles são da *minha* equipe, o que significa que são *minha* responsabilidade. Não passe seu primeiro dia como Ares invadindo meu território ou vai se arrepender.

Abro a boca para protestar, mas consigo me segurar no último segundo. Atena está certa. Não importa quais promessas os homens e eu tenhamos feito... ou melhor, será que *foram* promessas? Foi o que pareceu quando Aquiles falou com tanta confiança, mas isso foi antes de ele me dispensar agora há pouco, antes de ir embora sem olhar para trás.

Ele nunca vai perdoar você. Foi um sonho bom enquanto durou, mas acabou.

Inspiro devagar. Se ignorar o aviso de Atena e aparecer no hospital, é bem possível que nenhum dos dois queira me ver. Não acredito que tenham mentido, não exatamente, mas sei com que rapidez as pessoas param de dizer o que você quer ouvir depois que você para de dar o que *elas* querem.

Aquiles pensou que se tornaria Ares. Quando ele fez aquelas promessas, foi com a intenção de que *eu* me curvasse quando tudo estivesse decidido. Na verdade, ele nunca acreditou que eu tinha chances de vencer, e sua confiança refletia essa certeza. Mas agora que perdeu o sonho?

Ele não vai me perdoar.

Com certeza não ficará em segundo plano em relação a *mim* e à minha posição de Ares.

Engulo em seco. Será que eu me sentiria de um jeito diferente se as posições estivessem invertidas? É fácil fingir que teria superado tudo e que formaríamos um trisal feliz, mas perder uma coisa que eu queria com cada fibra do meu ser? Não posso afirmar que seria capaz de encará-lo, casada com ele ou não.

Quando falo, meu tom é perfeitamente cordial e não reflete de maneira alguma a perda profundamente enraizada em mim:

— É claro, Atena. Desculpa.

— Bem melhor. — Ela passa por mim e sai da sala.

Posso notar a tempestade em formação nos olhos azuis de Perseu, e não existe nada que eu queira mais do que seguir Atena porta afora e evitá-lo, mas não vim até aqui para ser covarde quando a coragem é importante. Consegui o que queria, e isso significa enfrentar as consequências dos meus atos.

Afinal, agora faço parte dos Treze. Levanto o queixo.

— Zeus.

— Não. Você não tem o direito de me chamar de Zeus agora. — Ele passa as mãos no cabelo. — Que porra é essa, Helena? Tem ideia dos problemas que causou? Passei a semana inteira apagando incêndios, enquanto você perambulava por aí...

— Vou fazê-lo parar por aí. — Começo a envolver meu corpo com os braços, mas me contenho e ergo os ombros. — Não venha bancar o superior e magnânimo comigo, Perseu. Sim, eu me inscrevi no torneio sem falar com você antes. Mas depois que fui *atacada*, *você* nem veio verificar se eu estava bem.

Ele esfria no mesmo instante. Encobre emoções mais profundas. Somos todos tremendos mentirosos na minha família, inclusive eu. Meu irmão diz, por fim:

— Tive meus motivos.

— Quais? — Espero, mas ele não parece propenso a revelar coisa alguma. Tudo bem. Endireito as costas. — Como o novo Ares, *vou* trazer aquele prisioneiro de volta. Ele é fundamental para descobrir quem foram os responsáveis e garantir que não haverá qualquer outro ataque contra outros membros dos Treze e suas famílias. Como Ares, essa é *minha* especialidade, nem você pode me impedir.

— Alegaram imunidade diplomática.

Isso me surpreende.

— Como é que é?

— O agressor. Era da equipe de Minos — Perseu revela a informação de um jeito muito casual, com um tom que desmente a maneira atenta como me observa, como se eu pudesse apelar para a violência a qualquer momento. — Ele não era um cidadão local, e, por isso, Minos pediu autorização para ser o responsável pela punição. Ele o levou do Olimpo.

Eu me forço a não reagir, a desacelerar o suficiente para entender o que ele está dizendo... e o que não está.

— Não pode acreditar que Minos não tinha conhecimento sobre o ataque. Isso nem faz sentido. Quais são as chances de uma das pessoas que ele selecionou com todo o cuidado decidir entrar furtivamente no meu quarto e tentar me matar?

— Estou de mãos atadas.

— *Por quê?* — Quando ele não responde na hora, insisto: — Você é Zeus. É você quem toma as decisões executivas quando se trata de estranhos no Olimpo. Não há motivo para eles ficarem aqui, agora que o lugar de Ares foi preenchido. Não precisa permitir que eles fiquem. Mande-os para casa.

Por um momento, Perseu parece tão cansado que, se fôssemos uma família que se abraça, eu poderia tentar abraçá-lo. Não dura muito. Seus momentos de fraqueza nunca se prolongam. Ele balança a cabeça em negação e alinha os ombros.

— Existem circunstâncias atenuantes. — Por um momento, acho que ele não vai continuar, mas meu irmão suspira. — Suponho que será informada oficialmente sobre isso amanhã, com o restante dos Treze. Minos trouxe notícias de uma ameaça plausível contra o Olimpo. Ele quer fechar um acordo em troca dessas informações.

Faço um som de desdém.

— Parece mentira para mim.

— Sim. — Perseu esboça um sorriso. — Mas, por causa da situação, não posso tomar a decisão sozinho. Vai haver uma votação para decidirmos como lidar com isso. Se ele estiver dizendo a verdade e dispuser de detalhes valiosos sobre a ameaça... não poderemos nos dar ao luxo de recusar a proposta.

— Mas *por quê?* Estamos afastados do restante do mundo. O que ele poderia oferecer para justificar o risco de permitir sua permanência dentro dos limites da cidade?

Perseu olha para a arena, depois, para mim.

— A barreira está falhando.

Fico imóvel.

— Está brincando comigo. — Balanço a cabeça, atordoada. — Como? Por quê?

— Se eu soubesse, poderia consertar. Ou, pelo menos, tentar fazê-lo. — Mais um esboço de sorriso, que logo também desaparece. — É mais fácil entrar e sair agora do que era uma geração atrás, até mesmo uma década atrás. Fizemos um grande esforço para manter tudo em segredo, então, só os Treze e algumas pessoas da equipe de Poseidon sabem, mas isso não vai durar muito. Não podemos mais garantir que estaremos protegidos contra os ataques externos.

Um medo real me atravessa. Isso é importante. Realmente importante. Se tivermos de ir à guerra, grande parte da responsabilidade pelos soldados e pelo combate estará sobre os *meus* ombros, e, como Aquiles apontou anteriormente, tenho uma curva de aprendizado bem acentuada pela frente antes de estar preparada para algo assim.

— Perseu, com certeza há informações nos arquivos sobre a barreira. — Eu mesma procurei, mas há seções às quais apenas Apolo tem acesso, e ele não é do tipo que compartilha. Mas responderia às perguntas de Zeus. Ele não teria escolha. — Tem...

— Já procuramos. — Meu irmão balança a cabeça. — Os registros foram destruídos em algum momento, e, se houver backups, ainda não conseguimos encontrá-los. Foi a primeira tarefa que dei a Apolo quando assumi o posto. — Perseu comprime os lábios. — Nosso pai não achou que o assunto fosse prioritário o suficiente para promover uma investigação.

— Eu não tinha ideia — assumo, com voz fraca.

— Não estamos divulgando nada disso. — Ele passa as mãos no cabelo. — Não sei quanto tempo a barreira vai durar ou se sobreviveria a um ataque direto. Não importa quanto essa transação seja desagradável, não podemos nos dar ao luxo de recusar qualquer informação que Minos tenha. — Perseu me encara. — Nem mesmo se eu suspeitar que ele é responsável pelo ataque contra você.

Quero ficar brava com isso, mas não posso. Não gostar de ficar no escuro, mas não posso negar que meu irmão está fazendo o melhor que pode pelo Olimpo. Engulo em seco.

— Entendo.

— Como eu disse, discutiremos as opções na íntegra em alguns dias, quando os Treze se reunirem.

Então me ocorre por que isso parece ser tão diferente.

— Nosso pai nunca reunia os Treze. Ele apenas tomava decisões executivas, e esperava que todos se alinhassem.

— Eu sei. — Perseu desvia o olhar. — Eu não sou ele, Helena. Posso ser um monstro, mas sou o monstro do Olimpo. Tudo que faço é por esta cidade e pelas pessoas que vivem nela. Precisamos de todos os Treze unidos se houver uma ameaça externa. — Faz uma pausa. — Você vai estar comigo?

Que tipo de pergunta é essa? Contudo, quando penso a respeito, quando o estudo, percebo que não tenho certeza de como Perseu vê as coisas. Ele me tratou como um peão a ser movimentado no tabuleiro, me usou. Nosso pai pregava lealdade à família acima de tudo, mas nós dois sabemos que isso é besteira. Deuses, Perseu nem sequer me pediu desculpas de um jeito adequado, e, por mais que eu o ame, sei que devo esperar sentada por isso. Eu poderia — deveria — odiá-lo pelo que fez.

Mas este é o Olimpo. Aqui somos todos monstros.

Até os monstros precisam trabalhar juntos quando ameaçados por uma força externa. Tenho certeza de que Aquiles...

Interrompo o pensamento antes que ele seja concluído. Não importa o que Aquiles faria ou deixaria de fazer. Não posso tomar decisões com base na posição hipotética dele e de Pátroclo em minha vida, quando é praticamente certo que eles nunca mais vão querer me ver.

Helena Kasios poderia ter tempo e espaço para chorar a perda que sinto no momento, enraizada profundamente em mim. Ares, não. Com a segurança do Olimpo em jogo, cumprirei o meu dever.

— Sim — respondo, por fim. — Vou apoiar você.

Meu irmão assente e passa por mim a caminho da porta, mas para com a mão na maçaneta.

— Helena.

— Sim?

— Você ser Ares atrapalha a porra toda. Vai ser mais difícil trazer alguns membros dos Treze para o nosso lado. Isso faz nossa família parecer sedenta de poder e gananciosa, o que complica a vida de todo mundo.

As palavras ferem, mas consigo guardar para mim uma resposta sarcástica. Mais ou menos.

— E daí?

Perseu olha por cima do ombro. Por um momento, por um breve instante, seus olhos se iluminam e o sorriso é brilhante e firme, como costumava ser antes de nosso pai arrancar dele cada emoção doce.

— Estou orgulhoso. Você foi incrível.

Ele abre a porta e sai da sala antes que eu consiga superar o choque e pensar em uma resposta.

Meu irmão está orgulhoso de mim.

Talvez as vacas comecem a tossir.

Ainda não é um pedido de desculpas. Balanço minha cabeça em um sinal negativo. Ao que parece, não consigo deixar de desejar a lua, mesmo quando estou conseguindo tudo que sempre quis. É extremamente frustrante ter de ficar me lembrando disso.

— Eu sou Ares. Eu consegui. — Nem a declaração em voz alta ajuda a dissipar a nuvem de perda que me cerca. A sensação na garganta piora. Levo a mão ao pescoço, como se o toque físico pudesse fazer alguma coisa para aliviar o lado emocional. — Droga. — Entendo que Aquiles esteja preocupado com Pátroclo. *Eu* estou preocupada com Pátroclo. Mas... ele não poderia ter me oferecido ao menos uma frase de conforto? Alguma coisa para sugerir que *conversaríamos* mais tarde, em vez de me ignorar?

Não posso ir procurá-lo. Não sem irritar Atena, mas mesmo sem ela no cenário, sinto que não é certo aparecer sem ser convidada. Se eles não querem me ver, é cruel forçá-los a isso.

Antes que eu dê um passo, a porta é aberta, e Éris, Hermes e Dionísio entram na sala, seguidos por Eros e Psiquê. Dionísio me abraça e me gira até eu ficar enjoada.

— Ares! Olhe só para você, guerreirinha!

— Ponha Helena no chão antes que ela vomite em você. — Éris mal espera meus pés tocarem o chão e me segura pelos ombros. — Você é o maior pé no saco que uma irmã mais velha pode ser, mas foi maravilhosa lá fora. A maneira como lidou com o labirinto! Eliminar o Minotauro! — Ela balança a cabeça. — A eterna agente do caos.

— Sempre — reconheço, com franqueza.

Eu deveria estar feliz por ver meus amigos. Afinal, era isso que eu queria. Agora estamos no mesmo nível. Não estou mais ficando para trás. Eu só... não esperava que a vitória parecesse tão vazia.

Enquanto Dionísio e Éris vão para o bar na parte de trás do camarote, Hermes e Psiquê conversam como velhas amigas. *Isso era o que eu queria. Isso era tudo que eu queria. Eu sou Ares.* É uma pena ter a sensação de que estou perdendo um membro.

— Ei. — Eros me empurra de leve com o ombro. Sua aparência é excelente, como sempre, apesar de estar vestindo jeans e um suéter de tricô. Influência da esposa, sem dúvida. O amor óbvio entre eles faz meu peito doer.

— Ei. — Tento sorrir, mas não é um sorriso convincente.

Ele vê Psiquê rir de alguma coisa que Hermes diz, enquanto Dionísio serve bebida em seis copos.

— Hermes me contou um boato insano há alguns dias — Eros fala de um jeito muito casual, baixando a voz para que só eu o escute. — Ela jura que você está pegando Aquiles e Pátroclo.

Meu lábio inferior treme, apesar de tudo.

— Eu gosto deles. De verdade. Talvez seja mais que gostar. — Não sei por que estou confessando isso a ele. Somos amigos, mas é melhor manter para si algumas feridas. Entretanto, não consigo guardar segredos quando ele está por perto.

— Às vezes o amor chega rápido. — Seus olhos azuis brilham quando Psiquê ri novamente. Ela é uma mulher branca, bonita e encorpada. Também é muito estilosa e uma das pessoas mais inteligentes que já encontrei. Ela minimiza essas características, finge que é só uma influenciadora nas redes sociais, toda bonita e sem cérebro, mas é tão perigosa quanto a mãe, Deméter. Gosto muito de Psiquê. Ela faz meu amigo feliz e lhe deu uma chance de amar de verdade pela primeira vez na vida.

— Você está vendo o mundo através de lentes cor-de-rosa, Eros. O que tem é mais raro do que diamantes vermelhos. Nem todo mundo consegue isso.

— Talvez. — Ele dá de ombros. — Você não vai saber enquanto não tentar.

Você não vai saber enquanto não tentar.

Ser Ares tornou isso mais complicado. Não consigo chegar em Pátroclo e Aquiles sem me exceder perante Atena, e não tenho essa opção. Não quando isso pode significar uma divisão dos Treze. Meu irmão está certo; se houver uma ameaça externa, nossas rivalidades mesquinhas não deveriam atrapalhar uma aliança entre os Treze. Infelizmente, sei muito bem como *devia* ou *não devia* não significa nada. Não posso ameaçar isso. *Não posso.*

Mas Eros não é um dos Treze.

— Lembra aquela vez em que ficou me devendo um favor? — Espero ele assentir para continuar: — Queria cobrar agora, por favor.

— Diga.

Eu me aproximo e abaixo a voz.

— Você poderia dar uma olhada em Pátroclo? Ele foi ferido e quero ter certeza de que está bem. Não posso fazer isso eu mesma sem criar um problema com Atena, e ela nunca vai me perdoar se eu começar meu período como Ares atravessando o caminho dela.

Eros levanta as sobrancelhas.

— Só isso?

Era só isso? Minha porção covarde quer parar por aí, mas cheguei até aqui. Talvez o que sinto por meus homens exploda na minha cara, porém, se eu não *tentar*, isso vai acontecer com certeza. Respiro fundo.

— E fale para eles... — Deuses, por que é tão difícil? — Fale que ainda quero aquele futuro lindo que eles pintaram. Se eles quiserem, é óbvio.

Eros aguarda, mas o que mais há para dizer? Que posso ter passado direto pela paixão e ido direto para o amor? Que quero a garantia maravilhosa e irritante de Aquiles me apoiando em tudo que está por vir, sejam coisas grandes ou pequenas? Que quero a mente brilhante e a determinação austera de Pátroclo cuidando de nós?

Eros não entenderia, e me expor desse jeito, mesmo só nessa medida, é quase mais do que posso suportar.

— Só isso.

Ele concorda.

— Quer que eu vá agora?

Quanto mais eu tiver de esperar por uma resposta, pior. Não só pelo que vai acontecer a seguir. Pátroclo precisa estar bem. Ele *tem* de estar.

— Por favor.

— Conte comigo. — Eros passa um braço em volta dos meus ombros e me puxa para um breve abraço. Beija o topo da minha cabeça. — Você arrebentou lá fora.

— Obrigada. — Desta vez, consigo sorrir, embora seja um sorriso fraco. Apesar do que dissemos ontem, nada garante o "felizes para sempre". Aquiles acreditava, sem qualquer sombra de dúvida, que se tornaria Ares.

Como ele pode ficar ao meu lado, caso sinta que está na minha sombra? E Pátroclo? Não importa quanto nossa ligação e nossa história sejam fortes, ele tem um amor profundo por Aquiles. Se isso se resumir a uma escolha entre um ou outro, não vai ter escolha alguma. E eu nunca pediria isso a ele.

Inspiro com lentidão e expiro no mesmo ritmo. Estou suja, suada e exausta, e tudo que quero fazer é ir para casa e dormir por três dias, até este novo mundo se acomodar ao meu redor. Isso poderia ter sido uma opção para Helena, mas não é uma opção para Ares.

Endireito os ombros, coloco um sorriso no rosto e vou me juntar à minha irmã e aos meus amigos no bar do camarote.

30

AQUILES

Vou direto da arena para o hospital, seguindo a ambulância em que colocaram Pátroclo. Ele precisa de uma cirurgia, embora as enfermeiras continuem me dizendo que não é nada grave, que o médico está otimista, que ele vai ficar bem. *Otimista*. Essa merda não é uma certeza. Ando pela sala de espera até eles encontrarem um quarto vazio e me levarem para lá.

Espero, espero e espero. Estou praticamente subindo pelas paredes enquanto os minutos passam sem notícias, e dois pensamentos surgem em minha cabeça a intervalos regulares:

Preciso dele bem.

Helena deveria estar aqui.

Mas ela não é mais Helena, é? Ela é Ares. Conseguiu o que queria, arrancou essa merda das minhas mãos, mesmo que não tenha sido ela quem me eliminou. Por que estaria preocupada comigo e com Pátroclo agora? Não é um pensamento justo, mas está claro que ela não tem intenção de vir. Já teria aparecido se quisesse estar aqui.

Mais do que isso... não sei se estou pronto para vê-la. O futuro que eu tinha na cabeça, aquele pelo qual trabalhei durante anos, se foi. Não importa o que mais é verdade, agora nunca serei Ares. E sem esse título...

Passo as mãos no rosto. Não sei que porra estou fazendo. Não consigo me orientar, não consigo decidir os próximos passos enquanto não souber que Pátroclo está bem. Ele vai delinear o futuro para nós dois.

A menos que não me queira mais. Não sou o vencedor por quem Pátroclo se apaixonou. Sou o culpado por ele ter se machucado. Ele nem estaria no torneio se não fosse por mim. Ele implorou que eu o deixasse para trás na segunda prova, e ignorei suas súplicas.

Resmungo um palavrão. Pátroclo não me deixaria por não ter conquistado o título. Não é assim que ele funciona, seja qual for a certeza criada por minha súbita insegurança. Não, é muito mais provável que as coisas com Pátroclo desmoronem se não conseguirmos encontrar um caminho a seguir com Helena. Ele teve uma amostra de como ela equilibrava bem as coisas entre nós. Como poderia ficar satisfeito apenas comigo, agora que a teve também?

Uma batida à porta me faz virar, mas a pessoa que entra não é uma enfermeira nem é Helena. É Eros. Sei quem ele é, sei quem foi a mãe dele na história das mães de Pátroclo. Inimiga. Rival. Perigo. Eros e eu nunca tivemos motivos para nos encontrarmos. Ele faz o papel do garanhão dourado, e eu, do soldado. Ou melhor, as duas coisas eram verdade. Agora Eros, ao que tudo indica, se acomodou na vida doméstica com Psiquê Dimitriou.

E eu? Eu não sei mais quem sou.

— O que está fazendo aqui?

— Dando a Hermes uma folga do cargo de mensageira. — Ele se apoia na porta. Pode parecer um playboy, mas todo mundo conhece as histórias sobre ele. Quando sua mãe ainda era Afrodite, ele era seu braço armado. Ela apontava as pessoas que queria que fossem eliminadas, e ele puxava o gatilho. Que porra esse cara está fazendo *aqui*?

Cruzo os braços.

— É mesmo?

— Helena não pôde vir. Vocês são da equipe de Atena, que não quer o novo Ares perto de vocês. — Eros estreita os olhos. — Também tenho a sensação de que Helena não sabe se será bem-vinda.

— Para mim, parecem só desculpas. — Se eu estivesse no lugar de Helena, teria mandado Atena se foder, por mais que a admire. Pátroclo é mais importante que tudo.

— Falou como um homem que tem mais músculos do que cérebro.

Ameaço retrucar, furioso, mas não consigo deixar de pensar na conversa que tivemos com Helena depois da segunda prova. Ela pode não ter experiência na liderança de soldados, mas seu cérebro é distorcido o suficiente para se sentir em casa ao mergulhar na complicada política dos Treze. Tenho um relacionamento prévio com Atena, o que poderia ter facilitado o caminho quando eu me tornasse Ares, mas sei melhor do que ninguém que ela não se curva nunca.

Será que ela teria realmente me afastado de Pátroclo? Pensar nisso me deixa gelado.

— Ah. Talvez haja um cérebro aí, afinal. — Eros dá de ombros. — Não é da minha conta. Estou aqui apenas para entregar o recado de Helena. Ela disse literalmente: "Fale que ainda quero aquele futuro lindo que eles pintaram. Se eles quiserem, é óbvio."

Ela quer um futuro conosco. Não sei se rio ou se xingo. Isso deve ser alguma versão estropiada do carma por eu ter tido tanta certeza de que ela me perdoaria se eu tivesse tirado dela o título de Ares, mas não é a mesma coisa. *Não é a mesma coisa.* Sem o título de Ares, Helena ainda é uma Kasios. Uma peça movida pelo irmão, talvez, mas ainda teria poder. Só um tolo discordaria disso. As pessoas já iriam se lembrar dela para sempre, mesmo antes de ela se candidatar ao título de Ares.

Mesmo antes de ela vencer.

Sei quem sou como braço direito de Atena. Não é o papel que eu queria desempenhar para sempre, mas entendo os parâmetros. Também sou bom nisso. O melhor.

Se eu apostar tudo em Helena, sacrifico meu posto abaixo de Atena. Ela não permite que sua gente sirva a dois senhores, e iniciar um relacionamento romântico com Ares será exatamente isso. Deixar seu comando é uma decisão sem volta. Se as coisas desmoronarem com Helena, ficarei realmente sem nada.

— Ela está pedindo demais.

— Se você diz... — Eros suspira como se eu o tivesse decepcionado. Não entendo como. Mal conheço o cara. — Olhe, Helena é uma amiga, então vou ser franco com você como não costumo ser com ninguém. O fato de ela correr para o seu lado e desafiar Atena em seu primeiro dia como Ares pode parecer romântico demais, mas cada atitude que ela tomar agora tem consequências. Existe algo acontecendo no Olimpo, algo além da política mesquinha, e ela não pode se dar ao luxo de fazer inimigos por ora. Por ninguém. Não é só a vida do seu namorado que está em jogo. — Eros abre a porta. — Vou ficar na sala de espera até Pátroclo sair da cirurgia, porque ela quer notícias dele. Se decidir mandar uma mensagem de volta, é lá que vai me encontrar. — Ele sai sem dizer mais nada.

— Cretino — murmuro.

Mas não consigo me acalmar. As palavras que Helena me disse ontem voltam para me assombrar. Eu me lembro de como ela falou que eu não estava preparado para o que de fato significava ser um dos Treze. Pensei que ela estivesse inventando coisas, mas quem deixa a política impedir que se vá pessoalmente buscar notícias de alguém de quem se gosta?

Sei o que teria feito no lugar de Helena.

Mesmo sabendo que pode haver complicações em longo prazo, não posso afirmar que faria algo diferente se tivesse conquistado o título de Ares. Pátroclo é meu. O Olimpo pode queimar se for necessário para ele ficar bem.

No nível racional, entendo por que Helena fez a escolha que fez, mas não sei se isso importa. O risco é muito alto, com pouca garantia de retorno. Pela primeira vez na vida, não consigo ver um caminho adiante. Não tenho dentro de mim a garantia de que vou realizar o futuro que desejo.

Eu... falhei.

Vou me conformar com isso — eu me conheço o suficiente para entender isso —, mas não consigo pensar em nada até ter certeza de que Pátroclo sobreviveu à cirurgia e até eu poder vê-lo. Todo o restante pode esperar até lá.

A porta é aberta, e, desta vez, é Atena quem entra. A mulher parece perfeitamente controlada, da mesma forma que apareceu nas telas da arena, mas uma leve tensão em volta dos olhos desmente a impressão.

— Pátroclo saiu da cirurgia e está em recuperação. — Atena ergue a mão quando começo a avançar. — Eles precisam de tempo para acomodá-lo, mas, assim que for possível, você vai ter acesso ao quarto dele.

Não com a rapidez que eu gostaria, mas confio em Atena. Se ela diz que Pátroclo passou pela cirurgia, então ele sobreviveu. Solto o ar com um sopro forçado. O alívio me deixa um pouco tonto, mas mal consigo acreditar que é verdade. Preciso vê-lo.

Preciso dele para me ancorar no meio desta tempestade. Não consigo vislumbrar um caminho, mas com certeza Pátroclo o encontrará.

— Isso tudo é uma merda.

— Sem dúvida. — Ela balança a cabeça lentamente. — Vou ser franca com você.

Paro onde estou. Atena não costuma amenizar suas críticas prevenindo as pessoas. É franca e direta, e essa é uma das muitas razões pelas quais somos tão leais a ela.

— Quando você foi menos do que direta comigo?

Atena sorri, mas o sorriso não alcança seus olhos.

— Estamos com problemas. É o Olimpo. Ainda não conheço todos os detalhes, mas Minos trouxe informações quando chegou com sua gente. Existe uma ameaça no horizonte, e não sei até quando a barreira vai nos proteger dela. — Atena hesita, mas finalmente conclui: — Precisávamos de você como Ares.

A amargura sobe pela minha garganta ante a lembrança do fracasso. Atena nunca mencionou que haveria a possibilidade de uma tentativa de invasão, mas isso só reforça que, comigo no posto de Ares, não haveria incógnitas. Mesmo vivendo um conflito imenso neste momento, me pego dizendo:

— Helena vai surpreender você.

— Talvez. Mas ainda teria preferido que fosse você.

Dou de ombros, mas não consigo evitar a tensão na minha voz.

— Resolva isso com Páris.

É mais fácil culpá-lo do que admitir que fiz besteira. No momento em que vi Helena e Pátroclo em perigo, me esqueci de eliminar Páris e corri para eles. Continuei lutando contra o Minotauro mesmo depois de ele ter sido eliminado, porque queria remover a ameaça que ele representava — e *isso* não teve nada a ver com o torneio.

Foi Helena quem eliminou Minotauro e não ficou por perto para surrá-lo até ele virar purê. Ela passou imediatamente a Páris. Foi por isso que ela ganhou, e eu não. Se eu estivesse atento, também poderia ter me esquivado das flechas de Páris.

Perdi meu objetivo de vista. Helena, não.

— Hum. — Atena se aproxima da única janela do quarto e olha para fora. — Páris ainda está em cirurgia. Vai demorar um pouco para termos certeza, mas parece que Helena causou danos permanentes em seu ombro. O homem nunca mais vai atirar com um arco.

— Considerando a frequência com que as pessoas usam *arcos*, duvido que isso o atrapalhe.

Que pena. É bom aquele idiota voltar para o buraco brilhante de onde ele saiu quando entrou no torneio, porque, se eu o vir na rua, não sei se vou conseguir controlar o impulso de socar aquele rostinho bonito.

— Mesmo assim.... — Atena dá de ombros. — De qualquer forma, não lidamos com as contingências como gostaríamos de lidar; lidamos com as contingências como a realidade as apresenta. Helena Kasios acaba de se tornar Ares em um momento em que precisamos de alguém com experiência militar. Não é o ideal.

Ela não está errada, mas ainda me dói ouvi-la falar sobre Helena desse jeito.

— Ela pode não ter experiência em combate, mas transformou a política em uma ciência. Não é uma má opção. Como eu disse, acho que ela vai surpreender você.

— Talvez. — Atena me estuda por um longo momento. — Belerofonte disse que você e Pátroclo ficaram muito... próximos... dela.

— Belerofonte devia ter mais noção e não sair por aí fofocando que nem alguém que está na adolescência — respondo.

— Você tem noção. — Ela está sendo cautelosa, mas Atena não tem muita paciência para ficar fazendo rodeios. — Você é o melhor braço direito que já tive, e vou precisar das suas habilidades no próximo confronto. — Ela hesita. — Mas respeito qualquer decisão que tomar com relação ao futuro.

— Atena. — Espero que ela olhe para mim. — Se eu renunciar e acabar mudando de ideia...

Seu sorriso é agridoce.

— Você é mais inteligente que isso, Aquiles. Essa decisão é definitiva. Para o bem ou para o mal, o fato é que as aparências importam nesta cidade. Não posso prejudicar minha posição aceitando de volta os rejeitados por Ares. — Atena se aproxima da porta. — Seja qual for sua decisão, certifique-se de que é realmente isso que quer, porque vai ter que conviver com ela. — Depois sai e fecha a porta sem fazer barulho.

Hoje todo mundo resolveu fazer saídas dramáticas.

Espero mais uma hora até uma enfermeira vir me buscar e me conduzir pelo corredor até o elevador, alguns andares acima e por outra série de corredores até o quarto onde Pátroclo está deitado em uma cama de hospital. Ele parece muito pálido e muito magro. Vê-lo faz o medo de antes voltar depressa, e mais forte.

— Ele vai ficar bem?

— O médico vai explicar tudo. — A enfermeira hesita, mas deve ter percebido o pânico em meu rosto, porque se aproxima e abaixa a voz. — Ele vai se recuperar completamente. Pode haver umas complicações ao longo do caminho, mas ele vai ficar bem.

Não sei se acredito nela. *Tenho* de acreditar nela.

— Obrigado.

— Ele vai acordar quando o corpo decidir fazê-lo. Por favor, tenha paciência. — Depois de olhar para mim com uma expressão significativa, ela sai do quarto.

Ele parece... pequeno. Pátroclo está deitado na cama e ligado a várias máquinas, com a pele ainda mais pálida que o normal. A culpa me invade e penetra fundo. O único motivo para ele ter participado do torneio foi para me proteger. Eu devia ter permitido que Pátroclo fosse eliminado na segunda prova, tal como ele queria, devia ter ouvido todas as vezes que ele me alertou sobre os riscos de insistir em avançar de maneira obstinada. Eu o intimidei para se inscrever e depois o intimidei para continuar, mesmo quando estava ferido. Eu o queria comigo, e esse desejo egoísta é a razão de ele estar nessa cama agora, imóvel e esgotado.

Não empunhei a espada que o feriu, mas a culpa é minha.

Não tem tanto espaço aqui como havia lá embaixo, e tenho medo de que, se começar a andar de novo, acabe por tropeçar na cama e cause mais dor sem querer, ou alguma coisa assim. Então, não me mexo. Contenho a energia inquieta com todo o rigor, e me sento na poltrona ao lado da cama.

É como se o desgraçado estivesse esperando eu parar de me mover, porque abre os olhos quase no mesmo instante.

— Aquiles? — Até sua voz está diferente, rouca e baixa demais.

Arrasto a poltrona para a frente e seguro sua mão.

— Estou aqui. — Tocá-lo me acalma um pouco, embora não sirva para remover a culpa que me domina. Meu peito fica apertado, é horrível. *Ele está bem. Essa é a única coisa que importa. Ele está bem.*

— Estraguei tudo.

— Acho que é mais do que certo dizer que o único que realmente fez merda fui eu. — A sensação horrível no meu peito transborda na voz, engrossando as palavras. — Coloquei você nessa confusão porque não suportava a ideia de não tê-lo ao meu lado. Você se machucou duas vezes porque não me importei com nada além das minhas necessidades. Desculpa. Sei que isso não é suficiente, mas me desculpe, Pátroclo.

— Aquiles... — Pátroclo aperta minha mão com força. É muito mais fraco do que ele normalmente consegue apertar, mas serve para transmitir seu ponto de vista. — *Páris ganhou o título de Ares?*

— Não.

Ele solta o ar e relaxa.

— Graças aos deuses. Se, depois de tudo, Helena ainda tivesse que se casar com aquele desgraçado... Prometemos a ela que isso não aconteceria. — Ele abre os olhos. — Espere, então isso significa que Helena é Ares.

— Sim. — A amargura volta à minha voz, mas nem eu sei se estou amargurado com Helena ou com toda a situação. Balanço a cabeça lentamente. — Você devia ter visto. Ela se esquivou de três flechas e arremessou uma das facas nele.

— Escolha arriscada — ele murmura.

— Ela conseguiu. — Acabo sorrindo, apesar de tudo. — Acertou bem na articulação do ombro e derrubou o cara.

Pátroclo aperta minha mão.

— Sinto muito.

— Por que *você* está pedindo desculpa?

Falei de um jeito muito duro, mas só tem uma pessoa neste quarto que estragou tudo de maneira espetacular, e essa pessoa sou eu.

Seu sorriso é pálido.

— Sei que você queria ser Ares. Lamento que não tenha conseguido realizar seu sonho.

Hesito, mas Pátroclo também está nisso comigo, e não posso esconder informações dele, por mais que as palavras de Atena ainda estejam vibrando no fundo da minha cabeça.

— Atena esteve aqui. — Pátroclo não comenta, e me forço a continuar: — Disse que quer que eu continue como seu braço direito. Acho que Belerofonte contou quanto nos *aproximamos* de Helena, e ela queria que eu soubesse que dar continuidade a essa situação com o novo Ares significa renunciar a ela. Se eu fizer essa escolha, não vou poder voltar atrás.

— Ah.

Espero, mas Pátroclo não oferece nenhum comentário brilhante.

— E aí?

— E aí o quê? — Ele se inclina para trás e aperta minha mão de novo. — Não sei dizer qual é a decisão certa, Aquiles. É uma decisão importante, e só você pode tomá-la.

— Do que está falando?

Ele balança a cabeça.

— Cabe a você decidir se o preço é alto demais.

Considero suas palavras, as que disse e as que não disse.

— Você vai ficar com Helena.

— Não estou escolhendo — diz Pátroclo, com firmeza. — Eu te amo. Sempre vou te amar. Mas não posso ignorar o que também sinto por ela.

— Atena não vai ficar feliz se você tentar ultrapassar essa linha.

Ele dá de ombros.

— Então eu me demito e vejo se Apolo está disposto a me contratar. Ele valoriza informações, não vai perder a oportunidade de construir um relacionamento com o novo Ares e com o braço direito de Atena.

— Você já pensou nisso. — Não sei dizer se o estou acusando ou não.

— Pensei que você se tornaria Ares. — Ele finalmente desvia o olhar. — Para ser sincero, não tinha pensado em planos de contingência para a terceira prova. Mas, Aquiles... — Ele me encara. — Conheço você. Não mentiu quando sugeriu que ficaria com Helena. Se não fosse sério, nunca teria tocado no assunto. As coisas realmente mudaram tão depressa só porque você não se tornou Ares?

Não tenho uma resposta fácil. Não sei se existe uma resposta fácil. Finalmente, digo:

— Se eu tentar com Helena e não der certo, terei perdido tudo. Não é uma escolha fácil para mim.

— Não é?

Abro a boca, mas paro antes de continuar argumentando. Pátroclo está certo? Sim, é um risco renunciar e ficar com Helena. Ela pode ter feito um jogo mais complicado durante o torneio, nos manipulado para nos tornar aliados que a protegeriam, mas...

Não acredito nisso. Nem por um segundo.

A conexão entre nós três foi real. Mais do que isso, eu *entendo* Helena. Não preciso ser brilhante como Pátroclo para compreender a mulher. Ela se sentiu segura conosco. Mostrou vulnerabilidade. Isso foi verdadeiro. Tenho certeza disso.

Eu me sento na cadeira desconfortável do hospital, mas continuo segurando a mão de Pátroclo. Como sempre, ele está certo. Se o que compartilhamos foi real, então não há escolha nenhuma a ser feita. Eu esperava que Helena superasse a perda de seus sonhos quando eu ganhasse o título de Ares. É extremamente hipócrita não me dispor a fazer o mesmo, ainda que eu tenha medo. Balanço a cabeça, e um sorriso relutante aparece em meus lábios.

— Você tem uma inteligência realmente formidável.

Pátroclo também sorri.

— Você teria chegado a essa conclusão em algum momento. Só dei um empurrãozinho. — Ele aperta minha mão, e sinto que já está mais forte. — Você sempre teve fé suficiente por nós dois. Agora é minha vez. Vai dar certo com Helena. Tenho certeza disso.

— Acredito em você. — A porta é aberta e um homem alto, branco e uniformizado com o traje do centro cirúrgico entra. O médico. Olho para Pátroclo. — Vamos descobrir qual foi a extensão do estrago, para podermos tirar você deste lugar e irmos buscar nossa garota.

31

HELENA

Participar de uma reunião com todos os membros dos Treze é uma das experiências mais surreais da minha vida. Meu pai tinha o hábito de mantê-los o mais separados possível, exceto em suas festas intermináveis, mas mesmo que fosse diferente, *eu* não teria tido um lugar à enorme mesa retangular que ocupamos agora.

Estudo cada um deles, muito consciente de como isso é recíproco. Lá estão meu irmão e Éris, é claro, ele na cabeceira da mesa e ela na minha frente. Hermes e Dionísio estão sentados próximos, com as cabeças juntas, sussurrando e fingindo que não veem o olhar desaprovador de Poseidon. Ele é um homem branco gigante, com cabelo ruivo e curto e uma barba ainda mais ruiva, e parece poder transportar contêineres com as próprias mãos.

Depois, Deméter está sentada tranquilamente com as mãos cruzadas sobre a mesa. Ela é uma mulher branca na casa dos cinquenta anos, com uma marcada aura de Mãe Terra e capaz de esconder a ambição aguçada em seus olhos castanhos.

Depois dela vem Apolo. Não interagi muito com ele, mas sou grande fã de Cassandra, que trabalha para ele. Ele é um homem do Leste Asiático, mais ou menos da minha idade, e que não costuma contribuir com frequência para a intriga política tão comum neste grupo. Ele atrai meu olhar e me encara com uma expressão que sugere um sorriso tranquilizador. Sorrio de volta, embora não confie nele.

Hades e Calisto — Hera — estão sentados juntos na ponta da mesa em frente ao meu irmão. Calisto é cunhada de Hades, por isso faz sentido a interação informal entre eles, mas ainda me causa estranhamento. Percebo uma veia latejando na têmpora do meu irmão quando os observa, mas ele desvia o olhar e suaviza a expressão.

Hefesto e Ártemis são primos, ambos têm o mesmo tom marrom-claro na pele, além do cabelo escuro e brilhante. Também exibem expressões idênticas de desconfiança quando olham para mim. Não vou encontrar aliados nesse grupinho, mas espero que estejam dispostos a trabalhar juntos para proteger o Olimpo.

A porta é aberta, e nosso último membro entra. Atena veste um terno cor de creme, e seus passos são determinados quando ela se dirige ao lado direito de meu irmão. Ela me encara, mas não consigo decifrar sua expressão. Não é calorosa, mas também não é gelada.

Meu irmão pigarreia.

— É hora de termos uma conversa franca.

As próximas duas horas são um teste de resistência à frustração. Eu sabia que os Treze eram divididos, mas testemunhar isso em primeira mão me fez cravar as unhas na palma da mão para não gritar. Meu irmão expõe as informações de que dispõe, mas Hefesto, Ártemis e Poseidon alegam que ele está exagerando a ameaça para consolidar o próprio poder. Dionísio e Hermes fazem piadinhas com todo mundo, embora acompanhem as interações com um olhar penetrante. Minha irmã tem muitas opiniões, mas não tenho certeza se ela apoia nosso irmão ou não. Juro que Éris está só se fazendo de recatada para enfurecer todo mundo e confundir a situação.

Hades e Deméter não falam muito, o que é surpreendente. Pelo jeito como acompanham as discussões que surgem e são desviadas, espero que aconteça uma reunião secundária entre eles, e talvez Hera, para discutirem sua posição.

Atena apoia meu irmão, mas se apressa em declarar que é o *Olimpo* que ela está apoiando. Não Zeus.

Resumindo: tudo é uma bagunça.

Interrompemos a reunião sem qualquer tipo de plano ou acordo. Paro ao lado do meu irmão.

— Agora entendo.

Perseu olha para mim com um sorriso breve.

— Volte amanhã, e a gente conversa.

Mais reuniões da equipe de apoio. Imagino que serão muitas em um futuro próximo, com os subgrupos dos Treze se dividindo para conversar com pessoas de mentalidade semelhante. Não sei como vamos conseguir fazer todos concordarem entre si. Não sei nem se é possível.

A única outra alternativa é o Olimpo correr o risco de cair nas mãos de inimigos que ainda nem conseguimos visualizar.

Vou para meu novo escritório. Faz poucos dias que fui nomeada Ares, mas meu mergulho intensivo no trabalho ressaltou quanto o último Ares era preguiçoso. Nada está arquivado corretamente. Seu vice pensou que podia falar mais alto que eu por causa do meu gênero. Eu o demiti, mas não antes de quase enfiar a cabeça dele na parede quando ele tentou me dar um soco. É uma bagunça.

Talvez eu fosse mais otimista se não estivesse tentando remendar um coração partido.

Três dias e nem uma palavra de Aquiles ou de Pátroclo. Eros voltou tarde naquela primeira noite para me informar que Pátroclo reagiu bem à cirurgia e que a expectativa era de uma recuperação completa. Ele está fora de perigo, mas Aquiles ainda não fez contato.

Não dá para errar na interpretação disso tudo.

Talvez tenham sido sinceros durante as provas. Mesmo que tenham dito a verdade, seus sentimentos não resistiram quando arruinei seus planos. E, a cada vez que penso nisso, a dor é maior.

Então não penso no assunto.

Tenho muito trabalho com que me ocupar. Se às vezes me escondo no escritório e choro quando as emoções ficam emaranhadas demais em meu peito, é porque sou humana.

Uma batida à porta me faz resmungar um palavrão.

— Juro pelos deuses, Diomedes, se for reclamar do cronograma de novo, demitirei você também.

— Começo complicado no cargo?

Congelo, e não levanto o olhar da mesa. Estou alucinando, com toda a certeza. *Devo* estar, porque não é possível Aquiles estar aqui depois de três dias de silêncio. Quando eu olhar para cima, vai doer tudo de novo, e então vou ter de fazer alguma coisa a respeito deste coração partido, porque preciso de todas as minhas partes intactas para realizar este trabalho.

Mas quando levanto a cabeça, ele realmente está aqui. E mais: não está sozinho. Como sempre, ele é a imagem do deus dourado atrás daquela cadeira de rodas em que Pátroclo está sentado. *Ele* parece bem, considerando que a última vez que o vi estava sendo levado às pressas para o hospital. Está mais pálido que o normal, e é possível ver um curativo embaixo da gola da camisa, mas está aqui e sorrindo.

Os dois estão aqui e sorrindo.

Não consigo me mexer. Não tenho nenhuma moldura de referência para isso. Eles estão aqui para terminar tudo com delicadeza? Ou...

— Podemos entrar? — A voz de Pátroclo é um pouco rouca.

— Hum. É claro. Podem. — Começo a me levantar, mas me contenho. — Feche a porta. — Se isto der errado, a última coisa de que preciso é a equipe do antigo Ares ouvindo o chute oficial na minha bunda. Isso vai minar ainda mais minha autoridade. Aquiles e Pátroclo eram soldados do antigo Ares antes de irem para a equipe de Atena. Ouvi os cochichos sobre como Aquiles deveria ter sido o vencedor, porque é um deles e uma força conhecida. Eu tinha acabado de me conformar com ter de adicionar meus soldados à lista de cretinos que vou provar estarem errados.

Aquiles empurra Pátroclo para dentro do escritório e faz uma pausa para fechar a porta. Abro a boca, mas me forço a ficar em silêncio. *Eles* vieram até *mim*. Aquiles empurra Pátroclo para mais perto e se senta na cadeira vazia ao lado dele. Ele suspira.

— Desculpe por termos demorado tanto. O médico era muito teimoso...

— Se ser teimoso significa fazer o trabalho dele... — Pátroclo interrompe.

— É, isso aí. — Aquiles acena para desqualificar o comentário. — Como é ser Ares?

Apoio as mãos na mesa, principalmente para esconder o tremor.

— Não estou dizendo que não estou feliz por ver vocês, mas queria saber por que estão aqui. Vieram mesmo só para bater papo?

— Ah, é. Isso. — O olhar de Aquiles para mim é levemente culpado. — Você procurou garantias no final da última prova, e eu meio que ignorei você. Desculpa. Tinha muita coisa acontecendo ao mesmo tempo, e eu não estava pensando direito. Mesmo assim, isso não justifica ter deixado você no vácuo, desculpa.

É um... pedido de desculpas.

A esperança explode, e é tão forte que estremeço.

— Tudo bem. Esqueça isso.

Pátroclo balança a cabeça.

— "Tudo bem" coisa nenhuma. Se estivesse tudo bem, não estaria olhando para nós desse jeito. — Ele hesita. — A menos que tenha mudado de ideia quanto ao futuro sobre o qual conversamos.

A esperança fica mais forte dentro de mim. Eu poderia encerrar o assunto e evitar me expor, só para ser descartada de um jeito devastadoramente suave. Não posso. Se houver pelo menos uma chance de estar com estes homens, de realizar o futuro que eles criaram para mim, tenho de tentar. Umedeço os lábios.

— Não. Não mudei de ideia sobre isso ou sobre vocês.

— Nossa, que bom, porra. — Aquiles recosta-se na cadeira. Ele sorri e parece ser ele mesmo pela primeira vez desde que entrou em meu escritório. — Renunciamos à liderança de Atena. Agora somos agentes livres. Vamos oficializar esse negócio. — Ele se inclina para a frente. — Queremos ser seus.

— Simples assim — respondo, com franqueza. Isso está acontecendo tão depressa que faz minha cabeça girar. — Não entendo. Você queria o título de Ares mais que tudo. Vai mesmo abandonar sua ambição desse jeito?

— Não, é claro que não. — Aquiles hesita, e uma expressão estranha passa por seu rosto. — No final das contas, você queria ser Ares mais do que eu. Vacilei. Você, não. Você mereceu a vitória, princesa. Mereceu.

— Eu... — Engulo em seco. — Mas...

— Mas isso não significa que vou relaxar e seguir seu rastro pelo resto de nossas vidas. — Aquiles sorri. — Às vezes os planos mudam. Faça de mim seu braço direito. A gente põe esta cambada em forma, e eu faço meu nome ajudando você a manter o Olimpo seguro. Sério, é melhor assim. Em vez de ser só mais um Ares, sempre serei Aquiles.

É isso. O alívio me deixa um pouco fraca. Eu devia saber que nada desanima ou detém Aquiles por muito tempo.

— Ambicioso, não?

— Isso não vai mudar.

Graças aos deuses.

Pátroclo pigarreia.

— Nós... formamos uma equipe muito boa, Helena. Acho que teríamos uma ainda melhor com você nela.

A decepção é ainda mais forte do que minha esperança fugaz.

— Uma... equipe.

Aquiles cutuca o ombro de Pátroclo.

— Você está sendo cauteloso demais. Ela acha que estamos oferecendo uma parceria comercial. — Seu sorriso se alarga. — Equipe em público. A verdadeira tríade em particular. Pátroclo terá que ir com calma por algumas semanas, mas nada impede que a gente brinque um pouco com ele nesse meio-tempo.

— *Aquiles.* — A irritação no tom de Pátroclo é temperada com carinho. Ele olha para mim. — Nós queremos você, Helena. Inteira. Você aceita a gente?

Já estou assentindo.

— Sim. Você ainda pergunta? *Sim*, eu aceito vocês.

— Ótimo. — Aquiles se levanta. — Vamos nos casar.

Meu queixo cai.

— O quê?

— Brincadeira! — Aquiles solta uma gargalhada, mas fica sério em seguida. — Pelo menos por enquanto. Isso pode ficar para mais tarde.

Pátroclo e eu nos olhamos, e dessa vez não preciso decifrar o significado. Estamos muito esperançosos com o futuro, muito felizes por termos anos pela frente com este homem ao nosso lado. Não sei se acredito em "felizes para sempre", mas esses dois homens vão fazer o possível para me convencer.

Eu não aceitaria outra coisa.

AGRADECIMENTOS

Esta série não teria decolado sem o apoio de tantas pessoas. Em primeiro lugar, agradeço sempre aos meus leitores. Obrigada por lidarem com meu caos e confiarem neste jogo rápido e solto com seus mitos gregos favoritos. Obrigada a todos os livreiros, críticos, influenciadores e leitores de livrarias independentes que colocaram esta série nas mãos das pessoas e a defenderam desde o início.

Toda a minha gratidão a Mary Altman por me dizer sim quando enviei aleatoriamente um e-mail que dizia: "Ei, sei que planejamos Aquiles e Helena para este, mas queria que Pátroclo estivesse nele também." Eu não poderia pedir uma editora melhor e mais disposta a acompanhar meu tipo pessoal de caos e a me dar liberdade suficiente para fazer a magia acontecer. Este livro é mil vezes melhor graças ao seu apoio e à sua contribuição.

Muito obrigada a Christa Désir por me dizer aquilo que eu não queria, mas precisava desesperadamente ouvir. Obrigada por me ajudar a encontrar a trama e desenvolvê-la, para que isso não fosse apenas três pessoas angustiadas conversando em círculos.

Gratidão infinita à Stefani Sloma por segurar minha mão nos eventos de promoção e marketing. A série ganhou força graças ao seu apoio e entusiasmo, e eu não poderia pedir uma assessora de imprensa melhor! Obrigada ao restante da equipe da Sourcebooks, inclusive Jessica Smith, Dawn Adams, Rachel Gilmer, Jocelyn Travis, Katie Stutz e Susie Benton.

Muito obrigada à Piper J. Drake, Asa Maria Bradley, Jenny Nordbak, Nisha Sharma e Andie J. Christopher por estarem presentes nos altos e baixos e nas curvas fechadas. Muito obrigada à K. Sterling, Reese Ryan, Fortune Whelan, Ali Williams, Amanda Cinelli e Brina Starler por me fazerem companhia durante as maratonas matinais de redação.

Por último, mas nunca menos importante, obrigada a Tim. Sim, eu sei que você estava procurando seu nome. Obrigada por ser meu maior torcedor, o chute na bunda quando preciso dele e por nunca deixar de me lembrar que está orgulhoso de mim. Amo você!

Famílias governantes no OLIMPO

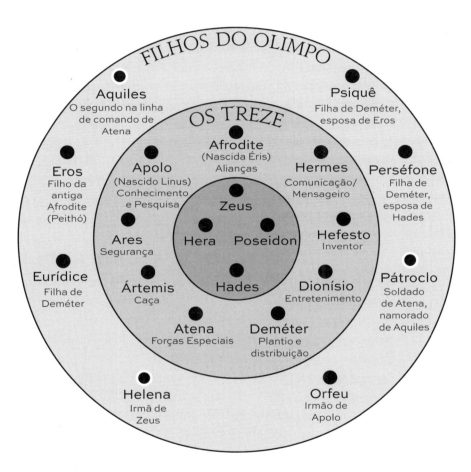

O CÍRCULO INTERNO

Zeus (nascido Perseu): líder da cidade superior e dos Treze.
Hera (nascida Calisto): esposa do atual Zeus, protetora das mulheres.
Poseidon: líder do porto que dá acesso à barreira para o mundo exterior; Importação/ Exportação.
Hades: líder da cidade inferior.

Primeira edição (junho/2024)
Papel de miolo Ivory slim 65g
Tipografia Calluna e Jupiter
Gráfica LIS